IL CACCIATORE DEL BUIO

Donato Carrisi

精神病院

多那托・卡瑞西——著 吳宗璘——譯

「是因耶穌曾吩咐污鬼從那人身上出來。原來這鬼屢次抓住他；他常被人看守，又被鐵鍊和腳鐐捆鎖，他竟把鎖鍊掙斷，被鬼趕到曠野去。耶穌問他說：『你名叫什麼？』他說：『我名叫「群」』；這是因為附著他的鬼多。」

——《路加福音》八章二十九與三十節

「對於諸神而言，我們等同於頑童手中的蒼蠅，任由他們殺戮取樂。」

——莎士比亞，《李爾王》

序曲 追黑獵人

我們降臨於世，死時遺忘一切。

這就是他所歷經的過程。他得到了重生，但他必須先死去，代價是必須遺忘自己到底是誰。

我不存在，他一直這樣告訴自己，因為這是他唯一知道的真相。

穿入太陽穴的那顆子彈奪走了他的過往，也因為如此，他的身分也消失了。但是它卻沒有侵蝕他的底層真實記憶或是腦部語言區，而且——奇怪的是——他可以操持好幾種語言。

他對自己所知不多，不過，他很清楚自己具有難得一見的語言天賦。

當他躺在布拉格醫院的病床，等待記憶浮現，想起自己到底是誰的那段時間，某個夜晚，他發現有名面色和藹的男子站在他的病床旁邊，一頭黑髮整齊側梳，有張娃娃臉，他露出微笑，只說了一句話：

「我知道你是誰。」

照理說，這幾個字應該會讓他鬆了一口氣才是，不過，這卻是全新謎團的序曲而已，因為，就在這個時候，這個一身素黑的男人拿出兩個密封的信箋，放在他面前。

那男人告訴他，其中一個信封是兩萬歐元的不記名支票，還有假名字護照，只差了一張使用者的照片而已。

另外一個，則是真相。

那男人給他充分的時間，等待他做出決定。因為，知道自己的一切未必是好事，然而，現在的他卻有了重生的機會。

「你要仔細想清楚，」他苦心勸誘，「有多少人巴不得享受你這種待遇？有多少人盼望能夠得到失憶症，藉此抹消過往的所有過錯、缺失、痛苦；能夠在自己想望的地方重新開始？如果你打算重生，那聽我一句話：另一個信封就直接丟了吧，千萬不要打開它。」

為了讓他能夠更明快做出決定，對方告訴他，這世界上沒有任何人在尋找他的下落，也沒有人在苦苦守候他。他沒有任何近親，沒有家人。

然後，那男人離開了，也把他的秘密一起帶走了。

當晚以及接下來的那幾天，他一直盯著那兩個信封。他的內心深處，有聲音在對他低語，那男子早已知道他會做出什麼選擇。

問題是，他自己卻不確定要怎麼選。

聽到了對方的詭譎提案，已經讓他隱約有感，自己看了第二個信封的內容應該會心中一涼。「我不知道我是誰。」他一直告訴自己這句話，但他立刻體悟到自身性格中隱藏了某個部分——只要繼續活下去，一定讓他不斷自我存疑的某個特殊區塊。

所以，在他們準備要讓他出院的前一天晚上，他丟掉了那個裝有假身分護照與支票的信封——如此一來，他再也沒有任何反悔的機會。然後，他撕開了那個將會揭露一切真相的信封。

裡面有張前往羅馬的車票、一些現金，還有某間教堂的地址。

聖路易教堂。

他花了一天才到達目的地。他坐在教堂中殿後方的長條座席——這棟建物是文藝復興與巴洛克風格的完美融合傑作——待在那裡好幾個小時之久。大批觀光客不斷湧入，眾人的目光焦點是藝術品，根本沒有人注意到他。他也發現到自己身處在豐富優美空間之中，讓他驚嘆不已。種種新知不斷注入他的處女記憶地帶，而他對於周邊藝術品所產生的感知，讓他無法輕易忘懷，這一點他十分確定。

但他依然不知道這些東西和他有什麼關係。

到了傍晚，遊客們開始陸續從教堂川流而出，暴雨將至，加快了他們的腳步，他躲在其中一間告解室，他不知道自己還能去什麼地方。

大門全都上了鎖，所有的燈源都已經熄滅，映亮市內的只剩下祈願的點點燭光。外頭大雨滂沱，轟隆雷響讓教堂內的空氣也為之震顫。

就在這時候，他聽到某人的聲音在繚盪，「馬庫斯，快過來看看。」

原來他叫馬庫斯。聽到自己的名字，並沒有產生他預期的效應，這幾個字就跟其他的語彙一樣，完全沒有熟悉感。

馬庫斯離開藏身處，站了出來，四處找尋那個他曾經在布拉格有過一面之緣的男人。他發現對方站在柱子後面，動也不動，背對著他，面向某個側廳祈禱室。

「我是誰？」

那男人沒有回話，依然緊盯著眼前的一切，也就是祈禱室的大型壁畫。

「在一五九九年至一六〇二年之間，卡拉瓦喬畫下了這些作品。《聖馬太與天使》、《聖馬太蒙召》以及《聖馬太殉難》，我最愛的是最後一幅。」他伸手指向右邊的那幅畫，然後又面向馬庫斯。「根據天主教的傳說，他是被謀殺的使徒與傳教士。」

畫作中的聖者躺在地上，兇手揮舞著劍，打算展開襲擊。周邊的人因恐懼而四處走避，也給了施暴者殺戮空間。聖馬太並沒有企圖逃離死劫，反而張開雙臂，等待成其殉難，並且讓他成為永恆聖者的刀鋒落下。

「卡拉瓦喬個性浪蕩，在羅馬最墮落腐敗的圈子裡打混，而且經常以街頭目擊的畫面當成創作靈感，在這幅畫之中，就是暴力。好，想像一下，要是在這個場景中找不到任何的聖性或是救贖，以凡夫俗子的角色模擬這張畫作……現在你又看到了什麼？」

馬庫斯思索了一會兒，「只不過是一起謀殺案。」

對方緩緩點頭，「在布拉格的某個飯店旅館裡面，有人對你的腦袋開槍。」

雨聲越來越激切，讓教堂裡的回聲變得更加宏亮。馬庫斯心想：這男子要讓他看這幅畫，應該是有特殊用意。為了要逼迫他去思索自己在那幅場景中扮演什麼角色，到底是受難者或是兇手？

「其他人在畫中看到的是救贖，但我只看到惡行，」馬庫斯問道，「為什麼？」

一陣閃電映亮窗戶，那男人露出微笑。「我是克里蒙提，我們是神父。」

這個答案讓馬庫斯心頭一震。

「你具有某種特質，只是自己遺忘了，你可以看出惡行的蛛絲馬跡，也就是違常之處。」

馬庫斯不敢置信，自己居然擁有這種天賦。

克里蒙提把手放在他肩頭，「在光明與黑暗的交界之處，一切都可能發生：那片幽暗之地，萬物模糊迷離，一片混亂，你被指派成為邊界的守護者。由於偶爾會有越界情事，你的任務就是要將其驅回黑暗世界。」

克里蒙提最後一句話的尾音，漸漸沒入狂躁的風雨聲之中。

「許久之前，你曾經立下誓言：不能讓任何人知道你的存在，絕對不行。只有在閃電與雷聲的交接時刻、才能夠說出自己的身分。」

在閃電與雷聲的相接時刻……

馬庫斯想要搞清楚狀況，他開口問道，「我是誰？」

「某項聖令的最後代言人，也就是聖赦神父。你們遺忘了世界，而這世界也遺忘了你們，不過，大家曾經稱呼你們為追黑獵人。」

梵蒂岡是全世界最迷你的國家。

它正好位於羅馬市的中央地帶，總面積不到四分之一平方英里，腹地由聖彼得大教堂一路往後延伸，四周邊界築有令人威懾的高牆。

這整座「永恆之城」曾經專屬於教宗一人所有。不過，在一八七〇年的時候，新成立的義大利王國併吞羅馬，教宗為了要繼續行使權力，也只能被迫隱入這個被包圍的小小領地之中。

梵蒂岡屬於自治國家，有其領土、人民以及政府機關。它的居民分為曾經宣誓的神職人員以及未曾宣誓的一般平民。有的住在城牆之內，有的則住在外面的義大利國境，這些人每天在住家與梵蒂岡境內的組織與機構之間來回通勤，必須經過梵蒂岡五道城牆大門的其中一個關口才能順利進出。

城牆之內設有各式各樣的設備與部門，超市、郵局、小型醫院、藥房、以教會法為判決依準的法庭以及小型發電廠。此外，還有直升機停機坪，甚至還有專供教宗使用的火車站。

他們的官方語言是拉丁文。

這座迷你國家除了大教堂、教宗住所、政府機構之外，其他區域就是大花園以及梵蒂岡博物館，每天都有來自世界各地的成千上萬觀光客到館內造訪，遊覽的終點就是抬頭盯著西斯汀教堂天花板，瞠目結舌仰望米開朗基羅的偉大壁畫《最後的審判》，人人充滿了敬畏之情。

此時，出現了緊急狀況。

大約在下午四點鐘，也就是閉館前的兩個小時，警衛們開始把遊客驅趕到外頭，但卻沒有做出任何解釋。值此同時，在這間小國的其他區域，無論是住在牆內或是牆外的平民工作人員，全都被要求立刻返家。至於住在牆內的那些居民也接獲通知，在沒有聽到進一步指令之前，應該要待在屋內。至於神職人員也一樣，必須要回到各自的住所或是位於梵蒂岡境內的各處修院。

隸屬於教宗軍團的瑞士近衛隊——這個組織的初始成員原本是傭兵，自一五〇六年開始在瑞士天主教行政區內接受專門訓練——他們也已經收到命令，必須封鎖所有進入梵蒂岡的入口，第一個關閉的就是聖安娜大門，所有的直撥電話線路都被切斷，手機訊號亦然。

在那個清冷冬日，到了傍晚六點鐘的時候，這城市已經與世界全然隔絕。眾人無法進出，也無法與外界聯絡。

只有兩個人除外，他們走過了達瑪穌庭院與拉斐爾涼廊，沒入夜色之中。

發電廠已經切斷了廣大花園的所有供電，一片寂靜之中，迴盪著他們的聲音。

克里蒙提說道，「我們得快一點，只有三十分鐘的時間。」

馬庫斯知道這樣的孤絕狀態不可能持續太久，不然外界就會開始起疑。根據克里蒙提的說法，他們早就已經準備好了給媒體的說詞：這次全面阻斷的官方原因，是為了要演習一套全新的緊急疏散計畫。

然而，真正的原因，卻必須要絕對保密。

這兩位神父開了手電筒進入花園區。這些花園佔地二十三公頃，足足有半個梵蒂岡之大，一共有義式、英式、法式三座園區，而且廣納來自世界各地的植物物種。它們是歷任教宗的驕傲，許多教宗都曾經在這些園林之間漫步、沉思以及祈禱。

馬庫斯與克里蒙提走過一排排的黃楊木樹籬大道，在園丁的巧手修整之下，它們宛若成了大理石雕像。他們走過了巨大的棕櫚樹與黎巴嫩雪松的樹蔭下方，耳邊傳來上百座噴泉的潺潺水聲，它們妝點了各座花園，裡面還有若望二十三世下令興建的玫瑰園，現在只要春日一到，以他為名的玫瑰就會逢時綻放。

高牆之外是一片混亂的羅馬壅塞交通。不過，在他們的這一側，卻擁有絕對的靜謐寧和。

馬庫斯心想，但這裡其實一點也不平靜，至少，現在已然變貌。就在這個下午，發現異狀的那一刻，原本的安詳氣氛也立刻被破壞殆盡。

這兩名聖赦神父準備要前往的地點，並不像其他地方一樣早被馴化，反而依然保有自然原貌。其實，在這些花園之中，有一處能夠讓樹木與植物恣意生長的區域，成了連綿超過兩公頃的樹林。這裡的唯一養護工作就是定時清除枯枝，今天園丁就是在整理時發出了緊急通報。

馬庫斯與克里蒙提爬上了小丘。他們站在頂端，將手電筒的光束對準了下方的凹地，梵蒂岡警察已經以黃色封條在中央圍出了一小塊區域。他們早已開始展開調查 清查現場，但隨後接獲指令，必須立刻撤離現場。

馬庫斯心想，這是禮讓我們的舉措。所以他直接走向封鎖線，以手電筒照亮現場，看到了那個東西。

某塊人類的身軀。

全身赤裸。立刻讓他聯想到《殘軀》，梵蒂岡博物館裡的典藏品，赫丘力士的破損巨型雕像，成為米開朗基羅的靈感來源。不過，在這名慘遭惡虐的女性殘屍身上，卻完全看不到任何詩意的元素。有人砍斷了她的頭與四肢，殘屍散落在幾碼之外的地方，一旁還有已經爛碎的黑色衣物。

「我們知道她的身分嗎？」

「是修女，」克里蒙提指向正前方，「樹林的另外一頭有間隱修院。她的身分是秘密，這是她所屬修會的規定之一。遇到現在這種狀況，這一點也不重要了。」

馬庫斯彎身，湊前看個仔細。蒼白膚色、扁小乳房、暴露的性器官。原本被頭巾包裹的超短金髮，如今卻因為頭被砍斷而外露。她的藍色雙眸，仰望向天，彷彿在苦苦哀求。他的目光在詢問她：妳是誰？因為這世界上還有比死亡更悲慘的命運：就是以無名氏的身分斷氣。到底是誰對妳下這種毒手？

「修女們偶爾會在這座樹林裡散步，」克里蒙提繼續說道，「幾乎沒有人會過來，所以她們可以在不受到任何干擾的狀況下專心禱告。」

馬庫斯心想，這名受害者選擇的是隱修院，她當初立誓要遠離人群，與同修在一起，從此之後，再也沒有人會看到她的臉龐，沒想到她最後卻成了某人惡行的可怖展示品。

「這些女子為什麼會做出這樣的決定，的確令人費解，」克里蒙提彷彿有讀心術一樣，「許多人認為她們應該要到外頭，在世間行善，而不是把自己關在修道院裡面。不過，誠如我祖母所言，我們並不清楚這些修女們靠著禱告拯救了世界多少次。」

馬庫斯不知道是否該相信這種說詞。雖然他在過去這兩年當中跟隨克里蒙提學習到了這一切，但就他自己的角度來說，面對這類慘死事件之際，實在很難說出世界已經被拯救了之類的話。

「數百年以來，這裡從來不曾發生過這樣的事，」克里蒙提繼續說道，「我們毫無準備。梵蒂岡警方將會展開內部調查，但是他們並沒有處理這類案件的資源，所以沒有法醫、沒有鑑識團隊，不會有驗屍、指紋以及DNA。」

馬庫斯轉頭看他，「那麼為什麼不尋求義大利當局出面幫忙？」

根據這兩國的締約內容，要是梵蒂岡有需要的話，可以請求義大利警方援助。不過，只有在大批朝聖者湧入大教堂，需要控制場面或是防範廣場內的扒竊小罪時，才會出現這種狀況。除非有特殊需求，不然義大利警方的管轄範圍就是以聖彼得大教堂的入口台階為界，絕對不能越雷池一步。

克里蒙提回道，「不可以——上面已經做出決定。」

「我在梵蒂岡裡面進行調查，要怎麼樣才不會引人側目？甚或是更糟糕的，被人發現我身分的時候又該怎麼辦？」

「很簡單。你不需要待在裡頭，因為兇手是從外面進來的。」

馬庫斯不懂，「你怎麼知道？」

「我們知道他的長相。」

這句話讓馬庫斯嚇了一大跳。

「這具屍體在這裡至少已經有八到九個小時的時間，」克里蒙提繼續說道，「今天早上，非常早的時候，監視攝影機錄到了某名男子在花園裡徘徊。他貌似梵蒂岡員工，但那套制服其實是偷來的。」

「何以見得是他？」

「你自己看吧。」

克里蒙提交給他一張印出的截圖。裡面有個園丁打扮的男子，小頂鴨舌帽的帽簷遮蓋了部分臉孔。白人，年紀不明，但絕對已經超過五十歲。他攜帶了灰色肩包，包底有明顯的深色污漬。

「梵蒂岡警方認為包包裡面放的應該是小斧或是類似的工具。他最近一定拿出來使用過，因為你看到的污漬應該是血。」

「為什麼是小斧？」

「因為，在這個地方，只能找到這種東西當武器。進來的時候必須接受安檢，以金屬探測器檢查，所以不可能攜帶任何東西進來。」

「不過，他還是隨身攜帶小斧，萬一梵蒂岡找了義大利警方進來查案，他可以掩蓋行跡。」

「其實出去就簡單多了，完全沒有設下任何檢查哨。而且只需要混入那一大群朝聖者與觀光客裡面，就可以成功避人耳目。」

「園藝用品……」

「他們還在清查是否有遺失的物品。」

馬庫斯再次望向那年輕修女的殘屍。他做出下意識動作，伸手緊捏掛在頸間的圓形垂飾，裡面鐫刻的是大天使米迦勒——聖赦神父的守護神——擺出怒意揮劍之姿。

「我們得走了，」克里蒙提說道，「時間已到。」

就在這個時候，樹林裡出現窸窣聲響，朝他們直衝而來。馬庫斯抬頭，看到一群黑衣人從幽暗處冒出來，有些人手執蠟燭，在那些微弱燈光的映照下，他發現這批人全戴著黑色面罩。

「都是她的同修，」克里蒙提開口，「她們過來收屍。」

在她還活著的時候，只有這些女子有權知道她的面目；在她離世之後，也只有她們可以處理她的殘屍，這就是規定。

克里蒙提與馬庫斯立刻退離，淨空現場。修女們默默各就各位，站在殘屍附近。每一個人都知道自己的任務。有人把白色床單鋪在地上，其他人則開始撿拾屍塊。

就在這個時候，馬庫斯才注意到那個聲音。那些覆臉面罩下方傳來一陣低沉合聲。是禱文，她們以拉丁文在祈禱。

克里蒙提抓住馬庫斯的手臂把他拖走。馬庫斯也只能乖乖跟過去，而其中一名修女正好走過去，靠近他身邊，他聽見她幽幽說出一句話：

「Hic est diabolus.」
惡魔在此。

第一部

鹽之童

第一章

克里蒙提邁步前行，一路踩踏著羅馬的清冷夜氣。

沒有人會想到這個斜倚在平丘看台石頭欄杆，一身素黑的男子是個神父。他放眼望去，是以聖彼得大教堂為中心，一片廣袤的豪宅與穹頂，壯闊的景色，數百年來恆常不變，裡面擠滿了許多如蟻的人群。

克里蒙提站在那裡，俯瞰整座城市，也沒理會後頭階梯傳來的腳步聲，「所以，解開謎團了嗎？」他自己先開口，馬庫斯已經站到他的身旁。現在，這裡只有他們兩個人而已。

「一無所獲。」

克里蒙提點點頭，聽到這樣的答案，他完全沒有任何的詫異之色，然後，他轉身，望著自己的聖赦神父同僚，馬庫斯看來蓬頭垢面，鬍子已經好幾天沒刮了。

「今天就屆滿一年了。」

克里蒙提沉默了好一會兒，直盯著他的眼眸。他明白馬庫斯的意思：梵蒂岡花園分屍案已經發生一年了，馬庫斯在這段期間中四處探查，但卻沒有任何成果。

沒有頭緒，沒有線索，沒有嫌犯，什麼都沒有。

克里蒙提問道，「你有沒有放棄的念頭？」

馬庫斯反問他，而且語氣十分受傷。「為什麼這麼說？你覺得我可以就這麼不管嗎？」這個案子已經把他逼到極限，追查監視攝影機裡的那名男子——五十多歲的白人——最後卻只是一場空。「沒有人知道他是誰，根本沒有人看過他，但我們明明知道他的臉，這一點讓我格外生氣。」他稍作停頓，望著自己的好友，「我們要重新調查那些在梵蒂岡工作的平民，要是依然一無所獲，我們必須轉移目標，開始緊盯神職人員。」

「根本沒有人符合那張照片裡的特徵，何苦要浪費時間？」

「也許兇手會有內應，一直在掩護他，誰知道呢？答案在城牆之內，我應該要在那裡進行調查才是。」

「你明明知道我們不能這麼做，我們必須遵守保密規定。」

馬庫斯知道保密性問題只是託詞而已。其實，背後原因很簡單，他們很擔憂，怕他探查他們的私事，他可能會發現別的故事，與這起案件無關的秘辛。「我有興趣的只是抓出真兇，你必須要說服那些上級解除禁令。」

克里蒙提立刻大手一揮，深表不以為然，彷彿覺得馬庫斯說了什麼荒唐的話。「我連到底是誰有權作主都不知道了。」

他們下面的人民廣場擠滿了一群群欣賞羅馬夜景的觀光團。他們應該不知道那裡曾有一棵核桃樹，底下就是尼祿皇帝的葬身之地，根據他的仇敵所散布的謠言，這名暴君曾經在西元六四年下令焚城。羅馬人深信此地遭到惡魔掌控，所以，大約在西元一一〇〇年的時候，教宗帕斯卡二世下令燒毀這棵核桃樹，以及這名君王的骨灰。原地又興建了人民聖母教堂，高聳祭壇依然可以看到有關教宗砍斷尼祿樹木的浮雕裝飾。

馬庫斯心中閃過一個念頭，這就是羅馬。每每揭露真相、就會挖出其他秘密的地方，整座城市都被謎團所緊緊裹纏，正因為如此，沒有人能夠真正參透一切的幕後秘辛。反正就是不要過度驚擾人類的心靈——那些渺小又微不足道的生命，對於周邊永無止境的地下戰爭一直無知無覺。

克里蒙提說道，「我們現在應該要開始認真思考這個可能性，恐怕永遠抓不到他了。」

但馬庫斯不能接受，「兇手知道要怎麼潛入梵蒂岡城牆之內，他曾經仔細研究過地理位置、監控程序，他徹底摸透了安檢系統。」

他對那修女所做出的行為極其殘虐，宛若禽獸，但是他的謀劃方式卻自有一套邏輯，經過了精心設計。

「我發現了一件事，」馬庫斯信心滿滿，「刻意選擇這樣的地點、這樣的受害人，以及殘暴行兇的方式，都是為了要傳達某個訊息。」

「對象是誰？」

馬庫斯想到了那句拉丁文：惡魔在此。曾經潛入梵蒂岡的惡魔。「有人期盼我們發現梵蒂岡裡面有問題，這是試煉，難道你看不出來嗎？試煉。他知道接下來的發展，很清楚查案結果註定是一無所獲。高層寧可讓疑念持續發酵，也不願意繼續挖掘案情，以免讓內幕曝光，也許有其他人想要掩蓋事實。」

「你知道這是很嚴重的指控吧？」

「不過，難道你沒有發現這正是殺手的期盼？」馬庫斯滔滔不絕，神情自若。

「你怎麼能這麼確定？」

「他本來就打算要繼續行兇，而他之所以沒有下手，是因為他知道疑念已經生根，而殘殺某名可憐的修女根本不算什麼，因為還有更多可怕的秘密必須要小心固守。」

克里蒙提一如往常，努力想要安撫他，「你沒有證據，這只是假設而已，關於這個案子，你想得太多了。」

但馬庫斯依然不肯退讓，「我求求你，你必須要讓我與他們對話，也許我有機會可以說服他們。」他口中的他們，也就是教導他的朋友，對他下達指令的神職高層。

三年前，他躺在布拉格的某間醫院病床上面，失去了記憶，滿心恐懼，是克里蒙提把他救了出來，而且這個人從來沒講過謊話，他通常會等到合適的時刻才揭露真相，但他從來不說謊。

這就是馬庫斯為什麼如此信任他的原因。

其實，克里蒙提根本就等於是他的家人了。在這三年的時光當中，除了極少數的狀況之外，與馬庫斯接觸的人也只有他而已。

「大家不需要知道你是誰，還有你又做了什麼，」克里蒙提總是這樣告訴他，「重要的是我們這些人代表意義的存續，以及我們所身負的重任的未來。」

他總是這麼告訴馬庫斯，上層知道他的存在，但並不知道他的面孔。

只有克里蒙提認得他而已。

當馬庫斯詢問克里蒙提為何要如此遮掩的時候，他的朋友總是這麼回答他的，「如此一來，你就等於是他們的銅牆鐵壁，就連他們自己也找不出漏洞。你真的不懂嗎？要是其他的防範措施都出了問題，所有關卡都失敗的話，依然還有人可以壓陣，你是他們的最後一道防線。」

馬庫斯經常忍不住心想：如果他代表了這個階層的底端——默默努力，拚命苦幹的虔誠僕人——而克里蒙提的角色是中間人，那麼在最上位的又是誰？

在這三年當中，他全心奉獻，想要表現出盡忠職守的模樣，讓對方看得見——他相信一定有這麼一個人——正在上頭觀察他的一舉一動。他盼望自己的行為能夠得到高層認可，讓他得以見到某人，向他仔細解釋為什麼會有這種艱辛的任務？還有，為什麼挑中他扛下重責？馬庫斯失去了所有的記憶，就算在布拉格之前的他曾經從事這種工作，他也不能判斷這是否出於他的個人選擇。

但這樣的盼望一直不曾實現。

克里蒙提交付給他的指令與任務，似乎只是為了回應一向審慎，有時候難以參透玄機的教廷。然而，在每一次任務的背後，總是看得到某人的身影。

每當他想要追問更多細節，克里蒙提就會以同一套說詞中斷話題，語氣充滿耐心，而且臉上總是掛著和善的神情。現在，在這座看台之上，他又使出了同一招，他俯瞰這座隱藏秘密城市的壯麗美景，想要就此打住馬庫斯的一連串要求。

「我們無權過問，無權知悉，只能遵守就是了。」

第二章

三年前，醫生們告訴他，他得到了新生。

實情並非如此。

他死了，也就是這樣了。死人的命運就是永遠消失，不然就會成了被困在前世的魂魄。

這就是他的感受，我不存在。

鬼魂命運悲慘。那些蒼鬱的生靈，他們所承受的煎熬，他們拚命想要追逐時間，因為一無所獲而怨怒——他全看在眼裡。他看著他們日復一日與命運引發的諸多問題努力拚搏，而他好嫉妒他們。

他告訴自己，我就是憤恨怨魂。因為這些活著的人永遠比他多了一項優勢，他們還是有個出口：依然可以一死了之。

馬庫斯穿越老城區的小巷，一旁經過的人完全沒有注意到他。他在川流不息的人群中放慢腳步，通常，這個動作就能夠讓他與眾人擦肩而過，那種微乎其微的肢體接觸，就是讓他感覺自己多少還像是個人的唯一憑藉了。

特拉斯特維雷一直是羅馬勞動階級的核心地區。這裡看不到市中心的貴氣，但自有其獨特魅力。從建築可以看出不同時期風格的嬗遞：中世紀與十八世紀的屋宅並立而列，悠遠歷史讓一切充滿了和諧。打從教宗西斯都五世開始，羅馬就開始使用的玄武岩地板鋪面——宛若黑絲絨一樣覆蓋了蜿蜒的狹窄小巷，踩踏其間的步履，也多了一分獨特的聲響，洋溢古遠幽情。只要是在這裡行走的人，一定都會覺得自己被拋入了過往的時光隧道。

馬庫斯緩步走到瑞納拉路的街角，每晚固定出現的人潮，緩緩湧入特拉斯特維雷，這裡的酒吧與餐廳傳出的音樂與笑語散發出強烈魅力，吸引來自全世界各地的年輕觀光客。雖然他們風采各異，但在馬庫斯的眼中，這些人看起來都一模一樣。

有一小群二十多歲的美國女孩經過他身邊，她們身著超短的短褲與夾腳拖，也許是因為誤信了羅馬擁有永恆之夏的說法吧。她們穿著大學運動衫，大腿都已經凍紫，腳步匆忙，想要找尋酒吧避難，在裡面喝酒暖身。

一對四十多歲的情侶從某間餐館裡走出來，兩人依然在門口流連不去。女子在哈哈大笑，男人伸手摟住了她，女子輕輕靠過去，依偎在男伴的肩頭，他明白對方在邀吻，立刻親了下去。有個捧著一盤玫瑰與打火機的孟加拉小販看到他們，立刻站在一旁，等待這對情侶結束擁吻，期盼他們能夠買朵花，為此時此刻劃下終點。

三名年輕男子把雙手插在口袋裡，一邊走路一邊四處張望，馬庫斯知道他們打算要買毒品。其實，這條街的另外一頭有名北非裔的男子正慢慢走過來，馬上就能滿足他們的願望，只是他們還不知情而已。

由於馬庫斯具有隱身人群的本領，所以看待人類及其弱點的眼光格外犀利。不過，只要肯用心觀察，任何人都可以達到這樣的境界。然而，他的天賦——也就是他的詛咒——相當與眾不同。

他可以看到別人所看不見的東西，他看得見邪惡。

他能夠在細節裡、違常之處當中發現魔鬼。像是滲透在正常環境裡面的微小淚滴，隱匿在嘈雜環境之中的低頻聲波。

他三不五時就會遇到這種狀況，這也許並非他所願，但他就是具有這種專長。

他先注意到的是那女孩。她緊貼著牆走動，就像是在斑駁牆面上來回晃動的深色幽影。她身著飛行員夾克，雙手插在口袋裡，駝背低頭，一大綹紫紅色的頭髮蓋住了臉龐，靴子拉長了視覺身高。

馬庫斯之所以會注意到那個在她前方走動的男人，純粹是因為他放慢腳步轉頭盯著她，目光緊追不移。他已經有五十多歲，身著淺色的喀什米爾大衣，搭配閃亮昂貴的棕色皮鞋。

在菜鳥的眼中，他們看起來就像是父女。他應該是經理人或是什麼成功專業人士，準備把泡在酒吧裡的叛逆女兒拎回家，但事情沒那麼簡單。

那男人走到某道大門前面，停下腳步，讓那女孩先進去，然後，他接下來的行為顯然有違常情：他左顧右盼，確定沒有人盯著他們之後，才跟隨女孩入內。

違常。

惡魔每天都大搖大擺經過馬庫斯的面前，他知道毫無破解之道，沒有人能夠矯正這世界的所有缺陷。就算有這種能耐好了，他也沒興趣，他早已學到了這一課。

想要與惡魔比氣長，有時候就必須對它們視而不見。

「謝謝你載我一程。」有人關車門，分散了他的注意力，某名金髮女子正好下車，向開車送她回來的友人道謝。

馬庫斯躲到角落，以免啟人疑竇，而她經過他身邊的時候，目光緊盯著掌中的手機螢幕，另一手則拿了個大包包。

他經常過來這裡，純粹就是想要看她一下。

他們只見過四次面，幾乎是三年前的事了，也就是他到來之後的兩三個月，她從米蘭到了羅馬，要追查丈夫的死因。馬庫斯記得他們對話內容的每一個字，以及她神情的一切細節。這是失憶症的好處之一：全新的記憶容量，在這段時間當中，珊卓拉．維加是唯一與他有過互動的女子，也是讓他曾自曝身分的唯一陌生人。

馬庫斯還記得克里蒙提所說的話，他在前世時曾經立誓：不會讓任何人知道他的存在，對大家來說，他是個隱形人。只有在閃電與雷聲的交接時刻，聖赦神父才能現身於別人面前，揭露自己的真實身分。稍縱即逝的片刻會馬上消散抑或成為微小的永恆？誰也說不準。在那樣的交會時刻，你發現空氣中充滿了能量與期待，一切都可能發生。就在那一刻，危險不定，鬼魂又恢復人形，出現在生者面前。

在某個暴風雨之夜，教堂聖器室的門口，他的確遇到了這樣的場景。珊卓拉問他到底是誰，他也告訴她答案，「神父。」這個舉動很危險，他不知道自己為什麼會脫口而出，或者，其實他很清楚，只是直到現在才願意面對真相。

他對她有一股奇妙的情愫，她讓他覺得充滿了親切感。他也很敬重她，因為她放下悲傷，選擇這座城市作為一切重新開始的起點，她申請轉調到新的警務單位，在特拉斯特維雷找了間小公寓落腳。她結交了新朋友，培養出新的興趣，臉上再次出現笑容。

對於改變，馬庫斯一直充滿了某種敬畏，也許因為對他來說，這是遙不可及的事。

他很清楚珊卓拉的動線、作息以及各種小習慣。他知道她會去哪裡購物，她喜歡去哪間店買衣服，還有週六看完電影之後會去哪一家披薩店大快朵頤。有時她會晚歸，就像是今晚一樣。不過，她倒不是累斃了，只是疲倦而已：緊湊生活步調的快樂結局，某種可以靠著熱水澡與一夜好眠消除的疲勞感，某種歡愉的殘礫。

偶爾，當他晚上在她家附近守候之際，他不禁開始想像，要是自己從陰暗角落走出來，在她面前現身，會是什麼景況？但她是否還記得他？他連這一點都沒把握了。

他絕對不會做出這樣的事。

她還會惦記著他嗎？或者她早就已經忘了他？與她的悲傷一起埋葬？他一想到這就讓他好心痛，若是真的如此，就算是鼓起勇氣去找她，也沒有任何意義了，因為接下來也不會有任何後續發展。

然而，他就是忍不住，想要追蹤她的一舉一動。

他看到她進入公寓大樓，透過梯台的窗戶，望著她爬上階梯，到達自己的公寓外頭。她站在大門外找鑰匙，但裡面有人幫她開了門，門口出現了一個男人。

珊卓拉對他微笑，他傾身向前吻了她。

馬庫斯想要把頭別過去，但就是沒辦法，他看著他們進入屋內，關上大門，隔絕了過往的回憶、與他一樣的幽魂，以及世間的所有邪魔。

電子音效聲響大作。那男人全裸，平躺在雙人床上面，屋內燈光昏暗，他在等待的時候，一直在玩手機遊戲。然後，他停頓了一會兒，抬頭，望著自己突出大肚腩的另一頭。

他對著那個染有紫紅色髮絡的女孩大吼，「喂，快一點！」她正待在浴室裡，對著手臂施打海洛因。吼完她之後，他又繼續埋頭打電玩。

突然之間，有個柔軟的東西落在他臉上。不過，喀什米爾布料帶來的那種舒暢快感卻只是短暫反應，因為，他覺得自己快窒息了。

有人把外套緊緊壓在他的臉上。

他基於本能，拚命揮動四肢，隨便能抓到什麼東西都好。雖然他並沒有陷在水中，但感覺已經快要溺斃了。那個陌生人死壓他不放，他抓住對方的前臂，想要逼對方放手，但那個人氣力更大。他想要尖叫，但嘴裡卻只能發出刺耳的哀號與咯咯聲響。然後，他聽到有人在他耳邊輕聲細語。

「你相信有鬼嗎？」

他沒辦法回答，而且，就算能夠開口講話，他也不知道該說什麼才好。

「你到底是哪一種惡魔？狼人，還是吸血鬼？」

他喘得上氣不接下氣，眼前不斷飛舞的彩色斑點已經成了一道道閃光。

「我應該要送你一顆子彈，還是拿白蠟木錐棒刺穿你的心臟？你知道為什麼要特地選擇白蠟木，而不是其他木材？因為上帝的十字架就是由白蠟木所製成。」

現在他也只剩下絕望而已，因為窒息的箝制作用正逐漸影響他的全身。他想起自己兩年前與妻小前往馬爾地夫度假的時候、潛水教練曾經告訴他的那些話，也就是缺氧的各種症狀。現在，那些警告已經對他完全沒有任何用處，但他記得一清二楚。他們在那裡過得很開心，在水底下觀察珊瑚礁，小孩們愛死了，充滿美好回憶的假期。

「我想要幫助你重生，」陌生人說道，「但你得先死。」

一想到淹死就嚇壞他了。他心想：不能在此時此地，我還沒有心理準備。但他已經覺得自己越來越虛弱，再也無法抓住襲擊者的前臂，雙手只能在空中隨便亂揮。

「我明白死亡是怎麼一回事。這一切很快就結束了，你等著看吧。」

那男人的雙臂落在身體兩側，他已經氣如游絲。他心想：我想要打電話，讓我打一通就好，與人訣別。

「你馬上就要失去意識。等到你再次醒來——如果真的還有這種機會的話——你就會回到這個骯髒的世界，見到親朋好友以及那些多少還算是喜歡你的人。你會變得截然不同，他們永遠不會發現，但你自己很清楚。要是你運氣不錯，就會忘了今晚的事，忘了這女孩，以及與她同一型的那些美眉。但你不可以忘了我，我也絕對不會忘記你。所以，你給我聽清楚了……我這是在救你一命，」然後，他語重心長說：「千萬不要辜負我的好意。」

那男人已經沒有任何動作了。

「他死了嗎？」

那女孩站在床尾望著他。她全身赤裸，重心不穩，雙手佈滿了許多注射針孔留下的瘀痕。

馬庫斯拿起了蓋住男人面孔的那件喀什米爾大衣，「沒有。」

「你是誰？」她瞇著眼睛，彷彿想要定焦看清眼前的一切，顯然她已經嗑藥嗑茫了。

馬庫斯發現床邊桌上有皮夾。他拿起來之後，抽出所有的錢。他站起來，走向那女孩，她基於本能往後退，差點就摔倒了。他抓住她的手臂，把錢塞入她的掌心，語氣嚴厲，「趕快離開這裡。」

她的目光在馬庫斯的臉上游移許久，愣了一會之後才聽懂他的話。然後，她彎身撿拾衣物，穿好之後，走向房門口。她開了門，但就在離開之前卻轉身回去，彷彿忘了什麼東西。

她朝自己的臉比了一下。

馬庫斯不假思索，立刻伸手摸臉，感覺到指尖沾了黏糊糊的東西。

他在流鼻血。

他明明知道想要與惡魔比氣長，有時候就必須對它們視而不見。但每當忍不住而出手的時候，一定會流鼻血。

「謝謝。」他的語氣宛若她才是出手相救的人。

「不客氣。」

第三章

這是他們的第五次約會。

他們開始約會，已經將近有三個禮拜之久。兩人是在健身房認識，因為他們出沒的時間幾乎都一模一樣。她懷疑這是出於他為了要見到她的蓄意安排，一想到這，不禁讓她覺得好驚喜。

「嗨，我是喬奇歐。」

「我是迪安娜。」

他二十四歲，比她大三歲。他是大學經濟系學生，馬上就要畢業了。他的一頭鬈髮與綠色眼眸讓迪安娜好著迷。還有那微笑，完美的牙齒，只是左邊的虎牙有點顯眼，但這別具個性的小細節卻深深打中了她，因為太完美也會變得無趣。

迪安娜知道自己長得漂亮。她個子不高，但身材很好，淡褐色的雙眸，還有一頭美麗的黑髮。她念完高中後就沒再升學了，在某間香水店擔任助理。薪水不高，但她喜歡當顧客的諮詢顧問，而且老闆對她疼愛有加。不過，她真正的期盼是找個好男人結婚，她覺得這並不算什麼過分的人生要求，而喬奇歐也許就是她的「真命天子」。

他們第一次約會就接吻，也還有其他的親暱動作，但並沒有太誇張。矜持是對的，能夠讓一切顯得更加美妙。

不過，那天早上，她的手機收到了一封簡訊。

九點過去接妳好嗎？我愛妳。

那封簡訊帶給她意外的豐沛能量。她以前經常在思索到底什麼是幸福。現在她懂了，它是一種無法向別人解釋的秘密，宛若別人特地為她量身訂做的感覺。

獨一無二。

在迪安娜當天的笑顏話語之中，那股幸福感盡顯無遺，就像是某種快樂的傳染病一樣。她不知道顧客或是同事是否注意到她的變化。她洋溢自信，享受等待的美好時刻，有時心頭會突然小鹿亂撞，提醒她約會的時刻已經越來越近了。

到了九點鐘，當她出了家門，下樓梯，與早已在下面等候的喬奇歐會面的那一刻，幸福又轉化成了另一種形式。能夠有這樣的一天，迪安娜滿懷感恩，要不是因為有即將到來的秘密許諾，她還真希望這樣的美好感覺永遠不要結束。

她又想到了喬奇歐的那封簡訊。當時她只回了一句「好」，外加一個笑臉。至於那句我愛妳，她並沒有任何回應，因為她打算在今晚親自表達愛意。

對，他是「真命天子」——可以讓她講出這句話的對象。

他帶她去海邊，前往歐斯提亞的某間小餐廳，在他們第一次約會的時候，他曾經提過這個地方。那天晚上，他們兩個聊天聊得好起勁，話題不曾有任何的停歇，兩人似乎都覺得就算是稍有停頓，也可能會妨礙彼此之間的進展。他們喝了氣泡白酒，酒精讓迪安娜鼓起勇氣，向他做出明顯到不行的暗示。大約在十一點鐘的時候，他們又上了他的車，準備回羅馬。

她覺得裙底一陣涼意，喬奇歐已經把暖氣開到最大，但她還是在他開車時挨過去，把頭擱在他的肩頭。她仰頭望著他，兩人都靜默不語。

他車內音響播放的是Sigur Rós樂團的歌曲。

她抓住腳後跟，脫掉了鞋子。一隻落地，另一隻也跟著掉到車地毯上頭，發出了輕微的碰響。既然她已經是他的女友了，她當然有權讓自己保持舒服姿態。

他依然緊盯著前方的路面，但已經伸手開始撫摸她的大腿。她磨蹭著他的手臂，幾乎快要發出嬌喘。她發現他的手掌正沿著她的絲襪往上滑，進攻到裙緣。她也就任由他恣意遊走，當她發現他的手指已經移到中央地帶的時候，她還微微張開了大腿。雖然隔著絲襪與內褲，他也能夠感受到她的慾火有多麼熾烈。

她半閉雙眼，發現車行速度越來越慢，而且駛離了主要幹道，轉向通往巨大松林的小路。

迪安娜的期盼終於要成真了。

他們以低速前進了好幾百公尺，兩旁有高聳松林護道，輪胎壓過鋪滿掉落針葉的路面，不斷發出吱嘎聲響。然後，喬奇歐左轉，進入樹林之中。

雖然車速十分緩慢，但車身還是不斷磨地激烈搖晃，迪安娜只能死抓著座椅。

過了一會兒之後，喬奇歐停車熄火，音樂也沒了。現在只聽得見引擎的殘餘滴答微音，最清晰的就是吹動樹梢的呼呼風響。先前他們應該是沒有多加留意，但現在迪安娜卻覺得他們彷彿發現了某種秘密之聲。

他把座位稍微往後調，伸出雙臂抱住她，吻她。迪安娜發覺他的舌頭在撫弄自己的唇間，她也回吻示好。他開始解開她的洋裝小鈕釦，脫掉了她的上衣，摸索到她的胸罩，為了仔細玩味鋼圈上的薄布、他的手還刻意停留了一會兒。然後，他把手指直接伸進去，解放了其中一個，隨即以掌心緊緊托住。

迪安娜心想，第一次被別人探索身體的感覺，多麼獨特，將自己委身給他，同時想像對方的感覺，體驗他的興奮，以及驚奇。

她伸手脫他的皮帶，解開他的褲頭鈕釦，而他也忙著拉掉她的裙子與褲襪。兩人的雙唇依然在不斷摸索對方，彷彿要是沒有這些纏綿熱吻的話，他們可能會窒息而死。

迪安娜的目光飄向汽車儀表板，希望現在還不算太晚，她一度擔心母親不知道什麼時候會打她的手機找人，打破了美好的魔咒。

他們的動作變得越來越焦躁不耐，愛撫得越來越急切。過沒多久之後，兩人已經光著身子，在親吻時偶爾睜眼的時刻凝望對方，但他們不需要眼觀彼此，他們正忙著以其他的感官方式了解對方。

然後，他伸手托住她的臉頰，她知道那一刻終於要到來了。她往後退，她知道喬奇歐一定很納悶，搞不好以為她改變了心意。其實，她是想要趁現在說出她憋了一整天的那句話：我愛你。不過，喬奇歐的注意力卻不在她身上，反而緩緩將目光移向擋風玻璃。她的傲氣瞬間化為烏有，怎麼突然之間她就得不到他的傾心關注了呢？迪安娜正想要叫他給個解釋，但她卻住口了，因為喬奇歐的眼眸流露驚詫，所以她也立刻轉過頭去。

有人站在引擎蓋前方，緊盯他們不放。

第四章

電話響了，把她逼下了床。

上級指示她要盡快趕到歐斯提亞的松林裡，就這樣。

珊卓拉趕忙穿上制服，而且動作盡量保持輕柔，以免吵醒麥克斯。她努力釐清思緒，這種緊急來電十分罕見，但只要一出現，就宛若腹部挨了重拳一樣，腎上腺素與恐懼立刻爆發。

所以，最好要做出最壞的心理準備。

她曾經帶著自己的相機，造訪了多少個犯罪現場？曾經有多少具屍體在等待她到來？殘缺不全、飽受凌辱，或者，乾脆以某種詭異的姿勢凝凍不動。珊卓拉．維加悶頭拚命工作，就是要為他們留下最後的影像。

到底是誰死了？必須在這種時候留下影像跡證？

找到確切的地點並不容易，現在並沒有防範閒雜人等的警方封鎖線，沒有警車閃燈，也還沒有部署人力與資源。當她抵達現場的時候，大部分的警察都還沒出現，反正他們到這裡來也只是做個樣子而已，為了媒體，也為了長官，或者還可以讓社會大眾感到安心。

現在只有一台巡邏警車停在通往森林的道路入口，遠處還有一台廂型車與兩台汽車，還沒有看到因為新命案而出現的大隊人馬，刻意展現警方強大威力的那一刻尚未到來。

不過，那群人早就是戰場上的敗將。

所以，偵查案件的真正要角早就已經出現在現場，總共也就只有那麼一小撮人而已。珊卓拉從自己的後車廂拿出相機背包，穿上避免破壞現場的帶帽連身衣，不知道等一下會看到什麼樣的場景。

警司克里斯匹走到她的面前，給了她一句話，言簡意賅，「現場畫面一定會讓妳渾身不舒服。」

他們一起進入樹林。

鑑識部門還沒有開始找尋跡證，她的同僚也還沒開始釐清案情，探究犯案原因，必須要等到她完成工作之後，才能正式啟動偵查案件的儀式。

所以，大家都在那裡等她。珊卓拉覺得自己像是派對的晚到客人。他們壓低聲音講話，趁她經過身旁的時候，偷偷瞄她，希望她可以速戰速決，讓他們能夠趕快登場工作。兩名警員正忙著詢問某名晨跑者，就是他一大早在此地跑步的時候、發現了這個驚悚現場。他坐在某棵枯死的樹幹上面，雙手摀著臉。

珊卓拉跟在克里斯匹後面，松林平靜得出奇，但他們踏在鋪滿針葉的地面所發出的腳步聲，卻擾亂了這樣的寧和，不過，最吵的還是某支手機持續發出的悶響。她剛才一直沒注意有這個聲音，因為她開始專心盯著眼前的場景。

她的同事目前只是拿出紅白色的膠帶圍住事發現場。正中央停了一台車，車門大敞。根據標準作業程序，目前唯一能夠跨入禁區的人也只有法醫而已。

警司克里斯匹開口，「阿斯托菲剛才已經確認他們全部遇害。」

珊卓拉看到他了：某個瘦小的男子，看起來充滿僚氣。他剛完成任務，又退回到封鎖線外頭，像機器一樣重複著抽菸的動作，暫時就以掌心權充菸灰缸。不過，他依然在凝望那台汽車，彷彿被什麼不明思緒催眠了一樣。

當珊卓拉與克里斯匹走到他身邊的時候，他開了口，而目光依然緊盯著現場，「每個傷口至少要給我兩張照片，我才能撰寫驗屍報告。」

此刻，珊卓拉終於知道為什麼這位法醫一直若有所思。

後方的那支手機，頻頻發出聲響。

而且，她也發現現場的每一個人都無權擅動，因為聲音來自車內。

「是女孩的手機，」她還沒開口問克里斯匹，他就主動說出答案，「放在汽車後座的手提包裡面。」

顯然有人發覺狀況不對，因為她昨晚沒回家，想要趕快找到她。

天知道到底還會響多久，但這些警察也一籌莫展。這場表演必須依循特定程序，手機得放到最後處理，現在為時過早。所以，她必須在那揪心聲響的伴隨之下拍完她的照片。

她開口問道，「是睜眼還是閉眼？」

只有經常造訪犯罪現場的那些人，才聽得懂這個問題的真義。有時候，兇手會闔上受害人的雙眼，甚至連最殘暴的那些惡人也不例外，這個動作並非出於憐憫，而是羞慚。

阿斯托菲回道，「睜眼。」

兇手想要讓對方看清他的長相。

❖

手機兀自作響，淒厲不絕。

時間以及現場蒐證工作一定會改變犯罪現場，珊卓拉必須趕緊凝凍一切，這就是她的任務。她把相機當成了自己與恐怖現場、自我與苦痛之間的屏障。不過，因為手機鈴聲的關係，那些激動的情緒隨時可能會從屏障的另外一頭氾湧過來，對她造成傷害。

多年前受訓所學到的那些專業作業規則，讓她得到了逃遁的空間。要是她遵守標準步驟，一切很快就會過去，也許就可以回家，鑽入被窩，依偎在麥克斯的身邊，尋找他的體熱，假裝這個冰寒的冬日還未曾揭開序幕。

先拍大局，其次是細節。她舉起相機，開始拍照。

閃光燈宛若破浪一樣朝女孩的臉龐不斷撲過去，然後又消失在清冷的晨曦薄光之中。珊卓拉站在引擎蓋前方，對著汽車拍了十多張照片之後，放下相機。

那女孩的目光穿透擋風玻璃死盯著她不放。

如果屍體死不瞑目，絕對不能以他們直視鏡頭的角度拍下照片。

這是為了要避免產生「把死人當成模特兒拍攝」的殘忍效應。她心想，最後再來拍這個女孩吧，她決定先處理另一具屍體。

他與車子相隔了好幾公尺，趴在地上，整張臉被埋在針葉叢裡面，雙手往前攤展，全身赤裸。

「男性，年紀約在二十歲至二十五歲之間，」珊卓拉的連身衣口袋裡放了錄音機，她對著連接機器的麥克風講話，「頸後有槍傷。」

傷口附近的毛髮看得出明顯的焦痕，顯現兇手是以極近距離對其開槍。

珊卓拉拿著相機尋找腳印，果然在濕答答的泥土裡有好幾個。腳跟的深度比鞋尖深，這不是逃跑，而是在步行。

珊卓拉心想：男孩當初並沒有逃離現場，「兇手逼對方下車，站到受害人的背後，開火。」這是行刑式殺人。

她在地上看到了更多的痕跡，這次是鞋印，「看來是踩踏的印記，以環狀繞行。」那些都是兇手的腳印。她拿著胸前的相機一路跟拍過去，仔細蒐集影像，讓它們儲存在數位記憶卡裡面。當她靠近某棵樹的時候，她發現基底有一小塊被淨空的區域，完全看不到任何的落葉，她立刻對錄音機口述位置。

「東南方十公尺處：泥土被翻挖出來，似乎有人整理過這塊地方。」

她心想：這裡就是一切的起點，他起初窩藏在此地靜靜等待。她舉起鏡頭，想要複製兇手的視角，透過樹林間隙望出去，可以看到那男孩的車，一清二楚，但自己絕對不會被別人發現。你很享受這場表演吧，是不是？或者，你看到這場景就怒了？你躲在這裡偷看他們到底有多久？

她開始往回走，以對角線的方式朝那台車走去，同時不斷拍攝照片，重現兇手的路徑。當珊卓拉回到汽車引擎蓋前方的時候，她依然覺得女孩的目光死纏她不放，似乎一直在拚命追索她。

她只能再次裝作沒看見，專心拍攝車體。

她走向後座的方向，裡面散落著受害者的衣物。她突然心中一陣痛楚，腦中浮現這對愛侶準備出門約會，站在衣櫥前的場景，心想不知該穿哪一件衣服是好，才能讓對方看到自己更好看的模樣，完全就是一種為悅己者容的欣喜。

當兇手出現，嚇到他們的那一刻，這兩個人是不是已經赤身裸體？或者，是他強迫他們脫衣？他在一旁靜靜偷看他們做愛？還是打斷了他們的歡好過程？珊卓拉必須放下這些念頭，因為要找出答案的人並不是她，所以她又努力打起精神，專心拍照。

在那堆衣物的正中央，有個黑色的手提包，那支手機就是放在裡面。幸好現在鈴聲暫歇，但想必等一下又會響個不停。珊卓拉加快拍攝速度，那手機是某種痛苦的來源，她不想太靠近它。

副座的車門大敞，露出了女孩的屍體，珊卓拉在她旁邊的位置蹲了下來。

「女性，年約二十歲，屍身全裸。」

她的雙手貼在身體兩側，整個人被登山繩纏綁在傾斜約一百二十度的椅身，其中有一小段繩索繞住靠枕，緊勒她的脖子。

在那一大坨繩索的中間，插了一把大型獵刀，刀柄還留在她的胸腔外面，當初行兇力道十分猛烈，最後根本拔不出來。珊卓拉心想，看來兇手是被迫將兇刀留在原處。

珊卓拉開始拍攝沿受害者腹部滴落而下的乾涸血跡，座椅已經被浸得一片殷紅，而且還在她赤裸雙腳與高跟鞋之間的車底地毯匯聚成一片小血池。她在心中修正了一下措辭，應該是優雅的高跟鞋，顯然是為了浪漫之夜所刻意挑選的配件。

終於，她鼓起勇氣拍攝臉部特寫。

女性死者的頭向左微傾，一頭黑髮十分凌亂，珊卓拉突然有股衝動，很想幫她梳理頭髮，就像是姊妹一樣。她發現這女孩長得十分漂亮，是青春肉體才能雕琢而出的精緻五官。還有，在還沒有被淚水糊花的部位，依然可以看到一抹精心打扮的彩妝遺痕，這女孩似乎十分嫻熟箇中技巧，珊卓拉猜測她應該是在美妝界工作。

不過，她的嘴巴卻呈現不自然的下彎曲線，而且塗滿了亮色唇膏。

珊卓拉覺得奇怪，有哪裡不對勁，但她在當下實在想不出到底是哪裡有問題。

她彎身進入車內，想要以更好的方式拍攝臉部。為了要遵守鑑識攝影的潛規則，她找尋能夠避開死者直視鏡頭的角度，但她發現自己很難注視那雙眼睛，因為她根本不想看到對方回瞪自己的模樣。

手機又響了。

她只能違背自己學到的守則，基於本能，閉上自己的雙眼，任由相機自己取鏡。雖然她的人不在那個現場，但她不禁想到了那樣的畫面，也就是那女孩的母親與父親，正在等待女兒的回應，才能讓心焦無比的他們鬆一口氣。而那位年輕人的父母，可能還沒有發現自己的兒子徹夜未歸。引發如此可怕苦痛的主謀——現在已經逃到了遠處，正在享受殺戮的秘密快感——某種殘虐的興奮感——而且，隱身在無人能夠察覺的角落裡。

珊卓拉．維加讓相機自行完成任務，然後，從那充滿尿味與新鮮血液的狹小空間裡鑽了出來。

「是誰？」

現場每一個人的心中，都不斷縈繞著這個問題。是誰會做出這樣的事？密謀者到底是誰？要是沒有辦法具體描繪出邪魔的樣貌，那麼人人都有可能是兇手。大家都會以疑心重重的目光看待別人，不知道表象之下藏有什麼秘密，而且每個人都心裡有數，別人看待自己的眼神也存有相同的質疑。

要是有某人犯下了可怕的罪行，猜忌將會感染到所有人。

所以，那天早晨，每個警察都不願在別的同仁身上投以過久的注目禮。只有等到兇嫌落網之後，才可能破除這種猜忌的魔咒。

兇手身分不明，但至少他們已經知道受害者是誰。

他們還不知道女孩的名字。對珊卓拉來說，這是好事，她根本不想知道。不過，他們已經透過車牌號碼，知道了男孩的身分。

克里斯匹告訴法醫，「他名叫喬奇歐．蒙特費奧里。」

阿斯托菲拿出隨身攜帶的小檔案夾，準備把這個名字填入裡面的某張表格。他為了要找地方書寫傾身向前，靠在剛剛抵達現場，準備收屍的廂型車旁邊。

他說道：「我希望盡早完成驗屍報告。」

珊卓拉原本以為他這麼匆忙，應該是期盼能夠協助同仁辦案，但她又覺得不太對勁，因為他滔滔不絕，但語氣裡卻完全聽不出一絲悲憫，「我今天已經在處理某起車禍了，而且還得為了某個案件撰寫專家意見報告。」

珊卓拉心想：果然官僚。這兩名年輕死者得不到應有的憐惜，實在讓她看不下去。

就在這個時候，鑑識部門的人員已經進入現場，開始四處蒐證，終於有人拿起了女孩的手機，現在已經聽不見鈴聲了。

珊卓拉不再盯著阿斯托菲與克里斯匹講話，目光飄向了某名鑑識人員，他從車內的包包裡取出手機，現在朝紅白封鎖線走去，把東西交給某位女警。如果等一下電話再次響起，是否接聽就由她決定了，這種特權，珊卓拉一點也不羨慕。

「今天早上可以弄完嗎？」

珊卓拉早就分了神，沒聽到克里斯匹剛才說的話，「什麼？」

「我剛在問妳，能不能在今天早上把資料交給我？」克里斯匹又重複了一次，伸手指向她已經放回後車廂的相機。

她趕忙向長官擔保，「哦，當然。」

「能否現在就給我？」

她原本想要現在就走人，等到回去總部之後再繼續工作。不過，面對長官的堅持態度，她也無法拒絕，「沒問題。」

她把相機連接到自己的手提電腦進行轉檔，然後再以電郵寄出，到了那個時候，她就可以從這場惡夢中解脫了。她是第一批到達犯罪現場的人員之一，但也是第一個離開的人，她的工作在此結束。她和她的同事不一樣，她可以忘卻一切。

當她在處理檔案的時候，另一名警員將女性死者的手提包交給了克里斯匹。警司打開了包包，翻找女孩的文件，珊卓拉看到身分證上面的女孩面容。

「迪安娜．德爾高蒂歐，」克里斯匹低聲說道，「靠，才二十歲而已。」

他依然盯著那張身分證，還劃了一個聖十字號，好虔誠的人。珊卓拉對他認識不深，他不是那種喜歡張揚作態的人。總部裡的人之所以敬重他，倒不是因為他立下了什麼豐功偉業，純粹就是他資深罷了。不過，對於這樣的案子來說，也許他正好是合適人選，不會因為處理重大駭人刑案而企圖藉此沾光，謀求仕途更上一層樓。

對於這兩名死者來說，由心懷悲憫的警察來辦案，總是好事。

克里斯匹再次面向剛才把手提包交給他的警員，將它還回去，他深吸一口氣，「好，我們準備通知他們的父母。」

他們兩人一起離開了，留下珊卓拉獨自工作。值此同時，記憶卡裡面的影像也開始出現在電腦螢幕上面，她緊盯不放，迅速檢視這個早晨的工作成果。將近有四百張照片，一張接著一張，宛若從默片中擷取而出的靜照。

那支手機發出了鈴響，打斷了她的思緒，大家都在等待這通來電。珊卓拉面向那名女警，她正在察看螢幕上的來電者姓名，她伸手扶額，終於接了電話，「早安，德爾高蒂歐太太，我是警察。」

珊卓拉不知電話另一頭的那位母親說了些什麼，但一聽到陌生人來電，還提到了「警察」，不難猜到對方的感受，不祥的預感馬上就要轉化為可怖的悲痛。

那名警員繼續說道，「我們馬上會派出警車到您府上，解釋詳細狀況。」

珊卓拉不忍聽下去，她繼續盯著那一張張的轉檔照片，希望程式跑的速度可以快一點，趕緊完成全部的下載工作。她老早就下定決心不要生小孩，因為她最怕的就是小孩可能會出現在這樣的照片之中。看看迪安娜的臉龐，空茫的神情，亂七八糟的黑髮，被淚水弄糊的妝容。她的嘴唇線條扭曲，成了某種悲慘的微笑，目光渙散。

下載已經快要結束，就在這個時候，跑出一張與其他照片截然不同的臉部特寫。

出於某種本能，珊卓拉按下暫停鍵。她的心臟噗通亂跳，跳回剛才的那張影像。她周邊的一切宛若被吸入了黑洞，現在只剩下螢幕上的那張畫面。她先前怎麼沒有發現到這個問題呢？

照片裡，那女孩的臉龐依然靜止不動。

珊卓拉立刻望向紅白封鎖線後方的犯罪現場，然後，開始急奔而去。

原來，迪安娜．德爾高蒂歐的眼睛，一直追盯著鏡頭。

第五章

「怎麼可能？」

處長的吼叫聲迴盪在會議室的濕壁畫天花板上頭，在這間位於聖維它列路，充作羅馬警察總部的古典巨宅，整個三樓都聽得見他的聲音。

一大早在犯罪現場的那些同仁，也只能乖乖聽罵。

迪安娜・德爾高蒂歐其實本來還活著，不過，因為她沒有得到及時救治，現在必須待在手術台上面與死神奮戰。

處長大發雷霆的主要對象是法醫阿斯托菲。他在座位裡低著頭，每個人都看著他。第一個進入現場，而且確定兩人都遇害的就是他，出現了這麼大的疏失，當然必須由他解釋清楚。

根據他的說法，那女孩當時已經沒有了脈搏。夜溫又加上裸身，還有嚴重的創傷，完全不可能存活。阿斯托菲為自己辯駁，「在這種嚴峻的狀況下，以客觀角度的分析結論，自然是我們無力可回天。」

「話是這麼說，但她活下來了啊！」警長立刻回罵，而且益發憤怒。

這算是「一連串幸運的巧合」。關鍵是胸腔裡的那把刀，它正好卡在肋骨之間，兇手根本沒拔出來，只能把它留在原處，不過，受害者也因而逃過了失血過多的厄運，除此之外，鋒刃的位置正好沒有傷及任何動脈。而這女孩之所以能夠逃過一劫，真正的原因是因為她被登山繩綁住動彈不得，穩住了內出血的傷勢。

「所以低溫環境反而對她有利，」阿斯托菲說道，「讓生命功能得以維持不墜。」

珊卓拉實在看不出這有什麼「幸運」可言。迪安娜．德爾高蒂歐的狀況十分危險，雖然目前的手術結果尚稱順利，但日後得過著什麼樣的生活實在很難說。

「我們才剛剛通知她的父母，他們的女兒已經身亡！」處長搭話，就是要讓現場的每一個人了解這等疏失對警察形象所造成的嚴重傷害。

珊卓拉張望四周，也許某些同事認為至少這賜給了那對父母一線希望，她知道警司克里斯匹一定是抱持這種想法。不過，在他的心中，宗教信仰的重要性凌駕在警察職責之上，對於這種虔誠的人來說，上帝的一舉一動高深莫測，但就算是最痛苦的事件，也一定含有某種重要訊息，是一種試煉或是教誨。但她不信這一套，她覺得，過沒多久之後，厄運之神會再次敲這些父母的家門，就像是送錯包裹又掉頭取回的郵差一樣。

早上的那起災難，阿斯托菲成了千夫所指的對象，珊卓拉的內心多少算是鬆了一口氣。

但她心中也盈滿了罪惡感。

要是在拍照程序的最後一段過程當中，她沒有閉上雙眼，任由相機自行拍攝的話，她一定會提早發現迪安娜的目光在移動——沉默又急切的求助呼喊。

都是因為那女孩的手機讓她分了心，但她其實沒有任何藉口。萬一她在幾個小時之後，可能是在家裡或是在警務實驗室發現狀況不對，後果一定不堪設想，一想到這一點，就讓她飽受煎熬。

如果真的是這樣的話，那她也成了當晚謀殺案的共犯之一。她逼問自己：是我救了她嗎？真的是我嗎？其實，是迪安娜救了她自己，功勞歸於珊卓拉身上，其實並不公平，但她必須保持沉默，才能幫忙挽回警界的顏面。正因為自己也有疏失，她也沒有辦法全然怪罪在阿斯托菲身上。

處長也在此時結束訓話，「好，大家都給我出去。」

大家都離開了，不過第一個走出會議室的是阿斯托菲。

「維加警官，妳留下來。」

珊卓拉轉身望著處長，心想不知道他為什麼要把她留下來，但他又立刻交代克里斯匹，「警司，你也一樣。」

珊卓拉注意到同事們魚貫離開的那個出入口聚集了另一群人，他們正準備進來開會。這些是中央統籌偵案小組的成員，專門處理組織犯罪、臥底任務、連續殺人魔、追捕逃逸人犯以及其他重大案件。

當這群人入座之後，珊卓拉立刻認出裡面有副處長莫洛。

跟同儕相比，他還算年輕，但已經得到了一級老將的美譽。他曾經抓到逃逸三十年之久的黑手黨老大，毅力驚人，賭上自己的全部生活，老婆也跑了。當莫洛拿出手銬逮捕這名老大的時候，就連那傢伙也稱讚莫洛了不起。

莫洛受到大家的敬重，每個人都想要加入他的團隊，他們是警界菁英中的菁英。不過，莫洛工作的夥伴幾乎是同一批人，大約是十五人上下，全都是他信任至極的人，他的奉獻與努力都會與他們共享。這些人一大早離開家之後，就不知道什麼時候——或者會不會有這個機會——能夠再次見到摯愛的人。莫洛總是挑選單身男子入隊，因為他說他不想要去安撫寡婦與孤兒。他們自成一家人，就連非工作時段也都在一起，團結就是他們的力量泉源。

在珊卓拉的眼中，他們宛若禪修的僧侶，因為某種超越警察制服層次的鐵誓，緊緊相繫在一起。

「他還會再犯案。」

莫洛背向大家，走向電燈開關關掉電源的時候，冒出了這句話。眾人被此一消息與一片黑暗所吞沒，大家的靜默反應，不禁讓珊卓拉打了一陣寒顫。在那一剎那之間，幽暗讓她陷入迷茫，但投影機的虹光隨即出現，讓她得以又見到周遭的世界。

大螢幕上出現的是她在早晨所拍攝的其中一張照片。

車門大敞，女孩胸腔中刀。

現場並沒有人因為害怕而移開目光，這些男人早就有心理準備，任何狀況都無所懼，不過，日積月累之後，憐憫與嫌惡感也會逐漸退卻，取而代之的是某種截然不同的感覺，珊卓拉稱之為「距離的幻象」。那倒不是冷漠，而是習慣成自然。

「這才只是剛開始而已，」莫洛滔滔不絕，「下一次可能是隔了一天、一個月，或是十年，但他一定會繼續作案，這一點是必然的。所以，我們必須要立刻阻止他，我們別無選擇。」他走到了螢幕的正中央，所以投影的影像也覆蓋在他全身，讓他的面孔變得模糊難辨，彷彿螢幕上的恐怖畫面成為了完美的偽裝。「我們接下來將會仔細查訪這兩個年輕人的生活，看看是否有人對他們或他們的家人懷有怨怒：挫敗的過往情人、對其不滿的親戚、憤怒的債主或債務人、與組織犯罪之間的牽扯、惹到不該惹的人……雖然我們還沒有任何頭緒，但我已經可以立刻做出結論，以上這些假設都不會成立。」他伸出手臂，指向螢幕，「不過，我現在要講的並不是偵查方向、證據，以及線索。我們先暫且放下所有的警界辦案規範，忘記一切標準程序。我要你們專心凝視這些影像，給我看仔細了。」他變得安靜不語，只是拿著遙控器切換影像。「這一切井然有序，你們難道沒看出來嗎？這不是即興殺人，兇手早已事先謀劃一切，他耗盡心思，行事謹慎，大家要記好了，這是他的任務，而且幹得十分漂亮。」

莫洛的手法讓珊卓拉大吃一驚。他把傳統途徑擱在一旁，因為他希望激發這些手下的情緒反應。

「我要求各位記得這些照片的所有細節，因為如果我們想要找尋合理的解釋，我們永遠不會逮到兇手。我們反而應該要去體會他的感覺，一開始的時候，可能會覺得不舒服，但請各位相信我，這是唯一的方法了。」

首先出現的是死亡男性的照片組。頸後的傷口、血跡，還有蒼白又噁心的裸姿，看起來就像是戲劇場景。有時候，警察看到這種場景的時候會嘴角泛笑，珊卓拉見識過好幾次了。不過，這並非是嘲諷或缺乏莊重，應該說是某種自我防衛機制。

副處長讓大家繼續看照片，「千萬不要被這種殺戮現場的混亂模樣給騙了，因為這只是表象而已。他完全不留破綻，思慮縝密，詳細策劃之後才付諸行動。他不是瘋子，而且反而可能是個社會適應良好的人。」

要是外行人聽到這種話，可能會覺得很疑惑，彷彿他在真心稱讚一樣。但莫洛的目的只是希望他們不要出現許多警官都會犯下的失誤：輕忽對手。

他走出投影機的光束之外，凝望大家，「這起謀殺案含有性元素，因為他挑選的是正在做愛的年輕男女，但他並沒有侵害死者。醫生們已經確認過了，女孩並沒有被性侵，而根據初步的驗屍報告顯示，男性死者也一樣。所以這名兇手並非是因為原始衝動或是為了高潮而犯下罪行。如果你們以為他對著屍體自瀆，留下DNA，那就錯了。他發動襲擊，消失，最重要的是：觀看。從此時此刻開始，他會持續盯著我們警方的一舉一動。現在他已經出來犯案，他知道自己絕對沒有出錯的空間，但必須接受試煉的人不是只有他——我們也一樣。到了最後，勝出的不是最優秀的那一個，而是能夠將對方的失誤利用得淋漓盡致的人，而他已經比我們多了一項優勢：」他轉動手腕，讓大家看到他的手錶，「時間。我們正在與這個殺人魔賽跑，而且我們一定得贏。但這並不表示我們必須慌張，慌張是糟糕的戰友。我們反而應該像他一樣，採取詭譎難測的行為模式。這是我們唯一能夠阻卻他的方法。因為，大家一定都已經很清楚了，他早有其他的犯案陰謀。」他不再播放照片，定格在最後一張。

迪安娜．德爾高蒂歐的特寫。

珊卓拉可以想像那女孩有多麼焦急，動彈不得，處於昏迷狀態，努力想要讓別人知道她還活著。不過，看到那張硬邦邦的臉龐，她也不禁想起自己當初拍下那張照片時的印象。已經被淚水糊濕，但依然相當完整的妝容，眼影、腮紅還有唇膏。

沒錯，的確有哪裡不太對勁。

「仔細看看，」莫洛繼續開口，打斷了她的思緒，「這就是他所犯的惡行，因為這是他的嗜好。要是迪安娜．德爾高蒂歐因為奇蹟而能夠存活下去的話，我們就有了一個可以認出他的證人了。」

大家對這句話都沒有反應，就連輕輕點頭也沒有。這只能算是某種隱於內心的期望，最多也只不過如此而已。

莫洛突然面向珊卓拉，「維加警官……」

「是，長官。」

「妳在今天早上的表現非常突出。」

這樣的稱讚讓珊卓拉緊張不安。

「維加警官，我們希望妳加入我們的團隊。」

這樣的邀請讓她好害怕。其他同仁要是知道獲准進入莫洛的團隊，一定是受寵若驚，但她不是這種人。「長官，我不知道自己能否適任。」

在昏暗的光線之中，莫洛努力想要將目光定焦在她身上，「現在這種時候不需要客套。」

「我不是客套，只是我從來沒有處理過這樣的案件。」

珊卓拉發現警司克里斯匹正在猛搖頭，貌似在譴責她。

莫洛指向門口，「那我們這麼說吧：中央統籌偵案小組不需要妳，需要妳的是外頭某兩個不知馬上就要輪到自己遭殃的年輕人，因為這是遲早會發生的事，維加警官，妳知我知。就連我們現在討論這話題，也已經浪費他們太多的時間。」

他顯然心意已決，珊卓拉沒有氣力回嘴，而且，莫洛已經別開目光，切入別的主題。

「我們的人馬依然在歐斯提亞的松林裡進行最後的蒐證，所以我們馬上就可以分析他們找到的線索，重建原貌，了解兇手的犯案模式。現在，我要你們專心在心裡、在骨子裡、在最不可告人的隱密之地，深刻體會自己的感受。現在回家去，仔細思考清楚，明天不要給我看到任何的情緒反應，大家必須要保持冷靜理性，會議到此結束。」

第一個走出去的是莫洛，其他人也陸續起身離開。不過，珊卓拉依然坐在原處，望著迪安娜在螢幕上的那張靜照。大家從她身旁魚貫而過，她的目光卻依然緊盯著那照片不放。她希望有人能夠關掉投影機，現在，這樣的暴露殘像似乎沒有任何意義，也有失尊重。

莫洛剛才給他們上了一場情緒訓練課程，但他希望他們明天能夠「保持冷靜理性」。而現在的迪安娜．德爾高蒂歐已經再也不是懷抱美夢、企圖與計畫的二十歲女孩，她已經失去了原有的身分。她成為調查案的素材，在遇害之後，短暫地得到受害者名號的普通人。而這樣的轉換過程就發生在這場會議之中，就在每個人的面前。

珊卓拉想起了那個關鍵字：習慣成自然，那是讓警察得以戰勝邪魔的抗體。所以，當大家對迪安娜照片置之不理的時候，她覺得自己有責任，至少要在眾人走光之前，要好好凝視照片。她盯著那張特寫，越看越不對勁。

有個細節不合情理。

那女孩臉龐的糊髒妝容，有個地方太詭異，珊卓拉終於看出來了。

唇膏。

第六章

「學習拍攝空無。」

這是警校鑑識攝影課老師當時所說的話。珊卓拉彼時才剛滿二十歲，對於她與她的同學來說，那些話聽起來荒謬極了。老鳥警官老愛掛在嘴邊的那種人生哲理俗諺，就像是「以敵人為鏡」或者「永不背棄同志」的話。對她來說——對於自信滿滿又大膽的她而言——這種說法只是對菜鳥洗腦的步驟之一，如此一來，就不必對他們說出真相：人類是匪類，入了這一行，過沒多久之後就會以因為自己也是人類的一份子而感到噁心。

「冷漠是諸位最好的戰友，」那位老師還說，「因為重要的並不是你相機前面的那些物件，而是不在現場的一切。」然後，他又重複了一次，「學習拍攝空無。」

之後，他找了一個房間，讓他們入內練習拍照。這是某個刻意安排的場景：某間普通至極，家具一應俱全的客廳。不過，他劈頭就宣布這裡曾是犯罪現場，他們的任務是要找出這裡到底發生了什麼慘案。

沒有血跡，沒有屍體，沒有武器，只有一般的家具。

為了完成任務，他們必須要忽略沙發上的嬰兒食物污漬，這表示屋內有孩童居住，還有空氣芳香劑的氣味，顯然是仔細操持家務女子的精心選擇。手扶椅上面有做了一半的拼字遊戲——天知道會有誰能把它完成？咖啡桌上散落著多本旅遊雜誌，想必某人曾經在這裡開心構思未來計畫，卻渾然不覺即將有大禍臨頭。

到處都是戛然而止的細節。這樣的課程主旨十分明確：同理心會造成混淆。為了要拍攝出空無，首先，必須要自己想辦法在內心創造出空茫情境。

而珊卓拉果然辦到了，連她自己都嚇了一大跳。她把自己當成那名潛在受害人，對於自己的感受完全置之不理。她運用受害者的角度觀看一切，而不是她自己的視角。她想像受害者躺在地面，臉部朝上，所以她也躺了下來，因此看到了椅子下方的訊息：

FAB

這裡其實是某個真實刑案現場的複製場景，某名垂死的女子使出最後氣力，以自己的鮮血寫下了兇手名字的前三個字母。

法比里奇歐（Fabrizio），她的先生。

她指認了兇手，就是自己的老公。

珊卓拉後來發現這位女子名列失蹤名單長達二十五年之久，而她先生一直在媒體前哭哭啼啼，還上電視央求大家幫忙尋人。而當他決定要賣出這間包含家具的房子時，新主人發現了這個隱藏多時的秘密，真相才終於爆發出來。

正義仍然可能在人死後得到伸張，這一點也讓珊卓拉釋然多了。不過，雖然謎團已經解開，但他們卻一直沒找到那具女屍。

「學習拍攝空無。」珊卓拉現在坐在自己的安靜座車裡，對自己複述了那句話。基本上，這就等於是副處長莫洛剛才所提出的要求：先浸淫在自己的情緒之中，等到完全脫離之後，重新找回應有的冷靜態度。

不過，珊卓拉並沒有立刻返家，為了明天正式啟動追捕兇手的會議沉澱自己的心緒。出現在擋風玻璃前方的是位於歐斯提亞的那片松林，泛光燈映亮了現場。柴油發電機的噪音以及強光不禁讓她聯想到鄉村舞會。不過，此時並不是夏天，等一下也不會播放音樂。現在是嚴峻冬日，身著白色防護衣的警察宛若鬼魂起舞，在犯罪現場來回走動，是樹林裡迴盪的唯一聲響。

搜索已經進行了一整天之久，珊卓拉在下班時又回到現場，把車停在遠方，望著她的同事們在工作。沒有人問她為什麼要待在這裡等待大家離開，但她有她的原因。

有關迪安娜的唇膏，她直覺認定有問題。

那女孩在香水店工作，當初珊卓拉果然沒猜錯，一看到女孩的妝容，馬上就覺得她應該是這個領域的專家。不過，揣想受害人的生活面向，大大縮減了珊卓拉與受害人之間的距離，這樣不好，她不該這麼投入，太危險了。

她早就學到了教訓，將近三年前的時候，她差點害自己喪命，她先生死亡，被倉促判定為「意外」事件，逼得她只好自己一個人進行調查。她必須費盡心力，才能保持頭腦冷靜，不能摻入任何的憤怒或悔恨。那是一場高風險的苦戰，不過，那時候她孤家寡人，她當然無所懼。

但她現在有了麥克斯。

對於她所選擇的生活而言，他的確完美無瑕。轉調到羅馬，住在特拉斯特維雷的公寓、新面孔、新同事，剛剛好的時間地點，可以開始撒下全新記憶的種子，麥克斯是能夠與她分享一切的好伴侶。

他是高中歷史老師，總是沉浸在自己的書香世界裡，可以待在書房裡好幾個小時不出來。珊卓拉相信要是她不在那裡的話，他一定會忘記吃東西或上廁所。他的日常與警察工作八竿子打不著關係，生活中唯一的恐懼應該是親眼看到自己的學生在口試時的表現一塌糊塗。

沉浸在文字裡的人，絕對不會被世間的醜惡所侵擾。

只要珊卓拉問到麥克斯的研究主題，他總是興高采烈，言談之間充滿了熱情，手舞足蹈，眼中散發光彩。他在諾丁漢出生，但已經在義大利生活了二十年之久。「全世界只有一個地方適合歷史老師，」他總是這麼說，「就是羅馬。」

珊卓拉不想澆他冷水，沒有講出這座城市裡聚生了諸多惡行。所以她從來不曾提起自己的工作。但這一次她甚至得要說謊了，她撥打他的電話號碼，等待他的聲音。

「維加，妳現在一定已經在家裡了吧。」他總是喊她的姓，就和她同事一樣。

「現在有個大案子，我必須加班。」這是她的藉口。

「好，那我們稍後再吃晚餐。」

「我應該沒辦法吃晚餐，等會兒應該都待在外頭。」

「哦」是麥克斯聽到之後的唯一反應。他不是生氣，純粹就是嚇了一跳，這是她有史以來第一次得加班到這麼晚。

珊卓拉半閉雙眼，她的心情好惡劣。她知道自己必須趕快填補這段短暫的空檔，要是拖下去的話，這個故事的可信度就會大打折扣。「你一定不知道我煩死了，整個照相鑑識小組的人好像都得了流感。」

「妳穿得夠暖和嗎？我看了氣象報告，今晚會很冷。」

他這麼關心她，讓她更加過意不去，「當然沒問題。」

「要不要我等妳？」

「不需要，」她立刻回道，「我說真的，你直接上床睡覺，搞不好我很快就搞定了。」

「好，但是妳回家的時候要叫醒我。」

珊卓拉掛了電話，罪惡感並沒有改變她的心意。因為她覺得自己在早上的時候就像那個法醫一樣，匆匆忙忙離開了現場。她最後發現異狀，贏得了她同事與副處長莫洛的讚揚，其實也只不過是巧合罷了。要是她確實遵守拍照的規範，那麼她保護的主體就是證據，而不是她自己。她並沒有把相機當成挖掘犯罪現場的工具，反而成了她的掩護。

她必須要亡羊補牢。唯一的方法就是重複拍照步驟，確定萬無一失。

松林裡的警察與鑑識小組已經開始慢慢撤退，過沒多久之後，這裡就只會剩下她一個人，她有任務在身。

拍攝空無。

那對年輕情侶的車已經被移走，保護現場的警車也全都撤了，但他們忘了帶走紅白封鎖線膠帶。強風吹動松林枝葉，也把它吹得搖搖晃晃，而它所圈圍的區域裡已經什麼都沒有了。

珊卓拉看了一下時間，剛過午夜十二點。她把車停在三百公尺外的地方，但不知道這樣的距離夠不夠遠，她不希望有任何人注意到她的車。

薄雲遮蔽了月光，但她沒辦法使用手電筒，因為這樣可能會有人看到她，而且，這也會改變她對這個地方的感覺。等會兒拍照的時候，她會利用相機的紅外線照明功能確定方位，但她也打算要讓雙眼逐漸習慣微弱的月光。

她下了車，準備前往犯罪現場的正中央。當她穿越松林的時候，突然覺得自己這種行為可能是犯蠢，自曝在危險之中。沒有人知道她在這裡，而且她也不可能知道兇手的意圖。萬一他回來察看狀況呢？或者是回味昨晚犯案時的快感？有些兇手的確會幹這種事。

珊卓拉很清楚，這種悲觀思維其實是某種自我安撫的儀式。心中有了最壞的打算，其實只是要證明自己想太多而已。不過，就在這時候，一道光線破雲而出，停駐在地面。

她這才發覺有狀況，約莫一百公尺之外的樹林裡有個幽黑人影。

她進入警戒狀態，放慢腳步，但她也不能立刻停下來。現在她的全身上下已經盈滿恐懼，她又向前跨了一步，松林落葉堆發出了窸窣聲響。就在這個時候，那團人影正經過犯罪現場，而且還四處張望，珊卓拉嚇壞了，然後，她發現那名男子做出了讓人完全意想不到的舉動。

他劃出十字聖號。

在那一瞬間，她鬆了一口氣：這是虔誠教徒。但過了一秒鐘之後，她才真正看懂剛才的畫面，開始在她腦中以慢動作播放。

劃聖號的方向完全相反——居然是從右至左，從下往上。

「蹲下來！」

那幾個字宛若從幽黑之境發出的低語，從她後方約莫幾公尺之遠的地方傳過來。珊卓拉宛若大夢初醒，但這只是掉入了另一個惡夢之中。她正打算要大叫，但剛才開口的男人卻繼續往前。他的太陽穴有傷疤，而且他立刻向她示意和他一起蹲在樹後面。珊卓拉覺得此人面熟，但花了好一會兒的時間才認出他。

馬庫斯，她以前見過的神父，幾乎是三年前的事了。

他再次示意請她蹲下，然後，走過去握住她的手，慢慢把她拉下來。她乖乖照做，然後猛盯著他不放，她還是覺得很不可思議。不過，他卻望著前方。

他們看到那名身分不詳的男子蹲下來，用掌心在碰觸地面，似乎是在找東西。

珊卓拉低聲問道，她的心臟依然噗通噗通跳得好厲害，「他在做什麼？」

馬庫斯沒回答。

「我們得阻止他。」她的這句話是宣示，也是疑問，因為現在她真的也不知該如何是好。

「妳身上有沒有帶武器？」

她老實招認，「沒有。」

馬庫斯搖頭，似是認為他們不能如此冒險躁進。

她不可置信，「難道你要放他走？」

值此同時，那名身分不明的男子再次起身。他站在那裡好一會兒，動也不動。然後，又走入幽暗地帶，與他們完全相反的那個方向。

珊卓拉立刻跳起來往前衝。

馬庫斯想要阻止她，「等一下。」

「車號！」她指的是對方前來這裡的交通工具。

那名身分不明男子雖然不知道自己被跟蹤，但腳步似乎越來越快，珊卓拉想要跟上他的速度，但是踩踏針葉的聲響恐怕會洩露她的行跡，所以她只能放慢速度。

正因為腳步趨緩，她才注意到對方有某種熟悉感，也許是因為他行走的方式，或者是他的姿勢，但那股感受稍縱即逝，立刻就沒了。

那男子爬過小山丘，消失在她的眼前。她正納悶他不知去了哪裡，此時就傳來了關車門的聲響，還有發動引擎的噪音。

珊卓拉開始以極速狂奔，途中還絆到樹枝，差點摔倒。她的小腿開始發疼，但依然拚命維持速度，因為她不想跟丟這個人，那兩名死亡年輕人的照片在她面前不斷閃現。如果這個人真的是殺死他們的兇手，她絕對不能讓他就這麼離開，不行，她萬萬無法容忍。

不過，當她到達樹林邊界的時候，卻看到那台車以熄燈的方式駛離了現場。在淡弱的月光之下，根本沒辦法看清後面的車牌號碼。

「靠！」她破口大罵，然後又轉身過去。馬庫斯站在她後方，與她相隔了幾步之遠而已。她開口問道，「他是誰？」

「我不知道。」

她原本期待能夠聽到不同的答案。看到他這麼冷靜自持的反應，讓她嚇了一大跳，彷彿這位聖赦神父根本不在意錯失了找出兇手身分的機會。「你是因為他才出現在這裡的對嗎？你也在追捕他吧？」

「對。」他不想讓她知道實情，他之所以會出現在這裡，其實都是因為她，而且他經常站在她家外面，不然就是等她下班，所以可以在她渾然不知的狀況下，一起陪她回家。還有，他喜歡在遠方盯著她。而且今晚她從總部離開之後，並沒有馬上回家，所以他立刻決定要跟著一起過來。

但珊卓拉的心緒還深陷在剛才的事件中，完全沒有察覺他在說謊，「我們差點就追到他了。」

他面無表情看著她，突然轉身，「我們過去吧。」

「去哪裡？」

「他剛才跪著的地方，搞不好埋了什麼東西。」

第七章

他們利用珊卓拉智慧型手機的光源，開始尋找那身分不明男子挖掘的地點。

馬庫斯終於開口，「就在這裡。」

他們兩人彎身，盯著眼前那一坨剛翻動過的泥土。

馬庫斯從外套口袋裡取出乳膠手套，戴上之後開始撥開泥巴，速度緩慢，小心翼翼。珊卓拉依然拿著手機打燈，緊盯不放，甚是焦急。過了一會兒之後，馬庫斯停下動作。

她開口問道，「為什麼不繼續挖下去？」

「什麼都沒有。」

「但你剛才說——」

「我知道，」他打斷她，語氣平靜，「我不明白，這泥土明明被翻動過，妳自己也看到了。」

他們往回走，然後又靜靜站立了好一會兒。馬庫斯擔心珊卓拉會再次詢問他前來此地的目的，為了避免引發她的懷疑，他一定得想辦法迴避這個話題，他開口問道，「妳知道多少案情？」

她似乎在思索該怎麼回答才好，態度猶豫不決。

「妳可以選擇不說。不過，也許我可以助妳一臂之力。」

她滿臉狐疑，「你要怎麼幫我？」

「交換情報。」

珊卓拉開始思忖，也許這的確可行。將近三年前，她曾經見識過他的辦案手法，她知道他功力高強，而且看待事物的角度與警方截然不同。他沒辦法像她一樣，以相機「拍攝空無」，但是他卻可以看出邪魔留下的隱形痕跡。所以她決定卸下心防，全部說了出來，包括那兩名年輕人的遇害事件，以及後續的驚人發展，迪安娜・德爾高蒂歐雖然身受嚴重創傷，而且還遇到冰寒冬夜，但還是撐了下來。

馬庫斯問道，「我可以看照片嗎？」

這句話讓珊卓拉又僵住了。

「如果妳想要知道今晚到底發生了什麼事，那男人在這裡做什麼，妳就必須讓我看到犯罪現場的照片。」

過了一會兒之後，珊卓拉回來了，她從車上拿了兩支手電筒與平板電腦。馬庫斯立刻伸手過去，不過，她在把東西交出去之前，想要先把話講清楚，「我這種行為違反了工作守則，而且也犯了法。」然後，她把平板電腦與其中一支手電筒給了馬庫斯。

馬庫斯望著第一批照片，重點是兇手掩護自己的那棵樹木。

她說道，「他躲在那裡監視他們。」

「讓我看一下現場。」

她把馬庫斯帶過去，地面松林落葉的清理痕跡依然清晰可見。珊卓拉不知道接下來會發生什麼狀況，這與警方側繪者的切入方式根本是天壤之別。

馬庫斯低頭，然後眉眼一揚，緊盯前方，「好，我們開始吧。」

首先，他劃了十字聖號，但並非那身分不明男子所做出的顛倒順序。珊卓拉發現到馬庫斯的神情變得不一樣，出現一連串的細微變化。他雙眼四周的線條變得放鬆多了，呼吸越來越深沉，他不只是在專注凝神，體內也湧現了某股氣息。

「我在這裡待了多久？」他開始向自己提問，融入了兇手的心理狀態，「十分鐘？還是十五分鐘？我仔細觀察他們，享受展開行動之前的那一刻。」

馬庫斯告訴自己，我知道你的感覺。腎上腺素飆升，腹部緊繃，混雜了興奮與焦慮，就像是小時候玩捉迷藏一樣。頸後出現微癢感，某種讓雙臂寒毛豎起的顫動電流。

珊卓拉開始漸漸明白現在的狀況：沒有人能夠進入兇手的內心世界，但是聖赦神父能夠召喚對方心中的惡魔。她決定配合，向他提問，彷彿把他當成了真正的殺人犯。「你是不是刻意跟蹤他們來到這裡？」她問道，「也許你認識那女孩，你喜歡她，所以你一路跟了過來。」

「不。我老早就在這裡等他們，我不認識他們。我不挑受害者，只挑獵殺地點：勘查之後，開始自我準備。」

歐斯提亞的松林老早就是戀人的藏身地，尤其是夏天的時候，不過，到了冬天，願意冒險前來的愛侶並不多。兇手應該在樹林裡徘徊多日，伺機而動，最後，果然讓他稱心如意。

「你為什麼要清理地面？」

馬庫斯低頭，「我隨身帶了包包，應該是後背包，我不希望沾到針葉弄髒了它。我一直十分小心呵護它，因為裡面藏有我的道具，我的魔法道具，因為我就像是個魔術師。」

他心想：兇手挑選了恰到好處的時機，緩緩接近被害人，製造驚駭效果。這是魔術技法的一部分。

馬庫斯轉移陣地，開始走向事發現場中央。珊卓拉緊跟在後，這樣的犯罪現場重建過程讓她大開眼界。

「我悄悄走到了車子旁邊，他們根本沒看到我。」

馬庫斯開始看下一批照片，赤身裸體的受害人。

「他們當時已經脫了衣服？還是被迫脫光？」珊卓拉問道，「他們已經開始做愛？還是正準備要開始？」

「我之所以挑選情侶下手，是因為我沒有辦法與別人相處，我沒有辦法與任何人談戀愛或是發生性關係。我的個性有問題，會讓別人對我敬而遠之。我是因為嫉妒而激發了殺機，對，我嫉妒他們……所以我喜歡偷看他們，然後殺死他們。他們享受歡愉，我要懲罰他們。」

他說出這些話的時候，完全不帶一絲情緒，讓珊卓拉全身起了寒顫。突然之間，聖赦神父毫無表情的雙眼讓她好害怕，完全看不到憤怒，只有全然的疏離，馬庫斯不只是融入了兇手的心理狀態。

他已經變成了那名兇手。

珊卓拉覺得好困惑。

「我沒有什麼性經驗，」馬庫斯繼續說道，「我的年紀在二十五歲到四十五歲之間。」要是性生活無法得到滿足，長年累積的挫敗感轉化為暴力的爆發期就是在這個階段，「我並沒有侵犯受害人。」

的確是這樣，珊卓拉記得，受害人並沒有遭到性侵。

這位聖赦神父望著車子的照片，整個人下蹲，與汽車引擎蓋同高，「我突然冒出來，拿槍對著他們，所以他們不敢發動車子逃跑。我身上帶了哪些東西？」

珊卓拉說道，「槍、獵刀，還有登山繩。」

「我把繩子交給了那男孩，說服他把女友綁在座位上頭。」

「你的意思是強迫。」

「我沒有出言威脅，從頭到尾都不曾大聲說話，我輕聲細語，因為我是教唆者。」其實，兇手連開槍示警這個動作都不需要，表現出認真態度就夠了。他只是要讓那男孩相信還有自救的機會，也就是說，如果他展現良好的配合態度，最後一定會得到回報。「顯然，那男孩乖乖聽令照做，我盯著他，確認他的確把她捆得死緊。」

珊卓拉心想：聖赦神父說的一點都沒錯。大家通常都輕忽了武器的說服力，也不知道為什麼，大家都誤以為自己可以應付那樣的狀況。

馬庫斯繼續翻照片，看到女孩胸骨中刀的那一張。

「你殺了她，但她很幸運，」珊卓拉話才一出口，就立刻因為自己的用詞而開始懊悔，「她的內出血之所以能夠止住，都是因為你把刀留在那裡，要是你抽出來的話，她可能就沒辦法活下來了。」

馬庫斯搖搖頭，「殺死那女孩的人不是我，所以我才留下了那把刀，這是為了你們，要留給你們看。」

珊卓拉不敢相信自己所聽到的話。

「我給了他一個交換的機會：她死，留他活口。」

她狀極驚駭，「你怎麼知道？」

「你等著看吧，妳會發現刀子上留下的是那男孩的指紋，不是我的，」他心想，兇手的目的是為了要羞辱兩人之間的愛苗，「這是愛情的試煉。」

「不過，要是他聽從你的話，那你為什麼也殺了他？最後你逼他下車，以近距離朝他頸後開槍，這是行刑式殺人。」

「因為我的承諾根本就是謊言，就像那對小情侶所感受到的愛意一樣，都是假的。而且，要是我能夠讓大家看到別人會純粹基於自私而殺人，那麼我自己的罪行當然也可以獲得赦免。」

一陣風起，吹晃樹頭，強烈的冷風穿過樹林，消失在黑暗之中。不過，對珊卓拉而言，那股幽氣似乎是從馬庫斯身上飄送而來。

他發現她驚恐萬分，突然之間，他從當下的不明狀態又被拉回到了現實之中。看到她目光所流露的恐懼，讓他好生慚愧，他不希望她以那種眼光看待他。他發現她不由自主後退了一小步，彷彿想要與他保持安全距離。

珊卓拉別過頭去，一臉尷尬。不過，看到了這樣的情景，她實在無法掩飾自己的侷促不安。為了要打破僵持的場面，她抽走他手中的平板電腦，「我要給你看個東西。」

她開始掃視照片，終於找到了迪安娜·德爾高蒂歐的特寫照。

「這女孩在某間香水店工作，」她說道，「你看她的臉妝，沒有被淚水弄糊的那些部分，相當精緻，而且就連唇膏也一樣。」

馬庫斯眼神空茫，望著那張照片。他依然處於驚駭狀態，也許正因為如此，他還無法立即了解這個細節的重要性。

珊卓拉繼續努力解釋，「當我拍下這張照片的時候，感覺很詭異，就是有哪裡不對勁，但後來我才明白為什麼。剛才你提到我們面對的這個兇手有窺淫癖，他會等到出現性愛場景之後才現身。不過，要是迪安娜與她男友正打得火熱，為什麼唇膏依然完好？」

馬庫斯懂了，「這是他之後畫上去的。」

珊卓拉點頭，「我也這麼覺得。其實，這一點我早就十分確定。」

馬庫斯聽到這句話，十分好奇。他依然不知道該怎麼把這一點嵌入兇手的犯案模式當中，但他深信在對方行兇儀式當中，一定有它的特殊意涵。他開始自言自語，「明明在眾人面前，但卻沒有人看得出來的違常之處，總是隱藏了邪行。」

「這話什麼意思？」

馬庫斯再次望著她，「答案都在這裡，妳必須在此尋找答案。」這就像是聖路易教堂裡的那幅《聖馬太殉難》一樣，只是需要找出觀看之道罷了。「我們雖然看不見兇手，但他依然在這裡，我們不需要前往他處，就是要在這個地方把他找出來。」

珊卓拉明白了，「你說的是我們先前看到的那個男人，你認為他不是兇手。」

「過了數十個小時之後又回來的意義何在？看到受害人死亡，飽受凌辱，兇手也就抒發了自己病態又殘暴的欲望，他的衝動已經得到了滿足。記得嗎？他是教唆者，他已經在尋找下一次的獵物了。」

珊卓拉知道馬庫斯並沒有吐露全部的實情，一定沒有說出真正的原因。這個論點固然有道理，但是從馬庫斯心神不寧的狀態看來，應是另有隱情。「因為那個人劃了十字聖號，所以你覺得他不是兇手，對嗎？」

那個順序顛倒的動作，也的確讓馬庫斯十分驚心。

珊卓拉緊追不放，「所以你覺得這個人到底是誰？」

「維加警官，妳必須要尋找違常之處，只有細節是不夠的。他來這裡做什麼？」

珊卓拉仔細思索剛才看到的場景，「他跪在地上挖洞，但裡面沒有任何東西……」

「正是如此，」馬庫斯說道，「他剛才不是在掩埋，而是把東西挖出來。」

「這是你的第二堂訓練課。」

克里蒙提在賽彭提路的某間閣樓小房間找到了馬庫斯。那並不是什麼大地方，裡頭除了一盞燈、靠牆的行軍床，但從那小小窗戶望向外頭，可以看到別有韻致的羅馬屋頂美景。

馬庫斯伸手撫摸那塊依然緊貼太陽穴傷口的繃帶，現在，這已經成了某種習慣性小動作，幾乎是出於下意識。自從他喪失記憶之後，有時會覺得一切都只是他的幻夢，所以，這也成了他向自己證明自己確實存在的必要手勢。「沒問題，我已經準備好了。」

「我是你唯一的聯絡對象，你不會與其他人有任何接觸，也不會知道自己到底是從哪裡接收命令與任務。除此之外，你與其他人最好是少互動為妙。多年前，你曾經立下孤單一生的誓約，圍限你的並不是修道院的高牆，而是周邊的世界。」

馬庫斯不知道自己能否成功挑戰這樣的艱困條件。不過，他內心隱約覺得自己不需要其他人，他早就已經習慣了獨處。

「教廷一直特別注意某些犯罪類型，」克里蒙提說道，「這些案件之所以顯得格外不同，是因為它們含有違常之處。在這過去的數百年以來，這類的違常狀況曾經被賦予了各式各樣的定義：絕對之惡、大罪、邪道，不過，這些名稱都不足以描繪某種難以解釋的現象：人性的潛藏之惡。教廷從一開始就搜尋這類的案件，進行分析，並且分門別類。為了要達成這樣的使命，它配出了一批特訓的神職人員：聖赦神父，也就是追黑獵人。」

「這就是我以前的任務嗎？」

「你的任務是為教廷找出邪魔。你所受到的訓練，其實與犯罪學家或是警方側繪人員一模一樣，但你還能夠辨識出他們無法參透的細節。」他停頓了一會兒，繼續說道，「有些狀況會讓人類不想承認，或是佯裝看不到。」

但馬庫斯依然不是十分明白自己的任務內容，「為什麼是我？」

「馬庫斯，邪惡是王道，良善是例外。」

雖然克里蒙提沒有回答他的問題，但那些字句卻讓他受到極大的震撼。意思很清楚了，他是工具。他和其他人不一樣，他知道惡行永恆常存，身為聖赦神父，生活中完全沒有容納親友以及愛人的空間。歡愉會造成分心，就算有這樣的限制，他也必須承擔。

「我要怎麼知道自己已經準備好了？」

「到時候你就知道了。不過，為了要能夠體察惡行，你得要先學習如何以良善為出發點、執行任務。」然後，克里蒙提告訴他某個地址，還交給他一樣東西。

鑰匙。

馬庫斯前往那個地點，渾然不知會遇到什麼狀況。

那是位於城市某處郊區的兩層樓獨棟別墅。他一到達現場，就看到外頭站了一群人，大門口出現了紫色絲絨十字架：顯然這戶是喪宅。

他從那一堆親友中間走了進去，沒有人注意到他。大家都在低聲說話，沒有人在哭，但氣氛卻因為悲戚而十分凝重。

這戶人家遭逢不幸的是某個小女孩。馬庫斯立刻就認出了她的父母，因為大家都站著，只有他們兩個坐在椅子上，兩人的神情有悲傷，但更多的是錯愕。

他與那位父親互看了一眼。對方是五十多歲的健壯男子，那種可以赤手空拳將鐵棒折彎的人。不過，現在的他看起來卻好頹喪，一副軟癱無力的模樣。

眾人魚貫前往敞開的棺材前、表達致哀之意，馬庫斯也跟了過去。當他一看到那小女孩，他立刻就明白了。死神早在她生前就開始耀武揚威，再加上從旁人口中聽到的對話，原來，她的死因就是她自己。

毒品立刻吞食了她的性命。

但馬庫斯不懂的是，遇到這種狀況，他也愛莫能助，一切似乎無力可回天。然後，他從口袋裡拿出克里蒙提先前交給他的那把鑰匙，放在掌心中凝望。

它可以通向何處？

他也只能發揮勤勞精神：每一道門都試看看。他在屋內四處遊走，找尋正確的那一扇門，他小心翼翼，不想引來別人的注目，但卻遍尋無果。

他正打算要放棄的時候，發現屋內有後門，這是唯一沒有上鎖的入口。光伸手輕輕一推就開了，裡面是階梯。他往下走，進入昏暗的地下室。

裡面擺放了老舊家具，放置自己動手做的工具設備桌檯，然後，他轉身，發現還有個小木屋，是三溫暖。

他走到屋門前，想要透過小框窗察看裡面的狀況，但玻璃太厚了，而且光線也太過昏暗。所以他決定試一下那把鑰匙，他萬萬沒想到，門鎖居然真的開了。

他打開門，惡臭立刻撲鼻而來。嘔吐物、汗臭，加上排泄物。出於本能反應，他立刻往後退，但隨後還是繼續往前走。

狹小空間的地板上頭躺了一個人，衣衫襤褸，頭髮蓬亂，鬍鬚雜長。從他那隻腫脹到不行的眼睛、蓋住整個鼻口的乾涸血跡，還有諸多瘀青看來，顯然曾經遭人多次痛扁。雖然雙臂沾滿了黑泥，但還是可以看到部分刺青：骷髏頭加兩根交叉的大腿骨。脖子上還有另外一個刺青，納粹的圖騰符號。

馬庫斯端詳他的狀況，立刻猜到此人被關在這裡有好長一段時間了。

那男子面向馬庫斯，立刻以手遮住那隻完好的眼睛，因為就連微弱的燈光也讓他十分不適，他的眼中看得出純然的恐懼。過了一會兒之後，他才發現馬庫斯是這場惡夢中的陌生角色，也許這正是他鼓起勇氣對他開口的原因。

「不是我的錯……那些小孩來找我，只要能吸毒，他們什麼都願意幹……她想要向我賣身，她需要錢……我就照做了，她吸毒和我無關……」

他剛開口時的那股熱切已經慢慢消失無蹤，期盼也沒了。他又躺下來，垂頭喪氣，就像是被拴住的狂犬病狗兒，吠完之後又躺回去，因為牠知道自己永遠不可能重獲自由。

「那女孩死了。」

聽到這句話，那男人低下了頭。

馬庫斯站在那裡看著對方，心裡好納悶，不知道克里蒙提為什麼要讓他接受這種考驗，不過，真正的問題其實不是這個，而是另有其他癥結。

該如何做是好？

他眼前的這傢伙是個壞人，他的那些刺青符號已經清楚表明他的立場。受到嚴懲，也是他活該，但這樣是不對的。如果放走了這個人，很可能會繼續害其他人遭殃。那麼他自己也該受到譴責，因為他成了縱容惡行的共犯。

在這種狀況下，什麼是善？什麼是惡？他究竟該怎麼辨？放走這個囚徒？還是關上門一走了之？

「邪惡是王道，良善是例外。」然而，在那個當下，他已經分不出差別。

第八章

他們平常的聯絡方式都是語音留言。

只要其中一人有事相告，就會撥打某個特定號碼，留下語音訊息。這個號碼會經常更換，但頻率不一，可能一用就是好幾個月，但克里蒙提也可能用了幾天就更換新號碼。馬庫斯知道這是基於安全理由，但他從來沒有問過背後原因。就連這麼平凡的問題，其實也等於間接牽涉到他朋友一直不肯讓他知道的那個世界，而馬庫斯的耐心已經快被磨光了。儘管克里蒙提有充分的理由，或者可能是為了要捍護他們的秘密，但他還是覺得自己被利用了，所以他們最近的關係才會變得這麼緊張。

馬庫斯與珊卓拉在歐斯提亞松林共同經歷了那一夜之後，他撥打那支電話，打算要求見面。不過，他嚇了一大跳，因為他朋友早已留了話。

他們相約八點鐘見面，地點是聖阿波里納雷教堂。

馬庫斯走過那沃納廣場，這時候開始逐漸聚集許多藝術家小攤位，展現羅馬各個美麗地點的風景畫。酒吧已經將餐桌擺到外頭，時值冬日，所有的桌子都擺在大型瓦斯暖爐的旁邊。

聖阿波里納雷教堂位於同名廣場的附近，它不算富麗堂皇，也不是特別華美，但這棟簡單的教堂卻與附近的建物融合得恰如其分。它曾經是宗座德國及匈牙利學院總部的其中一個校區，多年之後，成了聖十字教宗大學的校址。

不過，這間教堂真正的特殊之處，其實是兩段歷史，其中一個歷史久遠，另一個則發生在近代，兩個都充滿奇謎色彩。

第一個故事，必須要回溯到十五世紀，牽涉到某張聖母像。在一四九四年的時候，查理八世的軍隊曾經在教堂前面紮營，忠誠的信徒使用泥灰蓋住這幅聖像，以免讓聖母瑪利亞見到這些士兵的惡形惡狀。不過，也正因為如此，這幅畫被遺忘了一百五十年之久，直到一六四七年發生的那場地震，才震碎了那一塊護守畫作的屏障。

至於第二個，發生的時點與現在就相當接近，有關安列可・迪・培蒂斯下葬在這間教堂的離奇事件。以「小雷納多」之名行走江湖的安列可・迪・培蒂斯，是血腥幫派「瑪里亞納」的成員之一，這個犯罪集團在七〇年代中期崛起，而且與羅馬的諸多懸疑重案有關，某些甚至還牽連到梵蒂岡。歷經司法審判與血腥殺戮之後，這個幫派已經式微，但某些人仍然認為他們依然躲在暗處運作。

馬庫斯一直覺得很納悶，這個幫派最殘暴的成員，為什麼可以得到過去只有聖者、對教廷具有重大貢獻者，以及教宗、紅衣主教、主教才能得到的專屬榮寵？他想起過去教廷曾經出現一起醜聞，某人揭發城內的某起可疑命案，逼使教會高層必須把屍體交出來。不過，其實教廷一直大力反對，態度令人費解，經過漫長的交涉，他們才終於願意退讓。

多年前曾經有個女孩在聖阿波里納雷教堂失蹤，根據某些線人的情報，她的遺骸就在迪・培蒂斯位於聖阿波里納雷教堂的陵墓裡面。這位名叫艾曼紐拉・歐蘭迪的女孩，是梵蒂岡某名工作人員的女兒，有一派說法是她之所以遭到綁架，是為了要勒索教宗。不過，掘開迪・培蒂斯的墓之後，卻只是證明這又是一條混淆案情的錯誤情報而已。

回想起這些歷史，馬庫斯不禁覺得納悶，克里蒙提為什麼要約在這麼特殊的地點見面？想起上次他們的爭辯過程，還有，為了一年前梵蒂岡花園修女分屍案，向克里蒙提要求見上級時，他朋友那一臉不以為然的模樣，就讓他心裡不舒服。

「我們無權過問，無權知悉，只能遵守就是了。」

他希望克里蒙提這次找他來，其實是為了要乞求他的原諒，一想到這，也讓馬庫斯的心念一轉，走到聖阿波里納雷教堂門前廣場的時候，不禁加快了腳步。

當他進去教堂的時候，裡面空無一人，刻有紅衣主教與主教姓名的大理石中殿裡面，迴盪著他的腳步聲。

克里蒙提早已坐在某張前排長椅裡面，大腿上放了一個黑色的真皮包包。他轉頭看了一下馬庫斯，靜靜對他揮手示意，邀他坐在自己身旁，「我想你還在生我的氣吧？」

「你是不是要來告訴我上級決定要一起合作辦案了？」

他回答得十分坦率，「不是。」

馬庫斯很失望，但不想洩露自己的心情，「所以到底是出了什麼事？」

「昨晚歐斯提亞的松林裡發生慘劇，有名年輕人身亡，還有一名年輕女子恐怕是危在旦夕。」

「我看到報紙的報導了。」馬庫斯撒謊，其實，由於珊卓拉的關係，他早就已經知道了一切，不過，他當然不能讓克里蒙提知道他一直在偷偷跟蹤某個女人，因為他對某個女人可能懷有情愫，連他自己也搞不清楚的那種感覺。

克里蒙提看著馬庫斯，彷彿猜到他在撒謊，「這個案子就交給你了。」他嚇了一大跳。因為警方早已投下最優秀的人力與大量資源偵辦此案，中央統籌偵案小組具有絕對優勢，絕對能夠擒住兇手。「為什麼？」

克里蒙提從來不會明說他們啟動調查案的真正原因，通常只是搪塞，不然就只說教廷希望能夠破某個案子，所以馬庫斯一直不知道自身任務背後的真正動機。不過，這次他朋友卻態度慨然，解釋得一清二楚。

「羅馬現在瀰漫著岌岌可危的氣氛，昨夜的事件對人們造成了嚴重影響，」馬庫斯萬萬沒想到克里蒙提的語氣會這麼憂心忡忡，「重點不是事件本身，而是它所代表的意涵：這種殺人手法充滿了象徵性的元素。」

馬庫斯開始回想兇手的設計情節：那名年輕人為了要自救，被迫殺害自己的女友，然後，他脖子後方中槍、慘遭冷血處決。兇手知道當警方抵達現場之後，將必須面對無法破解的諸多疑點，這是一場專門給他們觀看的表演。

然後，還有性的部分。雖然這惡魔並沒有凌辱受害者，但是他在這方面的意圖甚為明顯。這種類型的犯罪格外令人擔憂，因為他們會引發社會大眾的某種可怖興趣，雖然許多人嘴巴不承認，還假裝一臉嫌惡，但他們的確被一股危險的吸引力所深深吸引。不過，除此之外還有別的問題。

性是危險的載體。

比方說，只要是一發布有關性侵的統計數據，在接下來的那幾天當中，這種類型的犯罪就會暴增。那些數字——尤其要是居高不下的話——不但不會造成憤慨反應，反而會引發模仿效果。彷彿那些平常躲在暗處的性侵犯，本來都還能好好控制自己的衝動，突然之間覺得自己獲得授權，得以展開行動，把自己當成了某個大型匿名團體的一份子。

馬庫斯心想，要是作惡人人有份，罪行也就沒那麼嚴重了，這就是為什麼全球大部分的警察單位都不再公布有關性犯罪數據的真正原因。但他相信上級要調查這件案子，一定另有隱情，「為什麼他們突然對於歐斯提亞松林的這起案件發生興趣？」

「有沒有看到那間告解室？」克里蒙提指向左側的第二間小禮拜堂，「現在已經沒有神父會進去了，但還是偶爾會有人把它當作告解的地方。」

馬庫斯很好奇這番話背後到底有什麼意涵。

「以前黑道份子會利用那間告解室，將情報透露給警方。裡面裝有錄音機，只要有人一下跪，就會啟動機器。這是我們想出來的點子，所以任何人都可以向警察密報，但卻不需要擔心自己被逮捕。有時候，那些告解內容包含了寶貴訊息，而警方也會投桃報李，對某些狀況睜一隻眼閉一隻眼。說出來可能會讓你嚇一大跳，不過他們雙方的確是透過我們在進行交流，當然，沒有人知道。我們居中斡旋，營救了許多生靈。」

正是因為有這樣的合約，如迪・培蒂斯之流的罪犯屍首才得以葬於此地，直到最近才移到他處。現在，馬庫斯也明白了箇中道理：聖阿波里納雷教堂是個安全庇護所，是中立地帶。

「你說『以前』，也就是說這種現象已經不復存在。」

「現在有許多效率更好的溝通工具，」克里蒙提說道，「現在已經不需要教會作為中介。」

馬庫斯逐漸明瞭了，「但錄音機還是在那裡……」

「我們當初心想至少就留在那裡吧，也許哪一天可以派上用場，現在證明果然沒錯。」克里蒙提打開那個放在身上的黑色真皮包包，拿出了一台老舊的卡匣式錄音機。然後，他把某卷帶子插入卡槽，「五天前——也就是那兩名年輕人在歐斯提亞松林遇害之前——有人跪在那間告解室，講出了這些話……」

他按下播放鍵，中殿頓時充滿沙沙聲響，然後漸漸褪淡為回音，錄音帶的品質很糟糕，不過，過了一會兒之後，那條看不見的灰色河流，傳出了人語。

「……以前……夜晚出了事……大家都衝向他的落刀之處……」

這聽起來像是有人在遠方低語，不知是男是女，音源彷彿來自另一個世界，另一個面向。那是死人想要模仿生者的聲音，也許是因為他已經忘記自己已經斷氣。偶爾它會沒入背景的雜音之中，只能聽到片段的字句。

「……他的時間已經到來……小孩們死了……錯誤的愛給了錯誤的人……他對他們冷酷無情……鹽之童……要是沒有人阻止他，他絕對不會停手。」

這是錄音帶裡的那個人講出的最後一段話，然後，克里蒙提按下了停止鍵。

馬庫斯立刻就發現這段錄音絕非偶然，「他以第三人稱描述自己，但其實講的就是他。」這卷錄音留下的是兇手的聲音，字詞很明確，至少與其背後的恨意一樣明確。

「……大家都衝向他的落刀之處……」

克里蒙提默默觀察馬庫斯的反應，而他則開始進行字句分析。

「以前……」馬庫斯重複內容，「這句話的起頭不見了：以前怎麼了？而且，為什麼要用過去式的語氣在講未來的事件？」

除了炫耀型殺手經常表演的那些宣示與威脅話語之外，還有其他段落吸引了馬庫斯的注意力。

「小孩們死了，」馬庫斯低聲複述那句話，「『小孩們』是兇手審慎挑選的字詞，也就是說，歐斯提亞遇害的那兩名年輕人的父母，同樣算是他的下手目標。兇手攻擊他們的小孩，自然也讓父母們生不如死。他的恨意宛若地震的震波在不斷迴盪，震央是那兩個年輕人，但邪惡的震波繼續向外擴展，傷害到周邊所有的人——親朋好友以及認識他們的人——最後，波及到那些與這兩名年輕人毫無瓜葛的父母，但他們現在對於那片松林裡的慘劇也同感悲憤，擔心自己的小孩也會遭殃。

「錯誤的愛給了錯誤的人，」馬庫斯繼續說道，又想起了兇手給予喬奇歐．蒙特費奧里的試煉，讓他誤以為自己有機會可以逃過一劫，只要選擇讓迪安娜受死就是了。喬奇歐為了要活下去，同意殺害那個深愛他，而且誤以為他也同樣充滿愛意的那個女孩。

「我們應該要把這卷帶子交給調查小組，」馬庫斯態度堅決，「顯然兇手期盼有人能夠阻止他，不然他也不會宣布自己馬上又要展開行動。而且，要是以前告解室的功能是為了與警方溝通，那麼這通留言的對象當然是針對他們。」

「不行，」克里蒙提立刻回他，「你必須要獨立辦案。」

「為什麼？」

「上級已經做出決定。」

又來了，某個神秘高層總是根據高深莫測的動機訂立行事規範。

「鹽之童是什麼？」

「你唯一的線索。」

第九章

那天晚上，她回到家的時候，吻醒了麥克斯，兩人開始做愛。

感覺很詭異。照理說，這應該可以幫她紓壓，解放她內心深處的隱隱不安。做愛的疲憊感的確洗滌了她的靈魂，但卻完全無法抹消腦海中那位聖赦神父的模樣。

因為，當她和麥克斯做愛的時候，她想到了他。

馬庫斯代表了她所遺忘的那些傷痛。再次看到他，彷彿讓昔日創傷再次浮出表面，宛若沼澤在反流過程中吐出了先前吞沒的一切。的確，珊卓拉過往生活中充滿回憶的老家具、曾經住過的屋子、丟棄的衣服，似乎全部重現眼前，她的心中湧起一股詭奇的懷舊之情。不過，她嚇了一大跳，因為對象並不是她的亡夫。

而是馬庫斯。

珊卓拉醒來的時候，大約是七點鐘，她躺在床上，反覆惦念著這些心事。麥克斯已經起床，她打算等他去學校之後再起身，因為她不想回答他的問題，她擔心他看出她不對勁，搞不好要她解釋清楚。

她先打開收音機的新聞頻道，才進入淋浴間。

溫暖的水柱流過她的頸後，她閉上雙眼，任由熱水撫慰自己的身體，新聞播報員正在唸今日的政治新聞。

珊卓拉無心聆聽，她想要專心思考昨夜發生的事。看到馬庫斯的辦案過程，讓她多少受到了驚嚇，他居然能夠如此深入洞悉兇手心態，讓她覺得彷彿見到真正的兇手就在眼前。

她對他有崇拜，也有恐懼。

「維加警官，妳必須要尋找違常之處，只有細節是不夠的。」這是他對她的叮嚀，「明明在眾人面前、但卻沒有人看得出來的違常之處，總是隱藏了邪行。」

她在當晚看到了什麼？月光下有個男人，宛若影子一樣在松林裡晃動，還彎身掘洞。

「他剛才不是在掩埋，而是把東西挖出來。」

挖什麼？

那個身分不明的男子，曾經劃了十字聖號，但卻是相反方向——從右至左，從下往上。

這代表了什麼意涵？

就在這個時候，廣播開始播報社會新聞，珊卓拉關掉水龍頭，站在淋浴間裡，全身滴水，一手倚住磁磚牆面，專心聆聽。

新聞焦點是那兩名年輕人的遇襲案，播報員的語氣憂心忡忡，建議情侶約會要避開偏僻地點，警方也會加強人力，保障市民的安全。為了要嚇阻兇手，當局已經宣布要在市區邊郊與鄉間進行夜巡。但珊卓拉知道這只是宣傳手法而已，因為幅員廣大，警力不可能涵蓋所有區域。

等到播報員講完警方面對此一緊急狀況的因應措施之後，又繼續講述那名倖存者的近況。醫生們好不容易為迪安娜·德爾高蒂歐動完了手術之後，總算是把她從鬼門關前拉了回來，現在她處於昏迷狀態，但醫生們也沒有進一步的處置。

老實說，他們無法斷言她到底什麼時候能夠再次恢復意識，最重要的是，就連有沒有這個可能都很難說。

珊卓拉低頭凝望，彷彿那些從收音機裡傳出的字句與細小的水流一起進入了排水孔裡面。一想到那女孩，就讓她好難受，要是迪安娜沒有好轉，日後得要面臨什麼樣的生活？諷刺的是，她可能根本沒辦法提供任何有力的線索，讓他們能夠抓到那個害她落得如此淒慘的兇手。換言之，兇手還是得逞了，因為你可以讓對方留一口氣，苟延殘喘，但依然完成了殺人目標。

幸運的不是迪安娜，而是兇手。

珊卓拉仔細回想前兩個晚上所發生的事件，兩名年輕人遇害，接下來是身分不明男子在月光下的舉動，的確有太多不合理之處。兇手是不是刻意在犯罪現場留下某個東西？他把它埋在土裡的目的是不是為了讓別人挖出來？實在很難參透他這種舉動的用意，不過，第一個問題是重要關鍵。

她心想，無論那到底是什麼東西，一定不是兇手動手掩埋。想必另有其人，這個人在凶案發生之後才動手挖掘掩藏、等到之後有空再把它取出來，反正就是不想讓別人看到現場有那個東西。

是誰？

迪安娜活了下來，就是違常之處。

當她尾隨那男人、穿越松林的時候，曾經有某種熟悉感一閃而過。她也說不上來到底為什麼，但這絕對不只是感覺而已。

珊卓拉現在才發現自己好冷，就像是前晚她與馬庫斯在一起的情境一樣。但並非是因為她站在淋浴間裡關了水龍頭超過五分鐘之久，不是，這股寒意源於她的內心，是某股直覺引發的不寒而慄，那是一種可能會帶來相當可怕後果的危險直覺。

她低聲重複那句話，「明明在眾人面前，但卻沒有人看得出來的違常之處，總是隱藏了邪行。」

迪安娜還活著，這就是違常之處。

中央統籌偵案小組的開會時間訂在十一點，她的時間還很充裕。現在，她雖然有想法，但不想讓任何人知道，因為她不知道該如何證明為真。

法醫部在某棟興建於五〇年代的小型五樓建築。外牆立面毫不起眼，只有一大排的高聳窗戶，正門口有階梯，一旁設有能讓車輛直接停在門前的斜坡。運屍廂型車會利用較為低調的後門入口，那裡可以直通地下室，也就是冰冷藏屍櫃與驗屍房的所在地。

珊卓拉選擇從大門進去，搭乘老舊電梯。她只來過這裡幾次而已，但她知道法醫都在頂樓。走廊傳來消毒水與福馬林的氣味。這裡的景象與眾人的想像可能不太一樣，因為到處人來人往，氣氛就與一般的辦公室毫無二致。雖然他們處理的業務內容是死亡，但大家似乎都不覺得有什麼困擾。珊卓拉在警界服務的這些年當中，認識了不少法醫，他們都很有幽默感。只有一個人除外。

阿斯托菲博士的辦公室位於右側的最後一間。

她朝那裡走過去，發現他的辦公室門大敞，她站在門口不動，看到身穿白袍的他坐在辦公桌前振筆疾書，一旁放著必備的香菸，盒子上頭有打火機。

她敲了敲門框，靜待對方回應。阿斯托菲過了好幾秒之後才抬頭看她，立刻流露納悶之色，怎麼會有警官來找他？「進來。」

「法醫早安。我是維加警官，還記得我嗎？」

「是，我記得，」他一如往常，態度冷淡，「什麼事？」

珊卓拉走進去，迅速掃視他的辦公室，她猜他在這裡工作至少已經有三十年之久。櫃架上的書本封面已經泛黃，皮沙發也破舊不堪。牆壁許久沒有粉刷，執照與證書都已經褪色，空氣中瀰漫著一股沉積不去的尼古丁氣味。「耽誤你幾分鐘好嗎？我有事情想要請教一下。」

阿斯托菲根本懶得擱筆，直接示意她坐下來，「不要拖太久就是了，我在趕東西。」

珊卓拉坐在他的辦公桌前面，「我想要說的是，昨天你承擔了所有的罪責，我深感抱歉。」

阿斯托菲斜眼瞄了她一眼，「什麼意思？這件事與妳有什麼關係？」

「是這樣的，我應該要早一點發現迪安娜．德爾高蒂歐還活著。要不是因為我一直閃避她的目光，我早就……」

「妳沒有注意，妳那些隨後過來的鑑識組同事也沒有發現，這都應該怪在我頭上。」

「其實，我到這裡來，是想要給你一個贖罪的機會。」

阿斯托菲露出難以置信的冷笑，「他們叫我不准碰這個案子了，這和我無關。」

她繼續說道，「我覺得出了大事。」

「妳為什麼不向妳上級報告？」

「因為我還不確定。」

阿斯托菲面色惱怒，「所以我得要幫妳確定嗎？」

「也許吧。」

「好，是怎樣？」

珊卓拉發現自己沒被他轟出去，竊喜不已，「我又檢查了一次自己在松林裡拍的照片，發現到我先前沒注意到的異狀。」

「這種事常有。」阿斯托菲只是想要逼她趕快把話講完。

「距離車子不遠處的某個地方，有人翻動過泥土。」

這次阿斯托菲不說話了，反而把原子筆擱在桌面。

「我的假設是兇手可能埋了東西。」

「這種假設也太隨便了吧？」

她心想：很好，他並沒有問我為什麼要把這件事告訴他，而不去問別人。「對，但我後來又回去現場察看。」

「然後呢？」

珊卓拉看著他，「那裡什麼都沒有。」

阿斯托菲並沒有立刻別開目光，也沒有問她何時回到現場，「維加警官，我沒有時間跟妳鬼扯。」

「不過，萬一是我們自己內部的人犯案呢？」珊卓拉一口氣脫口而出，她知道現在已經無法回頭了。這是嚴重的指控，萬一她搞錯的話，可能會引發嚴重的後果。「有某位警察同仁在犯罪現場偷走了跡證。由於他不敢冒險立刻帶走，只好先埋在土裡，之後再把它拿出來。」

阿斯托菲面色驚駭，「維加警官，妳是說有共犯？沒錯吧？」

「是的，法醫。」她拚命裝出信心滿滿的模樣。

「鑑識部門的人？警官？或者，搞不好是我？」他激動不已，「妳知道這指控十分嚴重吧？」

「抱歉，但你沒有聽懂我的意思。我也在現場，所以我跟大家一樣都有嫌疑。老實說，我之前犯了疏失，更讓我成了頭號嫌疑犯之一。」

「我勸妳別多事，這是為了妳好，妳口說無憑。」

「而且，你過往紀錄完美無瑕，」珊卓拉立刻嗆他，「我已檢查過了，你擔任法醫有多久了？」她沒等他回答，繼續追問，「你真的沒發現那女孩還活著嗎？怎麼可能會有人犯下這種錯誤？」

「維加警官，妳瘋了。」

「要是犯罪現場真的被人動過手腳，那麼，無人發現迪安娜．德爾高蒂歐依然活著的這個問題，我們就該以全新的角度予以檢視。不只是疏失，而是蓄意協助兇手。」

阿斯托菲站起來，伸出食指對著她，「這根本只是臆測！要是妳有證據的話，也不會在這裡跟我講話，妳早就直接去找副處長莫洛了。」

珊卓拉不發一語，反而緩緩劃出顛倒的十字聖號——從右至左，從下往上。

從阿斯托菲的表情看來，珊卓拉十分確定那天晚上在樹林裡看到的人就是他，他也驚覺原來當時她目擊了自己的一舉一動。

珊卓拉刻意把手伸往腰帶的位置，握住放有配槍的槍套，「是你殺死了那兩名年輕人，然後以法醫的身分回到松林，你發現迪安娜還活著，決定見死不救。就在這個時候，你開始清理現場，掩埋那些可能會揪出你是兇手的證據，等到大家都離開之後才取出來。」

「沒有，」他立刻駁斥，態度冷靜而堅決，「我被叫出去執行任務，是上級排的輪值表，當然不可能是預謀。」

「運氣真好，」珊卓拉雖然這麼說，但她不相信巧合，「或者，是另外一種狀況：不是你攻擊他們，但你知道是誰幹的，而且幫忙粉飾一切。」

阿斯托菲整個人癱在椅子裡，「這件事只有妳知我知。要是妳說出去的話，我就死定了。」

珊卓拉沒吭氣。

「我得抽根菸。」他沒等她同意，逕自拿起菸盒，點了一支菸。

他們兩人就這麼不發一語，互看對方，宛若坐在等候室的兩個陌生人。阿斯托菲說得沒錯，珊卓拉的指控完全沒有證據，她沒有權力逮捕他，也不能硬把他帶到附近的派出所。不過，他也沒有把她趕走。

顯然他正在想辦法，而且，不只是因為擔心前途毀於一旦而已，珊卓拉相信要是他們繼續調查他，一定還會挖出更可怕的內幕，很可能就是他從犯罪現場偷走的證物，但她覺得他一定早就湮滅了證據，或者，其實還沒有？

阿斯托菲對著菸灰缸捻熄香菸，站起來，雙眼依然緊盯珊卓拉不放，目光挑釁，他走向某道緊閉的大門，看來應該是他的私人廁所。

珊卓拉也沒辦法阻止他。

他關上門，旋轉門鎖。靠，珊卓拉心中發出慘叫，她立刻起身察看，想知道能不能聽出他到底在做什麼。

在廁所的另一頭，安靜許久之後，突然出現沖馬桶的聲響。

珊卓拉心想：我真是白痴，早就該想到會有這種結果，她對自己十分氣惱。不過，就在她等待阿斯托菲出來的時候，她覺得自己似乎聽到了尖叫聲，不知道這是不是出於她的幻聽。

聲音並非從建物裡傳出來，而是來自外頭。

她衝到窗戶前，看到許多人急忙跑向這裡，她打開窗戶，傾身向外張望。

從五樓往下看，阿斯托菲癱躺在柏油路面。

珊卓拉震驚地待在原地一會兒，然後馬上轉向廁所的門，她得做些什麼補救。

她努力用肩膀撞門，一次、兩次，終於破門而入。阿斯托菲剛剛從窗戶一躍而下，從那裡灌入的強風逼得她踉蹌後退。她也沒辦法管那麼多了，立刻趴在馬桶前面，不假思索，把手伸入那透明的水中，希望阿斯托菲剛才丟進去的東西還沒有全部被沖下去。她的手拚命推擠，指尖碰觸到了某個物品，她抓住了，但又不慎滑落。她再次抓住，想要把它拖出來，不過，終究功敗垂成，那東西還是從她手中溜走。

她啐罵一聲，「靠！」

不過，她發現指尖還留有短暫的觸感：某個又圓又粗的東西，還有附著物。第一個在她腦海中浮現的畫面是胚胎，不過，她最後修正了自己的想法。

那應該是某個娃娃。

第十章

那間夜店名叫SX。

沒有招牌，只有大門旁掛了一塊印有兩個金色字母的黑色薄板，如果想進去，就必須使用對講機。馬庫斯按下按鈕，開始等待，他之所以來到這裡，並非是出於他的直覺判斷，只是簡單的觀察心得：要是兇手選擇聖阿波里納雷教堂的告解室作為喊話溝通的管道，那麼他一定相當熟悉違法的地下活動，要是馬庫斯沒猜錯的話，那找這個地方準沒錯。

過了兩分鐘之後，有名女子應答，言簡意賅，「幹嘛？」她的背景傳來高分貝的電子樂，砰砰聲響清晰可聞。

「我找寇斯莫．巴爾蒂提。」

「有沒有預約？」

「沒有。」

那女人的聲音消失不見，彷彿被喧囂聲淹沒。過了幾秒鐘之後，喀啦一聲，門開了。

馬庫斯進去，看到一條水泥牆通道，唯一的光源是某根不停閃爍的長條日光燈管，看起來隨時會爆炸。

通道底端有一道紅色的門。

馬庫斯走過去，音樂的強烈貝斯聲透牆而出，繼續往前，音量也變得越來越大。他還沒到門口，門就已經開了，恐怖的音樂瞬間解放而出，宛若從地獄奔逃的魔鬼衝出來向他問好。

有名女子現身，應該是先前透過對講機與他講話的那一位。她身穿連站也站不穩的超級高跟鞋，迷你皮裙，銀色低胸V領上衣，左胸有小蛾刺青。一頭金白色的頭髮，濃妝豔抹。她大嚼口香糖，斜倚在門邊，等他走過來，然後，她不發一語打量他，隨即轉身，顯然是示意他跟在後頭。

馬庫斯進入夜店，SX象徵的是性，只是少了中間的E而已。這地方的整個氣氛就是虐戀俱樂部，絕對錯不了。

巨大的空間，搭配低矮的天花板，牆面一片黑。中間有個圓形平台，豎立了三根表演膝上豔舞的長桿，四周放置紅色小沙發與同色系桌子。燈光昏暗，電視螢幕閃動的全是虐罰身體的情色畫面。

舞台上有名上空女郎，姿態意興闌珊，拿著電鋸，配合著重金屬音樂的節拍在表演舞蹈。歌者不斷複唱同一句歌詞，「天堂大門為溫柔殺手而開。」

馬庫斯跟在金髮妹後面，算了一下，這裡至少有六個人，全部都是男性。他們沒穿那種有骷髏頭圖案或鉚釘的衣服，也沒有殺氣騰騰的模樣，與一般人的預期大相逕庭。他們只是年紀各不相同的普通人，穿著打扮很正常，看起來有點無趣。在某個陰暗的角落，第七名客人正在打手槍。

金髮妹對他大吼，「喂，把那東西給我放下來！」

那男人根本不理她，她生氣搖頭，但也沒有進一步動作。他們穿越大廳之後，進入某個狹小走廊，兩側有私人包廂，還有男廁，廁所旁還有一道門，上面寫了幾個大字：「禁止進入」。

那女子停下腳步，望著馬庫斯。「這裡沒有人會喊寇斯莫的真名，所以他才打算要見你。」

她敲門，示意請他進去。馬庫斯看著她離開之後，才打開了房門。

這裡有七〇年代露骨色情片的海報、吧檯、放有音響與各種擺設品的櫃子。屋內只有一盞桌燈，營造出某種宛若泡泡的光暈，籠罩著某張異常整潔的黑色辦公桌。

寇斯莫・巴爾蒂提就坐在辦公桌後面。

馬庫斯關上門，音樂被阻絕在外，他刻意站在光暈外好一會兒，仔細端詳他。

他的鼻尖架著老花眼鏡，與他的平頭、捲起牛仔襯衫袖子的模樣很不搭調。馬庫斯馬上就看到他前臂的骷髏頭與大腿骨刺青，以及脖子上的納粹圖騰。

那男人開口，「喂，靠你哪位啊？」

馬庫斯向前一步，走入光源之中，讓對方看清楚他的臉龐。

寇斯莫愣了一會兒，專心搜尋記憶裡的那張臉。他終於說出口，「是你。」

那個被關在三溫暖的囚徒，還認得他。

馬庫斯記得當初克里蒙提給他的那一場試煉，只丟給他一支鑰匙，派他前往某間民宅，住在裡面的那對父母因為喪女而哀傷逾恆。

邪惡是王道，良善是例外。

「我本來以為我放了你之後，你就會洗心革面。」

對方微笑回道，「我不知道你是否清楚現實狀況，不過，像我這樣的人，很難找到穩定工作。」

馬庫斯指了指他周邊的一切，「那為什麼要搞這種東西？」

「就是討口飯吃而已，是不是？我的女孩們都很清白，不染毒，而且不與客戶上床。這裡，大家就是純欣賞而已。」然後，他語氣轉趨嚴肅，「現在我有了愛我的女人，還有個兩歲的女兒。」他想要證明自己並沒有辜負馬庫斯當初的好意。

馬庫斯說道，「做得好，寇斯莫，真是可喜可賀。」

「你是來向我討人情的嗎？」

「沒有，我是來請你幫忙。」

「我根本不知道你是誰，也不明白你那天跑去那裡做什麼。」

「那不重要。」

寇斯莫．巴爾蒂提搔抓頸後，「我得怎麼配合你？」

馬庫斯又朝辦公桌向前一步，「我在找人。」

「我認識他嗎？或者是要逼我去找人？」

「我不知道，我看可能性不高，但你應該可以幫得上忙。」

「為什麼是我？」

為什麼是我？或是克里蒙提？馬庫斯也自問了無數次，而答案總是一模一樣：宿命，或者，對於那些相信上帝的人來說，這是天意。「因為我要找的那個男人有特殊性癖好，我覺得他曾經到過類似這樣的地方，體驗自己的性幻想。」

馬庫斯知道出現暴力行為之前一定有醞釀期，兇手當時還不知道自己會殺人。他會體驗極端性快感，餵養心中的惡魔，藉由這樣的步驟，逐步趨近藏匿在最深處的自我。

巴爾蒂提似乎興趣濃厚，「繼續說。」

「他喜歡刀與槍，性功能可能有問題，只能靠使用武器得到快感。他喜歡看別人做愛，專找情侶，但他應該也會去換妻俱樂部。他喜歡拍照，我想他多年來邂逅的對象都有留影為念。」

寇斯莫像勤奮小學生一樣忙著寫筆記，然後，他的目光離開了紙面，抬起頭來。「還有嗎？」

「有，最重要的是：他覺得自己比不上別人，激發了他的怒火。為了要證明自己比他們優越，他會逼他們接受試煉。」

「怎麼說？」

馬庫斯又想到了那個年輕人，他被兇手愚弄，誤以為自己可以逃過死劫，拿刀刺殺自己心愛的女子。

錯誤的愛給了錯誤的人。

這是兇手在聖阿波里納雷教堂留言內容中的某一句話，「他會與他們玩某種遊戲，某種註定得不到獎勵的遊戲，目的是為了要羞辱他們。」

寇斯莫思索了好一會兒，「這是不是與歐斯提亞的凶案有關？」

馬庫斯沒回應。

寇斯莫笑了一下，「老弟，這裡的暴力只是在演戲，你剛才看到的那些人會來我的夜店，是因為他們誤以為自己這種行為就等於違背了社會規範，不過，在真實世界中，他們只是連蒼蠅都傷不了的無名小卒。你剛提到的犯案情節重大，絕對不是這些魯蛇會做的事。」

「那我應該要去什麼樣的地方找人？」

寇斯莫別過頭去，沉思許久，他正在評估形勢，最重要的是，他不知道是否能夠信任馬庫斯。「我早就和那種人毫無瓜葛，但我聽到了一些風聲……只要羅馬出現暴力犯罪，就會有一群人聚會慶祝。他們說，一有無辜的生命遭到犧牲，就能釋放負面能量，他們宣稱聚會是了要紀念這些事件，但其實只是嗑藥與享受性愛的藉口罷了。」

「參加這種聚會的是哪些人？」

「如果你問我的話，就是那些有嚴重心理問題的人，但也包括了有錢人。你絕對想不到有多少人相信這種狗屁倒灶的事。大家都是匿名與會，只有擁有特定條件的人才能參加——對於這些人來說，隱私相當重要。今天晚上，將會有慶祝歐斯提亞凶案的派對。」

「能不能想辦法把我弄進去？」

「他們會選擇不同的會面地點，想要知道今晚的派對地點並不容易。」顯然寇斯莫猶豫不決，他並不想要蹚渾水，也許他考量的是等他返家的那名女子以及女兒。他心不甘情不願，還是說出了這句話，「我得和自己的某些舊識聯絡一下。」

「沒問題。」

「我等一下會打幾通電話，」寇斯莫終於首肯，「要是你沒有得到邀請，絕對不可能進去的。不過，你一定要十分小心，因為這些人很危險。」

「我會盡量小心。」

「萬一我幫不上忙呢？」

「你的良心呢？打算要背負多少人命？」

「好，我懂你意思了，我會盡全力。」

馬庫斯走到桌邊，拿起寇斯莫剛才使用的紙筆、開始寫東西，「等到你弄到讓我參加派對的方法，馬上撥打這支語音留言電話。」

他把那張紙還回去，寇斯莫卻注意到電話號碼之外的那幾個字，「什麼是『鹽之童』？」

「要是你打電話的時候可以提到這幾個字，我會十分感恩。」

寇斯莫點點頭，若有所思。馬庫斯完成任務，可以走人了。不過，就在他準備要離開的時候，寇斯莫開口。

「那天你為什麼放了我？」

馬庫斯頭也沒回，「我不知道。」

第十一章

年屆六十的巴蒂斯塔・艾里阿加，自覺個性十分審慎。不過，他以前並非如此。當他只是個住在菲律賓的小男孩時，根本不知道謹慎為何物。由於他的天生壞胚子性格，曾經遭遇過多次危難——甚至死亡威脅——都是因為他脾氣乖戾。要是仔細探究成因，保持某種流氓態度的唯一好處就是與自傲有關。

不是錢，不是權力，當然也不是為了要受人敬重。都是因為自傲，引發了某樁不幸事件，讓他留下終生印記的悲劇，只不過，當時的他並不知道。

年方十六歲的時候，他習慣把頭髮往後梳，讓自己看起來更高大，這是他的驕傲與喜悅。他每天晚上都會洗頭，然後抹上棕櫚油。他有一把從某個小攤子偷來的象牙髮梳，隨時放在屁股口袋，三不五時就會拿出來整理他濃密的鬈髮。

他會身著酷炫打扮，在村落裡的大街上招搖過市。包括母親利用帳篷帆布為他縫製的緊身牛仔褲；從某鞋匠那裡買來的超便宜皮靴，因為實際材料是硬紙板，只是靠鞋油塗成亮黑色；還有總是熨燙得整整齊齊、光潔無瑕的尖領綠色襯衫。

村裡的每一個人都知道他的名號，「型男巴蒂斯塔」。能夠有那樣的暱稱，讓他相當引以為傲。不過，到了後來，他才發現大家其實經常在嘲笑他，私底下喊他「馬戲團小猴之子」，因為他老爸是大酒鬼，為了討酒喝，什麼事都幹得出來，所以經常會在酒吧裡做出好笑又丟臉的表演，只求裡面的客人能夠賞他一杯酒。

巴蒂斯塔痛恨他父親，痛恨他一貫的生活調調，痛恨他在農場裡做辛苦的勞力工作，然後又為了自己的不良嗜好去乞討。他只有和老婆在一起的時候才會展現剽悍的一面，喝到晚上醉醺醺回家，將別人欺凌他的壓力發洩在他老婆身上。巴蒂斯塔的母親大可以出手自衛，而且一定能夠輕鬆制伏他，因為他連站也站不穩。不過，她卻只是逆來順受，默默挨拳，只求不要受到更多屈辱。他還是她的男人，這正是他愛她、呵護她的方式。所以，巴蒂斯塔也一樣痛恨她。

由於艾里阿加家族的西班牙裔姓氏，所以在村落裡屬於低階賤民，在許久之前，一八四九年納西索・克拉維利亞總督的統治時代，巴蒂斯塔的曾祖父選擇了這個姓氏。菲律賓人原本並沒有姓氏，而克拉維利亞強迫他們必須擇一使用。許多人為了利益著想，也就借用了殖民者的姓氏，卻沒有意識到這種行為會為自己與後代留下烙印：容不下異己的西班牙人瞧不起他們，而其他的菲律賓人也因為這些人背叛自己的出身而痛恨他們。

除此之外，巴蒂斯塔也因為自己的名字而背負了重擔，這是他母親起的名字，象徵了他們的天主教信仰。

只有一個人似乎對這些根本毫不在意，他名叫米恩，是巴蒂斯塔・艾里阿加最好的朋友。他個頭很高，真的是個巨人。第一次看到他的人，總是會被他嚇得要死，其實，他根本不會傷害任何人。他倒不是笨，而是極其天真爛漫，一個為了夢想成為神父而孜孜不倦的人。

巴蒂斯塔與米恩經常在一起鬼混。兩人年齡相差了一大截，他朋友已經三十多歲，但兩人也沒把這放在心上。米恩宛若在巴蒂斯塔的生活中扮演了父親的角色，他保護巴蒂斯塔，而且給了他許多寶貴的建議。正因為如此，巴蒂斯塔並沒有把自己的計畫告訴米恩。

在扭轉巴蒂斯塔一生的那個禮拜，年少氣盛的他終於獲准加入幫派：「惡魔部隊」，他已經央求入會長達好幾個月之久。他們和他年紀相仿，年紀最大的那一個，也就是首領，年方十九。為了要成為他們的一份子，巴蒂斯塔必須要歷經一連串的測試：槍殺豬隻、跳輪胎火圈、入民宅打劫。他通過了所有的考驗，表現優異，終於得到了真皮腰帶，也就是這個幫派的象徵標誌。有了這種認可符號，幫派成員就享有各式各樣的特權，比方說在酒吧喝免費的飲料、嫖妓不用付錢、只要有人擋路就叫他們滾蛋。其實，也沒有人賦予他們這些權利，他們只是靠欺凌別人作威作福。

巴蒂斯塔加入幫派好幾天，覺得跟這些人在一起好自在，他終於掙脫了父親的懦弱之名，再也沒有人瞧不起他，沒有人膽敢再叫他「馬戲團小猴之子」。

某天晚上，他與自己的新朋友在一起的時候，遇到了米恩，一切就此逆轉。

看到他與幫派份子混在一起劍拔弩張、戴著好笑的真皮腰帶，他的朋友開始嘲笑他，甚至稱呼他是「馬戲團小猴」，有其父必有其子。

米恩是好意，巴蒂斯塔很清楚這一點。米恩只是想要提醒自己的朋友，這一步走錯了。但是米恩的那種態度以及待人方式讓巴蒂斯塔別無選擇。巴蒂斯塔開始推他、打他，因為巴蒂斯塔知道他不會反擊，但那樣的舉動反而讓米恩越笑越大聲。

巴蒂斯塔一直無法解釋事發經過，到底是在哪裡找到了棍子、第一次攻擊的又是哪個部位，這些細節他完全記不得。之後，宛若從某種夢境中醒來：他全身冒汗，身上沾滿了鮮血，他的夥伴們全部都消失不見，只留下他一個人，還有，他最要好的朋友倒地不起，頭骨碎爛，臉上還殘存著笑意。

接下來的十五年，巴蒂斯塔．艾里阿加都在牢獄中度過。他的母親生了重病，在他出生成長的那個村落裡，眾人已經看不起他，根本連個被取笑的綽號也不願給他。

雖然，一心想成為神父的大塊頭米恩身亡之後，發生了這麼多的不幸，巴蒂斯塔的人生還是有了某個正向的改變。多年之後，在從馬尼拉飛往羅馬的班機上，巴蒂斯塔．艾里阿加不禁又想起了當年的往事。

當他一知道歐斯提亞松林發生了那起事件，他立刻搭上最早的班機。他乘坐的是經濟艙，身著樸素的一般衣裝，戴著鴨舌帽，混在自己的同胞之中，佯裝自己也準備要前往義大利當傭人或服務生。在這趟旅程當中，他並沒有與任何人交談，因為他擔心會被人認出來，而且，他也有充分的時間好好思考策略。

到達目的地之後，他入住市中心的某間廉價觀光旅館。

現在，他坐在破舊床鋪上看電視，想要知道那個被大家稱為「羅馬殺人魔」的男子的最新消息。

他心想，果然出事了。這個念頭讓他痛苦難安，但也許還是有可以挽救的機會。

艾里阿加把電視聲量調為靜音之後，走到小桌前，桌面上放著他的平板電腦，他按下螢幕的某個按鈕。

「……以前……夜晚出了事……大家都衝向他的落刀之處……他的時間已經到來……小孩們死了……錯誤的愛給了錯誤的人……他對他們冷酷無情……鹽之童……要是沒有人阻止他，他絕對不會停手。」

這一段模糊不清的語音留言，來自聖阿波里納雷教堂的告解室，這裡曾經是罪犯與警方的溝通管道。

艾里阿加又回到無聲的電視機前面，「羅馬殺人魔」，他自言自語，這些人真愚蠢！不知道真正的危險到底是什麼。

他拿起遙控器，關掉電視，他有任務在身，但必須小心為上。

不能讓任何人知道巴蒂斯塔．艾里阿加在羅馬。

第十二章

「洋娃娃？」

「是的，長官。」

副處長莫洛想要確定自己有沒有聽錯。珊卓拉倒是自信滿滿，不過，時間一分一秒過去，她也開始懷疑自己的認知是不是有問題。

莫洛一聽到阿斯托菲自殺，尤其是因為他在犯罪現場偷走跡證，事跡敗露而做出這麼激烈的行為，他立刻啟動了所有的秘密偵查程序，由他自己與中央統籌偵案小組掌控全案。

從現在開始，只要與這起案件有關的一切都必須妥善保存，就連只是隨手寫下的字條也不例外。他們已經準備了專案室，裡面架設好了彼此可互相連通的電腦，但使用的是與警察總部不同的伺服器。為了避免案情外洩，所有撥入或撥出的電話都會被錄音。不過，即便如此也無法監控所有的手機或私人電話，所以這些參與調查案的人員都必須簽署保密文件，絕對不會走漏任何消息，否則就必須面臨免職或是遭到以協助犯罪罪名起訴的下場。

不過，莫洛最憂慮的，卻是另一項證據可能已遭到破壞。

根據珊卓拉在新的專案室聽到的交談內容，專門的技工與鑑識部門正在通力合作，檢查法醫部的污水管線。她不敢想像那些人在什麼樣的狀況下工作。不過，那棟建築裡的系統很老舊，所以她靠觸覺判定的那個洋娃娃，的確有可能還在阿斯托菲的馬桶裡面。

「所以，昨天晚上，」莫洛傾身挨近她，「妳又回到了那片松林，想要確定自己先前拍照的時候是否遵守了標準作業程序。」

珊卓拉努力掩飾不安，「沒錯。」

「妳看到有人把東西從泥地裡挖出來，妳覺得他是阿斯托菲法醫，所以今天早上妳跑去詢問他。」他在複述她剛才說出的版本，但他的用意似乎是要向她強調這聽起來有多麼荒謬。

「我的想法是，在我通知你之前，應該要給他一個自我解釋的機會，」珊卓拉希望這種說法比較有可信度，「我是不是做錯了？」

莫洛沉吟片晌，「沒有，我也會採取相同的做法。」

「我怎麼也沒料到，他被逼到無路可退時，居然會選擇自殺。」

莫洛拿著鉛筆敲打辦公桌，目光一直緊盯她不放。珊卓拉覺得壓力好大，當然，她刻意跳過了有關馬庫斯的部分。

「維加警官，就妳的研判，阿斯托菲是否認識兇手？」

除了法醫部的管線之外，中央統籌偵案小組也正在清查這位法醫的一切生活細節。他們已經徹底搜過他的辦公室與住家。已經清查了他所有的電話、電腦以及電郵，分析了他的銀行帳戶與花費，追溯以往曾經互動的對象，絕不放過任何人：親戚、一般朋友、同事，甚至是點頭之交。莫洛相信一定挖得出東西，可能是某條不起眼的線索，讓他們知道阿斯托菲從犯罪現場偷走某個物證，不想讓迪安娜．德爾高蒂歐活下去的真正原因。法醫做出的這兩項行為，最後都功敗垂成，或者，更正確的說法是，他差點就得逞了。雖然莫洛有充分的資源與高科技的輔助，但他還是想要聽取更個人化的意見，所以他才會詢問珊卓拉。

「阿斯托菲已經把自己的聲譽、前途、自由全部都賭下去了，」她繼續說道，「要不是因為有強烈的動機，絕對不會有人願意冒這麼大的風險。所以，我認為沒錯，他的確知道兇手是誰，而證據就是他寧可一死，也不願意揭露兇手的身分。」

「某個親近的人：他的小孩，親戚朋友，」莫洛停頓了一會兒，「但這位醫生孤家寡人，無妻無子，過著孤僻生活。」

珊卓拉心想，徹底清查阿斯托菲的生活，恐怕也不能得到莫洛期待的結果。「阿斯托菲怎麼會去犯罪現場？純屬巧合？還是另有隱情？長官，老實說，我覺得如果法醫認識兇手，而且又正好輪到他處理這案件，也未免太不可思議了。」

「法醫輪值表每個禮拜都會更換。阿斯托菲又沒有第六感，當然不可能知道是自己輪班。其實，那天早上並沒有他的班表，之所以會找他來，純粹就是因為他是羅馬最厲害的凶案專家。」

「換言之，這是必然的結果。」

「我就是這個意思。他具有這樣的特殊專業，找他來處理也是理所當然，關於這一點，他自己也十分清楚。」莫洛起身，走到房間的另外一頭，「顯然他與這起命案有關，他打算要掩護某人。也許他認出了兇手的作案模式，因為他以前看過兇手的犯行，所以我們正在清查他所有的舊案。」

珊卓拉繼續追問，「長官，不知道你有沒有仔細想過我先前提出的假設？我認為兇手在迪安娜・德爾高蒂歐的臉龐塗抹化妝品，而且我越來越相信他還對她拍下照片。要不然的話，他何必如此大費周章？」

莫洛停下腳步，站在某張辦公桌前面，他彎身察看電腦螢幕，檢查資料，開口回答的時候根本沒抬頭看她，「那個唇膏的事……對，我想過了，我覺得妳說得沒錯，我已經把它加入了清單。」說完之後，他指了一下後方的牆。

牆上掛了一塊大白板，上面列出了這個案件的重要關鍵，也就是鑑識與法醫部門的報告成果，寫成目錄式的摘要：

物品：背包、登山繩、獵刀、魯格SP101手槍

登山繩以及插在年輕女子胸腔的刀，均有年輕男子的指紋，因為兇手下令他捆綁女友，拿刀殺她，唯有如此才能救他自己一命。

兇手朝男子頸後開槍。

在女孩臉上塗唇膏（拍下她的照片？）

彈道分析已經確認兇手的武器是魯格手槍。不過，讓珊卓拉嚇一跳的是，莫洛已經知道是兇手逼使喬奇歐殺害迪安娜。馬庫斯也得出相同的結論，不過，莫洛是靠科技的輔助而知道結果，而馬庫斯則是觀察犯罪現場照片與實際狀況，依直覺做出判斷。

「跟我來，」莫洛打斷她的思緒，「我要給妳看個東西。」

他把她帶入隔壁的連通房，裡面空間狹窄，完全無窗，唯一的光源是正中央的燈箱桌。珊卓拉專心盯著四周的牆面，上頭貼滿了犯罪現場的照片，整體與細節都有。她拍完照片之後，鑑識組的同事繼續接力，處理了搜索、丈量以及各式各樣的測試。

莫洛開口，「我喜歡待在這裡思考。」

珊卓拉想起馬庫斯曾經提點過她，該如何在犯罪現場尋找兇手，「我們雖然看不見兇手，但他依然在這裡。」他當初是這麼說的，「我們不需要前往他處，就是要在這個地方把他找出來。」

「維加警官，我們會在這裡抓到他，就在這個房間裡。」

珊卓拉的目光從牆上的照片飄到了他的身上。就在這時候，她才發現桌上有兩包衣服，以透明玻璃紙包得好好的，就像是送洗回來的一樣。裡面放的是摺疊好的衣服，她立刻就認出來了，是迪安娜·德爾高蒂歐與喬奇歐·蒙特費奧里的遺物。當天他們為了約會精心挑選的衣服，當他們慘遭攻擊的時候、全部散落在後座。

珊卓拉盯著那些衣服，湧起一股怒氣與不安，宛若看到那兩個年輕人肩並肩坐在桌上。宛若幽魂情侶一樣優雅。

他們的衣物不需要清洗，上面沒有血跡，而且也根本不是證物。

「我們會發還家屬，」莫洛說道，「喬奇歐·蒙特費奧里的母親頻頻詢問她兒子的遺物，我不知道為什麼，我覺得沒必要。不過，每個人都有各自的方式面對悲傷，尤其為人父母者更是如此。有時候，這種念頭會把他們逼瘋，他們的要求也會變得荒謬無理。」

「我聽說迪安娜·德爾高蒂歐的狀況有起色，也許她可以助我們一臂之力。」

莫洛搖頭，露出苦笑，「我不知道妳是不是誤信了報紙的報導，其實，要是手術失敗的話，對她反而比較好。」

珊卓拉萬萬沒想到會聽到這種答案，「這話什麼意思？」

「她日後只能當一輩子的植物人了，」莫洛靠近她身邊，「等到一切結束之後，我們盯著兇手的臉，大家一定都會覺得自己跟白痴一樣。維加警官，我們會盯著他，驚覺他跟我們想像中的模樣完全不一樣。最重要的是，我們會發覺他不是邪魔，其實，不過就是和你我一樣的普通人。等到我們深入剖析他平凡無趣的生活，將會發現只有無聊、平庸以及憎恨。我們會發現他喜歡殺人，但也許痛恨的是那些虐待動物的人，而且他很愛狗。他有小孩、家人，也許也有付出真心的愛人。我們不再怕他，反而會被自己嚇了一大跳，怎麼會被這麼平庸的人所欺瞞？」

聽到他的這種語氣，珊卓拉嚇了一跳，她還是不明白他為什麼要叫她來這裡。

「維加警官，妳目前的表現十分傑出。」

「長官，謝謝。」

「但不要再瞞著我了，想都別想，不可以再跟我搞阿斯托菲事件的把戲。我的人馬不管做什麼，一定要讓我知道，就連腦袋裡在想什麼也一樣。」

面對莫洛的冷靜堅定，珊卓拉覺得很不好意思，眼睫低垂，「長官，我知道了。」

莫洛安靜了好一會兒，再度開口的時候，語氣一變，「妳很有魅力。」

珊卓拉沒想到會聽到這樣的讚美，她羞紅了臉，她覺得上司對她說出這種話並不是很得體。

「妳上次用槍是什麼時候的事？」

珊卓拉聽到這個問題，嚇了一大跳，這似乎與他剛才的稱讚毫無關聯，她只能盡量說出合適的答案，「我每個月都會固定去靶場練習，但從來沒有在執行任務時用槍。」

「我有個構想，」莫洛說道，「可以引蛇出洞，我決定要佈下誘餌：安排一男一女的便衣警察雙人組，開著無塗裝警車出勤。從今晚開始駐守羅馬郊區，每一個小時更換不同地點，我已經定好了名稱：『盾牌作戰計畫』。」

「假情侶。」

「沒錯。但我們的女警人數不足，所以我才問妳是不是還熟悉用槍。」

「長官，我不知道自己是否能夠勝任。」

「今晚妳不用當班，但明晚要參與我們的辦案計畫，我們必須把自己所有的資源……」莫洛的話只講到一半，因為他的手機響了。他立刻接起電話，完全無視珊卓拉，她站在原地，目光不知到底該擺在哪裡是好。

莫洛的回答只有短促的單音節字詞，彷彿只是在專心聆聽對方的訊息。他們的通話時間並不長，結束之後，他又面向她，「他們剛剛檢查完法醫部的所有管線。維加警官，抱歉，但他們並沒有找到什麼洋娃娃，連類似的物件也沒有。」

珊卓拉益發不安的心情溢於言表，她原本盼望要是能聽到一點好消息的話，也許可以讓她挽回一點自尊，「怎麼可能？長官，我跟你保證，我的指尖真的有碰到東西，那絕對不是我的幻想。」

莫洛沉默了好一會兒，「我想，接下來這件事似乎沒什麼相關性……不過，當你告訴我阿斯托菲自殺前曾經把某個東西丟入馬桶之後，我就請法醫檢查他的雙手。誰知道呢，搞不好我們運氣不錯。」

珊卓拉不相信運氣，但她現在卻希望自己能有好運加持。

「其中一隻手，他們發現有氯化鈉的殘痕，」他又停頓了一會兒，「維加警官，所以我們才沒有找到妳碰到的那個物品，因為它已經溶於水了。誰知道那到底是什麼東西，反正組成的成分是鹽巴。」

第十三章

羅馬建城，源於某起謀殺案。

根據歷史傳說，羅穆魯斯殺死弟弟瑞摩斯，以自己的名字為這座城市命名，就此成了第一代君王。

不過，這只是一連串血腥故事的開端而已。永恆之城的悠遠歷史充滿了謀殺案，而且神話與真實事件的界線經常模糊難辨。老實說，羅馬的偉大歷程充滿了斑斑血跡，而且，在這千百年的時光當中，就連教廷也提供了不少貢獻。

所以，即便到了現在，這座城市還會秘密慶祝殺人凶案，也沒什麼好意外的。

寇斯莫．巴爾蒂提的確信守承諾：他找到門路，讓馬庫斯參加今晚那場慶祝歐斯提亞慘案的私人派對。馬庫斯不知道等一下會遇到什麼狀況，目前他唯一的線索就是他在提布爾提那轉運站電話亭，聽取寇斯莫留給他的那通語音訊息。

「每一個客人都有字母與數字混合而成的個人專屬密碼。你必須默記在心，千萬不能寫下來。」

這一點不成問題，反正為了避免留下行蹤，聖赦神父從來不會寫下任何筆記。

「689A473CS43。」

馬庫斯在心裡默唸了一次。

「預約時段是午夜十二點。」

然後，寇斯莫給了他位於亞壁古道的某個地址，他也牢記在心。

「還有一件事：我發現了一條有利線索……我還得向我的消息來源查證，所以我現在還不能說。」

馬庫斯很好奇，但寇斯莫的語氣似乎很有自信，甚至還帶有些許得意洋洋。

最後的那一段話帶有警告意味，「要是你打算進入那間別墅，就不要三心二意。等到你一進去之後，就沒有反悔的機會了。」

亞壁古道的名稱源於它的建築師之名，羅馬監察官兼執政官亞壁厄斯．克勞迪斯．凱克斯在西元三一二年開始興築。

羅馬人稱其為「皇后之路」，因為它與其他道路不一樣，是真正的工程傑作，是那個年代的前衛極品。它使用了石頭鋪面，也就是說，不論是任何交通工具或任何氣候都不成問題。這裡還設置了排水系統，要是遇到下雨的話，不會造成車輪動彈不得。原始路面的路寬超過四公尺，可以容納雙向車道，而且一旁還設有行人的專用走道。

亞壁古道的概念相當先進，所以大部分的路段都保持得很完好。附近四處林立的豪宅，如今也成了有錢特權階級的住所。

讓馬庫斯目不轉睛的是最偏遠的那一棟。

攀爬的常春藤掩蓋了一半的面積，藤葉早已落光，看起來宛若一條史前時代的巨蟒枯骨。西廂的主體建物是某座高塔，最上方有瞭望台。窗戶巨大幽深，偶爾當車輛經過，車頭燈掃向窗戶的時候，可以清楚看到大型的蘭花、木蘭、孔雀以及蝴蝶彩繪玻璃的圖案。

宛若樹枝與花朵扭結在一起的鑄鐵大門後方是車道，兩旁種有義大利石松，高達十五公尺以上，細瘦的樹幹微微彎斜，樹葉被修剪為球狀，貌似一群戴著圓盤帽的老太太。

這間房子看起來已經有數十年無人居住。但某根柱子上面裝有監視器，不斷移動監看前方的路面，還是看得出裡面有人。大馬路上只有一盞路燈，散發出橘黃光暈。

馬庫斯早在預定時間前的一個小時就抵達現場，他找到距離大門三十公尺左右，某個靠牆的凹陷處。在等待凌晨十二點來臨之前，他要好好觀察這間豪宅。

鄉間氣溫凍寒，宛如一切陷入冬眠，就連聲音也一樣。空氣黏滯，萬物凝定不動。馬庫斯感覺好孤單，彷彿準備要面對自己死後的一切。數十公尺之外，就是通往某個秘密世界的通道，一般人根本不會注意到的那個界域。

此外，還有其他時刻，也曾經讓他覺得自己與某種地獄的入口根本是近在咫尺。有一次，他搭乘每個禮拜二凌晨兩點從錢皮諾機場出發的包機航班，機上的乘客清一色都是男性。飛機上燈光昏暗，所以大家不需要大眼瞪小眼，不過，每個人的意圖其實都一樣。馬庫斯行經走道，凝望這些人的臉龐，想像他們的日常生活——令人尊敬的勞工、一家之主、足球隊。表面上看起來，他們搭機前往某個熱帶地區，其實是要前往某個第三世界國家，滿足某種惡慾，那是他們的母親、妻子、女友、朋友、同事一輩子也猜不到的癖好。

還有一次，馬庫斯也感受到相同的痛苦，當時，他凝望著奈及利亞妓女們疲憊無奈的雙眼，她們拚命想要招攬西方觀光客，期盼能夠有生意上門，最後，她們必須躺在黑漆漆的地下室，價碼要看服務項目而定，有時候，甚至包括了凌虐。

馬庫斯永遠忘不了看過超色情網頁之後的驚慌與恐懼。那是一個平行世界，網路中的網路。小孩再也不是小孩，暴力成為了取樂的工具。在這樣的地方，能夠讓任何人待在家裡，搞不好還穿著舒適的睡褲與拖鞋，為自己最不堪最不為人知的衝動找尋發洩的素材。

現在，他馬上就要進入這間別墅，等一下又會發現什麼？

就在他陷入沉思的時候，午夜也已經到來，客人紛紛到達派對現場。

他們從計程車或是禮車離開，送完客人之後，這些車輛也立刻離開。還有人是靠步行，完全看不出是從哪裡走來。大家都有戴帽子或圍巾遮住臉龐，不然就是高高豎起衣領，以免被別人認出來。

他們遵循的是同一套步驟。在大門口的時候，先按電鈴，等待擴音器傳出聲響——短促的音樂聲，門鎖開了，大家逐一入內。

馬庫斯等到凌晨一點鐘，數了至少一百個人之後，才從陰暗處走出來，到達大門口。

「689A473CS43。」

門鎖應聲而開，他立刻走進去。

某名顯然是保鑣的壯漢走到馬庫斯面前，不發一語，直接帶他走進某道走廊。裡面只有他們兩個人，根本看不到馬庫斯先前看到的那些賓客。不過，最讓他吃驚的是，屋內沒有聲響。

那男子請他進入某個房間，然後自己也跟過去站在他的背後。馬庫斯看到面前有張桃花心木辦公桌，桌前坐了位身著裸露單肩紫色晚禮服的年輕女子，她擁有纖長十指、宛若貓咪的綠色眼眸，還有優雅的髮髻。她身旁放了個銀盤，裡面有水壺與好幾個玻璃杯。

「歡迎，」她露出心照不宣的微笑，「第一次來嗎？」

馬庫斯點點頭。

「這裡只有一條規矩，而且很簡單：只要另外一個人同意，要做什麼都沒關係，但要是對方拒絕，那就是不可以。」

「了解。」

「你有沒有帶手機？」

「沒有。」

「有沒有武器或是其他可能傷人的物品？」

「沒有。」

「我們得要搜身，你不介意吧？」

馬庫斯知道自己別無選擇。他張開雙臂，等待背後的那名男子執行任務。對方檢查完了之後，又回到原本的位置。

就在這時候，那名女子將其中一只玻璃杯裝滿了水，然後，她打開某個抽屜，又關上，拿給他一顆亮黑色的藥丸。

馬庫斯陷入遲疑。

「這就是鑰匙，」她伸出了手，掌心裡躺著那顆藥丸，「你必須要吞下去，否則就不能進去。」

馬庫斯伸手，接下那顆藥丸，送到嘴邊，喝光了水。

他還來不及放下空杯，就已經感受到身體深處突然湧出一股熱流，急竄全身，最後在眼部爆炸。周邊所有物件的輪廓都開始搖搖晃晃，他擔心自己會失去平衡，隨後，他發現有兩隻強壯的手臂接住了他。

他聽到清亮的笑聲，宛若水晶碎裂的聲響，「過幾秒鐘之後，你就會習慣了，」那女子被逗樂了，「在這個時候，就讓它靜靜發揮作用，不要奮力抵抗，藥效將會持續三小時左右。」

馬庫斯努力遵從她的建議……過沒多久之後，也不知道是怎麼搞的，他發現自己已經靠在某個房間的牆面，四周充滿了各種聲響，宛若被囚禁在籠子裡的鳥兒們在鳴唱一樣。被昏灰光線圍繞的一切慢慢變亮，他發現自己的雙眼逐漸適應了光線的變化。

等到他確定自己平衡沒有問題之後，終於踏出第一步走入中央。現場瀰漫著優雅的音樂——可能是巴哈的作品。燈光昏暗，宛若遠方出現的光暈，有一股蠟油與燭火的味道，還有性的氣息。

他旁邊還有其他人，他看不清楚他們的面貌，但他還是有模糊意識。

他剛才吞下的藥一定具有增強感官的功能，同時也妨礙了他記下周邊細節的能力。他盯著某張臉，但立刻就忘得一乾二淨，這就是那顆藥丸的第二個目的：不會有人記得別人的模樣。

有人陸續從他旁邊走過去，與他四目相接，或是報以微笑，還有個女子愛撫他之後就離開，許多人都是赤身裸體。

沙發上有一團無臉人，只有胸部與四肢，一張張的嘴在尋索其他的雙唇，渴求歡愉，馬庫斯眼前的一切，彷彿像是一場快速播放的電影。

要是他沒辦法辨識這些人的面孔，那麼他來這裡也沒有任何意義，他必須想個辦法。他發現雖然整體景象難以捉摸，但細節倒不至於如此。他必須要專心研究枝微末節，要是他低頭，視線就會變得比較清晰，映入眼簾的畫面就不會消失。

鞋子。

馬庫斯想要記得那些鞋子，有高跟鞋，有綁帶鞋；有的是黑色、亮閃色澤、紅色。他走到他們中間，任由自己隨著人群移動。突然之間，大家都聚在一起，宛若河流在湧動，朝正中央前進，不知道是看到了什麼被吸引過去。馬庫斯也往那裡鑽，透過一堆人牆的背部往裡面瞧，看到有人裸體趴在地上，脖子後方有鮮血汨汨流出。

馬庫斯立刻就知道這在影射誰，喬奇歐．蒙特費奧里。兩名女子跪在他身邊，伸手愛撫他。

他的時間已經到來……小孩們死了……

遠處有張汽車座椅，某個裸女被綁在上面，登山繩纏住她的胸脯，她戴著紙面具：迪安娜．德爾高蒂歐的笑臉，可能是取材剪報照片或是網路圖像。

……錯誤的愛給了錯誤的人……

有個壯碩男子跨騎在女孩的身上，宛若雕像般的身材塗滿了油，臉上戴了黑色真皮頭罩，某隻手揮舞著銀色鋒利的刀子。

……他對他們冷酷無情……鹽之童……

兩名年輕人在歐斯提亞松林的遇害場景，成了這個夜晚的邪惡亮點。不時會看到某些圍觀者離開人潮，找人一起到旁邊做愛。

……要是沒有人阻止他，他絕對不會停手……

馬庫斯突然一陣反胃。他轉身，以雙臂奮力擠開人群，好不容易到了角落。他單手扶牆，深呼吸，他還真希望自己能夠吐出來，也許有機會可以排出部分藥丸，可以離開此地。不過，他也知道自己恍神的狀態還會持續一陣子、不可能會立刻恢復正常。而且，他也不想現在就回頭，他得要看到最後，他別無選擇。

就在那個當下，他抬頭，看到旁邊站了一個幽黑身影，正在觀察群眾。那個人穿的是連身工作服，或者可能是雨衣，過大的外套。不過，真正讓馬庫斯吃驚的是，對方從褲袋口露出的奇怪黑色物體，那個人不想讓大家看到那東西，似乎是把槍。

馬庫斯覺得奇怪，這人是怎麼把槍帶進來的？難道剛才沒有被搜身？但他終於恍然大悟，那不是槍。

是相機。

他想起珊卓拉曾經提到兇手特地為迪安娜·德爾高蒂歐塗抹唇膏的事。

「我覺得他拍下了她的照片，其實，這一點我早就十分確定。」

馬庫斯心想，這個人來到這裡是為了要得到紀念品。所以，他離開牆邊，朝對方走去，同時想要努力看清這名男子的五官，不過，那就像是海市蜃樓一樣，距離越來越近，消散的部分也越來越多。

對方一定發現到他了，因為那男人轉身盯著他。

馬庫斯感覺到那對黑色眼眸盯著他的凶猛力道，讓他動彈不得——現在的他，宛若被釘在標本箱裡的蛾。馬庫斯想要加快腳步，但卻使不上力，他覺得自己彷彿在一大片水沙地裡緩步前行。

那個人掉頭離開，還不時回頭張望，彷彿擔心馬庫斯準備要跟上來。

馬庫斯想要跟上對方的腳步，但卻困難重重，他甚至還伸出了手臂，誤以為這個動作可以阻止對方往前走。但他已經氣喘吁吁，彷彿在爬陡峭斜坡。然後，他突然靈機一動，停下腳步，等待對方轉身看他。

當他一發現那男子轉頭，他立刻劃下顛倒的十字聖號。

對方果然放慢腳步，似乎想要理解那動作的意義，不過，他又繼續往前走。

馬庫斯繼續跟過去，看到那男人從法式落地窗走出去，也許他剛才就是靠這個方式潛進來逃避安檢。馬庫斯現在也進入戶外，冷夜寒氣突然撲來，似乎讓他從昏沉狀態中再次清醒過來。

那團人影走向樹林，相隔距離已經很遠了，馬庫斯不想就這麼讓他溜走。

……要是沒有人阻止他，他絕對不會停手。

不過，就在他逐漸恢復正常的時候，有重物落在他的後腦勺，突然一陣痛楚，有人偷襲他。

他倒下，失去了意識，昏迷之前，他注意到距離臉龐只有幾公分的地方，偷襲者所穿的鞋子。

一雙藍鞋。

第二部　狼頭人

第一章

突然颳起陣陣強風，但隨後又戛然而止。

根據天氣預報，今夜並不平靜。從樹林間的空隙可以窺見飽含雨氣的奶白色天空，氣溫已經變得酷寒刺骨，宛若惡兆臨頭。

而她居然穿的是迷你裙。

「妳覺得我們是不是應該要接吻？」

「史蒂芬諾，你去死啦。」

在所有同事當中，她最不想一起搭檔的就是這個白痴卡波尼。

他們開著白色的飛雅特500、進入了郊區。兩人必須假裝成為了歡愛，找尋偏僻地點的情侶，但琵雅．利蒙蒂警官實在難以保持冷靜，她不喜歡「盾牌作戰計畫」，認為這是人力與資源的無謂浪費。還不到四十台車。卻得巡守羅馬的所有郊區，根本就是不可能的任務。

想要用這種方式逮到那個惡魔，簡直就像是第一次買樂透就中大獎一樣。

而且，他們選擇她執行這項任務，多少含有性別歧視的意味。

她之所以被挑中，就和其他女性警員一樣，都是因為美貌。而她們夥伴的評選標準就顯然不同，看看她旁邊這位就知道了，史蒂芬諾．卡波尼，警察總部最鬼祟、最令人倒胃口的男人。

明天她得找其他女同事討論一下今晚要誰輪班，她們也得去詢問工會的意見。

不過，還有一點是琵雅．利蒙蒂一直不願意承認的事，她的確心生恐懼，而且，不只是因為她穿著迷你裙，感受到那股從大腿爬升的寒意。

她三不五時就會伸手摸門邊的置物袋，找尋她的手槍。她知道是在那裡沒錯，但觸摸的感覺讓她踏實多了。

但卡波尼似乎很能自得其樂。這兩年來他拚命想要搭訕攀談的女子居然就和他一起坐在車內，他簡直無法置信。他真的覺得這次任務就會讓一切改觀？真白痴。果然，這傢伙一直講笑話與雙關語虧她。

「妳一定沒想到吧？」他哈哈大笑，「我可以告訴別人我們共度良宵。」

「你為什麼不閉嘴專心工作？」

「什麼工作？」卡波尼指了一下周邊環境，「我們在荒郊野外，根本不會有人來這裡，相信我，臭屁的莫洛根本什麼都不懂。不過，我還是很開心能出這趟任務，」他挨到她身邊，露出似笑非笑的神情，「我應該要好好把握機會。」

琵雅伸手抵住他胸膛，用力推開他，「要是我讓伊凡知道的話，對你不好吧。」

伊凡是她的男友，超級愛吃醋。不過，他就和所有愛吃醋的男人一樣，到頭來比較氣的是她，而不是卡波尼。他會責怪她怎麼沒有稟告上司，確認自己轉調其他任務。他會罵她其實心裡哈得要命，她就與天下所有的女人一樣，都喜歡被人追求的感覺。換言之，到了最後，千錯萬錯都是她的錯。當警察已經夠艱難的了，而身為女警更需要隨時展現自己的能力與男性同儕並無二致，但要告訴伊凡這一點也沒有意義。正因為如此，她也不會因為沒得到公主待遇而特地跑去向上級抱怨。不行，最好還是不要讓伊凡知道。

史蒂芬諾．卡波尼就是個渣男，就算他今晚無法得逞，明天也會在同事面前大肆吹噓。最好還是讓他一直講廢話，她只要與他保持距離，撐到任務結束就沒事了。

但迫在眉睫的問題是她尿急。

她已經忍了一個多小時，現在她覺得自己隨時會爆出來。天冷，加上緊張，讓她快要憋不住了，所幸她找到抵擋尿意的方法，雙腿交疊，然後把重心移向身體的左側。

「你要幹什麼？」

「放點音樂，不介意吧？」

卡波尼打開廣播頻道，但琵雅幾乎是立刻伸手關掉，「萬一有人接近車子，我會聽不到。」

卡波尼悶哼一聲，「利蒙蒂，不要擔心，放輕鬆就是了。妳講這種話就像我女朋友一樣。」

「你有女友啊？」

他不爽回嘴，「當然。」

琵雅不相信。

「等等，我拿照片給妳看。」卡波尼拿出手機，給她看螢幕保護程式的照片，果然，是在海邊拍的照片，他摟著某個女孩。

琵雅發現這女孩很漂亮，但繼續想想，覺得她真可憐。她開始損他，「要是她知道你在撩我，難道她不會生氣嗎？」

「如果是男人理所應為的事，當然不該退讓，」他說道，「要是在這種狀況下我不撩妳，我也不配當男人了。要是我女友知道自己和某個半殘男子在一起，我想她也不會開心。」

琵雅搖頭，這傢伙的邏輯有問題。不過，這番話並沒有讓她覺得哪裡好笑，反而讓她想到了迪安娜·德爾高蒂歐，在歐斯提亞松林凶案發生的那天晚上、和她一起出去的那個男人並沒有保護她，反而為了自救而把刀子插入她的胸膛。這種男人還算男人嗎？如果換作是伊凡，他會作何反應？

或者，史蒂芬諾·卡波尼呢？

這是她一整晚都不敢去想的問題。要是他們真的遭到「羅馬殺人魔」的襲擊，她的同事有辦法保護她嗎？或者，這個已經調戲她兩個多小時的男人，最後只會乖乖聽從殺手的指令？

就在她陷入沉思的時候，汽車內的無線電傳來聲響，「呼叫利蒙蒂、卡波尼：一切都還好嗎？你們在哪裡？」

是中央指揮部。他們每個小時會與散落在鄉間的車輛聯絡，確定一切無恙。琵雅拿起對講機，「回報總部，這裡沒問題。」

「你們要眼睛睜大一點，來夜方長。」

琵雅結束通話，瞄了一下儀表板上的電子時鐘，才凌晨一點而已。她心想，真的，來夜方長。就在這時候，卡波尼伸手摸她大腿，琵雅惡狠狠瞪他，然後又狠捶他的前臂。

他痛得大叫，「啊！」

她真正氣惱的倒不是他的這個動作，而是她被迫變動位置，害她尿意完全忍不住了，她揪住卡波尼的衣領，「喂，我要到外頭找棵樹。」

「要幹什麼？」

琵雅不敢相信這個人真的這麼蠢。她沒理會他的提問，繼續說道，「你站在車子旁邊，等我上完之後才可以上車，知道嗎？」

卡波尼點點頭。

琵雅帶著手槍下車，卡波尼也是。

「好夥伴，別緊張，我守在這裡。」

琵雅搖搖頭，開始往前走。卡波尼在她後面吹口哨，然後，她又聽到強力水柱的落地聲響，原來他也決定要撇尿。

「只要我們爽快，不管在哪裡或是什麼時候都可以解決，這就是當男人的好處。」他得意大聲嚷嚷，然後又開始吹口哨。

不過，對琵雅來說，在這種崎嶇不平的地方，實在很難找到她的如廁點。她的膀胱脹痛，而且那他媽的迷你裙更讓她難以行動自如，更甭提那可怕的狂風，宛若一隻不懷好意的隱形之手、緊攫她不放。

她隨身帶著手槍與手機，所以靠著手機的光線找尋地點。終於，她挑到了一棵合適的樹，旋即加快腳步。走到那棵樹旁邊的時候，她小心翼翼，四下張望，最後把手槍與手機放在地上。然後，她有些不安，脫下褲襪與內褲，把裙子撩到屁股上方，蹲了下來。

她背後一陣冷，直覺就是不舒服。不過，雖然她尿急，但就是無法解放，彷彿被卡住了一下，她低聲說道，「拜託拜託，拜託一下。」

那是恐懼。

她拿起手槍，緊貼腹部，卡波尼從遠方傳來的口哨聲響徹樹林，讓她安心了不少。不過，狂風一陣陣襲來，哨音也越來越微弱，突然之間，完全消失了。

「拜託，可以請你繼續吹口哨嗎？」她一講完就後悔了，不該讓他聽到這樣的乞求語氣。

「當然！」他又繼續吹下去。

琵雅的膀胱開始解放。她半閉著眼，享受快感，熱燙的液體從她體內直奔而出。

卡波尼的口哨聲又沒了。

她自言自語，「這傢伙真混蛋。」不過，口哨聲又再次響起。

她快要尿完的時候，一陣超大強風颳過來，害她搖晃了好一會兒，就在此時，她聽到了砰響。

琵雅僵住不動。那會是什麼聲音？是真的嗎？還是她的幻聽？它出現得太快，被風聲掩蓋了。現在她真的希望卡波尼不要吹口哨了，因為她現在只聽得見他的聲音。

一股不理性的恐懼油然而生。她站起來，努力把褲襪拉回去，拿起手機與手槍，開始快跑，迷你裙被推拉到肚臍上方，她陷入驚慌，模樣自然狼狽。

她拚命往前衝，每一步都差點摔倒，現在卡波尼的口哨變成了她的唯一指引。

拜託千萬不要停。

她隱約覺得有人在跟蹤她，這可能是出於她的幻想，但她也管不了那麼多了，現在她一心只想要趕快回到車內。

她終於到達他們停車的那一小塊空地，看到她的同事坐在車裡，車門大敞，她趕緊進入副座。

她立刻發出警告，「史蒂芬諾，不要再吹口哨了，那裡有人！」

但他依然沒有停止，這傢伙這麼蠢，琵雅真想甩他一巴掌，但她一看到他瞪大的雙眼以及張開的嘴巴，立刻愣住了。他的胸口有一個大洞，黏稠黑血不斷汩汩流出，剛才聽到的爆裂聲原來是槍響。

有人依然在吹口哨，就在她附近。

第二章

黎明時分，鳥兒們將他喚醒。

馬庫斯睜開雙眼，認出了鳥囀，但隨後感受到一股貫穿整個腦袋的劇痛。他想要知道痛感的源頭，但發現到處都在疼。

而且，感覺好冷。

他躺在地上的姿勢很詭異，右半邊的臉頰緊貼著堅硬的地面，雙手軟垂在身體兩側，一隻腿伸得筆直，而另一隻則屈膝半彎。

他一定是在完全沒有靠雙手支撐的狀況下，正面著地。

他先試著移動臀部，然後，運用雙肘，終於能夠坐起來，眼前的一切都在旋轉。他很想再次閉眼，但還是繼續硬撐，他擔心自己會昏厥，寧可繼續忍受暈眩。

他終於坐了起來，低頭張望自己幽暗的身軀輪廓，四周佈滿了夜霜。他感受到身上的濕氣，背部、四肢還有頭部。

他心想，後腦勺，正是疼痛的主要來源。

他伸手摸了一下，想知道有沒有傷口，不過，先前中槍的地方並沒有流血，只是腫了一大塊，可能還有點輕微的擦傷。

他擔心自己再次失去記憶，所以趕緊立刻回想自己記得的一切。

也不知道為什麼，第一個浮現心頭的畫面，是一年前梵蒂岡花園裡的那具修女殘屍，但隨後出現的就是珊卓拉、她與心愛男人的接吻畫面，以及他們在歐斯提亞松林裡的互動。接下來，其他記憶也陸續浮現……聖阿波里納雷教堂的卡式錄音機、克里蒙提所說的「羅馬現在瀰漫著岌岌可危的氣氛，昨夜的事件對人們造成了嚴重影響」、鹽之童……最後是他昨晚目睹的那場邪惡神秘儀式現場、藏有相機的神秘人、他在被藥效控制的狀況下跟追過去、頭部遭到襲擊。不過，他記得的最後一幅影像卻是攻擊者離開時的雙腳，對方穿了雙藍鞋。

有人在保護那個神秘人物，為什麼？

馬庫斯終於站起來，感受到失溫症初期的威力。想必在他還沒有失憶之前，也就是在他前半生的某一段時間，他的身體曾經學到要如何抵擋低溫。

黎明微光讓別墅的花園陰森現形。他又走回昨晚借道離開的那扇法式落地窗，現在他想要使勁推開，但力氣不夠大，所以他拿了石頭砸玻璃，整隻手臂伸進去打開了窗戶。

裡頭實在看不出曾經舉行過派對，整間屋子宛若無人居住長達數十年之久。所有的家具都蓋上了白布，空氣中瀰漫著霉味。

難道這一切都是出於他的想像？他先前服用的藥物影響力有這麼強烈？不過，他發現了某個細節——違常之處——證明自己的記憶全然為真。

沒有灰塵。

一切都太乾淨了，裡面的物件還沒有染上荒棄多時的痕跡。

他從沙發扯下一塊布，披在肩上取暖，然後，找到了某個電燈開關，但是沒有接電。所以他只好一路摸索，拾級上了二樓找廁所。

他在某間套房裡找到了廁所。

微弱的天光從百葉窗裡透了進來，馬庫斯在洗手台前洗了好幾次的臉，然後，望著鏡中的自己。雙眼周邊因為遇襲而變得烏紫，現在只希望自己沒有任何的腦部損傷。

他想起了寇斯莫．巴爾蒂提的語音留言，「還有一件事：我發現了一條有利線索……我還得向我的消息來源查證，所以我現在還不能說。」

「寇斯莫？」馬庫斯再次低聲呼喊這個名字。是寇斯莫告訴了他這個派對的消息，然後又想了法子把他弄入這間別墅，難道寇斯莫也背叛了他？

不過，他直覺認定寇斯莫與此毫無關聯。他之所以會出事，是因為他跟蹤了那名神秘人。也許他頭部受創的原因並不是這個，而是因為劃出顛倒十字聖號所顯現的挑釁意圖，不過，神秘人並不明白那個手勢的意義。馬庫斯雖然因為吞了藥而記不得對方的臉，但依然記得那個人停下腳步回看他時的疑惑模樣。

但有其他人明白它的意義，藍鞋人。

他應該要通知克里蒙提，然後查出寇斯莫是否擺了他一道。不過，此時此刻，他只想要盡快離開這間別墅。

過了一會兒之後，他走入某個休息站的餐廳。站在櫃檯後方的那女子，見到他的神情儼然是見到死屍一樣。

馬庫斯依然腳步蹣跚，他費了好一番氣力才把車子開來這裡，現在的模樣一定很狼狽。他在口袋裡找銅板，拿出了兩歐元，放在櫃檯上頭。

「麻煩給我一杯淡咖啡。」

在等咖啡的空檔，他抬頭看著餐廳角落的壁掛電視。

有名記者站在荒郊野外，後方有許多警察來來去去，馬庫斯認出了珊卓拉。

「……昨晚遇害的兩名警官是史蒂芬諾．卡波尼與琵雅．利蒙蒂，」記者繼續說道，「殺人魔的犯案手法幾乎與第一起一模一樣：對男子的胸部與女子的腹部開槍，也許是因為他發現女警有配槍。不過，他並沒有立刻殺她滅口，她受傷之後，又被他綁在樹幹上面，繼續拿刀殘害。根據我們從法醫那裡得到的消息，應該是被凌遲了好一段時間。在之後的各節新聞當中，我們將持續提供更詳盡的報導……」

馬庫斯發現角落有公共電話。他忘了剛才點的咖啡，趕忙走向電話亭。他撥打語音留言電話，正打算要留言的時候，卻發現早已有一通未聽取的留言在等著他。

他按了密碼，靜靜等候，本以為一定會聽到克里蒙提的聲音，卻沒想到開口的是寇斯莫．巴爾蒂提。這是他繼昨晚之後的第二通留言，這次完全不像第一次那麼冷靜自持，反而流露出極度焦慮，真正的恐慌。

「……我們必須要馬上見面……」那聲音好驚恐，「狀況比我想像的更糟糕……」他語氣激動，聽起來像是在哭泣，「我們有危險了，而且是十分危急，」他繼續說道，「我現在沒辦法告訴你，所以請你一聽到留言就趕快過來我的夜店。我會等你到八點鐘，之後我就得帶我的女兒與太太離開羅馬。」

留言結束。馬庫斯看了一下時間，七點十分，他還有機會，但必須加快腳步。

現在，馬庫斯真正想要知道的並不是寇斯莫發現的秘密，而是他為什麼如此懼怕。

第三章

珊卓拉與琵雅．利蒙蒂是舊識。

她們經常閒聊，上次她們還交換了某間體育用品店的心得。琵雅常去健身房，打算要開始上皮拉提斯的課。

她未婚，但從她所說的那些話來判斷，她的確很想與男友共組家庭，要是珊卓拉沒記錯的話，他的名字應該是伊凡。她說她男友愛吃醋，佔有慾很強烈，所以她才會申請轉內勤，這樣一來，他至少一定會知道她人在哪裡。琵雅雖然懷抱身著制服執外勤的夢想，但她是沉浸在愛河中的小女人，所以要是能調職成功，她一定會很開心。珊卓拉永遠忘不了她的燦爛微笑，還有，她在總部餐廳喝咖啡的時候，總是喜歡加顆小冰塊。

那天早上，拍完了琵雅的裸露殘屍之後，珊卓拉發現自己很難靜心思考。她像是機器人一樣完成工作，彷彿她的某個部分因為恐懼而變得麻木無感。她不喜歡那樣的感覺，但要是少了那一層意外的保護外殼，她最多也只能撐個幾分鐘而已。

昨晚，當殺人魔發現自己的對象是兩名警察之後，立刻對琵雅展開殘暴攻擊。先對她腹部開槍，讓她無法反擊，然後捆綁她，脫掉她的衣服，凌虐她至少長達半個小時以上。他們發現她被綁在樹幹上頭，還被上了手銬，而殺人魔則以獵刀剮下她的皮膚。而史蒂芬諾．卡波尼的待遇就好多了，根據法醫驗屍的結果，兇手對他胸部開了一槍，打中動脈，立刻死亡。

中央指揮部依照一小時一次的固定通聯頻率，想要以無線電聯絡這兩名員警，卻一直沒有得到回應。等到他們派出警車到現場察看，才發現了這場駭人聽聞的慘劇。

雖然警察總部採取了所有的預防措施避免消息走漏，但媒體還是知道了消息。

這起雙屍案的地點靠近亞壁古道。根據道路監視器的畫面，當晚出現了異常的大量車流：目前，這是警方唯一掌握的詭異線索。

副處長莫洛暴跳如雷，這證明了「盾牌作戰計畫」是一場災難，而且兩名警員殉職更是警方的一大挫敗。

除此之外，殺人魔也犯下了侮辱屍體的罪行，他在琵雅．利蒙蒂的臉上加了腮紅與唇膏。也許，他也在這次犯案時拍下了照片，當作自己惡行的紀念品。

這一次也一樣，沒有兇手的DNA，也沒有指紋。

在莫洛的帶引下，珊卓拉與中央統籌偵案小組從犯罪現場回到了總部。那裡早就聚集了一堆文字與攝影記者，就是準備要堵莫洛，他奮力擠到電梯門口，全程不願發表任何聲明。

在大廳的人群之中，珊卓拉注意到喬奇歐．蒙特費奧里的母親。這位堅持警方必須要將她愛兒衣物發還給她的母親，雙手捧著某個塑膠袋，拚命想要吸引莫洛的注意力。

莫洛面向其中一名手下，低聲吩咐他，「趕快把她攆走，態度要溫和，但一定要保持堅定。」

珊卓拉偷聽到這段話，心覺對她很不好意思，但她也能諒解莫洛的不耐。這位母親充滿悲痛，雖然行為瘋狂，其情可憫，但他們有兩名同仁遇害，實在沒有時間安撫她。

「我們的辦案進度又重新歸零。」大家一進入專案室之後，莫洛立刻開口，然後，他面向記載案情要點的白板，加上剛才在最新犯罪現場的線索。

歐斯提亞松林兇殺案：

物品：背包、登山繩、獵刀、魯格SP101手槍。

登山繩以及插在年輕女子胸腔的刀，均有年輕男子的指紋，因為兇手下令他捆綁女友，拿刀殺她，唯有如此才能救他自己一命。

兇手朝男子頸後開槍。

在女孩臉上塗唇膏（拍下她的照片？）

在受害者身邊留下某個鹽製品（洋娃娃？）

警員利蒙蒂與卡波尼兇殺案：

物品：獵刀、魯格SP101手槍。

兇手朝史蒂芬諾．卡波尼警員胸部開槍，一槍斃命。

對琵雅．利蒙蒂腹部開槍，然後脫掉她衣服，把她綁在樹幹上凌虐，最後以獵刀結束她性命，在她臉上化妝（拍下她的照片？）

莫洛忙著寫下重點，珊卓拉立刻發現這兩起命案現場的相異之處。第二起命案的線索比較少，而且也沒有什麼特殊之處。

這一次兇手什麼也沒留，看不到戀癖，看不到作案特徵。

莫洛寫完之後，開始對大家發表談話，「我要大家前往街頭，把這座城市裡有性犯罪前科的每一個變態或瘋子全部都挖出來。嚴厲逼問，讓他們吐出所知的一切。我們必須要再次審視他們的犯罪檔案，逐字閱讀，清查他們過去這幾個月在幹什麼，如有必要，甚至要往前清查他們在這幾年的活動。我要知道他們電腦裡藏了什麼東西，他們造訪哪些網站，打手槍的時候是看哪些齷齪的東西。我們要取得他們的通聯紀錄，撥打那些電話，每一通都不能放過，直到挖出線索為止。我們要讓他們覺得自己被逼到了牆角，脖子已經可以感受到我們的鼻息。我們的兇手不可能是哪個突然冒出來的傢伙，他一定有前科。所以，現在就仔細研究我們手邊的資料，找尋我們可能忽略的小細節，務必要給我找出這個人渣的線索。」莫洛伸拳，往桌面重敲一下，作為這番長篇大論的句點，會議到此結束。

對於珊卓拉來說，這只證明了他們現在一籌莫展，這令她突然覺得很不安。她相信不是只有她有這種感覺，同事們也都一臉茫然。

當大家陸續離開專案室的時候，她看到了警司克里斯匹，這位資深警官狀甚疲憊，彷彿這幾天的事件已經把他逼到了崩潰的臨界點。她開口問道，「阿斯托菲的住家狀況如何？」

負責搜索這位法醫住所的是克里斯匹，他回道，「完全找不到與凶案有關的線索。」

珊卓拉嚇了一跳，「那他的行為又該作何解釋？」

「我不知道。整個小組把他家都翻遍了，就是找不到。」

不可能，她不相信。「他明明可以把迪安娜．德爾高蒂歐從鬼門關前拉回來，但他卻見死不救。然後，他又掩藏銷毀了某件證物，如果沒有牽涉到個人利害關係，不可能會成為凶案共犯。」

克里斯匹發現她有點太大聲了，趕緊抓住她的手臂，把她拉到一旁，避開眾人，「妳聽我說，我不知道阿斯托菲的腦袋到底在想什麼，不過，妳仔細想想：他為什麼要毀棄一個鹽巴洋娃娃？其實，他就是個孤單害羞的人，我們坦白講，根本沒有人喜歡他。也許他有什麼不為人知的原因，對於警方或人類懷恨在心，誰知道呢？某些有反社會性格的人就是如此，會做出大家難以理解的可怕行為。」

「你的意思是阿斯托菲瘋了嗎？」

「發瘋，不至於，但可能一時失去理智，」他停頓了一會兒，「我曾經逮捕過某個小兒科醫生，每相隔一百一十一張處方箋，就會故意給錯藥，許多小孩因而生病，但沒有人知道原因。」

「為什麼是一百一十一？」

「沒有人知道為什麼。但這是他露出馬腳的唯一線索。就其他方面來說，他的確是個好醫生，其實，遠比其他醫生都細心多了，搞不好他只是需要偶爾解放一下自己的黑暗面。」

但珊卓拉並不相信這種說法。

克里斯匹把手擱在她的手臂上頭，「我知道妳聽了一定很不舒服，因為當初是妳發現了他的惡行。不過，連續殺人犯不會有共犯，妳也很清楚這一點：他們總是獨來獨往。而且，阿斯托菲正好認識兇手，又剛好被叫到犯罪現場驗屍的機率是微乎其微。」

她雖然滿心不情願，但依然得承認警司的話有道理。不過，這也讓她覺得面對惡徒的暴行，自己變得更加軟弱無力。她不知道馬庫斯現在人在哪裡，她很想找他談一談，也許他可以提振一下她的信心。

馬庫斯終於趕到了SX夜店，距離八點鐘也只剩下幾分鐘而已。在早上這種時候，這條馬路荒無人跡。他走到大門口，按了對講機，但等不到人應答。

他覺得寇斯莫搞不好已經不耐久候，決定提早與家人逃亡。這傢伙嚇得要死，當有人覺得自己生命不保的時候，會產生什麼樣的念頭，誰也料不準。

不過只要有線索，無論機會是多麼渺茫，馬庫斯絕對不能放過。所以，他確定四下無人之後，立刻從口袋裡拿出隨身的小型伸縮式螺絲起子，打開了門鎖。

他走向通往紅色房門的那道深長水泥走廊，通常大亮的日光燈管黯淡無光。他重複先前的步驟，從前門進入夜店。

只亮了一盞燈，來自中央舞台。

馬庫斯走過去，一路小心翼翼，不想被沙發與桌子絆倒，他走到了後方，也就是寇斯莫辦公室的位置，不過，卻在門口停下腳步。

這樣的寂靜，有點不太尋常。

他還沒有碰門把，已經有了不祥的預感，房門的另外一頭有具屍體在等著他。

他終於走進去，在幽暗光線之中看到寇斯莫．巴爾蒂提的屍體趴在辦公桌上頭。他繼續往前，打開了桌燈，寇斯莫緊握著手槍，太陽穴吃了顆子彈，雙眼瞪得好大，左臉倒在一片血泊之中，血水早已流到辦公桌邊緣，滴到了地板。看起來像是自殺，但馬庫斯知道並非如此。現場並沒有掙扎的痕跡，不過，寇斯莫絕對不會自戕，畢竟他現在有了女兒，提到她的時候充滿驕傲，他斷無可能棄她而去。

他遭人殺害，是因為他發現了重大的秘密。在最後一通語音留言當中，他的話語令人心驚。

「狀況比我想像的更糟糕，我們有危險了，而且是十分危急。」

巴爾蒂提指的是什麼？到底是什麼事讓他這麼害怕？

馬庫斯盼望寇斯莫死前曾經留下線索，所以他開始搜尋屍體附近的區域。他戴上乳膠手套，打開辦公桌的抽屜，搜尋死人衣服的口袋，在家具與擺設品之間四處摸索，還把垃圾桶整個翻過來。

不過，他隱約覺得先前已經有人做過一模一樣的事了。

當他發現寇斯莫手機不見的時候，更加證實了自己的想法。是不是兇手取走了手機？搞不好裡面有寇斯莫為了蒐集線索而撥出的通聯紀錄。也許吧，由於他撥打了這些電話，發現重大秘密，也引來了殺機。

也許吧。

馬庫斯心覺這都只是臆測，就他所知，寇斯莫從來不用手機。

不過，辦公室裡倒是有室內電話。馬庫斯拿起話筒，按下最後一通電話的重播鍵。響了幾聲之後，一名女子接起電話。「寇斯莫？是你嗎？你人在哪裡？」

對方聲音充滿焦慮，馬庫斯掛了電話。應該是寇斯莫的太太吧，他遲遲未歸，想必讓她坐立難安。

他最後一次環顧整個房間，但裡面沒什麼值得特別注意的東西。當他正準備要離開的時候，他又望了一眼寇斯莫頸脖上的納粹圖騰刺青。

幾年前，他救了他的性命，或者，應該說他給了他扭轉人生的機會。那個充滿仇恨的符號已經再也無法代表寇斯莫．巴爾蒂提，不過，發現屍體的人一定會覺得這傢伙其實是表裡並無二致的壞蛋，也許不願給予死者應得的憐憫。

馬庫斯舉起手，為他作了賜福的手勢。有時候，他會想起自己其實也是個神父。

第四章

這個秘密包含了三個層次，第一個是「鹽之童」。

雖然有人企圖挖掘這個謎團，但還有另外兩個層次無法破解。

還沒有人這麼厲害。

不過，巴蒂斯塔．艾里阿加依然十分緊張，他夢到了米恩，他年輕時在菲律賓殺死的好友。過去這幾天，他經常想起米恩，也許這是他焦慮的主因。不過，只要好友在他的心中徘徊不去，巴蒂斯塔就無法平靜。這絕對不是什麼好兆頭，彷彿米恩想要警告他什麼似的，危險宛若風暴雲雨，在他周邊不斷厚積。然而，與他現在必須要努力捍護的秘密相比，他年少時的這個可怕秘密根本只是小兒科罷了。

一連串事件發生得太快，他已經啟動風險控管措施，但他不知道該怎麼樣減緩它的運作速度。

昨晚又有一起凶案，造成雙人喪命。

死亡事件並不會讓他心生憤慨，而且無辜者喪命也不會引發他任何的悲憫，世道就是如此，他不是偽善者。看到其他人喪命，我們掉淚，其實都是為了自己，這並不是什麼高尚的情操，只是純粹擔心自己哪一天可能也會面臨相同災禍的恐懼。

對他來說，唯一的重點就是這次有兩名警員遇害，會讓狀況變得很棘手。

不過，他必須承認，他們運氣不錯。法醫自殺，這一連串事件也因而緊急煞車。這個白痴阿斯托菲事跡敗露，但的確有遠見，知道要自行了斷，以免警方查出他居間所扮演的角色。

但艾里阿加還是得要確定是否有人在追蹤鹽之童的事，不過，他知道過沒多久之後，他們就會進入撞牆期。

到時候，他們就可以高枕無憂，秘密不會外流。

許多年前，曾經出現過一起失誤：被嚴重低估的危險因子。予以修補的時候到了，但事情的發展速度太快，所以他必須要知道警方辦案的確切進度。

只有一個辦法可以找出答案：他原本打算在羅馬的時候一直隱姓埋名，現在也只能放棄了。

至少，必須讓某人知道他已經到了這裡。

俄國飯店位於巴布依諾（Babuino）路的底端，這條優雅的街道連接波波洛廣場與西班牙廣場，路名源於一五七一年興建某座小噴泉裡的西勒努斯雕像。這座雕像的臉孔實在太醜了，羅馬居民立刻把它與小狒狒（Babbuino）聯想在一起——這個字在當地的方言只會發出一個b的音，而不是兩個b，所以就成了巴布依諾（Babuino）路。

巴蒂斯塔．艾里阿加走入飯店，帽簷壓得低低的，以免引起別人注意，他直接走向史特拉汶斯基酒吧，這個高檔地點提供了高級雞尾酒與美饌佳餚，而且只要自春季開始，就可以在這間豪華大飯店的花園裡喝酒用餐。

酒吧裡正在舉行某場商業早餐會，有位七十多歲的先生，態度文雅，儀表堂堂，作東款待來自中國的商業夥伴。

他名叫多瑪索．奧吉。羅馬人，祖先居此已歷經好幾個世代之久，他出身貧寒，不過，在無恥資本家一心致富，在羅馬四處掠奪的那個時代，他從事建築業而發了大財。奧吉與許多位高權重人士為友，包括了道德有問題的政客，其中許多都是共濟會的成員。而他自己的專長是投機與貪污，已經是大師等級。當局對他多次發動調查，懷疑他與組織犯罪共謀圖利，但他最後總是能夠全身而退，聲譽完全不受任何影響。

說也奇怪，像他這種經歷過各種風暴卻依然屹立不搖的人，總是能讓別人更加敬重，而且越來越有權勢。其實，多瑪索．奧吉早已是眾人公認，能在羅馬呼風喚雨的重要人物之一。

艾里阿加比他小十歲，但卻嫉妒他的處世儀態。那一頭整齊後梳的銀髮，還有讓他看起來健康又容光煥發的低調曬痕，艾里阿加馬上就認出身著高雅卡拉契尼西裝與訂製英國皮鞋的奧吉，他向某名服務生要了紙筆，寫了幾句話，指向他希望轉交的對象。

當多瑪索．奧吉一收到字條，臉色立刻大變，曬痕與笑意立刻消失，取而代之的是焦慮的蒼白臉色。他向賓客們暫時告退，走向洗手間，似乎是剛剛接獲了什麼指令。

他一打開門，看到艾里阿加，立刻就認出了他，「所以真的是你。」

「除了你之外，不能讓別人知道我在羅馬。」艾里阿加馬上開口，同時脫掉帽子，鎖門。

「不會有人知道，」奧吉向他保證，「但我外面有客人，我不能讓他們等太久。」

艾里阿加走到他的面前，直盯著他的雙眼，「我不會耽擱你太久時間，我只有一個小小請求。」

奧吉個性狡獪，瞬間明白艾里阿加的「小小請求」恐怕沒那麼簡單，不然他也不會紆尊降貴，躲在廁所裡與他對話，這根本不是他的風格。「什麼事？」

「『羅馬殺人魔』，我要你給我警方的調查報告。」

「你在報章雜誌上面看到的那些資訊還不夠嗎？」

「我想要知道那些沒有透露給媒體的所有細節。」

奧吉哈哈大笑，「這案子的主導人是副處長莫洛，他是中央統籌偵案小組的獒犬，沒有人能夠接近他。」

艾里阿加語露輕蔑，「這就是我來找你的原因。」

「這次連我也愛莫能助，抱歉。」

艾里阿加搖頭，頻頻發出不爽的咂舌聲，「老哥，你讓我大失所望，我本來以為你很有辦法。」

「哦，這一點你就錯了，有些人我就是動不了。」

「就連你有那些人脈和生意也一樣？」艾里阿加總是喜歡提醒別人，別忘了他們有多麼下流鬼祟。

「就連我有那些人脈和生意也一樣。」奧吉完全無懼，大膽重複了一次，顯露滿滿自信。

艾里阿加面向掛在洗手台前面的大鏡子，盯著奧吉的映影，「你有多少個孫子？十一個？還是十二個？」

「十二個……」奧吉開始變得不安。

「美好的大家庭，恭喜恭喜。告訴我，他們幾歲了？」

「最大的剛滿十六歲。你問這個幹什麼？」

「要是他知道祖父性喜與他年紀差不多的年輕女孩，你覺得他會作何感想？」

奧吉火氣都上來了，但還是得勉強維持鎮定，現在他落居下風，「都是陳年舊事了……艾里阿加，你這一招還要玩幾次？」

「我早就不想這樣了，老哥，但你似乎恰恰相反，」艾里阿加又轉身面向他，「我看到你上次度假時在孟加拉拍的那些照片，你厲害，與那名未成年少女手牽手合影。而且，我還知道那個住在羅馬郊區女人的地址，她讓你每個星期四下午陪伴她女兒，正好讓你趁機爽快。請教一下，你是去當她的家教吧？」

奧吉揪住他的衣領，「我絕對不會再讓人勒索我。」

「你大錯特錯，我早就不幹勒索這種事了，我只是拿回屬於我的權益而已。」他一派冷靜，推開奧吉的手，「還有，你要記得：我比你更了解你自己，你也許會生氣，但還是會乖乖聽我的吩咐。因為你知道我現在不會拆穿你的醜聞，你知道我會放過你，除非你又去搞未成年少女，我才會向媒體揭露一切。不過，老哥，你告訴我，你真能夠忍住那種誘惑嗎？」

奧吉不發一語。

「你煩惱的不是顏面盡失，而是再也無法縱慾……是不是被我說中了？」巴蒂斯塔．艾里阿加彎腰，撿起自己的帽子，剛才掉到地上的時候，他沒注意到，現在，他又把它戴好，「等到你死掉之後，你的魂魄會下地獄，你自己也知道這一點。但只要你還活在人世，就只能由我宰割。」

第五章

「盾牌作戰計畫」遭到媒體曝光。

第二起雙屍命案之後，才不過短短幾個小時，媒體就開始嚴厲批判中央統籌偵案小組，尤其是副處長莫洛。小組的工作表現慘遭砲轟，最常出現的字詞是「能力不足」與「效率不彰」，社會大眾原本對殉職警察充滿憐憫，現在也轉為不斷高漲的怒火。

恐懼在人們心中留下了陰影，殺人魔是這場遊戲的贏家。

莫洛被迫中斷「盾牌作戰計畫」，以免引發更多爭議。然後，他把自己以及親信關在總部裡面，想要找尋新的辦案角度。

「怎麼了？」麥克斯的語氣聽得出一絲焦慮，「妳不會有危險吧？」

「不要聽信電視節目裡的任何話，」珊卓拉回道，「他們根本不知道自己在鬼扯什麼，他們只是想要讓自己的新聞讓社會大眾買單，所以他們會使用恐懼策略。」她知道自己這番話沒什麼說服力，但她也不知道有什麼更好的方法能讓他安心。

「妳什麼時候回來？」

「等到這裡一結束，我馬上回去。」這也是謊言。其實，他們的工作量並不大，只是在重複研讀案件的關鍵要素，把性犯罪前科犯找來問話。除此之外，他們完全沒有任何頭緒。

「妳還好嗎？」

「我沒事。」

「維加，才不是這樣，我從妳的語氣聽得出不對勁。」

「沒錯，」她老實招認，「都是因為這件案子，如此殘暴的案情讓我很不習慣。」

「妳這幾天一直很閃避這話題。」

「抱歉，但我現在不能討論這件事。」她特地躲到大廳打電話，現在她已經沒有辦法忍受與別人在一起相處。到了晚上，總部人沒有那麼多，她就趁機為自己多爭取一點隱私。不過，現在她很後悔打電話給麥克斯，她擔心他會發現她態度轉變的真正原因，「我怎麼可能永遠堅強不摧？你說是不是？」

「那何不辭職？」

他們以前就討論過這個話題。他解決一切問題的良方就是珊卓拉換工作，他真的不明白怎麼會有人選擇這種周邊充滿死人的工作。

她努力耐心解釋，「你有你的學校、歷史課、學生……我也有我的專業。」

「我尊重妳的工作。我只是要說，也許妳可以考慮過另外一種生活，如此而已。」

他的這段話多少算是中肯，因為珊卓拉陷得太深。她覺得腹部承受了深沉的壓力，彷彿那裡有巨大的寄生蟲吸光她的元氣，反而將焦慮灌注在她的體內。「我先生過世的時候，每個人都說我應該要換工作，我的家人與朋友的看法都是如此。我十分固執，我告訴他們我可以撐下去。其實，在過去這三年當中，我一直在迴避暴力案件。萬一躲不過的時候，我就躲在相機後面，後果就是我想要盡量躲開血腥場面，自然無法像以往一樣稱職：所以我才沒有在第一時間發現迪安娜．德爾高蒂歐還活著。麥克斯，這都是我的錯，我明明在那裡，但我卻彷彿不在現場一樣。」

麥克斯在電話另一頭嘆氣，「維加，我愛妳，我知道我這麼說可能有點自私，但妳依然在躲藏，我不知道妳到底在迴避什麼，但妳真的有事瞞著我。」

珊卓拉知道他說出這些話其實是為了她好，因為他的確對於兩人的未來感到憂心忡忡，「也許你說得沒錯，都是我的問題。但我答應你，等到整起事件結束之後，我們再好好談這件事。」

這些話果然讓他安心了，「快回家吧，我在等妳。」

珊卓拉掛了電話，站起來，盯著掌心裡的手機。她真的沒問題嗎?這一次，發問的人是她自己，而不是麥克斯，但她一直沒辦法回答他，現在她也沒辦法給自己一個答案。

今天過得十分漫長，而且已經很晚了，但莫洛的人馬依然全員留在辦公室，打算要拚到最後一刻才離開，而且，現在還牽連到兩名同仁身亡。

就在珊卓拉準備要搭乘電梯回到專案室的時候，她發現喬奇歐．蒙特費奧里的母親依然坐在大廳訪客區的某張塑膠椅上頭，一臉耐心期盼的模樣。幾個小時之前，她拚命想要交給莫洛的那個塑膠袋，則擱在她的大腿上面。

珊卓拉背對著她，擔心蒙特費奧里太太曾經看過她與莫洛在一起，等一下會跑過來找她講話。她按下電梯按鈕，不過，當電梯門打開的時候，她卻沒辦法踏進去。門又關了，她轉身，朝那名女士走去。「晚安，蒙特費奧里太太，我是珊卓拉．維加，我現在與中央統籌偵案小組一起辦案，有什麼我可以幫忙的地方嗎？」

珊卓拉伸手致意，她也握了一下，但似乎不是很相信珊卓拉的話，也許是因為她不相信真的有人會注意到她，「我和妳的一些同事講過話了，大家都叫我要等，但我真的沒辦法了。」

她的聲音聽起來很虛弱，珊卓拉擔心對方隨時可能會昏倒。「餐廳已經關門了，不過還是有自動販賣機。要不要吃點東西呢？」

那女子嘆了一口長氣，「失去兒子好心痛。」

珊卓拉不明白這句話與她的疑問有何關聯，但那女子還是繼續說下去。

「不過，卻沒有人告訴我確切的真相，這對我是一大折磨。」她的眼眸中有酸楚，但也看得出她意識清楚，「早上起床、走路，甚至進廁所或是盯著牆壁，都讓我覺得好痛苦。現在，我看著妳，我覺得連睜眼閉眼都好難受，妳能想像那種感覺嗎？」

珊卓拉回道，「是，我懂。」

「那就不要問我是否需要吃東西，我有事要說，聽我講完就是了。」

珊卓拉懂了：這位母親不需要同情，而是關注。「好，我在這裡，請告訴我吧。」

那女子把那個塑膠袋拿到她面前，「弄錯了。」

「哪裡搞錯了？我不明白……」

「我要的是喬奇歐的衣物。」

「是，我知道。」珊卓拉記得那些以透明塑膠袋包裹的東西，裡面是迪安娜與她男友的衣物。莫洛曾經讓她看過這些東西，而且還告訴她喬奇歐的母親堅持要拿回兒子的遺物，他還說，這是悲傷引發的荒謬舉動之一。

「我檢查過了，」她打開塑膠袋，讓珊卓拉看到裡面的東西：白襯衫，「這不是我兒子的衣物，他們給我的是別人的衣服。」

珊卓拉仔細看了一下，的確就是她當初在現場拍照時看到的那一件，與其他衣物一起散落在汽車後座。

但這位女士很堅持，「也許這是其他死亡男孩的衣服，現在他媽媽一定覺得奇怪，不知道她兒子的衣服到底怎麼了。」

珊卓拉很想要告訴她，並沒有其他的死亡男孩，也沒有其他傷心欲絕的母親。悲痛對她所造成的影響太可怕了，所以珊卓拉努力展現耐心，「蒙特費奧里太太，我確定我們沒有弄錯。」

不過，她現在卻把那襯衫從塑膠袋裡取出來，「妳看看，這襯衫是中號，喬奇歐總是穿大號。」然後，她又指了一下袖口，「而且這裡也沒有他名字的字首字母。他的每一件襯衫都有，全是我親自繡上去的。」

她十分嚴肅。要是換作其他時候，珊卓拉一定是早就想辦法甩開她了，態度溫柔但堅定。不過，她的心中卻突然湧起不祥預感，背脊一陣顫抖，要是沒弄錯呢？

那麼，合理的解釋也就只有那麼一個了。

珊卓拉衝入專案室，直接走向那塊書寫案情關鍵要素的白板，她拿起奇異筆，寫下了這幾個字：

殺人之後，他換了衣服。

莫洛本來把雙腳擱在辦公桌上面，此刻，他坐直身子，盯著她，目光滿是疑惑。現場的每一個人都不知道現在出了什麼狀況。

莫洛問道，「妳怎麼知道？」

珊卓拉將包有那件襯衫的塑膠袋拿給他看，「喬奇歐．蒙特費奧里的母親把這東西帶過來，她說這不是她兒子的衣服，她說這一定是搞錯了。她說得對，只不過動手腳的人不是我們。」這個重大發現讓她好激動，「我們給她的是歐斯提亞松林車內的那一件，但其實在更早之前，襯衫已經被換過了。在一片漆黑之中，兇手誤拿了喬奇歐的襯衫，以為那是他自己的衣服，這只有一種方法可以解釋得通……」

「他在現場換了衣服，」莫洛開口，現在他有了新的領悟，煩擾他一整天之久的沮喪心情也瞬間煙消雲散，「也許是因為衣服沾了血跡，更衣之後就比較不會啟人疑竇。」

「沒錯。」珊卓拉神色興奮，這是其他兇手經常使用的預防措施，不過，在這起案件之中，卻可能帶來意想不到的重大突破，「所以，要是袋子裡的襯衫是兇手所有……」

莫洛比她搶先一步說出口，「……那麼就會有他的DNA。」

第六章

他窩在街上靜靜等待，距離SX夜店的出口並不遠，期盼有人會發現寇斯莫．巴爾蒂提的屍體。

最後，是某名在夜店工作的女孩發現了這起慘劇。馬庫斯聽到尖叫聲，立刻掉頭離開。

他必須繼續追蹤這位線人所提供的情報。不然的話，數年前馬庫斯救了寇斯莫一命，現在他又葬送了自己的性命，都會變得毫無意義可言。

不過，寇斯莫到底發現了什麼害自己喪命的重大秘密？

下午時，馬庫斯回到自己位於賽彭提路的閣樓住處。他必須要好好整理自己的思緒。偏頭痛強襲他的太陽穴，他得要躺在行軍床上面休息。後腦勺遭人攻擊的部位在犯疼，進入派對現場前所服用的藥物依然讓他的胃很不舒服，三不五時就會噁心想吐。

這個房間的牆面就像牢房一樣，什麼都沒有，只看得到一張照片：監視器拍下梵蒂岡花園修女命案的兇嫌，帶著灰色肩包的男子，馬庫斯追查他一年多了，但依然一無所獲。

惡魔在此。

馬庫斯把照片掛在牆上，提醒自己要謹記在心。不過，在他閉上雙眼的那一刻，他想到了珊卓拉。

他很想再找她講講話。他曾經和哪個女人在一起過嗎？他不記得了。克里蒙提告訴他，他是在多年前起誓成為神父，那時候，他依然是個住在阿根廷的年輕人。成為別人愛慕想望的對象，到底是什麼感覺？

他想著想著就睡著了，然後，一場夢讓他輾轉難眠，那是不斷循環的夢境：就在快要結束的時候，又從頭開始。在亞壁古道那間別墅裡，帶著相機的神秘男子正快步穿越花園，每當馬庫斯快要趕上他、看清他的臉龐的那一刻，就會有人偷襲他的後腦勺。那一夜，死神對他發出了警告；那一夜，死神穿的是藍鞋。

當他再次睜開眼睛的時候，已經天黑了。

他坐直身子，看了一下時間，已經超過了十一點，睡了這麼久是好事，他的頭痛暫時休兵。他在小小的浴室裡洗了戰鬥澡。他知道自己應該要吃點東西，但他不餓。他換上乾淨的衣服，一如往常，暗黑色系，地板上那個敞開行李箱裡面的其他物品，也是同一色調。

他得去某個地方。

他把當初克里蒙提交給他的錢，藏在閣樓的某塊磚頭下方。他總是拿來執行任務，自己卻很儉省，他不太需要花錢。

他拿了一萬歐元之後，出門去了。

半小時之後，他到了寇斯莫·巴爾蒂提住家的大門口。他按了電鈴，靜靜等待，發現窺視孔後面出現動靜。雖然沒有人開口詢問，但馬庫斯知道大門的另一頭是寇斯莫的太太，這種時候會有人來訪，也難怪她會擔心了。

「我是寇斯莫的朋友，」這是謊言，他們從來就不是朋友，「大約在三年前，我救了他一命。」

他心想，這句話應該有機會成為解除女子心防的關鍵，他也只知道寇斯莫這件事而已，希望這個人曾向另一半分享過這段秘辛。

對方遲疑了好一會兒，他聽到開鎖的聲音，門口出現了一名年輕女子，一頭及肩長髮，明亮的雙眼早已哭得紅腫。

她立刻說道，「他提過你的事，」她的掌心裡有一坨捏皺的手帕，「寇斯莫死了。」

「我知道，」馬庫斯說道，「所以我才會過來。」

公寓裡一片漆黑。那女子請他保持安靜，以免吵醒寶寶，然後，她帶他進入廚房。他們坐在這個小家庭平日用餐的地方，上方有一盞低垂的吊燈，散發出溫馨柔光。

那女子要幫馬庫斯煮咖啡，但他婉拒了。

「反正我本來就要喝咖啡，」她很堅持，「你要是不想喝也沒關係，但我現在就是坐不住。」

「寇斯莫並非自殺，」當她背向他之後，他說出了這句話，他看到她背脊立刻變得僵直，

「他幫忙我，所以才遭人謀殺。」

那女子沉默了好一會兒才開口，「是誰？為什麼？他從來沒有犯過任何過錯，這一點我十分確定。」

她看起來快要落淚了，馬庫斯希望她千萬不要哭出來，「我最多只能告訴妳這些。這是為了妳和妳小孩的安全著想，妳一定要相信我，關於這件事，妳知道的越少越好。」

在那個當下，他原本以為她會做出激烈反應，捶打他，把他轟出去，但她並沒有。

「他很擔心，」她氣若游絲，「昨天他回來的時候，叫我要開始打包。我問他為什麼，他卻顧左右而言他。」咖啡壺開始微熱，她面向馬庫斯，「你千萬不要因為他死掉而感到愧疚，當初多虧有你，他才能多活了這三年。經歷了改變、與我相愛、讓這小女孩降臨世界的三年。我想，無論是任何人，換作是他，都會做出一樣的抉擇。」

但這番話並沒有讓馬庫斯比較好受，「他可能死得很冤枉，所以我才會來這裡……他有沒有留下任何訊息給我？字條或電話號碼什麼的……」

那女子搖搖頭，「昨晚他很晚才回來。他告訴我要打包，但沒有提到要去哪裡。我們本來要在今天早上離開，我猜他想出國，至少我是這麼覺得。他在家裡只待了一個小時，哄寶寶上床，還給了她一本童話故事書。我想他內心很清楚可能這就是永別了，所以特別為她準備了禮物。」

聽到這一段故事，馬庫斯心中湧起一股莫名的無力感與怒火，他必須要轉移話題才行。「寇斯莫有沒有手機？」

「有，但警察找了他的辦公室，不見了，車子裡也找不到。」

這個消息讓他一驚。手機消失不見，證明他的謀殺假設果然沒錯。

寇斯莫一定曾經聯絡過他的線人，是誰？

「你救了寇斯莫，而寇斯莫救了我，」那女子說道，「我覺得，冥冥之中，要是有人做了好事，那麼善行就會繼續延遞下去。」

馬庫斯也很想附和她，但他真正想說的其實是只有惡行才具有這種本領，這句話宛若回聲一樣，在他腦海中迴盪不已。寇斯莫・巴爾蒂提明明無辜，卻必須為做過的壞事付出代價。

「反正妳得離開了，」馬庫斯說道，「這裡不安全。」

「但我不知道該去哪裡，我也沒有錢！寇斯莫把一切都押在那家夜店，但生意也不好。」

馬庫斯把帶過來的一萬歐元放在桌上，「這應該夠妳生活一陣子。」

那女子望著那一疊鈔票，然後又開始低泣，馬庫斯在這種時候應該要起身去擁抱她才是，但有某些姿勢他就是不知該怎麼做才好。他經常看到別人表露同情，但是他自己做不來。

爐火上的咖啡壺開始冒出蒸氣，汁液濺了出來，但那女子卻動也不動，馬庫斯起身，幫她將咖啡壺移開爐口，他開口說道，「我最好還是趁現在離開。」

那女子一邊低泣，一邊點頭，馬庫斯準備獨自走向大門口。當他回到走廊的時候，發現臥室房門留了一點縫隙，稀淡月光穿透進來，他立刻趨前一探。

裡面有盞星星狀的燈，柔和光線照亮了昏暗的室內空間。有個金髮小女娃在小床裡睡得酣熟。她含著奶嘴，側身而眠，雙手緊偎在一起。她早已踢開了被子，馬庫斯走過去，做出了連自己都嚇一跳的動作，為她掖被。

他站在那裡盯著她，心想這算是多年前救了寇斯莫・巴爾蒂提的回報嗎？如果真是如此，那麼，追根究柢，這個新生命降臨世間也得歸功於他。

但他提醒自己，*邪惡是王道，良善是例外。*

所以，沒有，他與這一切無關。他決定要盡快離開這間公寓，因為現在他覺得渾身不自在。

不過，正當他打算要朝門口走去的時候，他卻瞄到這個小房間的桌面放了一本書，這就是寇斯莫昨晚送給女兒的童話故事集。看到那個書名，彷彿讓他吃了一記重拳。

玻璃之童的精采故事。

某個悶熱的夏日午後，克里蒙提為他上了第三堂課。

他們相約在巴貝里尼廣場見面，然後又沿著同名街道往前走，然後進入通往特萊維噴泉的小巷。他們穿過那一大群圍在那座古蹟旁邊的觀光客，大家都忙著拍照，把銅板丟入池中，只要遵從這套祈福儀式，有生之年將一定會回到羅馬。

遊客們看到這座永恆之城而瞠目結舌，因為它的壯麗而敬畏不已，馬庫斯望著他們，很清楚自己與其他人類之間的遙遠距離。他的命運，就像是從牆面拂刷而過、宛若在逃避陽光的幽影。

那天，克里蒙提似乎出奇鎮定。他對訓練充滿了信心，而且十分篤定，過沒多久之後，馬庫斯就可以執行任務。

他們的步行終點是巴洛克風格的聖瑪策祿堂。凹形的立面設計，彷彿想要伸臂擁抱信眾。

克里蒙提開口，「這間教堂可以讓你上到寶貴的一課。」

他們一進去，就感受到一股涼意，宛若大理石正在吐納。這間教堂並不大，有一座中殿，俯瞰兩側，各有五間禮拜堂。

克里蒙提直接走向中央祭壇，上面懸掛了一座雄偉的深木色十字架雕像，十四世紀錫耶納學派的藝術作品。

「你看看那個耶穌，」他說道，「很美，是不是？」

馬庫斯點點頭，但他不確定克里蒙提指的是藝術品？或者，是以神父的身分，指稱那座象徵物的神靈？

「根據羅馬居民的說法，那個十字架是神蹟。我們現在所看到的這座教堂，是在一五一九年五月二十三日惡夜大火之後所重建的建築，當時從火海中搶救下的唯一物件，就是你現在所看到的祭壇。」

這故事讓馬庫斯深受震撼，現在他看待這件藝術品的目光已經截然不同。

「還不只如此，」克里蒙提繼續說道，「在一五二二年的時候，瘟疫侵襲羅馬，造成數萬人喪命。居民想起了這個神蹟十字架，決定要扛著它出遊，當局大力反對，擔心跟在後面的隊伍反而會助長瘟疫肆虐，」克里蒙提停頓了一會兒，「這次出遊長達十六天之久，羅馬的瘟疫就此消失。」

聽到這種出乎意料之外的神示，馬庫斯已經無法言語，那塊木頭所展現的神力更讓他驚懾不已。

「不過，等一下，」克里蒙提立刻警告他，「還有另一個故事與此一作品息息相關……仔細看看十字架上的耶穌受苦臉龐。」

那臉龐的苦痛症狀栩栩如生，彷彿可以聽到從木頭傳出的呻吟。那眼睛、嘴唇、皺紋，忠實呈現了死亡時的起伏心緒。

克里蒙提轉趨肅穆。「我們依然不知道此一作品的雕刻者是誰。不過，據說他十分虔誠，希望信徒看到會感動，同時，也希望它的寫實程度能震撼人心。所以，他成了殺人犯。他找了某個窮困的燒炭人當模特兒，然後，以極為緩慢的速度進行虐殺，就是為了要捕捉他死前的神情與苦痛。」

「為什麼要告訴我這兩個故事？」馬庫斯問道，彷彿他已經猜到了對方的意圖。

「因為數百年以來，人們對這兩個故事一直津津樂道。當然，無神論者喜歡講述的是比較可怕的那一個，而信徒們喜歡的是第一個……但他們也沒有對第二個故事嗤之以鼻，因為人性就是喜歡邪惡的奧秘。不過，重點來了，你相信的是哪一個故事？」

馬庫斯沉思了一會兒，「不，真正的問題是：能夠從邪惡的事物之中孕育出良善嗎？」

克里蒙提似乎很滿意這個答案，「善與惡從來就不是黑白分明的領域。孰善孰惡，通常需要判斷，而標準則是由我們決定。」

「標準則是由我們決定……」馬庫斯重複了一次，彷彿正在消化那些字句。

「當你在檢視犯罪現場的時候，那也許是某個無辜者的濺血之處，但你不能只專注在『這是誰？』『為什麼遇害？』反而應該要去想像帶引犯罪者走到這一步的各種過往，絕對不能忽略那些愛他或者曾經愛過他的人。你必須要想像他大哭大笑、快樂或是悲傷的情景，依偎在母親懷中時的孩童模樣。還有長大成人之後，外出購物或是搭乘公車、睡覺、吃東西的畫面。而且，還有情愛，因為這世界上絕對沒有人感受不到情愛，就連最殘暴的惡人亦是如此。」

馬庫斯明白了這堂課的真諦。

「想要抓到惡徒，就必須了解他的所愛。」

第七章

副處長莫洛上了東區的環狀快速道路，他開的是某台無警方塗裝標誌的車，警方要秘密執行監視或是跟蹤任務時所使用的那種車輛。它們的來源通常是罪犯的車輛，被查扣之後，就成為警察總部的資源。

莫洛開的這一台，原車主是毒販。它外表看起來就像是一般的房車，但配有升級引擎與雙層車殼設計：在那兩層的空隙之中，海關發現了五十公斤的高純度海洛因。

莫洛還記得那個夾層，他當時心想，真是夾帶走私品的完美空間，絕對不會引來注目。

他為了誤導記者，剛剛從警察總部離開的時候，特意走聖維它列路的側門。他們現在一天到晚追殺他，想要從他口中聽到有關那兩名殉職員警的說詞，順便好好修理他一下。表面上，他根本不會理會這種爭議。在他的輝煌警界生涯當中，曾經多次遇到媒體掣肘、質疑他的辦案行動，這當然會對他的自尊造成小小的傷害，但這畢竟是成名的代價之一。不過，這一次狀況卻大不相同，要是記者們發現他用盡心機保護的這個秘密，那麼他所付出的代價將會相當驚人。

白亮的朝陽照耀著羅馬清晨，但是並沒有帶來暖意。車陣以蛇行般的速度緩慢前進。莫洛望著車陣裡其他車輛乘客的面容，開始心想：有些事情說出來就太危險了，還是不要知道比較好。這些人不會懂的，最好還是讓他們平靜過日子，何必要拿連自己都無法解釋的事物打擾他們。

莫洛花了將近一小時才到達目的地：某棟水泥公寓，周邊全是一模一樣的同款建物，都是在同一個年代興建完成，當時投機開發商大舉入侵了這座城市的某些區域，造成了這樣的結果。

他把車停在小巷。他某名手下早已在那棟公寓的入口等候。他一看到莫洛，立刻趨前，莫洛把鑰匙交給了他。

那名警官說道，「他們都在上面。」

「很好。」莫洛講完之後，隨即走向大門入口。

他進入狹窄電梯，按下十二樓的按鈕。到達該樓層之後，他認出了他充滿好奇的那一戶大門，按了電鈴，一身白袍的鑑識人員幫他開了門，讓他進去。

莫洛問道，「進展如何？」

「已經快要結束了。」

這裡瀰漫著一股臭氣，鑑識小組使用的化學試劑的確刺鼻，不過，除了這之外，還有一股隱約的氣味——宛若積累多時的底層——絕對是陳年尼古丁與霉味。

這間公寓一片幽黑，面積並不大。一道狹長的走廊，有四個房間。入口有個櫃子與一面大鏡，角落的衣帽架掛著好幾件外套。

莫洛進入走廊，站在每個房間門口察看裡面的狀況。第一間是書房，書櫃裡放滿了解剖學與醫學的書籍，還有張書桌，桌面鋪滿了報紙，上頭放了一個尚未完成的三桅帆船模型，旁邊有黏膠、刷子以及伸縮燈。

此外，還有飛機、船隻以及火車的模型，有的排列在層架上頭，其他的則四處散落，就連地板上面也有。莫洛認出了二次世界大戰英軍的德哈維蘭佛朗明哥運輸機、腓尼基雙層橈槳船，還有最早期的電力機車頭。

這些模型的表面都覆蓋了一層厚灰，讓這個房間簡直就像是個報廢場。不過，也許這樣說也沒錯，等到他一完成模型，馬上就失去了興趣。莫洛心想，他做出這些東西，也找不到人可以炫耀，看看菸灰缸裡的那些菸屍吧，時間與孤單早已互相結盟，香菸就是明證。

鑑識小組人員拿著紫外線燈具與照相器材，忙著在這一大片廢墟裡蒐證，簡直就像是身處在縮小模型版的災難現場。

廚房裡有兩名鑑識人員正忙著清出冰箱裡的物品，予以分門別類，這款型號想必已有三十年以上的歷史，廚房裡同樣混亂，似乎多年來從未整理過一樣。

第三個房間是浴室，白色磁磚，發黃的陶瓷浴缸，馬桶上方有一疊雜誌，旁邊有好幾卷衛生紙。洗手台上方的架子幾乎空空如也，只有刮鬍泡與塑膠刮鬍刀。

莫洛離婚之後，也同樣是一直維持單身。不過，他覺得很納悶，怎麼會有人邋遢到這種地步。

「阿斯托菲一個人過日子，公寓裡噁心死了。」

開口的是警司克里斯匹，他是這次搜索行動的負責人。

莫洛面向他，「你沒有讓維加知道這裡的狀況吧？」

「報告長官，沒有。當她問我的時候，我說我們沒有發現任何重要的證物。我告訴她，阿斯托菲瘋了，他從犯罪現場偷走證物，也不過就是某種毫無意義的瘋狂行為而已。」

「很好。」莫洛雖然這麼說，但他懷疑珊卓拉・維加是否會對這種說法照單全收。她很聰明，這種答案絕對不會讓她滿意。不過，也許這樣的說法可以讓她安靜一陣子。「鄰居們對阿斯托菲事件的反應呢？」

「有些人甚至不知道他死了。」

葬禮就是在那天早晨舉行，但沒有人出席。莫洛心想，好慘，沒有人關心這名法醫之死。這個人在自己周邊造出一種空無的環境，刻意與人疏遠，加上長年的冷漠，更讓它堅不可摧。唯一與他產生關聯的人類，只有他解剖台上的那些屍體而已。不過，從阿斯托菲的住所狀況看來，他在自殺之前早已加入了那一群靜默幽魂的行列。

「他有沒有立遺囑？遺產要給誰？」

「他沒有留下任何交代，而且也沒有親戚，」克里斯匹回道，「很難想像有人這麼孤僻吧？」

不行，莫洛真的無法想像。不過，他知道這樣的人的確存在。這也不是他第一次見識到這樣的住所以及具有隱形本領的獨行者。平常大家都不會注意到這些人，直到他們死了，屍體傳出惡臭，才會有鄰居驚覺狀況不對勁。然而，等到事過境遷之後，他們什麼都不會留下，又回到了無名狀態，彷彿從來不曾出現在這個世界上一樣。

不過，阿斯托菲卻留下了某個東西，讓他一輩子也無法忘懷的物品。

克里斯匹問道，「要不要看其他的部分？」

莫洛想起剛才開車時的心得，有些事情說出來就太危險了，還是不要知道比較好。不過，他是那種絕對不逃避的人。「好，我們過去看看吧。」

臥室位於走廊盡頭，是最後一個房間，他們就是在這裡發現了那個東西。

房內有阿斯托菲睡覺的單人床，一旁是大理石桌面的床邊桌，上面擺放了一個還需要上發條的老鬧鐘、閱讀燈、水杯，還有必備的菸灰缸。看起來十分笨重的深木色衣櫥、破舊的絲絨布手扶椅，還有置衣架。

普通到不行的臥房。

「我開的是有雙層車殼的無塗裝標誌轎車，」莫洛說道，「等一下把東西帶回總部的時候，完全不會有任何人看到。好，現在把一切都告訴我……」

「我們已經檢查過每一個櫃子和抽屜裡的東西，」克里斯匹說道，「那個瘋子從來不丟東西，搞得我們像是在幫他整理垃圾一樣。他會囤積東西，但沒有任何紀念品，我印象最深刻的就是完全找不到他孩童時代或父母的照片，也沒有朋友寫信給他，就連明信片也看不到。」

馬庫斯環顧四周，同時重複了那句話：他會囤積東西，但沒有任何紀念品。真的有人能夠在沒有任何既定目標的狀況下，過著這樣的生活嗎？但也許這就是阿斯托菲企圖營造的假象。某個充滿黑色秘密的世界，隱藏在人間。

「我們翻遍了整間公寓，正打算要離開的時候……」

「到底發生了什麼事？」

克里斯匹轉身，面向房門旁的那堵牆，「這裡有三個電燈開關，」他繼續說道，「第一個是頂燈，第二個是床邊桌的小燈，但第三個呢？」他停頓了一會兒，「許多公寓都有久未使用的電燈開關，到了最後，根本想不起原本的用途是什麼。」

不過，這個開關的狀況並非如此。莫洛伸手，關掉頂燈與床邊桌的開關，臥室瞬間一片漆黑，然後，他打開了第三個開關。

有道微光滲入房內，是從某堵牆的踢腳板傳透出來，是一道非常狹長的光，從某個角落直射到另外一頭。

「這道牆的材質是薄木板，」克里斯匹說道，「房間原本比較大，靠著隔板弄了另一個空間。」

莫洛深嘆一口氣，不知道接下來會看到什麼。

「入口在右側。」克里斯匹指著牆面的某個低處，有一個像是小門的裝置，寬度大約是五十公分，高度不超過四十公分。他走過去，以掌心推了一下，門鎖瞬間打開，露出了通道。

莫洛蹲在地上，朝裡面張望。

「等等，」克里斯匹說道，「你要知道，我們正在處理的是……」

就在這時候，克里斯匹又關掉了開關，牆壁另一頭的光源消失了，然後，他把手電筒遞給莫洛。

克里斯匹開口，「等你準備好了，跟我講一聲。」

莫洛轉向那黑漆漆的入口，他趴在地上，靠雙臂支撐重心，鑽了進去。

他到達另一頭的空間，頓時覺得自己與外頭的世界徹底隔絕。

「還好嗎？」雖然克里斯匹站在牆壁厚度只有幾公分的另一邊，但那聲音彷彿像是從遠方傳來一樣，模糊不清。

「嗯。」莫洛站起來，打開了手電筒。

他先照向右方，然後是左側。那東西在左邊的底端，在這個狹長空間的另外一頭，他看到了。

一張小木桌。上面有某個算是風格獨具的結構物。它看起來像是蜘蛛網或是鳥巢一樣輕盈，約三十公分高，由樹枝疊錯而成。

莫洛小心翼翼趨前，想要搞清楚這個作品的意義。從形狀看不出任何端倪，彷彿是隨意拿樹枝堆在一起，他又想到了剛才在書房看到的膠水與刷具，開始自言自語，好一個完美的模型作品。不過，等到他站在那團東西的正前方時，他才發現自己大錯特錯。

那些東西不是樹枝，而是骨頭。細小，發黑，不是人骨，而是獸骨。

莫洛覺得奇怪，怎麼會有這種東西？到底是什麼樣的人會有這種構想？

他發現有個燈泡從天花板垂落而下，正好就停在這個可怖雕塑品的後面。

他朝外頭大吼，「我準備好了。」

他關掉手電筒，克里斯匹又打開了外頭的燈源。燈泡亮了，散發出淡黃色的光暈。

莫洛不解，到底是什麼事這麼奇怪？

警司說道，「現在轉身。」

他轉過去了，立刻嚇一大跳，這是他一輩子都無法忘記的場景。

在對面的牆上，可以看到他自己的影子與那個獸骨拼架的投影交疊在一起。

那些骨頭並非隨便亂堆而成，從它映在牆上的影像可為明證。

那是一幅巨大的擬人像，人身加上了狼頭。

沒有眼睛，只有兩個大窟窿的狼頭。但更可怕的是它張開了雙臂，那幅景象讓莫洛大受震懾。

怪獸的幽影正擁抱著他的影子。

第八章

珊卓拉在共和國廣場捷運站的長椅看到了他。他想要隱身在人群之中，但顯然他是在那裡等她。

她下車之後，發現馬庫斯立刻走開，顯然是要她跟在後頭。她乖乖照做，拾級而上，從出口離開，看到他左轉。她刻意保持距離，而他前進的速度也從容悠緩。然後，她看到他停在某扇標示「員工專用」的金屬大門前面，不過，他還是進去了，過沒多久之後，她也進入門內。

他們來到樓梯的天井處。

「我的判斷沒錯：有人從犯罪現場取走了證物，對不對？」馬庫斯的聲音迴盪在工作人員樓梯的天井之中。

珊卓拉的態度立刻變得十分警覺，「我現在不能告訴你調查案的事。」

他回答的態度宛若天使般溫藹，「我不希望勉強妳。」

他讓她動怒了，「所以你早就知道了……你知道有人偷走證物，懷疑是警方內部的人在搞鬼。」

「對，但我希望由妳自己去發現真相，」他停頓了一會兒，「我看到了那名法醫自殺的消息，也許他沒有辦法忍受差點害迪安娜·德爾高蒂歐死去的罪惡感……」

珊卓拉很想告訴他，那傢伙完全沒有罪惡感。但她相信馬庫斯也早就知道答案了。她回道，

「你不要再要我了。」

「是某個以鹽巴為材的東西，對不對？」

珊卓拉嚇了一跳，「你到底是怎麼……」但過沒多久之後，她變得滔滔不絕，「阿斯托菲想要毀了它，以免被我們找出來。我碰到了一下下，感覺像是個小洋娃娃。」

「應該是某種小雕像。」馬庫斯說完之後，從外套拿出了他在寇斯莫·巴爾蒂提女兒房內找到的那本童話故事。

「《玻璃之童的精采故事》，」珊卓拉唸出書名之後，望著他，「那是什麼意思？」

馬庫斯沒回答。

珊卓拉開始翻閱那本書。頁數不多，大部分都是圖畫，故事主述的是某個與眾不同的小男孩，因為他是玻璃材質，非常脆弱，但每當他有哪個部位受到損傷的時候，就可能會害其他小孩有血光之災。

馬庫斯早已知道結局，「他將會變得和其他人一樣。」

「什麼？」

「這算是某種教學用的寓言故事：在書末有兩張空白頁，我想那是為了要讓看過這本書的小孩寫下解答。」

珊卓拉繼續翻閱，果然，最後出現的不是圖畫，而是橫線，就像是作業簿一樣。原本的字跡早已被擦掉了，但還是可以看到鉛筆痕跡。珊卓拉闔上書，檢查封面，「沒有作者的名字，就連出版社也沒有。」

馬庫斯早就注意到這個詭異之處。

「這本童話故事和那個鹽巴娃娃有什麼關係？」

「因為有某人犧牲生命給了我這條線索，」馬庫斯沒有提到聖阿波里納雷教堂的錄音帶，也就是歐斯提亞松林年輕情侶遇襲的五天前，兇手告白的內容，「我看到了他。」

珊卓拉不可置信，「怎麼……」

「我看到兇手了，他隨身帶著相機，他一看到我就立刻逃走。」

「你有沒有看到他的臉？」

「沒有。」

「是在哪裡發生的事？」

「亞壁古道的某間別墅。那裡舉行了某場派對或神秘儀式，有人聚在那裡慶祝慘死事件，他在現場。」

亞壁古道，正好也是參與「盾牌作戰計畫」那兩名警員的遇害地點。「你為什麼沒有阻止他？」

「因為有人阻攔我，狠敲我的後腦勺。」他還記得那個穿藍鞋的人。

珊卓拉依然不明白。

「法醫偷走了物證，我的線人被謀殺，我也被攻擊……珊卓拉，有人在保護這個殺人魔。」

珊卓拉心中湧起某種不安感：警司克里斯匹曾經向她信誓旦旦保證，阿斯托菲與這起案件無關，他會做出那種行為純粹是因為瘋狂，因為他們徹底搜查了他日常的一切，一無所獲。難道他對她說謊？「我們有他的DNA。」她發現自己脫口而出，但根本不知道自己為什麼要這麼做，或者，其實她心裡有底：現在她只信任這位聖赦神父。

「相信我，光憑這一點也抓不到他。我們現在要對付的已經不是他一個人而已了。黑暗世界裡還有其他的力量在積極運作，『強大的』勢力。」

珊卓拉猜馬庫斯應該是有事情要請她幫忙，不然他也不會開口要見她。

「有個朋友曾經告訴我，如果要抓到惡徒，就必須先了解他的所愛。」

「你真覺得那樣的人具有愛的能力嗎？」

「也許現在已經沒了，但以往是有的。」珊卓拉，這是有關孩子的故事。要是我能夠找到鹽之童，我就能夠找出長大成人的他，或是知道他變成了什麼模樣。」

「你想要我幫什麼忙？」

「被殺死的那名線人，名叫寇斯莫．巴爾蒂提。他們想要偽裝成自殺，這種障眼法確實行得通，因為根據他太太的說法，他早已債台高築。不過，我知道並非如此。」馬庫斯十分激憤，他認為自己也有部分責任。「兇手殺死巴爾蒂提之後，拿走了他的手機，可能是因為他打了那些電話，找到了這本書，顯然他曾經與某人見面。」

珊卓拉知道他講這番話的用意，「要拿到電信公司的通聯紀錄，必須取得法官的批准。」

馬庫斯看著她，「要是妳真心想幫我，一定要想辦法取得這份資料。」

珊卓拉斜靠在鐵樓梯的欄杆，覺得自己彷彿被兩根鐵棒慢慢夾緊，就像是老虎鉗一樣。其中一邊是她的工作本分，而另外一邊則是應行的義理，現在她不知該如何選擇是好。

馬庫斯站在她面前，「我一定可以阻止他。」

被指派負責偵辦巴爾蒂提死亡案件的那名警探，珊卓拉很了解他的性格。想當然耳，這起案件會被判定為自殺，然後迅速結案歸檔。

這件事她沒辦法請同事幫忙，就連找藉口也不行。她負責拍照，不會有什麼正當藉口，反正，說出來也不會有人相信。

雖然這不是什麼大案子，但她卻無法閱讀檔案資料。全部的文件都儲存在總部的資料庫，只有負責承辦的那些警官還有檢察署負責處理檔案的人員才擁有密碼。

早上，珊卓拉離開專案室好幾次，前往底下的樓層，也就是她同事辦公室的所在地。她在那裡東晃西晃，與其他警察閒聊，目的只是為了要注意他的動靜。

那個房間的大門總是永遠敞開，而且她發現那名警探習慣用便利貼抄寫東西，辦公桌上黏得亂七八糟。她靈機一動，等到他外出吃午餐的時候，她趕緊拿起相機，她時間不多，隨時可能會被人看到。趁走廊上沒人的時候，她溜進他的辦公室，對著辦公桌一陣猛拍。

回到樓上之後，她在自己的電腦裡檢查那些照片，希望可以找到值得繼續研究下去的資料。她希望這名警探為了避免忘記密碼，已經隨手把它抄了下來。

她在某張便利貼找到了一組代碼，然後坐在專案室唯一連接警察總部資料庫的電腦前面，輸入之後，檔案出現了。

她需要加快速度。萬一被這裡的人看到，可能會有人起疑。幸好，莫洛與克里斯匹得在外頭待好幾個小時之久。

她早就猜到了，寇斯莫・巴爾蒂提的資料乏善可陳。販賣毒品與經營賣淫的前科，以及他的檔案照。她看到巴爾蒂提脖子上的納粹圖騰，覺得不太舒服，她不知道馬庫斯對這個人的信任程度有多深，因為他似乎真的很傷心。其實她自己很清楚，這也許只是她的偏見，雖然巴爾蒂提在自己身上刺下了仇恨象徵的烙印，但搞不好他其實是面惡心善。

珊卓拉覺得自己得趕緊拋下這些念頭。她繼續研究檔案，並沒有看到向法官申請死者的通聯紀錄。她填好表格，標示為緊急需求，送出，搞不好承辦的警探根本不會發現這件事。

檢察署核准了，大約在下午三點鐘左右，電信公司終於寄來了她所需要的資料。

她仔細檢視巴爾蒂提在有生之年最後一天所撥出的那一長串電話號碼，立刻發現這個人為了蒐集資料十分忙碌。他所聯絡的那些對象有各式各樣的前科，他不知道馬庫斯要怎麼找他鎖定的那個人，因為看起來每一個都有嫌疑。不過，她發現其中某個號碼至少出現了五次以上，她趕緊將號碼與持有人姓名特別標示出來。

過了半小時之後，她依照指示，將通聯紀錄、寇斯莫・巴爾蒂提最頻繁聯絡並帶有前科的對象資料印出紙本，投入十二宗徒聖殿的郵筒。

第九章

珊卓拉．維加果然信守承諾。其實，她的貢獻度遠超過了馬庫斯的要求，連名字都給了他。尼可拉．卡維。不過，根本追蹤不到他的下落。

手機關機，而且當馬庫斯去他的公寓找人的時候，發現這傢伙應該已經離家至少好幾天了。尼可拉．卡維三十二歲，不過根據前科資料，他大部分的時間都待在牢裡，一開始是感化院，後來是坐牢。他犯下了多起罪行：販毒、竊盜、持械搶劫以及重傷害。

最近，為了要維持生計以及能夠繼續吸食快克，他開始賣淫。

馬庫斯前往他釣客的場所——男性專屬的夜店、男妓習慣出沒的地點，開始找人，還花錢蒐集線報。他最後一次現身，已經是四十八小時之前的事了。

馬庫斯推斷卡維應該是死了，不然就是因害怕而躲起來。

他決定要根據第二種假設繼續追查下去，因為這一定可以找出證實的方法。如果他已經有兩天不曾出現在日常活動的地點，那就表示他的毒品已經用光了，必須要趕快出來找地方買毒。

答案就是快克。成癮這麼久，逼他必須冒險。

馬庫斯認為尼可拉應該是沒有存款——他很清楚毒蟲的習性，他知道他們會為了吸毒而花到一毛不剩。他已經好幾天沒工作，必須要找到客戶，才能弄到買毒的錢。馬庫斯當然可以回去男妓的聚集地找尼可拉，不過，到了最後，他鐵定會去的地方也只有那裡而已。

皮格內托區是快克毒販們的領地。夜幕低垂，馬庫斯開始在那裡四處尋覓，希望能夠找到人。

大約在七點半左右，逐漸有了冰涼夜氣，他找到了某個位置，距離毒販做生意的街角只有相隔幾公尺而已。交易的一切過程，手法十分巧妙，這些毒蟲知道不能排隊買毒，不然就看起來太可疑了，所以他們站得遠遠的，以眾星拱月狀散落在毒販周邊。認出這些人十分容易：他們的動作緊張不安，目光只會鎖定單一目標。然後，他們一個接著一個衝破軌道，靠近毒販，拿了東西就走人。

馬庫斯發現這裡出現了某個身著黑色運動衫的魁梧男子。他的帽兜蓋住頭，雙手插在口袋裡。在這種低溫之下，身穿這種輕薄的衣物，讓馬庫斯覺得奇怪，這個人的穿著打扮，就像是在極為匆忙的狀況下被迫出門一樣。

那男子與毒販完成交易之後，迅速走人。當他轉身之際，馬庫斯看到了對方帽兜下的臉。

他就是尼可拉．卡維。

馬庫斯跟過去，他知道他們不會走太遠的。果不其然，卡維進了某間公廁，準備享用快克。

馬庫斯也走入廁所，過沒多久之後，他進入門內，惡臭立刻撲鼻而來。這地方髒得不得了，但尼可拉毒癮難耐，得要趕緊紓解一下。他鑽入某個廁間，上鎖。馬庫斯靜靜等待，過了一會之後，一陣灰煙出現在廁所的上方。又過了幾分鐘之後，那男人終於現身，走到洗手台前面，開始清洗雙手。

馬庫斯躲在他後方的某個角落，他知道卡維看不到他。就是這傢伙，擁有保鑣般的肌肉，現在少了帽兜，露出的大光頭與結實的頸脖甚是嚇人。

「尼可拉。」

那男子突然轉身，眼睛瞪得好大。

馬庫斯舉起雙手，「我只是想要找你聊一下。」

卡維看到面前站了陌生人，立刻往前撲擊，靠著魁梧身材，立刻摺倒了馬庫斯，使出宛若美式橄欖球的擒抱。馬庫斯突然無法呼吸，往後倒在髒臭的地板上，但還是想辦法伸手抓住卡維的小腿，絆倒了他。

對方砰一聲落地，但這傢伙雖然個頭高大，身手卻很敏捷。他又站了起來，踢了一下馬庫斯的肋骨，那股重擊害他眼前一陣黑。他很想要開口制止卡維，但對方卻伸出大腳踩住了他的臉，然後又再次舉腳，打算使出全力死壓下去。馬庫斯趁隙以雙手抓住卡維的小腿，再次讓他失去平衡。這一次，他整個人倒向某個廁間，門都被撞凹了。

馬庫斯想要起身，他知道自己時間不多。他聽到卡維在呻吟，但這傢伙意識清醒，過沒多久之後就會恢復正常，又會欺身上來。馬庫斯以雙手撐地，挺起身子，覺得這間廁所一直在搖晃。他好不容易站起來，但雙腿實在撐不住。終於，他的重心穩多了，發現卡維倒在某座馬桶前面，他的大頭撞個正著，額頭血流如注。

馬庫斯心裡有數，自己能夠讓對方動彈不得，純粹是好運，不然卡維老早就殺死他了。馬庫斯走到那個昏茫的大塊頭旁邊，也朝他的肋骨回踢了一下。

卡維像個小男孩一樣在鬼吼鬼叫。

馬庫斯蹲在他身邊，「如果有人說只是想找你談一談，你就應該要先聽他們說話，如有必要再出手，懂嗎？」

卡維點點頭。

馬庫斯把手伸入口袋，摸弄了一會兒，丟了兩張五十歐元的鈔票給他，「你要是幫我忙的話，可以拿到更多的錢。」

卡維又點點頭，眼眶盈滿淚水。

「寇斯莫．巴爾蒂提，」馬庫斯說道，「他來找過你，對不對？」

「那個大混蛋把我害慘了。」

這句話證實了馬庫斯的假設：卡維擔心自己會遭遇不測，所以才會演出人間蒸發。「他死了。」馬庫斯講出這句話之後，看到卡維的臉龐滿是驚慌與害怕。

卡維走回洗手台前面，想要以衛生紙擦拭額頭的傷口。「我聽說有人在打聽某個喜歡尖刀與攝影的變態，立刻就聯想到這個情侶殺手。所以我找到了這個在四處探問的傢伙，要從他身上撈點錢。」

寇斯莫．巴爾蒂提不夠小心，他四處在找尋線報，但除了卡維之外，還有別人聽到了風聲，某個危險人物，「其實你什麼都不知道吧，對不對？」

「沒錯，但我可以瞎編故事，我接過某個客人，正好跟這個變態的特徵很吻合。相信我，我遇過一堆怪人。」

「但巴爾蒂提不相信你的話。」

「那混帳打了我一頓。」

卡維這種體格，再加上剛才他待人的那種方式，讓馬庫斯實在很難相信這種說法。「就這樣？」

「還沒，」顯然尼可拉的恐懼與此有關，「過了一會兒之後，他提到了鹽之童，我也想起了我放在家裡的那本舊書。我告訴他這件事，然後兩人開始討價還價。」

難怪寇斯莫在遇害前打了那麼多通電話給他。

「他付錢給我，我把東西給他，皆大歡喜。」

就在這時候，卡維突然轉身，拉起毛衣，讓馬庫斯看他的背脊：右臀的位置貼了一大塊紗布。「我們完成交易之後，有人想要刺殺我。幸好我比對方高壯，撥開他的手，然後我趕緊逃走。」

又來了，有人企圖掩蓋這起事件，不計任何代價。

馬庫斯現在要問的是關鍵問題，「寇斯莫為何要買那本書？他為什麼不覺得那與鹽之童的關係純屬巧合？」

卡維露出微笑，「因為我的說詞十分可信。」他的臉上露出了痛苦神情，但那是一種昔日的傷痛，與他額頭的傷完全無關。「你無能為力：無論你想要逃往哪裡，你的童年永遠緊緊相隨。」

馬庫斯明白了，他在說的是他自己。

「你有沒有殺過自己所愛的人？」卡維微笑，搖搖頭，「我曾經好愛那個混蛋，但他馬上就發現我跟其他小孩不一樣。他狠狠揍我，想要改變連我自己都還不是十分明瞭的某個天性。」他吸了一下鼻涕，「所以，有一天我發現他藏槍的地方，趁他在睡覺的時候，拿槍斃了他。爸爸，晚安。」

馬庫斯真心覺得他可憐，「但是你的前科裡根本沒有提到這件事。」

卡維笑了一下，「他們不會把九歲的小孩送入監獄，連法院受審都不用。他們直接把你交給社福機構，然後把你關進大人拚命要知道你為什麼會做出那種事，究竟是否會再次犯案的那種地方。沒有人想要拯救你，他們只會對你洗腦，塞給你一大堆的藥，還振振有詞說是為了你好。」

馬庫斯覺得這與他要追查的真相有關，「那地方叫什麼名字？」

「克洛普精神病院，」馬庫斯看到對方的臉色一暗，「我槍殺父親之後，有人打電話報警。他們把我和某名心理醫生關在同一個房間裡，但我們幾乎沒有交談。然後，他們把我帶走，那時候是晚上。我問那些警察我們要去哪裡，他們說不能告訴我。他們還說，我永遠不能離開那個地方，而且，當他們講出這句話的時候，我看到他們臉上露出微笑。但我反正也不想要逃跑，因為我根本不知道該去哪裡。」

馬庫斯看到他的臉龐閃過一抹幽影，彷彿這些字句又讓記憶現形，他靜靜等待對方說下去。

「待在那裡的那些年，我一直不知道自己在哪裡。我覺得那間精神病院搞不好是月球。」他停頓了一會兒，「就連我離開那裡之後，我也經常懷疑那到底是不是真的？還是出於我的想像？」

那句話撩起了馬庫斯的好奇心。

「說出來你一定不信，」卡維苦笑，面色又變得嚴肅，「那就像是生活在童話故事裡……但永遠找不到出路。」

「講詳細一點。」

「裡面有個醫生，克洛普博士，他是心理專家，發明了某種他稱之為『治療小說』的東西。根據不同的個人心理狀況，每個病患都被分配到某個角色與故事。我是玻璃之童，因為我很脆弱，但也危險，此外還有塵之童、草之童、風之童——」

馬庫斯問道，「鹽之童呢？」

「在他的故事當中，他比其他小孩聰明，不過，大家卻因為某個理由而對他避之唯恐不及。他會造成食物無法入口，植物與花朵也會枯萎，彷彿只要他碰過的東西都會被摧毀。」

馬庫斯心想，令人頭痛的神童。「他是出了什麼狀況？」

「可怕至極，」卡維說道，「性變態、潛在攻擊性、高超的欺瞞技巧，除了這些之外，還加上非常高的智商。」

馬庫斯心想，這樣的描述十分吻合那名殺人魔。莫非卡維小時候就認識他？要是他曾經遭人以刀子要脅，逼他噤聲，那麼很可能就是他沒錯。「誰是鹽之童？」

「我記得很清楚，」卡維的回答燃起馬庫斯的希望，「他是克洛普最喜歡的小孩，棕色的眼眸與頭髮，相貌很普通。他當時約十一歲，但我進去的時候，他已經在裡面待了好一陣子了。害羞、畏縮，永遠沉浸在自己的世界裡。他很瘦小，是霸凌者的完美欺凌對象。但他們卻不碰他，他們很怕這傢伙。其實我們大家都很怕他，我也說不上來為什麼，但我們就是覺得這傢伙很恐怖。」

「他叫什麼名字？」

卡維搖頭，「老哥，抱歉，我們大家都不知道彼此的真名，這是心理治療的一部分。在你接觸其他病患之前，必須要歷經一段很長的獨處時間，克洛普與他的同事會在這個過程中說服你要忘記以前的自己，徹底消除以往的犯行記憶。我猜他們這麼做的目的是想要重建小孩的內心，讓他們可以重新開始。我一直忘了我的真名，也不記得我對我父親做了什麼，一直到我十六歲的時候，我聽到法官在眾人面前唸出我的真名、讓我回到真實世界的那一天，我才想起了一切。」

現在馬庫斯已經掌握了足夠的線索，不過，他還有最後一件事想要搞清楚，「尼可拉，你到底在躲避誰？」

卡維面向水龍頭，清洗雙手，「我剛才說過了，鹽之童讓大家都嚇得要死——而且裡面個個都是危險人物，都是完全不考慮後果就犯下可怕罪行的小孩。要是那個貌似脆弱無助的小孩在外面傷人，我覺得也沒什麼好意外的。」他望著馬庫斯在鏡中的映影，「我覺得你也應該要提防他。不過，他並不是那個要刺殺我的人。」

「所以你看到他的臉？」

「他從後面襲擊我。但他的手像是老人一樣，這一點我十分確定。此外，我還發現到他穿的是可怕的藍色鞋子。」

第十章

阿斯托菲的公寓被稱為第二十三號現場。

因為這是某一系列懸案的最新案件。那天晚上，在處長辦公室舉行的秘密會議當中，莫洛向與會者仔細解釋了一切。

與會者都是重要菁英。除了處長之外，坐在會議桌前的人還包括了來自內政部的某位高官、全國警政署的署長、檢察署的代表以及警司克里斯匹。

「二十三起案件，」莫洛說道，「第一起發生在一九八七年，某名三歲男童，從某棟高樓住家的十六樓陽台墜落，當時大家認定是一場悲慘意外。過了幾個月之後，又有一名年紀稍小的女童墜樓身亡，地點是同一地區的某棟建築。在這兩起案件中，有個共通點相當怪異：屍體右腳的鞋子都不見了。跑到哪裡去了？它們並非在墜落過程中遺失。根據父母的說法，家裡面也找不到鞋子。後來，有個為這兩戶家庭工作的保姆遭到逮捕，結果在她自己的物品當中冒出了那兩隻鞋，而且，還有一本日記，裡面有這樣的內容。」

莫洛拿出從練習簿紙頁所取得的複印資料，拿給與會者觀看。正是阿斯托菲公寓裡的那個擬人陰影，那個狼頭人。

「那女孩供出是她把那兩個小孩從他們家的陽台丟下去，但是她沒有辦法解釋這幅畫的來源，她說畫的人不是她。不過，既然她已經招認，調查案也就到此結束，沒有人繼續追問細節，承辦的警察多少有些擔心，這恐將成為被告宣稱自己心理不正常的藉口。」

那一小群聽眾專注聆聽，沒有人膽敢打斷他。

「自此之後，」莫洛繼續說道，「這個圖像陸續出現，可能是直接或迂迴的方式，總數高達二十二次。一九九四年，某名男子在公寓裡殺害妻小之後也跟著自盡。警方並沒有立刻注意到異狀。後來是因為檢方想要確立兇嫌是獨自犯案抑或是有共犯，要求鑑識部門進行補充蒐證的時候才發現真相。化學試紙顯示曾經有人在凝霧的浴室鏡子上面畫出這個圖像，但不知道究竟是何時的事。」莫洛從手邊的文件取出了當時所拍下的照片，不過，他還沒有說完，「而且，二〇〇五年的時候，我們也發現某人的墳墓出現了這個圖案的噴漆，那名死者是在獄中遭謀殺的戀童癖犯人。令人納悶的是，當局擔心墳墓遭到破壞或報復，下令不可註記姓名，所以沒有人知道死者的身分，而這真的是巧合嗎？」

無人開口應答。

「我可以再繼續講個一小時，不過，其實為了要避免出現模仿犯，這個不斷重複出現的影像懸案一直是不曾公開的秘密，我們擔心因此有人會因此受到刺激而犯罪，並且以同樣的圖案作為宣示記號。」

「我們內部有人涉案，是某名法醫。真是太可怕了。」開口的是處長，他提醒在場的每一個人，在阿斯托菲公寓裡發現了它，事態相當嚴重。

「你認為這個圖案與情侶雙屍案有關嗎？」詢問的是內政部高官，也就是這個房間裡位階最高的人士。

「雖然我們還不清楚，但想必是有關聯。」

「你認為這個符號是什麼？」

莫洛知道講出答案有其風險，但他已經別無選擇。大家不願面對真相，實在也拖得太久了，

「是某種秘教的圖騰。」

就在這時候，警政署署長插了進來，「諸位，拜託，我不希望有人誤會我的意思，但我們必須小心為上，這個『羅馬殺人魔』已經引發了很大的爭議，現在輿論氣氛緊繃，大家都覺得不安全，而媒體更是在幫倒忙，一直讓我們很難堪。」

警司克里斯匹說道，「這種案子要追查出結果，得要花許多時間。」

「我知道，但這狀況很棘手。社會大眾的想法很簡單，也很實際。他們不想要付太多的稅金，但他們想要確定繳出去的錢得到了妥善的運用，能夠抓到罪犯。他們需要立刻知道答案，根本不管我們要怎麼辦案。」

內政部高官也同意這種說法，「要是我們花太多心力去追這個秘教，而且消息走漏出去的話，媒體會講我們一事無成，所以只好去抓鬼之類的垃圾話，我們將會成為笑柄。」

莫洛靜靜聆聽這些人你來我往，因為他知道這就是過去沒有人敢繼續深入挖掘的真正原因。他們的恐懼不只是自己可能會搞得一臉狼狽，而是還有其他因素。只要是想為自己博取好名聲的警察，絕對不會想要從秘教的角度切入辦案：案情將會陷入膠著，也會讓自己的仕途蒙上一層陰影。除此之外，也不會有高階長官願意授權這樣的調查：他們的風險是失去公信力與權力。不過，還有一個更關乎人性的原因，抗拒面對某些議題的天性，也許是那種恐怕真有其事，說不出

口的非理性恐懼。所以，他們總是選擇放棄，這一點大錯特錯。

不過，現在莫洛不想惹事，他開口附和長官，「諸位，我明瞭各位的擔憂。我向各位保證，我們一定會小心處理。」

處長起身，走到了窗邊，外頭暴雨將至。閃電照亮了黑夜的地平線，向這座城市發出了大雨將至的警告。「我們有兇手的DNA，是不是？我們專心追這一條線，一定會抓到他的，其他的就不要管了。」

克里斯匹覺得這牽涉到他的工作內容，「我們已經把所有性犯罪的前科犯全部叫來總部報到，採集了所有人的唾液樣本，進行基因檔案比對，希望能夠找到符合的嫌犯。不過，這不是短期之內能夠完成的工作。」

處長伸手，往牆面重重一捶，「媽的！當然要迅速破案！不然這起案子要花我們數百萬歐元！因為光是去年在羅馬地區就超過了兩萬起性犯罪案件！」

性犯罪是最常見的犯罪類型，只不過警方一直對數字保密，以免某些變態覺得自己有機會逍遙法外。

「要是我的理解沒錯的話，」那位內政部高官說道，「第一起犯罪現場找到那件襯衫上的DNA，目前只能證實是男性，並沒有找到什麼基因特點能夠鎖定特定嫌犯，是這樣沒錯吧？」

克里斯匹老實承認，「對，沒錯。」但現場所有人都非常清楚，義大利當局的基因資料庫裡面，只有那些必須做DNA測試的嫌犯資料，大部分的罪犯被逮捕時，都只有留下指紋而已，「我們搜尋到現在，還沒有得到任何成果。」

其他人又回頭繼續討論其他的可行辦案方向，而莫洛依然在回想他在阿斯托菲公寓密室牆面看到的那個黑影。在這個房間裡，沒有任何人想要碰觸狼頭人。他又想到了那個法醫所堆築的獸骨雕刻品，想必需要無比的耐心才能完成。所以，如果只是單純的情侶雙屍案，莫洛的心情就不會這麼忐忑了。但沒這麼簡單，「羅馬殺人魔」案件的背後還有極其可怕的真相。

是大家都摀起耳朵，不想聽的故事。

巴蒂斯塔．艾里阿加站在自己寒傖小旅館房間的窗前，手裡拿著某張照片。暴風雨來襲之前的那陣短暫閃電，照亮了那張阿斯托菲公寓裡的獸骨雕刻圖像。

床上散落了「羅馬殺人魔」一案的完整調查報告。這是他的「朋友」多瑪索．奧吉依照先前的要求為他準備好的資料，甚至還包括了機密文件。

艾里阿加憂心忡忡。

第一層秘密是鹽之童，第二層則是狼頭人。不過，調查者必須要先了解這兩層秘密的意義，才能夠進入第三層。

艾里阿加努力安慰自己，不會的。不過，他卻聽到了米恩在講話，那位身材高大的好友出聲提醒他，其實，警方已經快要挖出真相，一切岌岌可危。多年來，睿智的米恩扮演了他內心當中，評估最壞狀況的聲音，在他年輕的時候，他一直對其置之不理。不過，那一段菲律賓的歲月早已結束，現在他已經成了另一個人，所以他必須聆聽自己的恐懼。

根據檔案裡的資料，調查小組幾乎找不出什麼辦案的線索。他們是有兇手的DNA，但艾里阿加並沒有把它放在心上，光是靠科學辦案，他們永遠找不到殺人魔，警察不懂該從什麼角度切入辦案。

所以，他現在唯一傷神的是那個再次出現在重案現場的秘教符號。他告訴自己，反正這次就與先前一樣，他們終究會收手，因為，就算他們挖出了真相，他們也沒有任何準備，不敢面對一切。

不過，真正的麻煩是副處長莫洛。他個性固執，不追根究柢絕不罷休。狼頭人。

艾里阿加絕對不能讓他們破解那個符號的象徵意涵。不過，此時外頭開始下雨，這樣的惡兆，不禁讓他心頭大驚。

萬一真是如此，接下來會出什麼事？

第十一章

根據官方說法，克洛普精神病院並不存在。

馬庫斯心想，這個收容孩童殺人犯的地方，想必是秘密之地。永遠不會有人叫他們殺人犯，但殺戮明明就是他們的天性。

尼可拉．卡維是這麼說的，「那就像是生活在童話故事裡……但永遠找不到出路。」

完全找不到什麼收容未成年重犯的精神病院，沒有地址，就連平常總是能搜尋出極機密資料和蛛絲馬跡的網際網路，也找不到任何線索。

連約瑟夫．克洛普的資料也不多，這名出生於奧地利的醫生創設了這個處所，專門治療犯下可怖罪行，但自身對其嚴重性卻往往渾然不覺的那些小孩。

有人提到克洛普發表過某篇文章，主題是稚齡犯罪的形成過程以及孩童的犯罪能力。除此之外什麼都沒有，沒有生平介紹，就連專業簡歷也付之闕如。

馬庫斯能夠繼續追蹤的唯一線索，就是某篇盛讚童話教育功能的文章。

他相信這個機構之所以如此神秘，是為了要保護年輕病患的隱私。社會大眾的變態好奇心一定會摧毀他們的復原契機。但不可能完全沒有人知道這地方，一定有提供日常必需品的供應商，也會有足以證明活動的稅務資料以及核可文件。而且，裡面一定有以正常方式雇用、發放薪水的員工。所以，有可能是名稱不一樣，另有假名，以免引人注意。

根據這些線索，馬庫斯注意到了哈默林兒童精神病院。哈默林這名字起源於格林童話故事《吹笛人》裡現身的小鎮。根據故事內容，他首先以笛聲解救了小鎮居民，讓他們躲過鼠疫，但鎮民不願付錢，他又以此誘拐了村裡所有的小孩，以示報復。

馬庫斯心想，挑選這樣的名字很詭異。那樣的童話故事，完全沒有任何令人開心的元素。

哈默林精神病院位於羅馬西南區，某棟二十世紀初期興建的小型房舍。四周有公園，在手電筒的強光照射之下，看得出久未養護的痕跡。這棟灰色石材的建物並不大，只有三層樓而已。前面的窗戶被木板條封住，一切看來早已廢棄多時。

馬庫斯站在雨中，透過生鏽的鐵門向內張望。他又想到了尼可拉．卡維對於鹽之童的那段簡單描述，棕色的眼眸與頭髮，相貌很普通。害羞又畏縮，但依然有辦法讓人不寒而慄。他為什麼會進入精神病院？到底是犯下什麼嚴重罪行？答案可能就在那座建物裡面。在這種深夜時分，這個地方的外觀既陰森又悲傷，就像是小孩的秘密一樣，也驅散了人們好奇打探的念頭。

馬庫斯已經迫不及待。

他翻過大門，落在濕乾夾雜的落葉堆上頭，強風方向來回變換，宛若小孩的幽魂在玩捉迷藏一樣。淅瀝雨落之中，也參雜了他們的笑聲。

馬庫斯走向精神病院的前門。

建物立面的下方佈滿了噴漆塗鴉，又一個荒棄多時的徵象。前門被木板條封死，所以馬庫斯開始在這棟建物四周繞了一會兒，想要找出進去的方式。一樓某扇窗戶的窗框有破洞，他爬到了雨濕的基底，抓住窗台，引體向上，小心翼翼以免不慎滑脫，終於鑽入那個狹小的開口。

他進入屋內，水珠不斷滴落在地板上頭。首先，他從口袋裡拿出手電筒，打開光源，映入眼簾的是某個類似食堂的地方。大約有三十多張同款的塑膠椅，放置在數張小圓桌的旁邊。整齊的排列方式與這地方的殘破外貌成了強烈反比，這樣的桌椅擺設，彷彿像是依然在等待某人到來。

馬庫斯跳下窗台，將手電筒對準地板，地磚褪色的程度參差不一。現在，他準備檢查其他房間。

看起來都一樣。也許是因為除了某些家具的殘破軀殼之外，全部都空蕩蕩的，沒有門，牆壁依然一片白，因為濕氣的關係，油漆沒有剝落。空氣中有股持續不散的霉味，屋內迴盪著雨滴聲響，這間精神病院就像是被暴風雨凌虐的遠洋遊輪殘骸。

馬庫斯的腳步又為這個場景注入了新的聲響——悲傷、孤單的步伐，宛若遲到過久的賓客。他不知道這地方出了什麼事，到底受到了什麼樣的詛咒，下場居然如此不堪。

值此同時，他也感受到一股奇怪的悸動，再次逼近真相。他想到了自己在亞壁古道別墅派對看到的鬼祟身影，那個人也曾經出現在此，與我意外相遇那晚的多年之前，這裡早已充滿了他留下的足印。

他開始爬樓梯，前往上面的樓層。階梯看起來顫顫巍巍，似乎稍微承壓就會坍塌。他在梯台停下腳步，眼前出現一道短廊，他要開始檢視全部的空間。

生鏽的雙層床鋪，好幾張破爛的椅子。這裡也有一間超大的浴室，設有多處淋浴設備與更衣間。不過，引發馬庫斯關注的是位於末端的某個房間，他走進去之後，發現這裡與其他房間大異其趣，牆上貼滿了某種類似壁紙的東西。

他的四周都是著名童話故事的場景。

他認出了站在薑餅屋前面的漢塞爾與葛麗特、白雪公主、參加舞會的灰姑娘、帶著食物籃的小紅帽、賣火柴的小女孩。這些角色似乎都是取材自某本褪色的舊書，不過，似乎有些不太對勁，馬庫斯以手電筒逐一掃視，終於發現問題在哪裡。

他們的臉上看不見任何喜悅。

這些人物完全沒有理當在童話故事裡會出現的笑顏。盯著他們，會感受到某種焦躁不安。

一陣雷聲大作，比先前的更驚天動地，馬庫斯覺得必須要離開這房間了。不過，就在這時候，他覺得鞋底踩到了東西，他把手電筒往下一照，看到地板上有許多蠟油的滴痕。馬庫斯看到了走廊裡的那道痕跡，通往樓下的方向，他決定要繼續跟下去。

那道蠟痕把他帶到了樓梯下方的某個狹窄空間，最後一滴落在某扇小木門前面。想必當初的執燭人曾經進入裡面。馬庫斯試了一下把手，門沒有關。

他拿出手電筒往前一照，映入眼簾的是許多小房間與走道。他估算這裡的面積比樓上那兩層還要大，彷彿這棟建物的主體在地底，而露出表層的只有一小部分而已。

馬庫斯繼續往前走，此處唯一的導引就是這些蠟痕，要是沒有它們的話，他一定會迷路。這裡沒有地磚，反而鋪的是橡膠，他還聞到了一股強烈的煤油臭氣，應該是老舊鍋爐發出的味道。

精神病院以前的家具都堆放在這裡。除了在黑暗中逐漸腐爛的床墊之外，還有許多被潮氣默默侵蝕的家具。這間地下室宛若巨大的胃，緩緩消化這些物件，最後，所有的痕跡都將會消失無蹤。

不過這裡也可以看到許多玩具。生鏽的彈簧娃娃、小汽車、一具搖搖馬、木房子，還有兩個眼球依然炯亮的無毛泰迪熊。哈默林這個地方是監獄與精神病院的混合體，但這些東西提醒了馬庫斯，這也是收容小孩的地方。

他繼續走了一會兒，蠟跡的方向通往其中一個房間。馬庫斯把手電筒往裡面一照，不敢置信。

檔案室。

裡面塞滿了檔案櫃與一疊疊的檔案，牆壁旁邊、正中央，到處都是，高度直達天花板，混亂至極。

馬庫斯把手電筒照向抽屜的標籤，看個仔細，每一個都有日期。由於有這些資料，也讓他推算出哈默林精神病院一共運作了十五年之久。然後，因為不明原因而關院。

馬庫斯開始檢視文件，隨機取出，他相信自己只要瞄一下就會知道是否值得追查下去。不過，他看了幾行之後，發現眼前這一堆雜亂無章的東西，並不只是病歷與官方文件的檔案庫而已。

而是約瑟夫・克洛普教授的日誌集。

這裡可以解開他的所有疑問。不過，這麼豐富的資料庫卻也成為找尋真相的最大阻礙。馬庫斯沒有任何的邏輯判準，只能依賴運氣，他開始翻閱克洛普的筆記。

「青少年就和成人一樣，都具有殺戮的天性，」這位心理學家寫道，「通常在青春期的時候就已經可以看出來。比方說，許多冷血校園槍擊案的兇手都是十多歲的孩子。也有混幫派殺人的年輕男孩，才能與團體產生更加緊密的關係。」

不過，克洛普還進一步分析了更年輕族群的殺人現象，那個階段，他們擁有的是天真無邪又純淨的心靈。

童年時代。

第十二章

在哈默林精神病院運作的那十五年當中，曾經有三十多名孩童被轉介進來。罪行都一樣：殺人。不過，倒不是所有病童都真的殺了人。其實，某些只是顯現出「明顯的殺人傾向」，或者在得逞之前遭到攔阻，不然就是殺人未遂。要是把這些罪犯的年紀納入考量，三十，其實是個可觀的數目。他們的罪行紀錄並沒有照片，而且也沒有提到姓氏。

每個小孩都有專屬的童話故事、掩蓋他們的真實身分。

「孩童殺人的時候，手法比成人還要殘酷：純真是他們的面具，」喬瑟夫．克洛普寫下了這些話，「當他們剛來到這裡的時候，貌似完全不知自己的行為或是差點犯下的過錯有多麼嚴重。不過，他們的無辜樣貌可能是某種假象。試想孩童凌虐小昆蟲的例子好了，大人會斥責他，但覺得那只是遊戲，因為大家都認為未成年少年還無法完全了解是非。不過，小孩多少知道自己做了壞事，而且隱約感受到一種虐殺的愉悅。」

馬庫斯開始隨機亂翻。

草之童十二歲，完全沒有任何情感。其實，他的單親媽媽根本不知道該怎麼處理這小孩，乾脆把他丟給他的叔伯。有一天，他在兒童遊樂園遇到了某個五歲男孩，趁著那小男生的保姆分神的時候哄騙小小孩、把他帶到了某處廢棄工地，又把他帶到深達好幾公尺的槽桶旁邊，把他推下去。小男生斷了兩條腿，但並沒有立刻斷氣。接下來的那兩天，大家都忙著在找人，誤以為他鐵定是被大人所綁架，而真正的罪犯卻回到工地好幾次，坐在槽桶旁聆聽下方傳來的哭喊與求救聲響——宛若像是被困在玻璃罐裡的蒼蠅一樣。第三天，就再也聽不見任何哀號了。

塵之童，七歲，幾乎一直都是獨生子，所以，弟弟報到，讓他無法接受——這是阻斷家庭感情鎖鏈的敵意陌生人。某天，他趁母親在忙的時候，把小嬰兒從搖籃裡抱出來，進入浴室，把他丟入裝滿水的浴缸，企圖淹死他。母親發現他一臉冷漠，盯著自己的弟弟不斷掙扎，她在最後一刻把嬰兒救了回來。雖然罪證確鑿，但塵之童總是堅稱不是他幹的。

根據克洛普的說法，有時候他們是在解離的狀況下犯案。「在完全脫離現實的行為發生之際，他們眼中的受害者不是人類，而是物件。少年犯沒辦法想起自己的作為，也不會流露任何的同情與懊悔。」

馬庫斯知道當局為什麼對於這些案件如此低調。這是禁忌，要是把這些犯案內容洩露出去的話，一定會造成人心惶惶。所以他們才會設置了特別法庭，而且這些文件是最高機密，必須完全隱匿一切。

一共有三名風之童，全部都是十歲。他們加害的對象是某名五十歲的男子，有老婆與兩個小孩的業務代表，某個尋常冬夜，他開車行經高速公路準備返家。他的擋風玻璃被天橋上丟下的石頭擊破，穿過他的頭骨，在他的臉上留下一個大凹洞。橋上的某台監視攝影機拍下了那三名年輕嫌犯的畫面，最後把他們全揪了出來。顯然他們玩這種死亡遊戲已經有數個禮拜之久，造成諸多車輛受損，但一直沒有人發現是他們幹的好事。

火之童是個八歲小孩。當他拿煙火灼燒自己手臂的時候，他的父母原本以為是意外，然而，其實他正在實驗火焰的神奇魔力——在那樣的痛楚之中，蘊含了某種舒暢快感。他一直在注意某個住在停車場，以廢車為家的遊民，從爸爸車庫裡偷了一桶汽油，對著那台汽車縱火，最後那遊民沒死，但傷勢嚴重，身體灼傷表面積高達百分之七十。

約瑟夫・克洛普評註這些罪行的時候，並沒有表現出憤慨態度，反而想要挖掘他們的深層動機。「許多人覺得納悶，被視為『純潔』的小孩，怎麼會犯下殺人這種獸行？不過，這與成人犯下的殺人案不一樣，角色黑白分明，殺人犯與受害者，然而在孩童殺人的案件當中，殺人者也是受害者。他們通常沒有父親，或是性格嚴厲，不然就是與他們不親。不然，就是有一個支配慾強烈或是情感淡薄的母親，甚或是性誘兒子。遭受家庭虐待或是暴力、被父母鄙視的孩童，通常會覺得自己犯了過錯，這一切都是自己活該。所以他才會挑選與他年紀相仿的人，毫無抵抗能力的柔弱之人，殺害對方，因為他早就學到最弱者永遠是得屈服的那一方。其實，少年殺人犯是藉由這種方式懲罰自己，還有他對於羞辱的無能為力。」

白鑞之童的案例就是如此，他小時候遭受到雙親的虐待，他們將自己的挫敗發洩在他的身上。這對父母在自己的人際圈當中備受敬重，所以根本不會有人起疑。在陌生人的眼中，他們的獨子個性彆扭，或者，純粹就只是個倒楣的小孩，因為他總是會發生造成瘀傷或骨折的「小意外」。後來，那個孤單的孩子終於找到了好友，這段關係在他的生活中產生了正面效應，他開始變得開心，感覺就與一般人無異。然而，某一天，他誘哄自己的朋友進入自己祖母房子的地下室，把他綁起來，以重鎚敲斷了四肢，然後又拿刀子劃了他好幾刀。最後，拿了一塊尖銳的鐵片，刺穿對方的腹部——「我必須這麼做，不然他死不了。」

得了失憶症的馬庫斯，對於自己先前的生活一無所知，童年記憶亦然，但他現在必須努力回想自己是在什麼時候明白了善惡的意義，也不知道自己在小時候是否有明辨是非的能力。但他完全沒有辦法回答這個問題，所以他又繼續找尋自己最關心的那個案例。

不過，在那些文件當中，依然沒有提到鹽之童與他所犯下的罪行。馬庫斯再次檢視周邊的櫃子與一疊疊的文件，這樣找下去，一定會拖很久。他開始拿著手電筒四處掃視，期盼會出現驚喜。然後，他站在某個木桌的半開抽屜前，湊前細看，發現裡面放了一堆老舊的錄影帶。他把它們逐一抽出——某些卡在裡面，簡直不動如山——但他最後還是把它們全部放在地板上面，彎身檢視。

每卷錄影帶都有側標——「攻擊型精神變態」、「反社會人格違常」、「因暴力而惡化的智能遲滯」，至少有三十卷帶子。

馬庫斯開始在這些病症項目當中找尋可能符合尼可拉・卡維所描述的那個鹽之童：性變態、潛在攻擊性、高超的欺瞞技巧、非常高的智商。他太過專注，手電筒不慎從手中滑落到地上，當他向前準備撿起的時候，發現光束正好映亮了牆角裡的某個東西。

那邊的地面有張床墊、一堆毛毯，還有一張貼牆而立的椅子，上面放置了一些蠟燭與露營爐。他閃過第一個念頭，這是流浪漢的床鋪，但他發現椅腳邊有東西。

一雙藍鞋。

他沒有時間多作反應，因為他覺得背後一陣毛，他把手電筒的光束移過去，是個老人。他有一頭宛若月光的白髮，深邃的藍色眼眸，臉上皺紋密布，讓他的面孔宛若一張蠟質面具。他望著馬庫斯，嘴唇露出詭異微笑。

馬庫斯緩緩站起來，但那個老人卻動也不動，而且某隻手一直藏在背後。

當初就是他殺死了寇斯莫．巴爾蒂提、刺殺尼可拉．卡維、在亞壁古道的別墅偷襲他的後腦勺，然而，現在的馬庫斯手無寸鐵。

那個老人終於拿出藏在背後的東西。

小小的藍色塑膠打火機。

他拿在手中，劃了一個顛倒的十字聖號，立刻消隱在一片黑暗之中。

馬庫斯趕緊拿起手電筒想要找人，但卻只看到某個人影匆匆離開房間。他遲疑了一下，還是決定跟過去，但當他一進入走廊之後，驚覺老舊鍋爐的煤油味突然變得越來越濃烈。在這座迷宮當中的某個地方，冒出了小小的火焰，光亮清晰可見。

馬庫斯躊躇不前。他必須立刻離開，不然就會困在這裡被活活燒死。不過他也知道，要是沒找到答案而離開，將再也沒有辦法阻止邪魔肆虐羅馬。所以，他明明知道自己生命有危險，但還是退回了檔案室。

他埋首在那堆錄影帶裡面，逐一檢視，覺得不重要的就立刻丟掉，終於，他找到了讓他眼睛一亮的帶子。

上面標籤寫著：「學者症候的精神變態」，馬庫斯把它放到外套裡面，急忙衝出去。

地下室的走廊看起來都一樣，而且刺鼻濃煙迅速瀰漫開來。馬庫斯以衣領掩蓋口鼻，努力回想剛才進來的路徑，但實在太難了，他的手電筒光束往前一照，迎面而來的是一堵被燻黑的牆。為了讓呼吸更加順暢，他趕緊趴在地上。他發現周遭的溫度越來越高，火焰從他後方追燒過來，困住了他。他抬頭，發現煙朝同一個方向竄升，似乎是覓得了出路，所以他也跟了過去。

他胡亂摸索，三不五時就被迫停下來，靠在牆邊咳嗽。不過，經過了一段宛若漫漫無盡的摸索之後，他終於找到通往一樓的樓梯。他開始往上爬，火焰幾乎快要將他封死。

到達一樓之後，他才驚覺濃煙也馬上就要吞噬這個地方，所以他不能從一開始進來的那條路逃出去，恐怕再往前走幾步路就嗆死了，完全沒有活命的機會，令他好生錯愕。他知道自己要是想要活著逃出去，就必須上樓，超前濃煙的速度。

他又回到了二樓，趁著還憋了一點氣，趕緊衝到那間有童話場景的房間。不過，高熱早已先他一步竄入房內，令人難耐，壁紙與圖畫開始從牆面上慢慢剝落。

馬庫斯發覺自己所剩時間無多，所以開始猛踢窗戶的木板條，一、二、三．現在走廊上已經可以看到火焰。終於，板條破了，碎裂一地，馬庫斯抓住窗台，正打算要越窗進入外頭的暴雨黑夜之中，但就在這個時候，壁紙與童話圖案大片剝落，露出了後頭的某個人形，狀甚威猛，宛若惡靈升起。

那個男子不是人類，只有窟窿雙眼與狼頭。

第十三章

到了一大早，徹夜狂襲羅馬的暴雨已經成了一段模糊記憶。微淡的陽光灑落在城外聖保羅教堂，此地面積遼闊，僅次於聖彼得大教堂。裡面有使徒聖保羅之墓，根據傳說，他就是在距離這裡不過數公里之遠的地方被斬首而殉教。它位於台伯河的左岸，就在奧勒良城牆的另一頭，因此才會得到這個名號，此地經常用來舉辦重大儀式，比方說國葬。現在舉行的是警官琵雅·利蒙蒂與史蒂芬諾·卡波尼的葬禮，兩天前的那個夜晚，「羅馬殺人魔」對他們下毒手，兩人因而殉職。

教堂裡擠滿了人，根本沒辦法進入。前來致哀的人有高階警官、各政府機關的代表，但也有許多平民特地前來向慘劇的受害者致意。

教堂柱廊下方佔滿了全國性媒體的新聞工作人員，準備進行全程報導，而入口外頭則有身著全套制服的員警排成一列，向棺木行最後一次致敬禮。

珊卓拉與其他同事待在外頭，她眼觀一切，充滿了挫敗感，想必兇手看到這個由他一手造成的場面，一定十分開心。

珊卓拉身著便服，隨身帶了一台小型的數位照相機，可以拿來拍攝與會者。其他的警方攝影師也混在教堂內外的人群裡，與她執行相同的任務，就是要找出是否有形跡鬼祟的人，他們希望兇手會在這場葬禮當中現蹤、享受依然逍遙法外的快感。

珊卓拉心想：他沒這麼笨，他不在這裡。

她上一次參加的葬禮是老公過世。不過，她對於那漫長一日的記憶與失去大衛的苦痛無關，在進行葬禮的時候，她的心中一直記掛的是自己已經正式成了寡婦，這是一個與她格格不入的字眼，尤其她還這麼年輕。一想到這個詞彙就讓她很不舒服，雖然還沒有人這麼在她面前講出，但她卻已經忍不住開始這麼看待自己。

她解開了自己深愛的那個男人死因之謎之後，依然沒有辦法擺脫那個封號，就連他的不安殘魂也一樣徘徊不去。她心想：雖然大家都不想承認，但有時候我們深愛之人死亡的陰影一直追著我們，就像是無法還清的債務一樣。正因為如此，當她真正放下大衛時所產生的那股釋然，讓她記憶猶新。

不過，她依然需要一些時間，才能接納另外一個男人走入她的生命之中。不同的愛，而且是截然不同的愛人方式。浴室裡出現另一根牙刷，身旁的枕頭有了新的氣味。

不過，她現在對麥克斯的感覺反而沒那麼篤定了，而且她也不知道該怎麼告訴他才好。當她越是想要說服自己麥克斯就是她的良人，提醒自己這男人有多麼完美，她就越想要把他對她投注的一切盡快劃下句點。

在同事琵雅．利蒙蒂的葬禮日，這些念頭也變得越來越強烈。如果她是那個待在車裡，等待殺人魔上鉤的誘餌，又會是什麼狀況？在她生命中的最後時刻，心頭會出現什麼樣的影像？又會有什麼悔恨？

珊卓拉不敢回答自己的問題。不過，也許是因為這些紛擾的思緒，當她舉起數位相機，對準某一小群人拍照的時候，她恰巧發現景框裡出現了琵雅的男友伊凡，也不知道為什麼，他在葬禮結束之前就匆匆離開教堂，形跡詭異。

她的目光緊緊跟隨著他，看到他走過柱廊，轉入某條小巷，走向停車處。雖然她與他相隔了一段距離，依然可以看出他心情低落，也許是因為承受不住悲傷而趕緊逃開。不過，就在他上車之前，他做出某個奇怪動作，讓珊卓拉嚇了一跳。

他怒氣沖沖從外套口袋裡取出手機，把它扔進了垃圾桶。

珊卓拉想起了馬庫斯提到的違常狀況，這的確就是異常行為。她遲疑了一會兒，決定過去找那個男人講話。

在這起悲劇發生之前，她也只見過他一次而已，當時他正在等琵雅下班。不過，在過去這兩天當中，他經常來總部，此一事件似乎讓他坐立不安，覺得自己多少該負起一些責任，因為他沒有保護好自己的女朋友。

「嗨，」珊卓拉開口，「你是伊凡吧？」

他轉身看她，「對，沒錯。」

「我是珊卓拉．維加，是琵雅的同事。」她覺得自己有義務講清楚自己為什麼想要找他，「很不好受，我知道，兩年多前我先生過世，我也經歷了同樣的痛苦。」

「很遺憾。」他只說出了這幾個字，也許他不知道還能說什麼是好。

「我看到你跑出教堂。」珊卓拉發現她在講話的時候，伊凡不假思索，目光立刻飄向剛才把手機丟進去的那個垃圾桶。

「對……我實在受不了。」

珊卓拉錯了，他的聲音裡沒有苦痛或是憤怒，純粹就是匆忙而已。「我們會抓到他的，」她說道，「他絕對不會逍遙法外，我們一定會在最後逮到這些惡徒。」

「我相信你們一定辦得到。」伊凡雖然說出這種話，但根本言不由衷，他似乎完全不在乎。他的語氣與態度與她先前的印象大相逕庭：完全不是那個不惜一切求得正義的男朋友。現在，珊卓拉覺得他企圖要掩藏什麼秘密，也許正是因為他頻頻偷瞄那個垃圾桶的原因。

「可否請教你為什麼離開喪禮現場？」

「我剛才已經告訴妳了。」

她很堅持，「我要知道真正的理由。」

他火大回道，「不關妳的事。」

珊卓拉默默盯了他好幾秒，她知道這對他來說就像是永無止境的凝視一樣，「好吧，你遭逢這種不幸，我深表同情。」她說完之後，轉身離去。

「等等……」

珊卓拉停下腳步，再次回頭。

「妳跟琵雅很熟嗎？」現在他的語氣變得不一樣，增添了憂傷。

「我很想多認識她一點，可惜不是很熟。」

「這附近有間咖啡店，」他低頭望著自己的鞋子，又問了一句，「要不要聊一下？」

一開始的時候，珊卓拉真不知該如何回應是好。

「我沒有要搭訕的意思，」他高舉雙手，彷彿在道歉，「但我一定得講出來才行……」

珊卓拉緊盯著他，不知道他到底背負了什麼沉重的心事，但理應要有人為他卸除重擔，也許向陌生人吐露會輕鬆一點。「我現在得值班，你先走，我等一下就過去。」

過了一個小時之後，珊卓拉想出辦法抽身離開了現場。在這段時間當中，她一直在想他的苦悶到底是什麼，是否比她的心事更加沉重——也就是她一直無法鼓起勇氣向麥克斯說出的實話。然後，她依約進去咖啡店找他。

她看到他坐在某張小桌前，已經點了杯烈酒。他一看到她，整個人又回魂過來，眼中流露出一股詭奇的期待。

珊卓拉坐在他對面，「好，所以是出了什麼事？」

伊凡翻白眼，彷彿在搜尋合適的措辭，「我是渣男，真的是超級大廢渣，但我的確好愛她。」她不知道他為什麼要以那種方式開場，但她沒有打斷他，讓他繼續說下去。

「琵雅個性很溫柔，絕對不會傷害我。她說我們的關係遠勝過一切，她一直在等我開口求婚，但我卻毀了一切……」

珊卓拉發現他不敢直視她的雙眼，她伸手過去，輕握他的手，「要是你不再愛她了，也不是你的錯。」

「我的確曾經愛過她，」他刻意強調，「但她死掉的那一晚，我背著她在外頭偷吃。」

聽到這種真相，珊卓拉嚇一大跳，她慢慢抽回了自己的手。

「我和其他女人有一腿。我們搞在一起已經有一陣子了，而且，這也不是我第一次劈腿。」

「我覺得我不該聽這種事。」

「啊，我覺得妳得聽我講完，」他彷彿在懇求她，「那天晚上，我發現琵雅得值班，而且沒辦法打電話給我，我就趁機與另一個女人幽會。」

「真的，到此為止吧。」她不想再聽下去了。

「妳是警察對吧？那妳得聽我說完才是。」

看到他的這種態度，珊卓拉很疑惑，但她還是讓他繼續說下去。

「我之前不敢說出來，因為我擔心別人會覺得我這個人是垃圾。我們的朋友會怎麼說我？或是她的父母呢？其他人？這個案子已經上了電視，所有不認識我的人都覺得自己有權評論我這個人，我就是膽小怕事。」

「你到底是隱瞞了什麼事？」

伊凡望著她，眼神充滿恐懼，珊卓拉擔心他可能會開始掉淚。

「琵雅死掉的那天晚上，我收到了她手機撥出的電話。」

一陣寒顫從珊卓拉的大腿直竄背脊，原來殺人魔在第二個犯罪現場並非什麼都沒留下，還是有東西。「你說什麼？」

他摸了摸口袋，拿出某支手機，很可能是剛才她看到他丟進垃圾桶的那一支，他把它慢慢推到她面前，「我當時是關機，」他說道，「但後來我發現有語音留言。」

第十四章

他躲在某間「接力賽小屋」裡，梵蒂岡有許多這樣的地產，散落在羅馬各地，它們是安全的處所，通常都位於尋常住宅裡的空屋，有需要的時候，可以在裡面找到食物與藥品、休憩的床、可上網的電腦，最重要的是，連線安全無虞的電話。

前一天晚上，馬庫斯利用這支電話找克里蒙提，他說有事必須一談。

克里蒙提大約在早上十一點現身。當馬庫斯開門的時候，宛若看到了鏡子裡的自己一樣，因為光從克里蒙提的表情就可以猜到他自己到底有多狼狽。

「是誰對你下這種毒手？」

在亞壁古道別墅派對的那個夜晚，馬庫斯頭部受傷，後來，又被尼可拉．卡維修理，最後，他差點被火燒死，幸好及時從窗戶逃走。這一跳讓他的臉佈滿了擦傷，而且因為吸入濃煙，呼吸依然有困難。

「沒事。」他向帶著黑色行李箱的克里蒙提打招呼，請他進入屋內。兩人進入這間屋子裡唯一擺設了家具的那個房間，坐在馬庫斯的凌亂床邊，在剛才那幾個小時當中，他拚命想要入睡，但就是睡不著。

克里蒙提把行李箱放在馬庫斯身邊，開口說道，「你應該要去看醫生。」

「我吃了兩顆阿斯匹靈，這樣應該就夠了。」

「至少你該吃點東西吧？」

馬庫斯沒回答，他朋友的關切之意反而讓他開始惱怒。

「你還在生我的氣？」克里蒙提指的是梵蒂岡花園修女遇害的調查案。

馬庫斯立刻回他，「我現在不想談這件事。」不過，每當他們見面的時候，他眼前一定會浮現修女殘缺屍身的畫面。

「你說得沒錯，」克里蒙提說道，「我們必須要處理這個『羅馬殺人魔』，現在這案子比什麼都來得重要。」

他擺出心意決然的模樣，馬庫斯也就隨便他了。

「歐斯提亞松林案發生的兩天之後，又出現了警察雙屍案，」克里蒙提說道，「兩天過去了，要是這個兇手有特定計畫的話，昨天應該有犯案。」

「但昨晚下雨。」

「那又怎樣？」

「記得鹽之童嗎？他怕水。」

前一天晚上，當他從哈默林精神病院跑出來的時候，他突然想到了這一點。不斷殺戮的衝動，是連續殺人犯的特徵，它有好幾個特定階段：構想、計畫、行動。然而，兇手犯案之後，通常能夠靠行兇的回憶平撫犯罪衝動，可以安分好一陣子。但這兩起凶案的間隔如此接近，顯現兇手心中早已有了相當精密的計畫。現在所發生的命案，只是兇手血腥之旅的初始階段而已，他的最終目的依然隱晦不明。

換言之，殺人的驅力之所以會被觸發，並不是因為需求，而是某一特定目的。

不論「羅馬殺人魔」的目的是什麼，他對於他分派給自己的角色，態度相當慎重。他想要傳達的訊息是：哈默林精神病院的鹽之童其實並沒有痊癒，而且，反而成了升級版的殺人魔。

「他是照著劇本行事，」馬庫斯說道，「而下雨也是其中的關鍵之一。我已經查過氣象預報，今天晚上會下雨。要是我的猜測正確，那麼明天與後天之間的這段時間，他一定會再次犯案。」

「所以我們還有多少時間？」克里蒙提問道，「只有三十六個小時？我們必須在三十六小時之內搞清楚他的思維。但說真格的，他非常聰明，他喜歡殺人，製造驚奇，他想要散布恐慌，但我們依然不明白他的動機。為什麼要挑情侶下手？」

「那個鹽之童的故事……」在約瑟夫．克洛普教授主持的哈默林精神病院當中，以故事書作為治療方式的背景故事，馬庫斯全告訴了克里蒙提。「我想這個殺人魔想要向我們說出他自己的故事。這些凶案正好就是童話裡的章節，他正在說故事，但其實想要揭露的是充滿了痛苦與暴力的某段過往。」

「殘暴敘事者。」

依照殺人魔的行兇方式與動機，通常可以將他們分成好幾個類型。「殘暴敘事者」被認定為「幻想型」之下的次類型，「幻想型」會與「另一個自我」進行溝通，接受指令，受其控制而行兇。有時候，它所呈現的形式是幻覺或是「幻聽」。

不過，敘事者需要聽眾，他們彷彿一直在尋求大眾對於他們所作所為的認可，就算是以恐懼的形式呈現也沒關係。

難怪殺人魔會進入告解室對著錄音機留言，時間點就是在第一起攻擊案的前五天。

「……以前……夜晚出了事……大家都衝向他的落刀之處……他的時間已經到來……小孩們死了……錯誤的愛給了錯誤的人……他對他們冷酷無情……鹽之童……要是沒有人阻止他，他絕對不會停手。」

「他在聖阿波里納雷教堂說話的時候，採用的時態是過去式，就像是童話故事一樣，」馬庫斯說道，「還有，第一個句子，前面的部分沒有錄進去，完整的版本應該是『很久很久以前』。」

克里蒙提慢慢懂了。

「除非我們搞清楚他故事的真義，否則他絕對不會罷手。」馬庫斯繼續說道，「但我們現在遇到的麻煩不只是這個殺人魔而已。」

現在，宛若是雙面迎敵。其中之一是冷酷殺人犯，而另外一邊是一群想要竭盡所能掩蔽一切的人，殺死追兇者或是誤導他們的辦案方向，即便是犧牲自己的性命也在所不惜。所以，他們也只能暫時放下這個殘暴敘事者，全力對付另外一群人，馬庫斯也把他發現的最新進度告訴了克里蒙提。

一開始是法醫阿斯托菲，他偷走了第一個犯罪現場的某個證物，很可能是鹽製的小雕像。然後，又提到了寇斯莫·巴爾蒂提，以及他如何找到了某條正確的辦案方向，也就是尼可拉·卡維賣給他的那本有關「玻璃之童」的故事書。

巴爾蒂提四處探問引來了殺機，兇手還把現場搞得像是自殺。此人還企圖拿刀殺死尼可拉．卡維，也曾經在亞壁古道別墅的派對襲擊馬庫斯：穿藍鞋的男子，住在哈默林精神病院地下室的藍眼老人。

馬庫斯說出了自己的結論，「有人企圖掩蓋真相，或者，其實是要保護那個殺人魔，阿斯托菲與那個老人就是明證。」

「保護？你為什麼會有這種想法？」

「這只是我的直覺而已。殺人魔需要觀眾，記得嗎？他想要享受滿足的快感。所以我確定我那晚在亞壁古道別墅看到了他，他帶著相機，以隱身的方式享受他殺人之後的歡慶活動。當他發現我注意到他的時候，他立刻逃跑。我繼續跟蹤他，靈機一動，模仿阿斯托菲在歐斯提亞松林裡挖出鹽巴小雕像時的動作，顛倒的十字聖號。」

「然後呢？」

「我本來以為會看到對方出現某種反應，但是那個拿相機的男人卻一臉困惑望著我，那手勢對他來說似乎不具任何意義。」

「然而那個藍鞋老人認出了這個動作，所以才攻擊你，害你不省人事，躺在別墅花園裡，是這樣嗎？」

「正是如此。」

克里蒙提思索了好一會兒，「這個殺人魔受到保護，但他自己卻渾然不知……為什麼？」

「我們會找出答案的，」馬庫斯信心十足，「我覺得我去了哈默林精神病院那一趟之後，讓我找到了正確的辦案方向，」他開始在房間裡來回踱步，想要釐清昨晚自己所見到的一切，「那個老人在地下室劃出顛倒的十字聖號之後立刻逃逸，放火。表面上看來是喪失理智的舉動，但我認為這根本不是發瘋，這其實是示威。沒錯，他想要讓我看到他捍護這個秘密的決心有多麼強烈。我覺得他應該是死了。我站在那棟建物外頭，等了好一會兒，確定沒有人出來。其實，連我自己也是差點沒命。」

「就與阿斯托菲一樣，他寧可自我了斷，也不願意講出實情。」克里蒙提雖然這麼說，但還是很困惑。「到底會是什麼秘密？」

「那間精神病院有某個房間的牆壁貼滿了童話人物，而壁紙裡面其實藏了一個擬人圖像：狼頭人。我需要請你幫我研究一下：你必須要找出這個象徵圖案的意涵，又代表了什麼意義？我相信背後一定有緣由。」

克里蒙提也認同他的看法，「你在精神病院裡只發現了這條線索嗎？」

馬庫斯指了一下他朋友帶來的那個黑色行李箱，「你有沒有帶錄放影機？」

「依照你的交代，我帶來了。」

「我找到了一卷錄影帶，這是我從火場唯一搶救出來的資料，但我覺得應該可以派上用場。」馬庫斯把它從椅子上拿起來，交給他的朋友，讓他端詳上面的標籤。

學者症候的精神變態

他開始解釋，「這些未成年病患不會使用真名，也不知道彼此的身分。克洛普為每個小孩取了不同的綽號，與挑選給他們，用以做心理治療的童話故事有關，他的目的是為了要重建小孩的內心世界。比方說，尼可拉．卡維『脆弱又危險』，就與玻璃一樣，而童話故事裡的鹽之童比其他小孩都聰明，但也正因為如此，大家都對他避之唯恐不及：他碰觸的一切，都會被他摧毀殆盡。卡維甚至還提到他的同伴智商非常高……」

克里蒙提漸漸明白馬庫斯想要表達什麼了，「耶穌形容自己的門徒為『地上的鹽』，正好凸顯了他們知識的價值：上帝向他們揭示了真理。自此之後，鹽巴就成為了知識的同義詞。當然，鹽之童比其他小孩聰明多了。」

「學者症候的精神變態，」馬庫斯說道，「我想這卷錄影帶會讓我們看到殺人魔小時候的模樣。」

第十五章

羅馬的科技分析實驗室是全歐洲最先進的研究機構之一，從解碼DNA到電信偵查都屬於它的工作範圍。

這個單位的負責人是李歐波多．史特里尼，三十五歲的科技專家，禿頭，戴著厚重眼鏡，白皮膚。「竊聽與電話錄音的內容，我們在這裡解碼，重建對話，」他向珊卓拉解釋，「比方說，要是某段錄音出現間斷，我們可以利用這裡的設備，把原來的詞語一字不差填回去，這就好比我們可以將昏暗環境中拍攝的照片，還原為像是在大白天的影像一樣。」

珊卓拉問道，「怎麼可能呢？」

史特里尼有些得意，走到了房內的某台終端機前面，對著螢幕拍了兩下，「感謝某套強大的頂尖軟體系統，我們的誤差範圍是零點零零九。」

這些電腦是這裡真正的秘密。這間實驗室具有獨一無二——無論是公家機關或是私人企業都沒有的科技配備。這個廣大的空間位於警察總部的地下室，沒有窗戶，為了避免這些精密的儀器受損，所以通風系統維持定溫。支援這套科技的眾多伺服器，則是埋在這棟聖維它列路古老建築的地底七公尺深處。

對於珊卓拉來說，這地方宛若混合體，像是生物實驗室——擺放了顯微鏡與其他設備的平台，但也像是電腦與電子儀器中心——到處都是焊接工具、零件以及各式各樣的器材。

目前實驗室正在處理「羅馬殺人魔」的DNA，素材正是來自兇手於歐斯提亞凶案的情侶車內不慎留下的那件襯衫，同時他們也忙著在檢測阿斯托菲公寓裡採集到的物證。不過，李歐波多·史特里尼記得很清楚，根據警察總部高層的指示，這個部分屬於機密，所以，珊卓拉·維加只不過是個鑑識拍照人員，絕對不是因為這個原因特地前來。

「這名兇手的DNA看不出任何端倪，」史特里尼說完，雙手一攤，「無論是與其他案例或是類似案情的前科犯資料進行比對，都找不到吻合之處。」

「我需要你幫個忙。」珊卓拉打斷他的話，把琵雅·利蒙蒂男友伊凡交給她的手機送到他面前。

「這是要我幹嘛？」

「裡面的語音信箱，有一封留言來自那位兩天前遇害的同事。首先，我要請你聽一下。」

史特里尼從珊卓拉手裡接下那支手機，儼然把它當成遺物一樣慎重。然後，他沉默不語，盯了一會兒，走向某台終端機前面，連接手機，在鍵盤上按了好幾個指令，開口說道，「我準備要擷取留言。」然後，他按下了直接連接語音信箱的按鈕，又調高了桌上喇叭的聲量。

語音留言開始。電子人工女聲講出歡迎詞，宣布語音信箱裡有一封已經儲存的留言，接下來，是留下錄音的日期與時間：凌晨三點，終於，開始播放錄音內容。

史特里尼原本以為會聽到琵雅·利蒙蒂的聲音，結果，居然只是一段冗長的沉默，持續了約三十秒之久，然後，就此斷線。

「這什麼意思？」他面向珊卓拉，「我真的搞不懂。」

「所以我才沒有立刻通知莫洛，就連克里斯匹也不知道這件事。」珊卓拉簡要敘述了自己在琵雅葬禮過後與她男友見面，以及她發現這通語音留言的過程，「我希望你可以幫我確定一下，這是不是弄錯了，也就是說，不小心誤觸按鍵的意外留言，或者是錄音品質不佳，也許是因為那裡沒有訊號……」

史特里尼立刻聽懂維加的意思了，她真正想知道的是那段沉默的語音檔之中是不是還有其他的訊息。

「我想我很快就可以告訴妳答案。」他講完這句話之後，立刻開工。

在接下來的那幾分鐘當中，珊卓拉看著史特里尼在螢幕上將留言拆為好幾段音軌，看起來就像是地震儀圖表一樣。他將每一段震動以及噪音的音量放大，所以就連最微小聲音的音波也都在劇烈晃動。

「我已經把背景噪音增強到最大，」史特里尼說道，「錄音品質不佳的可能性已經可以排除了。」他壓下某個按鈕，再次播放留言內容。

現在已經可以清楚聽到樹林間的窸窣風動，珊卓拉覺得自己彷彿親臨現場。某個森林的夜間秘密聲響，當下沒有任何人。她感受到一股莫名的恐懼，因為其實真的有人在那裡。

「有人刻意打了這通電話，」史特里尼說道，「他沉默不語了三十秒，然後掛電話，為什麼要做這種事？」

珊卓拉回得簡短，「時間序列。」

史特里尼一時沒聽懂。

「這通語音留言只是要告訴我們，當時是凌晨三點鐘。」

「那又怎樣？」

珊卓拉拿出帶在身上的某張紙，「中央指揮部與那兩名警察的最後一次無線電通聯是剛過凌晨一點鐘，而根據驗屍報告，史蒂芬諾・卡波尼在幾分鐘之後身亡，而琵雅・利蒙蒂則是被凌虐了至少半小時之久才遇害。」

「這是在她死亡之後才撥出的電話。」史特里尼聽到真相，又驚又懼。

「發話的那一刻大約就是我們的人過去察看，發現那兩具屍體的時候。」

之後的推論已經不需要明說了，兇手帶走了琵雅・利蒙蒂的手機，又在其他地點打了這通電話。

「犯罪現場的物件項目裡並沒有琵雅的手機。」珊卓拉為了證明自己所言不假，還準備把物品清單拿給他看。

但史特里尼起身，不肯瞄那張清單，「妳為什麼來找我？為什麼不直接去告訴莫洛或是克里斯匹？」

「我告訴過你了，我需要確認。」

「確認什麼？」

「我認為殺人魔想要讓我們仔細研究那通沉默的語音訊息，可以幫我追蹤到發話地點嗎？」

第十六章

他把帶子放入放影機，按下播放鍵。

螢幕頓時成了淡灰色霧面，持續了許久，在這段過程當中，馬庫斯與克里蒙提都不發一語。終於，有東西出現了，影像上下震晃，目前正在上帶——看起來隨時可能會斷片。不過，景框逐漸穩定，色澤褪淡，顯現出某個場景。

是那個壁紙貼有童話人物的房間，地上放了一些玩具，角落有具搖搖馬，正中央有兩張椅子。

坐在右邊那張椅子的男子約四十歲左右，雙腿交疊在一起。淡金色的頭髮，落腮鬍，戴著深色鏡片的眼鏡。他身著白袍，看來應該就是約瑟夫．克洛普教授。

左邊那張椅子坐的是某個瘦弱的小男孩，他彎著腰，雙手置於膝上。他穿的是白色襯衫，袖口與領口的釦子全都扣得整整齊齊，下半身是深色長褲與皮靴。淡褐色頭髮，剪的是鮑伯頭，瀏海蓋住了雙眼，目光低垂。

「你知道你在哪裡嗎？」克洛普的口音帶有一點德國腔。

男孩搖頭。

景框搖晃了一陣子，彷彿有人依然在調整鏡頭。果然沒錯，過沒多久之後，又有一名男子在鏡頭前現身，他也是一身白袍打扮，手裡拿著一份檔案。

「這是阿斯托菲醫生。」克洛普介紹了這名日後將會成為法醫的年輕人。阿斯托菲拿了張椅子，走過去，最後坐在他旁邊。

這也證實了馬庫斯先前的假設，他果然沒猜錯：阿斯托菲與這起案件有關，而且他認識這個殺人魔。

「我們希望你能夠開心，這裡到處都是你的朋友。」

那小孩不發一語，但克洛普又向敞開的大門那裡招招手，三名護士進來，一名紅髮女護士，還有兩名男護士，全部走到後面，貼牆而立。

其中一名男護士沒有左臂，而且也沒有安裝義肢。馬庫斯認識另一個男護士，「那就是在精神病院放火的老人，在亞壁古道別墅偷襲我的也是他。」同樣的藍色眼眸，但身材結實多了，當時應該還沒有超過五十歲。這又證明了他的另一項假設：殺人魔的這群保護者，打從他小時候就認識他了。

「這位是喬凡尼，」克洛普開始介紹那個人，「這位是歐加小姐，那個有大鼻子的瘦子是費南多。」

聽到這個哏，大家都笑了，只有那小孩除外，他依然低頭望著自己的腳。

「我們會先和你相處一段時間，之後你就可以與其他小朋友在一起。你等著看吧，現在你可能不喜歡這裡，但到最後一定會改變心意。」

馬庫斯認出了影帶裡的其中兩名主角，同時他也默默記下其他人的姓名與面孔。克洛普，金髮；歐加，紅髮。

「我已經把他的房間準備好了，」那女子露出友善微笑，看起來是在與克洛普交談，其實是在對那小孩喊話，「我把他的東西都放在抽屜裡，但我想等一下我們可以一起去玩具儲藏室，挑選他喜歡的東西，教授，你覺得如何？」

「我覺得這主意不錯。」

男孩沒有任何反應。克洛普又做出手勢，那三名護士離開了房間。

馬庫斯發現他們都很親切體貼，與牆上那些毫無喜樂表情的童話人物成了強烈對比。

克洛普開口，「現在我們要問你一些問題，可以嗎？」

男孩突然面向攝影機。

克洛普又喚回他的注意力，「維克托，你知道你為什麼會來這裡嗎？」

克里蒙提開口，「他名叫維克托。」他在強調現在他們已經知道了殺人魔的姓名，不過，馬庫斯這時候比較有興趣的是螢幕裡所發生的事。

那男孩再次望著克洛普，但還是沒有回答第二個問題。

克洛普依然堅持不懈，「我想你知道，但你現在不想講，對不對？」

依然沒反應。

「我知道你喜歡數字，」克洛普轉變話題，「他們說你數學很厲害，要不要露兩手給我看？」

就在這時候，阿斯托菲起身離座，走出了景框範圍之外。過沒多久之後，他又回來了，把某塊黑板放在維克托的身邊，上頭寫了某個開根號的題目。

√78747057579457

然後，他放下粉筆，又坐回座位。

「要不要解一下？」克洛普詢問小男孩，他剛才根本沒轉頭看阿斯托菲做了什麼事。

維克托遲疑了一會兒，起身，走到黑板前面，寫下解答。

28061906.132522

阿斯托菲瞄了一下檔案，又拿給克洛普，讓他看到答案正確無誤。

克里蒙提嚇了一大跳，「他是個小天才！」

「很好，維克托，」克洛普興高采烈，「非常好。」

馬庫斯知道有人對於數學或音樂繪畫別具天賦。某些人擁有不可思議的計算技巧，還有的人只需要一天的時間就能夠學會要如何完美演奏樂器，也有某些人只要看過某個城市幾秒鐘，就能夠畫出一模一樣的景觀。通常這樣的獨特本領與自閉症或亞斯伯格症之類的心理疾病息息相關。在過去，他們被稱之為厲害的白痴，但現在則多以「學者」這種比較妥適的說法稱呼這些人。雖然他們天賦異稟，但他們通常沒有辦法融入周遭環境，有明顯的語言與認知遲緩徵狀，還會出現強迫症問題。

想必維克托也是其中一份子，他想起了這男孩的封號：學者症候的精神變態。

小男孩回到座位，又恢復成原來的姿勢，身體前傾，雙手夾在膝蓋間。不過，他又開始盯著攝影機。

克洛普語氣溫柔，「拜託，維克托，看著我。」

他的眼神專注，讓馬庫斯渾身不自在，那男孩的目光彷彿能夠穿透螢幕直視他不放。

過了一會兒之後，維克托乖乖聽從那名心理學家的話，轉頭看著他。

克洛普說道，「現在我們得聊一下你妹妹的事。」

這句話對男孩完全沒有發生任何作用，他依然坐在那裡，動也不動。

「維克托，你妹妹怎麼了？你記得她出了什麼事嗎？」克洛普停頓了一會兒，才問出這個問題，也許是想要刺激他做出反應。

一段時間過後，維克托才開口，但聲音實在太微弱了，根本聽不清楚。

克里蒙提問道，「他剛才說什麼？」

克洛普追問，「可以麻煩你重複一次嗎？」

男孩提高聲量，但也只是大聲了一點而已，羞怯回道，「不是我。」

那兩名醫生沒回應，只是靜靜等待男孩說出更多的話，沒有。維克托只是再次轉頭，第三度面向攝影機。

克洛普問道，「你為什麼要盯著那邊？」

男孩緩緩舉起手臂，指著某個東西。

「我真的不懂，那裡什麼都沒有。」

維克托不發一語，但還是盯著不放。

「是不是看到了什麼東西？」

維克托搖搖頭。

「難道你……看到了人？」

維克托依然動也不動。

「你搞錯了，那裡沒有人，這裡只有我們而已。」

但男孩依然盯著那個方向，馬庫斯與克里蒙提都渾身不自在，覺得維克托其實正死盯著他們不放。

「我們還是得找時間聊一聊你妹妹的事。」克洛普說道，「這件事很重要。但今天就到此為止吧。如果你想留在這裡玩的話，也沒有關係哦。」

那兩名醫生迅速交換了一下眼色，起身，走向門口。他們離開了房間，讓那小男孩獨自待在那裡，但沒有關攝影機，馬庫斯覺得這舉動很詭異。維克托依然盯著攝影機，面色毫無變化。

馬庫斯想要仔細研究男孩的雙眼，裡面到底蘊含了什麼秘密？他對他妹妹到底做了什麼？

差不多過了一分鐘之後，帶子已經播放到最後，錄影結束。

「現在我們知道了他的名字。」克里蒙提甚是滿意。

現在他們有了兩條可靠的線索，除了這卷錄影帶之外，還有殺人魔在聖阿波里納雷教堂的告解錄音內容，也就是偵查的起點。

「……以前……夜晚出了事……大家都衝向他的落刀之處……他的時間已經到來……小孩們

死了……錯誤的愛給了錯誤的人……他對他們冷酷無情……鹽之童……要是沒有人阻止他，他絕對不會停手。」

錄影帶與錄音帶正好是故事的始末端點，殺人魔的孩童時代與成人年代。中間發生了什麼事？而起點之前呢？

「聖阿波里納雷教堂的告解室本來是黑幫份子向警方舉報的管道，」馬庫斯做出結論，想要釐清思緒，「教堂是安全的庇護所，是中立地帶，殺人魔很清楚這一點，所以我們可以認定他犯了罪。」

「看來他離開哈默林精神病院之後就犯下多起重案，」克里蒙提開口，指向螢幕，「畢竟我們都心裡有數：大部分的未成年犯罪者在長大成人之後，依然會繼續犯案。」

「他們的命運與別人截然不同……」其實馬庫斯比較像是在自言自語，他覺得自己已經快要抓到了某個關鍵。由於他剛才看了錄影帶，現在，那段告解錄音帶裡的某句話，也有了截然不同的意義。

小孩們死了。

當他第一次聽到這句話的時候，他原本以為殺人魔在向父母們喊話，這是殘忍的警告，讓他們提前感受日後喪子的苦痛。

他搞錯了。

「我現在知道他為什麼專挑情侶，」他從思緒中回神過來，「與性愛或是變態都沒有關聯，在錄音帶裡面，他把自身故事的受害人稱之為『小孩』。」

克里蒙提聽得十分專注。

「克洛普在錄影帶中詢問維克托有關他妹妹的事，也許這男孩正是因為妹妹的事而進入哈默林精神病院：他傷害了她。的確，他的回答是：『不是我。』」

「繼續說下去，我想聽你的想法……」

「我們追查的這個殺人魔是殘暴敘事者，他透過一連串的謀殺案，對我們講故事。」

「的確！小孩們！」克里蒙提自己抓到了重點，「在他的幻想世界當中，情侶就代表了兄妹。」

「為了要犯案，他必須要等受害人在偏僻地方獨處的時候下手，出其不備。你想想看：找到一對戀人，遠比找到一對兄妹來得容易多了。」

如果將維克托與妹妹之間的過往，連結到現在的慘案，也可以證明兇手為什麼對女性受害人比較殘暴。「『不是我。』他依然認為自己是不公平事件之下的受害人，而且這是他妹妹的錯。」

「現在，他要那些年輕人付出代價。」

現在馬庫斯精神都來了，他起身，在房間裡來回踱步，「維克托對他妹妹施暴，所以被送進了哈默林精神病院，不過，待在那裡並沒有讓他洗心革面，反而讓他成了罪犯。所以，等到他長大之後，又犯下了其他惡行。」

「要是我們知道是哪一個的話，」克里蒙提覺得可惜，「那我們就可以找出他的真實身分。」

但這是不可能的，維克托在童年時犯下的罪行紀錄已經被永久註銷，警方的資料庫裡完全找不到孩童犯罪的蛛絲馬跡。所有的資料都被隱匿，這世界無法接受純粹的靈魂以冷靜無情的手法犯下惡行。

「還有一個辦法，」馬庫斯信心滿滿，「他的第一個受害人。他們只有隱藏兇嫌的身分，不過，要是我們能夠查出維克托的妹妹出了什麼事，我們就一定能夠找到他。」

第十七章

語音留言裡的那一陣靜默，代表了某種邀約。

殺人魔彷彿開了口，「過來看看吧。」

李歐波多．史特里尼找到了琵雅．利蒙蒂手機來電的位置，羅馬東南方的阿爾巴諾山區。珊卓拉立刻通知莫洛與克里斯匹。中央統籌偵案小組也啟動了緊急措施，距離日落只剩下不到一個小時，所以他們得要加快腳步。

十多輛警車以及武裝車輛的隊伍離開了位於聖維它列路的總部，電視台的廂型車也立刻尾隨跟上。空軍總部派出兩架奧古斯塔直升機隨隊護行，他們穿越了羅馬市中心，沿路警笛大作，引來路人側目。珊卓拉．維加透過車窗，看到了民眾的焦慮臉龐：他們盯著車隊，被刺耳聲響嚇得站在原地不動，宛若被恐懼下咒一樣。推著娃娃車的父母們，還有選擇在這種緊張時刻造訪羅馬，絕對不會忘了這次假期的那些觀光客，無論男女老幼，大家的心情都一樣，無法遏抑的恐懼。

珊卓拉坐在第二輛領頭車的後座，旁邊是莫洛。他之前請她一起過來，但卻沒有多說什麼。現在的他若有所思，但緊張不安的情緒顯而易見，不時還會透過照後鏡凝望那些電視轉播車的衛星天線。那些記者就像野獸一樣，迫不及待想要撲向獵物。

珊卓拉可以猜到莫洛的心事，他充滿焦慮，不知道警方這次該怎麼全身而退。因為雖然沒有人願意承認，但截至目前為止，他們在這場比賽中屢戰屢敗。當然，上級可能奪走他的辦案主導權，也是他憂心忡忡的原因之一，這個案子實在太誘人了，其他人都想要插手。比方說，憲兵隊的專案小組，他們也負責處理重大案件，早就想要進來分一杯羹。

整齊的大型車隊經過二一七號省道的時候，有道冷氣團籠罩羅馬，帶來了張狂的低層雲，在他們的上方迅速翻湧，宛若幽影部隊，正逐步逼近即將沒入地平線的夕陽。

大自然的時鐘對他們十分不利。

阿爾巴諾山區其實是在數千年前坍塌的巨大休火山。各個坑洞成了平原，不然就是成了小型的淡水湖，四周有連綿的蓊鬱丘陵環繞。

這地區有人居住，而且還有好幾座城鎮。李歐波多·史特里尼沒辦法做到精準定位，只能給他們半徑三公里的圓周範圍，搜尋困難。

大約過了二十分鐘之後，他們到達某個開闊的鄉村地帶。領頭的那幾輛車停在某個林地區的外緣，而載運特別小組成員的武裝車輛則各自找尋合適停車位置，部署前線攻擊。

莫洛透過無線電下令，「好，我們開始了。」

武警從廂型車裡出來，身著防彈背心，帶著半自動機關槍，在樹林外頭一字排開。然後，看到某一特殊指令之後，他們全部隱入森林之中。

莫洛一手緊抓無線電，站上某個小丘，靜靜等待。珊卓拉一直盯著他，心想怎麼有人能夠熬過這麼多次準備面對可怕結果的時刻？電視台廂型車被警察封鎖線阻隔，停在他們後面一百公尺的地方，他們已經在忙著架設攝影機，準備要做現場連線。

為了因應夜間工作，他們也開始陸續架設泛光燈的支架。燈具連接柴油發電機，每盞燈之間約相隔十公尺。最後的天光即將消散，克里斯匹警司下令開燈，一連串的機械喀喀聲響在山谷裡迴盪，白色強光照亮了豐富的植被。

值此同時，直升機開始在天空以強光掃視樹林，提供地面武警一點能見度。

已經過了快三十分鐘，沒有任何動靜，大家都不覺得會立刻傳出消息，但真的找到了，莫洛的無線電出現回報。

「長官，我們找到了利蒙蒂警官的手機，我想你最好過來看一下。」

直升機的燈光從樹梢的隙縫灑落而下——微弱的光束讓森林增添了一股神秘氣息。珊卓拉跟在莫洛與克里斯匹的後面，在其他警員的護衛之下，他們進入深林。

只要有直升機經過，槳葉的嘈雜噪音就會掩蓋他們的腳步聲，然後又慢慢消失，不禁讓珊卓拉聯想到大教堂裡的回音。在他們前方約一百公尺處，有人以手電筒上下搖晃了好幾次，向他們示意要往那個方向前進。

他們到達現場，發現中央統籌偵案小組的一群人正在現場等候，立刻圍住長官。

莫洛問道，「在哪裡？」

「就在那裡。」開口的那名警官指向地面的某個位置，拿手電筒照了一下。

沒錯，有支被泥土覆蓋的手機。

莫洛從口袋裡拿出乳膠手套，戴上右手，蹲下來，仔細觀察那支手機，「再多給我一點光。」

其他手電筒的燈光也立刻聚過去。

智慧型手機，裝在全國警政署的深藍色保護套裡面。莫洛認得這東西，因為那是當局推出的商品之一，大家都可以在官網買到，就像是T恤、帽子以及其他用品一樣。警員可以免費拿到這些東西，以免大家自行使用顏色太過明亮的配件，與制服不相稱。在那個保護套裡面，唯一的裝飾物就是某一角懸掛的心形小吊飾。

那顆心不斷發出閃光，彷彿真的在跳動一樣。

「因為它閃個不停，所以我們才注意到它，」那名警官說道，「可能是提醒快沒電了。」

「應該吧。」莫洛低聲回道，繼續盯著那支手機，然後，他伸出一根手指挑高手機檢視螢幕，上頭除了泥巴之外，還沾有血跡。

珊卓拉心想，是琵雅・利蒙蒂的血。

「通知鑑識部門，採集手機上的指紋，清查全部區域。」

剛才那名警官以無線電向莫洛通報的時候，是這麼說的。

「我想你最好過來看一下。」

但問題來了，大家一開始以為會在這裡找到其他的東西，不過，除了那支手機之外，什麼都沒有。

殺人魔為什麼要把他們引來這裡？

莫洛蹲在那裡，目光先飄向珊卓拉，然後是警司克里斯匹，「好，我們把警犬帶過來。」

警犬隊的六名警官帶引六隻尋血犬，以手機尋獲地點為中心點，沿循假想的格線開始搜尋。

狗兒們壓低身體，以之字形的方式逆風前進。

這些尋血犬在最近被媒體封為「分子神犬」，因為牠們可以在最艱困的狀況下追蹤氣味的分子。牠們和其他品種的狗兒不一樣，因為就算是犯罪現場許久之前留下的氣味，牠們也能夠聞得出來。最近警方才剛剛利用這些狗兒，在北義找到了某名姦殺小女孩的瘋子：牠們帶引警察到達嫌犯的工作地點，於是，就在平面攝影記者與電視台攝影機的面前，演出了一場逮捕秀，也讓牠們意外贏得了好名聲。

不過，這些狗兒在警界的綽號依然是「嗅屍犬」。

就在這個時候，某隻警犬停下來，立刻轉身望向自己的訓練員，這是牠嗅到異狀的訊號。訓練員舉起手臂，這是為了要進行確認。狗兒充滿信心吠了兩聲，從蹲姿改為四腳趴地的坐姿，等待領取獎賞。

「長官，這裡有狀況。」訓練員呼叫莫洛，然後給狗兒一顆乾糧，然後把牠帶離剛才發現的那一塊地方。

莫洛與克里斯匹一起走過去，兩人都蹲下來。克里斯匹把手電筒對準地面，莫洛則伸手清理地面的樹枝與枯葉，然後，他以掌心撫摸了一下光禿禿的泥巴地。

地面有輕微的凹陷。

莫洛怒氣沖沖，「靠！」

珊卓拉站立的距離與他們相當接近，已經猜到發生了什麼事。底下躺了一具屍體。她之所以這麼清楚，不只是因為尋血犬的緣故而已。被埋在土裡的屍體，要是沒有棺木的保護，過了一陣子之後，就會因為泥土的重量而造成胸廓彎曲，引發泥地凹陷。

克里斯匹走過去找她，「維加，恐怕妳得要準備上場了。」

珊卓拉穿上白色連帽工作服，調整錄音機的麥克風，讓它靠近嘴邊。特勤小組已經離開，將現場讓給鑑識人員以及挖屍人員。泛光燈就緒，四周以樁柱標示出工作區域。

珊卓拉開始拍攝現場。他們清除了泥土——靠著小鏟的輔助，動作謹慎——有東西露了出來，首先是牛仔布的碎片，可以立刻看出是長褲。

埋屍的深度不過只有五十公分而已，所以其他的部分也不難找。運動鞋、運動短褲、棕色的棉麻腰帶、綠色帆布外套。屍身正面朝上，大腿微曲，貼向軀幹的方向，看來埋屍者當初挖洞的時候並沒有算好深度。當然，胸廓的地方已經坍塌，宛若一個巨大的裂口。

珊卓拉繼續拍照，在忙著挖屍的同事們之間來回穿梭，現在他們已經把小鏟丟到一旁，改以刷子清理泥土。

頭部還在泥土裡，而死者的雙手，也就是唯一沒有被衣物遮蓋的部分，宛若兩塊深色的木頭。那種埋法，也加快了屍體腐化的速度。

現在，準備要處理臉部，這個動作必須要十分小心。終於，出現了頭蓋骨，上頭還有毛髮，一坨黑色的頭髮。

法醫仔細檢視了前額葉、雙頰、下巴等區域的骨頭之後，開口說道，「男性，年齡不明。」

「右側太陽穴有彈孔進口，」珊卓拉對著自己的錄音機講話，同時立刻響起殺人魔慣用的魯格手槍——也算是他的犯罪印記。至於子彈的出口，想必一定是在頭蓋骨的後方。

她拉長伸縮鏡頭，拍攝特寫，發現骨骸脖子下方的泥土有東西凸出來。

她告訴鑑識人員，「屍體下面還有東西。」大家看著她，表情驚愕，過了好一會兒之後，又開始繼續挖掘。

副處長莫洛站在幾公尺之外的地方，雙手交疊胸前，靜止不動，盯著同仁們的一舉一動。他看到他們把那具屍體從洞內移了出來，小心放在一旁的防水布上面。

就在此時，露出了下方的第二具屍體。

「女性，年齡不明。」

她的身材比她的同伴嬌小多了。她身穿印花緊身褲、粉紅色運動鞋，腰部以上全裸。

珊卓拉想到了先前的女性受害人。迪安娜．德爾高蒂歐也是裸體，因此引發失溫，讓她逃過死劫。琵雅．利蒙蒂也是先被兇手剝光衣服之後，才遭到凌虐，最後他再以獵刀讓她斷氣。不過，他總是讓男性受害人立刻斃命。喬奇歐．蒙特費奧里被歹徒勸誘，拿刀刺殺迪安娜，最後自己的腦袋吃了顆子彈，宛如遭到處決。史蒂芬諾．卡波尼是胸腔中彈，也幾乎是立刻死亡。現在，這個躺在墳穴旁的男人是子彈穿入太陽穴，狀況應該也差不多。

也許這個殺人魔就是對男人不感興趣，那為什麼還要挑情侶下手？

第二名受害者的胸廓也因為泥巴的重量而塌陷，法醫仔細研判她的屍身。「左側的部位，」

他說道，「第八與第九根肋骨出現帶有顆粒的微小溝痕，應該是被刀刺入的痕跡。」

又來了，殺人魔的犯罪模式再次獲得確證。

法醫正打算要繼續開口，但數公尺之外的嗅屍犬又在興奮狂吠。

第二個墳穴裡有兩個背包，一紅一黑，一個比較大，另一個比較小，都是死者的遺物。兇手當初在挖第一個洞的時候，空間不足，所以只好被迫另外挖洞，這應該是最合理的解釋。

負責處理屍體的人員打開女子的黑色背包，逐一取出裡面的物件，珊卓拉發現莫洛臉色大變。

他的臉色沮喪至極，拿起了某個她熟悉的物品。

驗孕棒。

沉默宛若傳染病一樣擴散開來，樹林裡的每一個人都不發一語。

莫洛輕聲說道，「是那一對搭便車的背包客。」

第十八章

「生命就是一長串的第一次。」

珊卓拉不記得是誰說的了，但當她離開這個犯罪現場的時候，這句話立刻浮上心頭。她一直覺得這句話很正面，讓人充滿了希望與期待。

凡事都有第一次。比方說，她記得她父親教她騎單車的場景。

「好，既然學會了，以後就再也不會忘記了。」他說得沒錯，雖然她當時對他所說的話感到半信半疑。

她也記得自己的初吻，她也一輩子忘不掉。不過，要是這段回憶能從腦海中永遠消失的話，她覺得也很好，因為那男孩長滿了青春痘，而且嘴巴還有草莓口香糖的氣味，一點也不性感。

某些的第一次，卻也是最後一次。珊卓拉忍不住想到自己與大衛的婚姻路，那絕對是無法複製的經驗，這也正是她絕對不會嫁給麥克斯的原因。

反正，所有的第一次，無論好壞，都會留下無可磨滅的記憶，帶來奇特的魔力。而且，它們也蘊含了寶貴的一課，必能成為未來的助力，毫無例外。不過，那晚她在樹林裡目睹的那個第一次，卻是個例外。

殺人兇手的第一次。

伯恩哈德．耶加與安娜貝爾．梅葉分別是二十三歲與十九歲。他來自柏林，而她來自漢堡。

他才剛完成自己的建築學位，她還在就學，兩人認識不過幾個月而已，就立刻開始同居。

兩年前的那個夏天，他們靠著一路搭便車的方式到了義大利。不過，在這裡晃遊了兩個禮拜之後，這一對小情侶卻人間蒸發。在最後一次與家人電聯的時候，伯恩哈德與安娜貝爾宣布他們馬上就要有小孩的喜訊。

兇手在這對情侶身上學到了殺人的第一課。

他們已經大略檢視了現場，每一個人都看得出來，這種犯案模式與其他案例完全一致，只不過，這次的犯案手法比較粗糙，彷彿像是剛進貿易圈的菜鳥，明白做生意的基本道理，但經驗不足，無法以最高標準達成任務。

而這個殺手的狀況在於細節。

讓男性死者致命的那顆子彈是從太陽穴貫入，這個位置通常不會造成立刻死亡。而女性受害人的腹部刀痕是隨機分布，看來他下手的時候十分匆忙，無法享受到行兇的樂趣。

此外，還有關於那胎兒的事。

兇手不可能事先知道安娜貝爾已經懷孕，她才剛懷孕，不可能出現任何明顯的身體曲線改變。也許她曾經告訴他，但已經為時晚矣，或者，也許他是後來才發現驗孕棒。等到他發現了那個細節之後，才驚覺自己犯了錯：他挑選的這對情侶，並不符合他一開始幻想的角色。

殺人魔的計畫裡，並沒有小孩。

也許這就是他決定要埋屍的原因。第一次出來犯案就犯下錯誤，他不想讓這個世界看到這個秘密，最重要的是，他自己也不願面對。

不過，他現在的技巧已經相當純熟，現在，發生了那兩起幾乎已經等於是典範的謀殺案之後，每個人都見識到他的厲害，以恐懼與哀傷向他致敬，現在，他決定要揭露自己的不完美處女作，彷彿現在已經再也不需要羞愧了。

因為，現在看來，當初的「誤差」也有了其他的價值，搞不好會變成他最偉大的功績。

義大利每年都會發生許多失蹤人口案件，通常警方在過沒多久之後就會放棄偵辦，僅能期盼哪天會瞎貓碰上死耗子——但這樣的好運從來不曾降臨。而那兩名年輕人的失蹤案件，倒沒有就此劃下句點。

安娜貝爾．梅葉是德國知名銀行家的第二個小孩，她父親位高權重，對政府與義大利當局強烈施壓，一定要找到他的女兒。媒體相當關注這個案子，當局也派出最老練幹達的警官承辦此案，也就是副處長莫洛。

由於這對年輕人一直在搭便車，所以警方也檢視了從一般道路與高速公路監視攝影機所拍下的畫面，長達數百小時之久的影帶，對於這類的案件來說，他們所動用的人力與資源實屬罕見。失蹤案並不是殺人案，而且也沒有證據顯示這是綁架案，但他們已經投入了龐大的時間與金錢。

最後，警方克服萬難，發現伯恩哈德與安娜貝爾在七月的時候、曾經出現在佛羅倫斯外的某個休息站，地點在A1高速公路，也就是大家所俗稱的「陽光公路」。他們攔了許多駕駛，詢問是否能載他們順道去羅馬。休息站的監視攝影機捕捉到這兩名年輕人在某個圓環上車的畫面。警方追查車牌之後，發現那是一輛贓車。攝影機沒辦法拍出駕駛的臉，不過，幸虧莫洛有辦案天分，警方還是追出了竊賊。

這傢伙是個有竊盜與搶奪前科的蠢蛋，他的擅長伎倆就是好心免費載送天真無知的觀光客，然後拿槍威脅他們，逼他們交出財物。警方發動大規模搜索，終於成功逮捕了他。在他的公寓裡面，除了起出一把已經磨去編號的貝瑞塔手槍之外，還找到了那兩名德國年輕人的財物——伯恩哈德的錢包與安娜貝爾的金項鍊。

警方的推論是伯恩哈德比搶匪高大，曾經強力抵抗，逼得搶匪只能射殺他了事，陷入驚慌的他，也殺死了那女孩，然後棄屍。嫌犯被逮捕之後，承認自己有犯下搶案，但宣稱自己從來沒有槍殺任何人，他搶完之後就將那兩人丟包在某個空曠的鄉下地區。

珊卓拉發現，兇嫌當初指稱的那個地方，與埋屍處的距離不過只有幾百公尺而已。

不過，兩年前並沒有人在找尋他們的屍體，因為搶匪在一審的時候就大翻供，他承認自己犯下這起雙屍案，還宣稱把屍體丟入了河中。

潛水夫搜遍了整條河流，但一直沒找到屍體。不過，法院的態度卻是他們很激賞被告配合司法體系的態度，最後判處無期徒刑，而且還給了他額外的機會，在不久的將來，可以申請提出參與半自由刑制度。

看來當初的自白顯然是兇嫌律師精準策略的其中一部分：嫌犯並不是兇手，但面對沉重逼人的證據，他們還是建議他認罪。這是司法系統的問題之一，但當時那兩名年輕人的父母，甚至連那位高權重的銀行家也一樣，對於這個結果都很滿意，因為至少找到了一名能夠判處最大刑度的罪犯。他們找不到一個真正的地方能夠悼念自己的小孩，那至少也算得上是一點小小的安慰了。義大利當局善盡職責，向德國政府展現了他們的效率，各方不斷恭賀副處長莫洛，也讓他的聲望大幅躍升。

皆大歡喜，但現在卻發生大逆轉。

令人難堪的真相已然浮現，珊卓拉揹起裝備，準備回到車內。與她相隔幾步的莫洛十分狼狽，為了應付來自國內外的各大報，正在發表第一次聲明。在泛光燈的照耀之下，他的臉龐顯得異常疲憊。他的後方是發現屍骸的樹林，前方的麥克風也堆擠如林。

「伯恩哈德・耶加與安娜貝爾・梅葉，」為了方便記者取鏡攝影，他緩緩唸出姓名，「二十三歲與十九歲。」

有名記者問道，「他們是怎麼死的？」

莫洛想要找尋那名記者的面孔，但此起彼落的閃光燈讓他根本睜不開眼，他也只能放棄了。「我們認為這是殺人魔犯下的第三起雙屍命案。不過，由於受害者是在兩年多前失蹤，而且屍體已經腐化得相當嚴重，其實可以判定他們是第一起命案的受害人。」

兇手在這兩年過得好好的，而且現在成了殺人魔。

珊卓拉想起馬庫斯曾經說過，有人在保護這傢伙。有誰會做出這樣的事？為什麼？也許是因為有人居然要袒護兇手、而不是無辜的年輕人，這讓她憤怒異常。

阿斯托菲也參與了他們詭譎的掩護惡行，被她揪出了真相。警司克里斯匹向她保證阿斯托菲沒有涉案，那純粹只是個人的瘋狂行為罷了。不過，馬庫斯對於這種說法不以為然，所以珊卓拉現在也只信任他一個人而已。

不論其他的共犯還有什麼人，她想要與他們正面對決。她打算讓他們知道，有人知道他們的陰謀。阿斯托菲自殺，警方無意繼續追查下去，但她還是想要傳達這個訊息，她相信馬庫斯一定也贊成她的看法。

她看到克里斯匹警司離開樹林之前劃下十字聖號，就在這時候，她靈機一動。

珊卓拉心想，生命就是一長串的第一次，而且她躲在相機的屏障之後也未免太久了，也許，該冒險的時刻已然到來。

所以，她趁著電視攝影機在拍攝莫洛的時候，走到他的背後，確定自己會入框，然後，她舉起右手，重複自己在歐斯提亞松林目睹阿斯托菲所做出的動作，也劃了一個顛倒的十字聖號。

第三部　學者症候的精神變態

馬庫斯第四堂課的上課地點，位於全世界最大的教堂。

聖彼得，舉世無雙。現在這座重建的大教堂是由建築師伯拉孟特所設計，含柱廊的長度是兩百一十一公尺，而如果把圓頂最上方的十字架也計算進去，高度則有一百三十二公尺。

內部的每一件藝術品、紀念銅像、柱子、中楣、壁龕，都有歷史典故。

克里蒙提第一次帶馬庫斯進去的時候，是六月的某個悶熱週四，裡面有信徒，也有觀光客，但實在很難判別到底誰懷抱了虔誠之心，誰又是純粹欣賞而已。這裡的祈禱氣氛和其他地方不一樣，完全感受不到神秘的靈氣。

其實，天主教最重要的象徵，就是歷任教宗大肆歡慶的世俗權力，他們在過往代表了宗徒聖彼得，表面上掌管的是性靈事物，其實卻完全投注在物質事物之中，就像其他的君王一樣。

如今，教皇的時代早就結束了，但是歷任教宗留下的陵寢依然是歷史的見證。在偉大藝術家的巧手之下，他們似乎在彼此競爭，企圖為自己的一生留下最光輝璀璨的印記。

雖然這一切與上帝沒什麼關係，但因為有了藝術家的加持，馬庫斯覺得也就不需要苛責這些人的虛華行為了。

羅馬的地底蘊含了許多奇蹟。除了永恆之城挾其文明統治世界的遺跡之外，也有許多的墳地，有些是天主教時代的遺跡：地下墓穴。而聖彼得教堂就蓋在其中一座地下墓穴的上方。

而有問題的正是那一座地下墓穴，據說裡面埋藏的是上帝最鍾愛的宗徒。不過，直到一九三九年，庇護十二世才授權開挖，企圖找出聖彼得的遺骸是否真的埋在地底之中。

在挖掘的時候，他們在數公尺深的地方發現了一堵紅色的牆，還有某座神殿，上面刻有一句古希臘文：

ΠΕΤΡ(ΟΣ)

ΕΝΙ

「聖彼得在此。」

不過，神殿底下的墓穴，卻什麼都沒有。而過了多年之後，才有人想起來當年在挖掘地點附近恰巧找到的某些東西，全都放在某個儲藏間。

被丟在某個普通的鞋盒裡。

鞋盒裡有人類與動物的骨骸、衣物的碎片、泥巴、小片的紅色泥漿，還有中世紀的錢幣。

專家們判定這些人骨屬於某名男性，體格相當高大結實，死時的年紀在六十到七十歲之間。衣服的碎片是金縷紫衣。粉泥則是護衛神殿的那片紅牆的掉落物，而泥巴則與墳地的一模一樣。然而，這些中世紀的錢幣，很可能是由老鼠帶來的東西，而且他們是在同一處發現了它們的殘骸以及那名死亡男性的遺骨。

「這就像是恐怖驚悚小說的情節，」克里蒙提講完故事之後，說出了結語，「我們永遠不知道這名男子是否真的就是宗徒聖彼得，可能是隨便一個同姓名的人，甚至可能是人渣或惡徒。」他張望四周，「而且，每年總有數千人在他的墳前下跪祈禱，他們向他祈禱。」

不過，馬庫斯知道他朋友的故事一定別有寓意。

「然而，真正的重點其實是：什麼才是人的真貌？我們沒有辦法知道對方到底是怎樣的人，我們只能以他的行為當作判斷依據，是非就是我們的準則，但那樣就足夠了嗎？」克里蒙提突然轉趨嚴肅，「現在，也該讓你見識一下人類歷史上最重要的犯罪檔案庫了。」

天主教是唯一有告解儀式的宗教：人們向神父說出自己的罪行，換取寬恕。不過，有時候犯罪者的惡行重大，神父無法赦免他們，這就是所謂的「大罪」，有關「嚴重事項」的罪行，是在「知情與明知故犯」的情形下犯罪。

一開始是殺人罪，後來也出現了背叛教廷與信仰的罪行。

要是遇到這樣的案例，神父就會將告解內容謄寫下來，交給高層：他們是一群高階神父，被召到羅馬，判決這類事件。

靈魂法庭。

它建立於十二世紀，名稱為「聖赦神父門徒團」。驚人的大批朝聖者蜂擁進入永恆之城，差不多就是在這個時候，有許多人是特地來此尋求赦罪。

當時，審查是教宗的專屬權力，豁免與寬恕也必須由教廷的最高統治者執行，但這種任務對他來說負擔太大。所以他開始授權給某些紅衣主教處理，他們就此成立了聖赦神父團。

起初，等到法庭宣布判決之後，這些告解文字就會焚毀。但經過多年之後，聖赦神父團決定要建立秘密檔案庫……「他們的任務從未中止，」克里蒙提說道，「近千年來，人類所犯下的最可怖惡行全部留存在那裡，有些甚至是從來沒有人看過的檔案。它不像警方的資料庫那麼單純，而是有史以來最龐大、不斷更新的邪惡檔案庫。」

但馬庫斯依然不明白這與他有何關聯。

「你以後可以好好研究這個罪惡檔案庫。我會給你一些參考案件，到最後，你將會成為某種側繪專家或犯罪學家，就和你失去記憶之前的角色一樣。」

「為什麼要這麼做？」

「因為你日後就可以把自身所學應用在這個真實世界。」

原來這就是他訓練課程的真諦。

「邪惡無所不在，但我們通常看不見，」克里蒙提繼續說道，「邪行外顯的徵狀，就是幾乎覺察不出的違常。馬庫斯，你和別人不一樣，你能夠辨識得出來。馬庫斯，你要記得，邪惡不是抽象觀念，它是一種具體的面向。」

第一章

整間病房籠罩著綠色微光。那是醫療器材的燈源。背景傳來自動呼吸器的活塞聲響，它連接的另一頭是病床上那個女孩的氣管。

迪安娜．德爾高蒂歐。

她的嘴巴張得大大的，一灘口水從下巴流淌而下。頭髮側分，讓她看起來像是個早熟的孩子。她的雙眼雖然是睜開的，但臉上卻看不到任何表情。

走廊另一頭傳來兩名護士走過來的聲響，她們正在閒聊，其中一個和男友出了問題。

「我告訴他，他以前固定會與朋友在週四見面，不關我的事，現在他有了我，我就是第一位。」

「他作何反應？」另一名護士的反應顯然是覺得有趣。

「一開始的時候有點不爽，但最後還是讓步了。」

她們手握堆滿床單、導管以及插管的推車，進入病房，現在必須進行為病患潔身的例常工作，其中一個打開了電燈開關。

「她已經醒了。」另一名護士發現那女孩睜開了雙眼。

不過，拿「清醒」這個字詞形容迪安娜，恐怕不是很貼切，因為她處於植物人昏迷狀態。基於對她家人的尊重，媒體絕口不提這件事，而且他們也不想惹惱以為女孩存活是某種奇蹟的那一大群人。

兩名護士提到她的也只有這一句話而已，隨後她們又開始聊自己的生活。

「所以嘍，就跟我剛剛講的一樣，我發現自己無論要爭取什麼，一定得用這種態度對付他。」

她們一邊聊天，一邊為迪安娜更衣擦洗，又幫她安裝新的呼吸器插管，然後在手寫板上面勾記所有事項。為了要更換床單，她們讓女孩暫坐輪椅，其中一名護士就順便把手寫板與筆放在女孩的大腿上頭，因為她們也不知道要擱在哪裡是好。

大功告成，她們又把女孩移到病床。

這兩名護士準備要推著推車離開病房，兩人又開始嘰嘰呱呱聊自己的私生活。

「等一等，」其中一個說道，「我忘了拿手寫板。」

她回頭，從輪椅上拿起手寫板，隨便瞄了一下，卻逼得她必須凝神細看，吃驚得說不出話來。她望著迪安娜，那女孩躺在床上，一如往常，動也不動，而且沒有任何表情。然後，她又盯著自己面前的手寫板，無法置信。

手寫板所夾的那張夾紙上頭出現了字跡，筆觸稚拙抖晃，只有一個字詞：

他們

第二章

餐廳裡的電視機定頻在二十四小時新聞台，在這一節的新聞當中，他已經看到這條新聞出現三次了。

要是用餐時不必看到這種畫面，他當然樂意之至，不過，他其實忍不住：雖然他想要注意別的地方，但只要一分心，目光就會自動回到螢幕前面，電視固然無聲，但他依然會做出相同反應。

李歐波多．史特里尼覺得這都是仰賴科技所引發的結果。大家再也無法忍受與自己獨處，而這正是他當天最深的感觸。

其他客人的目光也緊盯著電視螢幕——帶著小孩的一家人、提早出來吃午餐的上班族。殺人魔的行徑，吸引了這座城市每一個人的注意力，而媒體也深諳此道，比方說，現在正不斷播放森林裡找到的那兩具骸骨。這條新聞內容其實很貧乏，但電視台就是執意一直播，而且大家也樂此不疲。就算有人轉到其他頻道，播出的也是相同的東西，這已經成了某種集體精神病。

這就像是盯著某個水族箱，對，恐怖水族箱。

李歐波多．史特里尼坐在餐廳的後方，平常他習慣入座的那個位置。他昨晚為了那些最新物證工作了一整夜，但還是沒有辦法拿出什麼具體成果。他已經累得半死，早上才過了一半，決定先休息一下，簡單吃個東西，再繼續回去工作。薄肉排加醃菜三明治、一份薯條，再加上一瓶雪碧。

他正準備要吞下最後一口三明治的時候，某個男人在他對面坐下來，擋住了他看電視的視線。「嗨！」對方露出微笑，態度很友善。

史特里尼愣了一下，他從來沒見過這個人。

「能不能打擾一下？」

史特里尼語氣很嗆，「我不會買東西。」

「哦，別誤會，我來這裡的目的不是為了推銷，」巴蒂斯塔．艾里阿加滿口保證，「我來這裡是為了要送禮。」

「你給我聽好，我沒興趣，我只想趕快吃完東西。」

艾里阿加脫掉帽子，又伸手拍了幾下，彷彿在去除看不見的微塵。他很想要告訴這個白痴，他討厭這地方，因為他討厭提供他油膩食物的廉價餐館，有害血壓與膽固醇數值。而且，他也討厭通常會在這種地方出現的一家大小，他無法忍受吵鬧、泛滿油光的雙手，還有那些為人父母者的荒謬歡喜。不過，自從昨晚發現了那兩名德國便車背包客的遺體之後，他決定要採取某些激烈措施，因為他的計畫可能面臨失敗。他很想把一切告訴自己面前的這個白痴，不過，他只說了這句話，「李歐波多，聽我說……」

史特里尼聽到自己的名字，愣住不動，三明治停在半空中，「我們認識嗎？」

「我認識你。」

史特里尼有了不好的預感，「你找我到底要做什麼？」

艾里阿加將帽子放在桌上，雙手交疊，「你是警察總部科技分析實驗室的所長。」

「如果你是記者的話，那你就找錯對象了，我絕對不會透露任何消息。」

「看得出來，」艾里阿加立刻回道，佯裝自己充分諒解對方毫不妥協的立場，「我知道你們有嚴格的規定，我也很清楚你絕對不會踰矩。但我不是記者，你之後一定會把你知道的一切都告訴我，而且是心甘情願。」

史特里尼斜眼瞄了陌生人一眼，他瘋了嗎？「我連你是誰都不知道，為什麼要把機密內容告訴你？」

「因為，從此時此刻開始，你我就已經成了朋友。」艾里阿加說完之後，對他展露溫善無比的笑容。

史特里尼大笑，「夠了，你可以滾了吧？」

艾里阿加裝出生氣姿態，「你只是還不認識我而已，不過，當我的朋友有諸多好處。」

「我不需要錢。」

「我講的不是錢，李歐波多，你相信有天堂嗎？」

史特里尼的忍耐力已經到了極限，他把剩下的三明治放在餐盤上面，準備要離開，「我還有警察身分。你這個白痴，我可以逮捕你。」

「你愛你的祖母艾利歐諾拉嗎？」

史特里尼定住不動，「現在這是怎樣？」

艾里阿加立刻發現光是提到她的名字，就已經能夠讓這位所長停下腳步，可見對方想要進一步搞清楚狀況。「九十四歲……真的很高壽，是吧？」

「對，沒錯。」

他的語氣已經變了，現在溫順又困惑。艾里阿加乘勝追擊，「要是我沒弄錯的話，你是她唯一的孫子，而且她相當疼愛你。李歐波多是她先生的名字，也就是你的祖父。」

「對。」

「她曾經答應過你，日後你可以繼承她那間位於千托切列區的住宅。三房，一套衛浴。而且，她還存了一點小錢，三萬歐元吧，我有沒有弄錯？」

史特里尼的眼球暴凸，臉色煞白，已經說不出話來了，「對……或者應該說，不是……我不記得了。」

「你怎麼可能不記得？」艾里阿加假裝生氣，「都是因為有了那筆錢，你才能娶到自己心愛的女人，而且，你們現在就住在你祖母的房子裡。但實在很遺憾，你奪走了那老女人的性命才換來這一切。」

「你究竟在說什麼？」史特里尼動怒了，死抓他的手臂不放，「我祖母死於癌症。」

「我知道，」艾里阿加緊盯著史特里尼的暴怒雙眼，「甲基汞是一種很有趣的物質：只要對著皮膚擠個幾滴，它就會立刻穿透細胞膜，引發不可逆轉的致癌進程。當然，你得等上好幾個月，但效果絕對不成問題。但老實說，耐心不是你的強項，不然你也不會越俎代庖，搶奪上帝的工作。」

「你怎麼——」

艾里阿加推開史特里尼掐住自己臂膀的那隻手，「我知道你一定曾經有過這樣的念頭，九十四歲也活得夠久了，畢竟，艾利歐諾拉已經沒有辦法自理生活，而你身為她的財產繼承人，照顧的責任自然落在你肩上，也就等於浪費你的精力與時間。」

現在，史特里尼陷入極度恐懼。

「由於這名死亡女子年事已高，醫生們也沒有探究她的癌症成因，沒有人起疑心。所以我知道你在想什麼：你覺得神不知鬼不覺，就連你太太也一樣。但如果我是你的話，絕對不會詢問我到底是如何發現之類的問題。還有，既然你也不確定自己能不能活到九十四歲高齡，我建議你還是把這種時間省下來吧。」

「你打算勒索我？」

艾里阿加覺得史特里尼的腦袋真是不靈光，居然會問出這種問題。「我告訴過你了，我來這裡的目的是送禮，」他停頓了一會兒，「這份禮物就是我會緘默不語。」

史特里尼決定直接切入重點，「你要什麼？」

艾里阿加把手伸入口袋，摸出了紙筆，寫下了某個電話號碼。「你隨時都可以打電話給我。關於『羅馬殺人魔』那個案子，你的實驗室一有任何分析結果，要讓我第一個知道。」

「第一個知道？」

他的目光已經離開了那張紙，「沒錯。」

「為什麼？」

現在得進行最困難的部分了，「因為我可能會要你銷毀證據。」

史特里尼癱在椅子裡，目光朝天，「靠，你不能叫我做這種事。」

艾里阿加依然不失鎮定，「她過世之後，你本來希望給她火葬，對不對？不過艾利歐諾拉很虔誠，所以早就在維拉諾墓地買了位置。要是有人挖出屍體，找尋殘留毒物，發現了類似甲基汞之類的不正常物質，那就真的很遺憾了。老實說，我想他們一定會問你的，因為在你的實驗室裡找到這種東西，也不是什麼太困難的事。」

史特里尼只能乖乖聽從，「讓你第一個知道……」

艾里阿加露出他的著名殘酷笑容，「我們很快就達成共識，讓我很欣慰，」然後，他看了一下手錶，「我想你也該走了，還有工作得完成吧。」

史特里尼遲疑了一會兒，還是起身，走到收銀台前面買單。艾里阿加十分開心，離開自己的座位，一屁股坐在史特里尼剛才坐的地方。他忘了自己的膽固醇與高血壓，拿起剩下的肉排三明治，正打算大咬一口的時候，那台依然保持靜音的電視卻吸引了他的目光。

螢光幕出現的是同樣的舊畫面，副處長莫洛對一群記者發表聲明，距離埋藏那兩具骨骸的樹林並不遠。艾里阿加打從昨晚開始、看到這些畫面已經不下十數次了，不過，他到現在才注意到這名副處長後面有狀況。

他背後有名年輕女警，劃下了顛倒的十字聖號——從右至左，從下往上。

他知道那女子是誰，三年前，在某起重要案件當中、她扮演了關鍵角色。

她在幹什麼？為什麼要做出那種手勢？

巴蒂斯塔·艾里阿加心想，不能說她聰明，也不能說她笨。反正，她是真的不知道這個動作會害她陷入可怕危境。

第三章

當天下午，這個消息已經傳到了各大媒體的編輯台。

警方之所以會透露這件事，是為了想要挽回一點社會大眾的信心，也希望能夠轉移發現雙屍事件的注意力。

迪安娜·德爾高蒂歐，那名胸腔受傷，暴露在空地寒夜之中卻奇蹟生還的女孩，已經清醒，而且試圖與外界溝通，她靠的是書寫，只有一個字詞：

他們。

不過，最殘忍的真相是，迪安娜也只不過稍微清醒了短暫片刻而已，隨後又陷入昏迷狀態。對於醫生們來說，這種現象相當正常，他們不希望讓任何人因此而燃起希望。在類似事件出現之後，隨即開始穩定復原的例子是少之又少。不過，大家已經開始討論她康復的事，沒有人膽敢戳破眾人的幻夢。

珊卓拉心想，天知道她在那樣的沉眠狀態之下，作的是什麼樣的惡夢。

她在手寫板紙張上面所寫下的字，可能只是精神錯亂的結果，某種無條件反射，就像是你把球丟給某個昏迷病患，對方馬上接住球一樣。

醫生們也再次給了迪安娜紙筆，但最後只是徒勞無功。

珊卓拉繼續玩味那個字詞：他們。

「就偵辦案件的觀點看來，這完全沒有任何價值，」警司克里斯匹說道，「醫生說這個字詞可能與任何一段記憶有關，也許是過往生活的某段插曲突然湧上心頭，然後她寫下了『他們』。」

迪安娜在手寫板寫下這個字詞，並非針對某個問題，也不是聽到護士聊天之後的反應，她們只是在聊其中一人的男友而已。

某些記者大膽臆測，「他們」意指在歐斯提亞松林的那一晚，攻擊迪安娜與其男友的兇手不止一人。不過，珊卓拉立刻就推翻了這種可能性：她拍到的那些證據，尤其是地面上的足印，在在證明涉案者只有一人而已。除非他有可以飛天的同夥……所以這只是媒體在鬼扯罷了。

所以，專案室黑板上的關鍵字還得繼續加下去。

歐斯提亞松林兇殺案：

物品：背包、登山繩、獵刀、魯格SP101手槍。

登山繩以及插在年輕女子胸腔的刀，均有年輕男子的指紋，因為兇手下令他捆綁女友，拿刀殺她，唯有如此才能救他自己一命。

兇手朝男子頸後開槍。

在女孩臉上塗唇膏（拍下她的照片？）

在受害者身邊留下某個鹽製品（洋娃娃？）

行兇後更衣。

警員利蒙蒂與卡波尼兇殺案：

物品：獵刀、魯格 SP101 手槍。

兇手朝史蒂芬諾・卡波尼警員胸部開槍，一槍斃命。

對琵雅・利蒙蒂腹部開槍，然後脫掉她衣服，把她綁在樹幹上凌虐，最後以獵刀結束她性命，在她臉上化妝（拍下她的照片？）

便車背包客兇殺案：

物品：獵刀、魯格 SP101 手槍。

射殺伯恩哈德・耶加的太陽穴。

亂刀刺殺安娜貝爾・梅葉的腹部。

安娜貝爾・梅葉懷有身孕。

掩埋受害者的屍體與背包。

大家都看得出來，最後一起雙屍案的關鍵要素——其實，就時序來說，是第一起——寥寥可數。的確，仔細研究這三起命案現場，彷彿案情的關鍵要素一直在逐步遞減。

在便車背包客的這起命案當中，關鍵之一就是凶案發生許久之後才曝光。這兩名德國年輕人背包裡的東西已經送入實驗室，克里斯匹希望李歐波多・史特里尼能夠給他們一點好消息，最重要的是：找出證據。

他覺得納悶，「他們為什麼開會開了這麼久？」就在專案室準備召開會議之前，副處長莫洛突然被叫到處長辦公室。

珊卓拉不知道答案，但上級的這種舉動也不難想像。

❖

「『跨部門會商』是什麼意思？」

全國警政署署長的話講得很明，「也就是說，這起案件的負責人，再也不是只有你一個而已。」

不過，莫洛卻不是很高興，「我們不需要別人，可以自己應付得很好，但還是謝謝了。」

「拜託不要再惹麻煩了，」處長開始插嘴，「我們已經面對了很大的壓力，你也知道大家都在盯我們：內政部、市長、社會輿論還有媒體。」

他們待在處長的總部頂樓辦公室已經長達半小時之久。

莫洛問道，「現在這是什麼狀況？」

「表面上，憲兵隊的專案小組將會支援我們調查。我們必須將手中握有的線索全數提供給他們，將來他們給我們同樣的回報。這是任務小組，內政部長的構想，等一下他會召開記者會宣布消息。」

莫洛真想破口大罵，狗屁。這種案件能否破案，又不是靠人力部署，其實，多頭馬車通常反而會妨礙辦案，分散主導權就是浪費時間。「任務小組」只是一種安撫媒體的說法，是垃圾警察在動作電影裡會講出的那種話。其實，警察都是在默默辦案，一點一滴摸索。這是資訊戰，牽涉的是線人與線索，宛若在織布一樣，必須慢慢來，充滿耐心，只有等到最後才會水落石出。「好，這是官方說法，實情又是什麼？」

處長緊盯莫洛的雙眼，他看起來快要發飆了，「我就直說好了。兩年前，因為那起德國便車背包客雙屍案，你把某個無辜的人送入監獄。現在這人渣想要控告政府，他的律師已經發表聲明，講出了這樣的話：『兩年前，我的當事人被迫自白，因為他是這個司法體系與警方膚淺辦案手法的受害人。』你想一想好嗎？小偷突然之間成了英雄！今天早上，某個線上媒體針對你的辦案手法舉辦了投票，要不要我告訴你最後的結果？」

「長官，也就是說，你打算要把我踢出去。」

「莫洛，這是你咎由自取。」

莫洛雖然心裡難受，但不想表現出來，「好，如果我沒有誤會的話，從現在開始，我們必須與憲兵隊合作，但其實是由他們主導，而任務小組的說法只是為了挽救顏面而已？」

「你覺得我們喜歡這樣嗎？」全國警政署署長開口，「從現在開始，我必須向某個憲兵隊的他媽的將軍報告辦案進度，我必須對他和顏悅色，假裝我們地位平等。」

莫洛發現這兩個人擺明了他就是死路一條，多年來，他對他們忠心耿耿，交出優異表現，卻多被他們拿去攬功，現在，對於他即將成為唯一犧牲品，他們卻根本不在意。「接下來呢？」

「今天下午要把資料全部交過去，」處長說道，「你必須要向憲兵隊的同儕報告案情的一切細節，回答他的所有問題，然後移交所有證物。」

莫洛覺得腹部突然一陣抽痛，「我們也必須讓他知道那個狼頭人的事嗎？這應該是機密，不是嗎？」

「那部分我們就保留，」警政署署長說道，「得要更加小心。」

「同意，」處長繼續說道，「我們不撤專案室，但再也不會繼續扮演積極角色，因為所有的人力都會立刻被分發到其他的案子。」

又一個為了挽救面子的謊言。

莫洛突然冒出一句，「我辭職。」

處長立刻回嗆，「不可以，現在不行！」

這些混蛋利用他的戰功而仕途高升，如今卻因為他兩年前犯下的某起錯誤而打算把他一腳踢開。要是有某個無辜的人自承殺害那兩名便車背包客，藉以換取減免徒刑，他又能怎麼辦？出問題的是體制，不是他。「我要交出辭職信，誰都不能攔阻我。」

處長盯著他，彷彿馬上要爆氣，但出口干預的卻是全國警政署署長，「這樣太不理智了，」他態度冷靜，「只要你依然待在警界，理所當然會受到官方的保護，但要是你離開，馬上就成了平民，那麼他們就可以控告你兩年前犯下的疏失。而且，大家會覺得你為什麼得離開？你馬上就會成為攻擊者的完美目標，他們會把你碎屍萬段。」

莫洛發現自己的背已經緊貼牆面，他露出淺笑，搖頭，「你們早就開始設計我了。」

「我們就靜靜等待風暴平息，你就暫時躲在暗處，卸下自己的重擔與光環。然後，你可以慢慢回到崗位，我保證你的前途不會受到任何影響。」

莫洛心想：你的話還能信嗎？但他知道自己已經毫無選擇，「是，長官。」

他們看到他回到專案室的時候，臉色鐵青。大家原本在竊竊私語，突然全安靜下來，雖然他還沒有開口，大家都已經準備聆聽他發表談話。

「我們出局了，」他開門見山，「現在，我們任務中止，案子移交給憲兵隊的專案小組。」抗議聲此起彼落，但莫洛揚手，示意大家安靜，「我可以告訴各位，我比大家更憤怒，但我們無能為力：一切就此結束。」

珊卓拉不敢置信，他們居然會把莫洛踢出去。憲兵隊一定會從頭開始，浪費寶貴時間，而殺人魔很快就會再次犯案，她相信這樣的決策一定是出於政治考量。

「我要感謝各位一直到最後一刻的努力不懈，」莫洛繼續說道，「我知道大家在過去這幾天犧牲睡眠，也幾乎沒有私人生活，我也知道許多同仁已經乾脆放棄計算加班時數。雖然不會有其他人感謝各位的付出，但我可以向各位保證，你們的辛苦，絕對不會被遺忘。」

莫洛繼續滔滔不絕，珊卓拉開始觀察同事，一直無暇顧及的疲憊，突然之間全部湧現在臉上。她也覺得失望，但同時也鬆了一口氣，彷彿突然之間放下重擔。她可以回到麥克斯身邊，過著原來的生活。才不過六天而已，感覺卻像是好幾個月之久。

她沉浸在自己的思緒之中，莫洛的聲音變得越來越模糊，珊卓拉覺得自己的思緒已經飄忽到遠方，她發覺制服口袋裡傳出震動，趕緊拿出手機，盯著螢幕。

她收到了一通簡訊，來自某個她不認識的號碼，令人完全摸不著頭緒的問題。

妳崇拜他嗎？

第四章

維克托的妹妹名叫漢娜，他們是雙胞胎。

她在九歲的時候死亡，她哥哥進入哈默林精神病院也差不多是那個時候。馬庫斯心想，這兩起事件必有關聯。

他們是亞納托利．尼可萊耶維奇．阿格波夫的子女，這位俄羅斯外交官是在冷戰期間派駐羅馬大使館，蘇聯經濟改革到來，他依然留在原來的職位，而他過世也約莫是在二十年前的事了。

克里蒙提依據馬庫斯的直覺，尋索的是那個女孩的資料，而不是維克托所犯下的罪行，所以，他也因此查到了這對雙胞胎兄妹的身分。

當馬庫斯詢問他是怎麼找到的時候，他只是淡淡解釋，梵蒂岡保有在共黨政權時代派駐羅馬人士的所有檔案。不過，顯然是有高層將訊息透露給他。在這些機密文件當中，提到了「疑似凶案」，但就官方資料顯示，漢娜是自然死亡。

這就是從梵蒂岡的檔案裡面看出的矛盾之處。

不過，克里蒙提挖到的線索還不只這些。他找出了當時阿格波夫管家的姓名，這名女子目前住在由慈幼會修女們所經營的養老院。

馬庫斯搭捷運，打算去拜訪她，希望能夠問出更多的案情線索。

前一晚下雨，所以鹽之童也不會有殺戮的念頭。不過，他卻讓警方找到了樹林裡的那兩具屍骸。馬庫斯聽到消息的時候，倒不覺得驚訝。這名殘暴敘事者又為他現在的故事添加了新的章節。但他的真正意圖是要讓大家知道他的過往，所以馬庫斯必須要盡可能挖出他的童年內幕。

雨勢的阻力很快就會消失無蹤，所以他可能會在今晚犯案。

不過，馬庫斯知道自己也得提防那一群在掩護兇手的人。他在哈默林精神病院搶救了某卷錄影帶，他相信他們就是畫面裡的同一批人。

最老的那名護士想必已經死於精神病院的那場大火，阿斯托菲醫生也一樣。不過，第二名護士，也就是那個單臂人，以及紅髮女子依然活著，當然，還有克洛普。

克洛普就是這一切的幕後操盤人。

馬庫斯到了中央車站，換乘通往皮耶特拉塔的地鐵。大部分的乘客都忙著閱讀捷運出口發送的免費報，這是有關迪安娜．德爾高蒂歐「甦醒」新聞的號外版，她在紙上寫下了某個詞語：

他們。

雖然記者們有不同的想法，但馬庫斯覺得她並不是指歐斯提亞松林的案件有多名兇手。那不是幫派殺人，而是個人犯案，搞不好他馬上就可以更清楚兇手的底細。

過了幾分鐘之後，他到達目的地。這間養老院是一棟素淨的白色建築，新古典風格。全棟共有四層樓，還有一座以黑色欄杆圍起的花園。克里蒙提已經事先打過電話，讓修女們知道馬庫斯即將造訪。

馬庫斯一身神父打扮。這一次，他的偽裝與他的真實身分正好完全相符。

隱修院院長帶引他進入老人們的起居室。現在正好快六點了，晚餐時間。某些人散坐在電視機附近的沙發，還有些在玩牌。某名淡藍髮色女子正在彈鋼琴，搖頭晃腦，沉浸在過往回憶之中，露出微笑，後面還有兩個人在跳著類似華爾滋的舞蹈。

「費利女士就在那裡，」院長指著某名坐在輪椅裡的老太太，她待在窗戶旁邊，無神的目光飄向窗外，「她精神有問題，經常在胡言亂語。」

她名叫維吉妮亞．費利，已經八十多歲。

馬庫斯走過去，開口打招呼，「晚安。」

那女子緩緩轉頭，想要知道是誰向她打招呼。她的綠色眼眸宛若貓兒，在淡白色肌膚的映襯下顯得格外突出。她的皮膚佈滿了小小的褐斑，這年紀也相當正常，不過，她的臉龐倒是出奇光滑。她頭髮稀疏，沒有梳理，身穿睡衣，但緊抓著大腿上的小皮包，彷彿隨時準備要離開一樣。

「我是馬庫斯神父，可否和您聊一會兒？」

「當然沒問題，」他沒想到她的聲音這麼尖亮，「你來這裡是主持婚禮嗎？」

「什麼婚禮？」

「我的婚禮，」她立刻答道，「我打算要結婚了，但修女們不贊成。」

馬庫斯想起院長剛才說這女人神智不太清楚，果然沒錯，但他還是想試試看，「妳是維吉妮亞．費利女士，對嗎？」

「對，就是我。」從她的語氣，聽得出有些疑心。

「在一九八〇年代的時候，妳擔任阿格波夫的管家對嗎？」

「我在他們家貢獻了六年之久。」

馬庫斯心想：很好，我找對人了。「可否請教妳幾個問題？」

「好啊。」

馬庫斯拉了張椅子，坐在她身邊，「阿格波夫先生是怎麼樣的人？」

那位老太太沉思了好一會兒，馬庫斯擔心她可能記憶衰退，但他猜錯了。「他個性嚴厲，非常苛刻，我覺得他不喜歡住在羅馬。雖然他為俄羅斯大使館工作，但幾乎都待在家中，關在書房裡不出來。」

「他妻子呢？他有太太吧？是不是？」

「阿格波夫先生是鰥夫。」

馬庫斯記住了這些線索：亞納托利・阿格波夫個性孤僻，逼不得已成為撫養兩個小孩的單親爸爸。也許他並不是個稱職的父親。「費利女士，妳在他們家裡扮演的角色呢？」

「我負責掌管僕人，」她語氣充滿驕傲，「包括園丁，總共有八個人。」

「所以那是間大房子？」

「超大，在羅馬郊區的別墅，我每天早上得花一小時才能到達那裡。」

馬庫斯嚇了一跳，「妳的意思是妳沒有住在裡面？」

「阿格波夫先生在天黑之後就會趕人，不准任何人還留在那裡。」

馬庫斯心想，真是詭異。他的腦中浮現出空蕩蕩的巨宅，裡面只住了一個嚴厲的男子與他的兩名子女。顯然這不是什麼可以開心過童年的好地方。「可不可以多講一點那對雙胞胎的事？」

「維克托和漢娜？」

「妳跟他們熟不熟？」

她露出苦笑，「大部分的時候，我們看到的都是漢娜。有時候她會偷偷從父親身邊逃開，溜進廚房找我們，或是看著我們做家事，她是光之童。」

馬庫斯喜歡這樣的形容詞。不過，從父親身邊逃開？這又是什麼意思？「所以她父親有強烈控制慾……」

「那兩個小孩沒上學，也沒有請家教，阿格波夫先生親自當他們的老師，而且他們也沒有朋友。」她回頭望向窗戶，「我的未婚夫隨時可能會出現，也許這一次他會送花給我。」

馬庫斯沒理會這件事，又繼續追問，「維克托呢？跟我說說他的事好嗎？」

那女子又看著他，「說出來你也許不信吧？在這六年當中，我只看過他八次，至多九次吧？他總是把自己關在房間裡，偶爾我們會聽到他在彈鋼琴。他彈得很好，而且還是數學天才。有個女傭曾經整理過他的東西，發現了一疊又一疊的計算紙。」

學者症候的殺手，學者症候的心理變態，「妳有沒有和他講過話？」

「維克托不說話，他總是很安靜，只是默默觀察一切。有兩次我看到他躲在房間裡，不說話，只是盯著我不放。」回想起這段回憶，似乎讓她打了個冷顫，「不過他妹妹卻很活潑，我覺得她過著這麼孤單的生活，讓她十分痛苦。不過，阿格波夫先生很寵愛她，她是他的心頭肉。我只看過他笑過一次而已，那次就是和漢娜在一起。」

對於馬庫斯來說，這也是一條重要線索。他們父親的注意力全部傾注在漢娜身上，而不是維克托。對於九歲的小孩來說，這可能已經構成了殺人動機。

那位老太太又開始恍神，「總有一天我未婚夫會來接我，把我帶走。我不要死在這裡，我想要結婚。」

馬庫斯又把她拉回原來的主題，「那兩個小孩之間的關係如何？」

「阿格波夫先生從不掩飾他偏愛漢娜，我想維克托很傷心。比方說，他不肯和他爸爸、妹妹一起用餐，阿格波夫先生會把他的食物送進他的房間。我們偶爾會聽到那兩個小孩在吵架，但他們也會玩在一起，他們最喜歡的遊戲就是捉迷藏。」

「費利女士，漢娜是怎麼死的？」

「啊，神父，」她驚呼一聲，雙手緊握在一起，「某天早晨，我與其他僕人一到達那間別墅，就發現阿格波夫先生坐在外頭的階梯，雙手摀住臉，哭得哀痛欲絕。他說他的漢娜死了，突如其來的高燒奪走了她的生命。」

「妳相信他的話嗎？」

她臉色一沉，「本來是信的，但我們後來看到女孩的床上有血，還有那把刀。」

馬庫斯心想：刀子，殺人魔拿來對付女性受害者的武器也是刀子。「難道沒有人報案嗎？」

「阿格波夫先生是位高權重的人，我們能怎麼辦？他立刻將棺木運回俄羅斯，所以漢娜可以埋在她母親的身邊。然後，他辭退了所有的人。」

阿格波夫應該是運用自己的外交豁免權，暗地搞定一切。

「他把維克托送入寄宿學校。自此之後，把自己關在家裡，直到老死。」

馬庫斯很想告訴她，那不是學校，而是專門收容孩童重刑犯的精神病院。他心想，如此一來，維克托就不需要接受審判，他的父親已經自行做出判決，對兒子施以嚴懲。

「神父，你是因為那男孩才過來這裡的吧？」老太太的目光開始充滿焦慮，「他是不是做了什麼壞事？」

馬庫斯沒有勇氣告訴她全部的真相，「恐怕是的。」

她點點頭，若有所思。馬庫斯心想，她彷彿早就心裡有數了。

「想不想看他們長什麼樣子？」馬庫斯還沒開口，她已經開始把手伸入放在大腿上的皮包，終於找到了一本花朵封面的小筆記本。她翻了一下，抽出一些老照片，找到了那一張，交給了馬庫斯。

因為時光久遠而褪色的照片，拍攝日期在一九八〇年代，看起來應該是靠著自拍定時器留下的影像。在正中央的是亞納托利·阿格波夫，年約五十多歲，頭髮後梳，留有黑色的山羊鬍。他右邊是漢娜，身穿紅色絲絨小洋裝，頭髮不算長，但也不是短髮，以緞帶將瀏海梳高，照片中唯一微笑的人就是她。左側是維克托，西裝領帶打扮，瀏海遮住了雙眼，神情憂鬱。馬庫斯認得這小孩：在哈默林精神病的那卷錄影帶當中，馬庫斯曾經見過他。

維克托。

他面色悲傷，目光直視鏡頭，就像是克洛普在詢問他時的那段錄影內容一樣。馬庫斯不禁又覺得渾身不自在，那小孩的雙眼彷彿透過鏡頭，直接透視未來，死盯著馬庫斯。

然後，馬庫斯發現了一個詭異的細節。亞納托利·阿格波夫伸手握住的是兒子，而不是漢娜。

最得他寵愛的小孩不就是她嗎？他一定是疏忽了什麼……這是一種示愛的姿態？或是某種彰顯權威的方式？那隻人父之手其實是狗鍊？

馬庫斯詢問老太太，「可以給我嗎？」

「神父，你會還給我吧？」

「一定，」馬庫斯起身，「費利女士，非常謝謝，妳幫了大忙。」

「等等，難道你不想見一下我的未婚夫嗎？」她面露失望之情，「他馬上就過來了。他每天傍晚都會在這個時候過來，站在花園外的街道，盯著我的窗戶，想要確定我是否平安。然後，他會對我揮手，每天都一樣。」

馬庫斯回道，「改天吧。」

「修女們都覺得這是我瞎編的故事，把我當瘋子。但這是真的，他比我年輕，雖然他缺了一隻手臂，但我還是很喜歡他。」

馬庫斯愣住了。他想起自己昨天在錄影帶裡看到的那名哈默林精神病院男護士。

費南多，那個獨臂人。

「可不可以讓我知道妳未婚夫傍晚來看妳的時候都站在哪裡？」馬庫斯問完之後，立刻面向窗外。

老太太露出微笑，因為終於有人相信她的話了，「就在那棵樹的旁邊。」

❖

費南多還搞不清楚狀況，馬庫斯已經扭住他，把他壓制在地，以前臂扣住他脖子。

「你一直在監視那老太太，因為你要確定沒有人找她問話，對不對？因為你知道真相，你知道維克托的事……」

那男人咳嗽不止，雙眼暴凸，以殘存的微弱氣息問道，「你是誰？」

馬庫斯的施力更凶狠，「誰派你過來的？是不是克洛普？」

那男人搖頭，「我求求你，克洛普與這件事完全無關。」他的殘肢在黑色外套口袋裡晃啊晃的，不斷拍打地面，宛若離水的魚在死命掙扎。

馬庫斯放開手，讓他說話，「那就好好解釋給我聽……」

「這是我自己的主意。喬凡尼警告我有人在四處打探消息，而且那個人不是警察。」

喬凡尼就是那個睡在哈默林精神病院地下室的老人，穿著藍鞋的男子。

「我覺得在查案的這個人一定會過來找管家，所以我才會到這裡，」他開始大哭，「我求你，我想要說出來，我想要脫離這一切，我再也沒辦法忍受了。」

但馬庫斯不相信費南多講的是真話，「我怎麼知道我可以相信你？」

「因為我要帶你去見克洛普。」

第五章

收到簡訊後的那天下午，她就再也沒理會那通詭異簡訊了。

她一下班離開總部，立刻前往健身房，發洩過去這六天來累積的緊張感，耗盡體力，全身疲累，也讓她心頭的憂煩煙消雲散。

包括了莫洛與中央統籌偵案小組的挫敗、案件必須移交給憲兵隊、迪安娜·德爾高蒂歐逐漸康復的假象。

其實她並不想回家。她與麥克斯的生活日常讓她好害怕。她第一次發現兩人之間真的不太對勁。她不知道出了什麼事，最重要的是，她也不知該怎麼告訴他。

她從淋浴間出來，走到更衣室，打開自己的置物櫃，發現又有一通簡訊，同樣的陌生號碼，同樣的一句話。

妳崇拜他嗎？

一開始的時候，她覺得是有人誤傳簡訊給她，但現在她開始懷疑對方其實就是針對她而來。

在回去特拉斯特維雷的途中，她撥打了那個發話者的號碼，但只聽到一連串的鈴響，讓人一肚子火。她不是那種為了好奇心而窮追到底的人，所以乾脆直接放棄。

她把車停在離家數公尺之外的地方，決定要在裡面待一會兒再下車。她雙手緊握方向盤，透過擋風玻璃，盯著自家公寓那扇已經開了燈的窗戶。她看到麥克斯正在廚房裡忙，他身穿圍裙，眼鏡架在額頭上方，應該是忙著煮晚餐。看來他似乎還是維持一貫的隨性調調，搞不好還在吹口哨。

她心想：我該怎麼說？我連面對自己都講不清楚的事，又該怎麼解釋？

但無論如何，她還是得說出來，所以她深呼吸，下了車。

當麥克斯一聽到鑰匙轉動的聲音，他一如往常，立刻衝到門口迎接她，「累嗎？」他親吻她的臉頰，取下她的健身袋，沒等她回應，他立刻又加了一句，「晚餐快準備好了。」

「嗯。」珊卓拉好不容易只能擠出這句話，但麥克斯並沒有注意到她的異狀。

「我們今天在課堂上舉行了一場重要的歷史科考試：我出了有關文藝復興的考題，這些學生們全都給了我完美答案，我統統給了他們最高分！」他的語氣宛若剛成交了數百萬歐元生意的商人一樣。

麥克斯對工作的熱情令人無法置信，他的薪水付了房租之後就所剩無幾。不過，對他來說，身為歷史老師的意義遠勝任何財富。

有個晚上，他夢到了某些號碼。珊卓拉慫恿他去簽樂透，但他卻不願意，「要是我變成有錢人，卻繼續當個單純的老師，感覺會變得很奇怪。我得要改變自己的生活，但我現在過得很滿意。」

「才不是這樣，」她當時對他吐槽，「你還是可以繼續做現在的工作，但再也不用擔心未來了。」

「不過，這世界上還有什麼比未來的懸疑更加美妙？這當然也包括了所有的波折與焦慮。當人們再也不需要擔心未來的時候，彷彿已經提早完成了人生目標。但我卻有歷史相伴：過往是我需要的唯一確證。」

對於別人來說，這個男人看起來缺乏企圖心，但珊卓拉卻對他深深著迷。對她來說，麥克斯和大多數的人不同，因為他很清楚自己要什麼，而且這樣的自覺也讓他過得心滿意足。

過了幾分鐘之後，她坐在餐桌前。麥克斯在忙著瀝乾義大利麵的水分。他在廚房裡的動作充滿了自信。從諾丁漢搬來羅馬之後，他已經學到了義大利料理的真髓。然而，她卻恰恰相反，只能勉強搞定兩顆白煮蛋而已。

今天晚上，麥克斯一如往常在餐桌上點了玻璃罐裡的蠟燭，這早已成了某種固定的浪漫儀式。他會先拿打火機點了蠟燭，對她微笑，然後才把晚餐送上桌。此外，他也開了一瓶紅酒，「我們等一下可以喝得爛醉，直接睡在沙發上面。」

面對這樣的一個男人，她要怎麼說出很難跟他繼續相處的真心話？她覺得命運真是捉弄人。他煮了她最愛的料理：諾瑪義大利麵。而第二道主食則是煎小牛肉佐火腿與鼠尾草。和完美男人住在一起的麻煩之處，就是會覺得自己很貧乏。珊卓拉知道她配不上這樣的細心呵護，不安感越來越強烈。

「我們先說好，」麥克斯開口，「今晚不要聊謀殺案，拜託。」

下午的時候，珊卓拉曾經打電話告訴他這案子已經轉給憲兵隊。她一直不會在他面前提起自己工作的事，對於那些可能會對他敏感心靈造成不適的醜陋細節，她覺得還是不要提比較好。

今晚她很害怕那些接不上話而出現的空檔，更擔憂自己因此無法講出那個難以言說的話題。「好啊。」她還是答應了，勉強擠出微笑。

麥克斯坐在她對面，握住她的手，「妳不用再碰那件案子了，我真是替妳開心，快吃吧，不然馬上就涼了。」

珊卓拉低頭望著盤子，她擔心自己再也無法抬起目光。不過，當她拿起餐巾的時候，這個世界卻出其不意，狠狠壓住她的頭頂。

餐巾下面有個絲絨小盒，看來裡面有戒指。

珊卓拉覺得眼淚馬上要泉湧而出，她拚命忍住，但還是憋不住淚水。

「我知道妳對婚姻的想法，」麥克斯不知道她哭泣的真正原因，「我們剛認識的時候，妳馬上就告訴我在大衛死後，妳絕對不會再嫁給任何人。我一直尊重妳的想法，從來沒有提到成婚的事。但我現在改變想法了。妳不想結婚，可以告訴我為什麼嗎？」

珊卓拉只是點點頭。

「沒有什麼能夠天長地久，」他停頓了一會兒，「如果說我的生活中有什麼體悟，那就是我們無論規劃得有多麼完善、對未來的想像有多麼完美，也無法決定我們以後的動向。不可能，它們只能由我們當下的感覺所定奪。所以，就算與我的婚姻沒辦法長達一生一世，也沒關係，重要的是我現在想娶妳，我已經準備好了，即使未來可能會不幸福，我也要爭取當下的美好感覺。」

值此同時，珊卓拉依然盯著那個盒子，沒有勇氣把它拿起來。

「不要以為那是什麼大鑽戒，」他說道，「不過，反正那小小的盒子也無法容納我的真心的寶貴價值。」

「我不想結婚。」她的聲音好輕柔，宛若在低聲呢喃。

「什麼？」麥克斯是真的聽不到。

珊卓拉抬起被淚水刺痛的雙眸，「我不想嫁給你。」

也許麥克斯在等待她的解釋，但她不發一語。他立刻臉色大變，不只是失望而已，簡直就像是有人宣告他的生命只剩下幾天而已。「是不是有別人？」

「沒有。」她立刻就給了答案，但她根本不知道這算不算真話。

「那是為什麼？」

珊卓拉拿起剛才放在櫃子上的手機，點開簡訊欄，讓他看那兩封白天不明來電者寄來的簡訊。

麥克斯唸了出來，「妳崇拜他嗎？」

「我不知道是誰寄給我的，我也不知道對方的動機。要是換作別人，一定會很好奇這個浪漫簡訊所隱藏的秘密，但我沒有，你知道為什麼嗎？」她沒等他回答就繼續說下去，「因為這讓我想到我們兩人之間的事，逼我必須自問我真正的感受。」她停頓了一會兒，吸氣。「我愛你，麥克斯，但是我並不崇拜你。我覺得如果要結婚，或者只是在一起一輩子，需要的不只是愛情而已，然而，現在的我，完全感受不到它的存在。」

「妳的意思是我們結束了？」

「我不知道，真的，但我的感覺差不多就是這樣了，抱歉。」

兩人靜默了好一會兒，然後，麥克斯起身，離開餐桌。「我有個朋友在海邊有房子，只拿來作為夏天度假使用。我可以問他是否能讓我住一晚，甚至讓我多待個幾天。珊卓拉，我不想失去妳，但我現在也不想待在這裡。」

她懂得他的心情。她有點想抱他入懷，但她知道這個舉動並不恰當。

麥克斯吹熄餐桌上的蠟燭，開口說道：「競技場（Colosseo）。」

珊卓拉望著他，「什麼？」

「那不是史實，而是傳說，」他開始解釋，「競技場本來算是惡魔信徒的某種殿堂，針對那些想要加入邪教的圈外人，他們會以拉丁文詢問某個問題，『Colis eum?』也就是說：『你崇拜他嗎？』當然，這裡的他指的是惡魔……Colis eum的發音接近競技場（Colosseo）。」

聽到這樣的解釋，不禁讓珊卓拉惴惴不安，但她什麼也沒說。

麥克斯離開廚房，但臨行前拿走了放在餐桌上的戒指盒。這是他聽完珊卓拉講完的話之後唯一做出的反應。這更可以看出他個性有多麼良善：換作是其他男人，面對自己受辱，早就表現出高傲的不屑態度。麥克斯不是這種人。不過，珊卓拉寧可被他甩巴掌，也不希望以這樣的方式學習到什麼是愛與尊重。

除了掛在玄關的外套之外，麥克斯帶走唯一的東西，也就是那枚戒指了。然後，他離開了公寓，關上大門。

珊卓拉發現自己僵住不動。她盤中的義大利麵已經變涼，餐桌中間的蠟燭依然有一縷灰煙裊裊升起，蠟燭的甜香瀰漫整個空間。她不知道這是不是已經走到了最後一步，她開始想像沒有麥克斯的生活，把他從自己的行為習慣裡抽離出來，好痛苦，但還不夠痛，難以讓她追出去向他懺悔，承認她大錯特錯。

所以，過了好一會兒之後，她恢復鎮定，拿起了手機，準備回覆那個訊息，妳崇拜他嗎？她只回了一個字詞：競技場。

過了幾分鐘之後，又出現了另一通簡訊。

凌晨四點鐘。

第六章

莫洛一個人待在專案室。

他就像是一個已經戰敗但不願馬上返鄉的老兵，依然堅持守在空無一人的戰場上面，四周只有同僚的鬼魂相伴，靜候永遠不會出現的敵人。因為，他唯一懂的事就是戰鬥。

他站在寫滿案情關鍵要素的白板前面，他告訴自己，答案全在你的面前，但你卻以錯誤的方式進行解讀，所以才會輸得一場糊塗。

便車背包客的案子，害他被踢出這個案子，因為他兩年前在找不到屍體的狀況下，將某個無辜者以謀殺罪送入牢中，這混蛋當初沒殺人，但卻自己吞了下來。

莫洛知道這種懲罰是意料中事。但他不能放棄，這不是他的風格。雖然羅馬殺人魔一案已經沒有他的舞台，但他不能放慢腳步，停下一切。他就像是一輛以極速衝往目的地的汽車，這就是他的想望，這就是他所受過的訓練，他無法煞車，但他也不能冒險遭警方逼退。幾個小時前，他主動提出辭職，但全國警政署署長卻悍然否決，語帶威脅，但也以利相誘。

「只要你依然待在警界，理所當然會受到官方的保護，但要是你離開，馬上就成了平民，那麼他們就可以控告你兩年前犯下的疏失……我們就靜靜等待風暴平息，你就暫時躲在暗處，卸下自己的重擔與光環。然後，你可以慢慢回到崗位，我保證你的前途不會受到任何影響。」

真是鬼扯，反正長官的說法聽聽就好，他十分清楚，最後只會剩下他一個人，大家都會背棄他，而且會把大部分的罪責丟給他。

殺人魔比他們厲害，莫洛雖然憤怒，但多少還是覺得對手可敬。在歐斯提亞松林的那個案件當中，他留下一堆線索與證物，還包括了他行兇後換衣，不慎拿了受害者衣服，因而留在後座的那件襯衫，上面有他的DNA。自此之後，什麼都沒有，或者，應該說近乎沒有。

不過，清單上還漏了一個部分，那個符號：狼頭人。

莫洛記得阿斯托菲公寓裡那個獸骨雕塑品的投影，也記得自己一看到時的那股顫慄。

他的上司不希望憲兵隊知道那件事。他還記得他們在那天下午的對話內容，當他詢問是否要把那個符號的線索一起移交給憲兵隊專案小組的時候，得到了這樣的答覆。

「那部分我們就保留，」警政署署長說道，「得要更加小心。」而處長也立刻附和。

不過，「那部分」可能是讓莫洛再次回到場上的機會。畢竟，沒有人對他下禁令不得調查那個符號，所以，就官方角度而言，他還是有權查案。

「二十三起案件……」他自言自語，在二十三起案件中，那個擬人圖像如果不是犯案情節的一部分，就是與牽涉到罪行的某個事物或某個人有關，為什麼？

他想起了部分案情。把小孩從窗戶丟出去、留下他們的鞋子作為紀念品的那個保姆認了罪，但無法解釋為什麼自己的日記裡會出現狼頭人的繪圖。在一九九四年的時候，發生某男子殺死全家人之後又自殺的案件，他們家中的浴鏡也有這個圖像。到了二〇〇五年，他們發現某名戀童癖的墳墓遭人噴漆，也是這個圖案。

互無關聯的事件，發生年代與犯案者都大不相同。唯一的共通之處就是這個符號，彷彿有人想要在這些案件留下記號，但不想為自己留名。

這比較像是一種……洗腦改宗的過程。

其他作奸犯科的人知道幹了壞事之後，一定會得到襄助，這就是那個符號要傳達的訊息。就像是羅馬殺人魔得到了阿斯托菲出手幫忙，替他從犯罪現場取走證物，而且還對迪安娜．德爾高蒂歐見死不救，企圖彌補兇手的疏失。

莫洛相信別的地方也有類似阿斯托菲這樣的人，全心奉獻邪惡，宛若把它當成了宗教。

要是他能夠拆穿他們的面具，那麼他就可以扳回一城。

他把李歐波多．史特里尼找來，因為他們先前請他檢驗阿斯托菲公寓裡的那具獸骨雕塑，除了莫洛的親信與警司克里斯匹之外，他是唯一知道狼頭符號案情的人。

他看到史特里尼進來了，也帶著他所要求的那些檔案，但臉上表情很奇怪，充滿了焦慮。

史特里尼發現莫洛在打量著他，也許莫洛發現了他的侷促不安。自從他在午餐時間與那個東方面孔的神秘男子交談過後，他的生活就此天翻地覆。當他知道這個案子移交給憲兵隊的時候，心情也稍稍平復了一點。現在他必須把所有的分析素材交給專案小組的科學實驗室，換言之，他的新「朋友」，那名勒索者就再也沒有辦法要求成為「第一個知道」的人甚或是銷毀證據，至少，他的期盼是如此。因為，他的心中有個微弱的聲音不斷在告訴他，無論發生什麼事，那個在小餐館的男人握有他的把柄，一定會持續要脅他，直到他完蛋為止。「都在這裡。」他把檔案放在桌上之後，隨即離開。

莫洛立刻忘了史特里尼與他的緊張態度，因為眼前就是狼頭人那二十三件刑案的摘要內容。他開始仔細閱讀，想要搜尋相關線索。

比方說，在那起滅門血案當中，鑑識人員是在補充蒐證的時候，在浴室發現了狼頭人符號，他們也在地板上發現清晰的右手掌痕。報告裡也提出了可能的原因：凶案發生了好幾天之後，有人進入屋內，打開浴室的熱水，在佈滿蒸氣的鏡面畫了那個符號。不過，在這過程中可能因為水氣而滑倒，為了要緩衝跌倒的力道，立刻伸手支撐，所以，才會在地板上留下了掌痕。

不過，那樣的假設也有矛盾之處：人滑倒的時候不太可能只靠單手支撐身體，自我保護的本能反應應該是使用雙臂才對。當時警方無法釐清這個謎團，所以手印之謎就和那個鏡中符號一樣、全被他們拋諸腦後。因為，莫洛記得很清楚，警方不喜歡處理與邪教有瓜葛的案件。

他想要仔細研究那個戀童癖的墓碑。不過，在他同事們乏善可陳的報告當中，只有提到「不知名人士蓄意破壞的行為」。不過，根據筆跡鑑識專家的看法，這些字句是出於「矯正右撇子」之手。以往有某些教師會強迫左撇子的小孩使用另外一隻手。莫洛記得，這種事會發生在教會學校，因為裡面有一種離譜的迷信傳說，左手是邪魔之手，左撇子必須「予以教化」，改為使用右手。然而，除了這一個細節之外，這個案件也看不出任何特殊之處。

而保姆案的資料更是少得可憐。整起調查案的重點都放在小孩的鞋子，也就是那女孩將小孩拋出窗外之前、留下的變態紀念品。至於日記裡的那幅畫，根本可說是毫無線索可言：那女孩聲稱不是她畫的，警方也就相信了這樣的說詞。無論到底是不是她畫的，都不會對審判造成任何改變。其實，要是那名保姆堅持自己心理不正常，反而可能會影響刑期。

「庭上！我看到一個狼頭人，是他叫我要殺死小孩！」

正當莫洛打算要跳過這段內容的時候，卻意外發現令人眼睛一亮的線索。他同事當時曾經調查過某名曾與被告約會的男子，根據那名保姆的說詞，他們不是男女朋友，只是發生過性關係而已。他們懷疑那名男子也參與犯案，所以把他叫來偵訊，但其實並沒有什麼實證，自然也無法起訴他。不過，檔案裡也收錄了他的供詞。

讓莫洛嚇一大跳的並不是那男人的無聊答案，而是供詞內容所附的身分文件。在特徵的那一欄，註明了他沒有左臂。

莫洛立刻想到了浴室地板上的印記，難怪只有右手的掌痕：因為他是獨臂人！那個戀童癖墳墓的案子，更證明了他的直覺沒錯：塗鴉者使用的是右手，但筆觸不自然……失去左臂的左撇子正好符合了這樣的描述。

莫洛立刻開始搜尋保姆那個朋友的詳細資料，除了名字之外，還有地址。

第七章

暗夜降臨。

天空清朗無雲，明月引路。馬庫斯相信在接下來的那幾個小時之中，兇手一定會再次犯案，所以他必須要盡量從這個獨臂人身上挖出線索。

費南多雖然少了一隻手，但依然是技術高超的駕駛。

馬庫斯問道，「講一點維克托的事吧？」

「你已經去找過了那個老管家，所以你就等於什麼都知道了。」

「再多講一點，比方說，有關哈默林精神病院的事。」

費南多扭動方向盤，來了個急轉彎，「會進入那裡的小孩如果不是已經犯下了罪行，不然就是顯露出犯罪傾向，但我想你早就知道了這一點。」

「對。」

「你應該不知道他們並沒有接受任何的矯正治療。克洛普希望保有他們的作惡能力，他認為這算是某種天賦。」

「目的是？」

「我們見到克洛普之後，你就會明白一切了。」

「為什麼不現在告訴我？」

費南多不再盯著眼前的馬路，反而瞄了他一下，「因為我想要讓你親眼看到。」

「這是不是與狼頭人有關？」

這一次，費南多就不肯直接回答問題了。他只肯這麼說，「你必須要有耐心，再等一下就是了。你絕對不會後悔的。你不是警察吧？所以你一定是私家偵探……」

「多少算是吧，」馬庫斯回道，「維克托人在哪裡？」

「我不知道，其他人也不清楚。小孩一離開哈默林精神病院之後，就回到真實世界當中，我們就與他們斷了聯絡，」他露出微笑，「但我們知道遲早都會聽到他們的消息。許多人在出去兩三年之後就會接連犯案，我們會在報紙或電視看到新聞，克洛普很欣慰，因為他達到了目標：把他們鍛鍊成完美的邪惡工具。」

「所以這就是你們在保護維克托的原因？」

「我們過去也會保護其他人，但維克托是克洛普的驕傲與喜悅：學者症候的精神變態，完全沒有感受力。他的邪惡與聰明都高人一等，教授知道鹽之童終將會做出驚人之舉。當然，你看看最近出的事就知道了。」

馬庫斯不知道這個人講了多少實話，但也別無選擇，只能順著他的話繼續追下去，「我在養老院外頭把你撲倒在地的時候，你說你知道有某個非警界人士在調查這起案件。」

「警方根本不知道鹽之童的事，但我們知道有人在追查這條線索。我負責站在那個老女人的窗外，想要知道是否有訪客找她。我告訴過你了，我想要脫離這一切。」

「參與的還有誰？」

「喬凡尼，你見過的那個老護士，他已經死了。」就是穿藍鞋的那個男人，「然後，是阿斯托菲醫生，也死了。此外，還有另一名護士歐加，以及我與克洛普。」

馬庫斯在測試他，想要確定他提到了那卷哈默林精神病院童年錄影帶裡面的所有人。「沒有別人了嗎？」

「沒了，就這樣。」

他們轉向匝道的環狀斜坡，往市中心方向駛去。

「你為什麼想要脫離他們？」

費南多哈哈大笑，「因為一開始的時候，我就和其他人一樣，被克洛普的想法所深深打動。在我認識教授之前，我是個人渣，但後來他給了我目標與理想，」然後，他又繼續補充下去，「還有紀律。克洛普深信童話的寶貴價值：他說它們是人性最忠誠的鏡子。要是你移除了童話裡的壞人，那些故事就不好玩了。你有沒有發現到這一點？沒有人想要聽那種只有好人的故事。」

「他為每個小孩量身打造了某個故事：以他們為主角的童話，不過，裡面只有壞人。」

「對，他也為我編了一個故事：隱形人……大家都看不到這個人，因為他就和別人一樣，沒有任何的長處。他想要受人注目，他希望大家都會回頭多看他一眼，他不甘自己只能當個無名小卒。他買漂亮的衣服，改善外貌，但效果不好。所以你知道他決定怎麼辦嗎？他知道增添無益，必須要狠心丟棄某個部分。」

馬庫斯心裡一陣毛，他已經猜到故事的後半段了。

「所以他砍了一隻手臂，」費南多說道，「而且學習到要如何以單手處理一切。你知道後來怎麼樣嗎？大家都會注意他，覺得他可憐，但他們卻不知道他內心蘊含了巨大力量，有誰能像他一樣做出這種事？他現在達成了自己的目標：現在他知道他比任何人都強壯，」然後，他又重複了那個字眼：「紀律。」

馬庫斯好驚駭，「現在你要背叛教導你一切的那個人？」

「我並沒有背叛克洛普，」他的態度變得冷漠，「但是理想需要付出，我已經為了這個目標做出了諸多奉獻。」

目標？馬庫斯心想，到底是什麼樣的目標會讓一群人去保護行兇惡徒？

「還很遠嗎？」

「快到了。」

他們到達吉朋納利路附近的某處空地，停好車子之後，徒步前往鮮花廣場。

這地方看起來像是個廣場，但其實與其他廣場截然不同，因為它原本是一片荒野，後來周邊才出現了豪宅與其他建築，廣場也應運而生。

雖然這個名稱會讓人想到鄉村美景，但其實這裡是古羅馬時代「傑雷拉」酷刑的發源地，也就是以繩子鞭打犯人、直到四肢斷落的酷刑。此外，這裡也是執行火刑的地方。

因為主張異端邪說而遭到定罪的焦爾達諾．布魯諾，就是在這裡被活活燒死。

馬庫斯只要經過這個廣場，一定會抬頭仰望這位道明會修士的黃銅雕像，頭上戴有斗篷風帽，深沉凝定的眼眸。身為自由思想家，布魯諾挑戰了宗教法庭，他寧可面對火噬，也不願意否定自己的哲學思想。馬庫斯與他有諸多類似之處：兩人都深信理性的力量。

費南多走在他前面，身體傾斜，剩下的單臂大力搖晃，彷彿在行軍，身上穿的外套十分寬鬆，就像是小丑裝一樣。

他們的目的地是某棟建於十七世紀的豪奢別墅，數百年來已歷經了多次翻修，但依然保留了當年的貴氣。

羅馬到處都看得見那類的貴族宅邸。從外觀看來，似乎狀態頹敗，就像是住在裡面的那些人一樣：都留有伯爵、侯爵、公爵這種除了曾在歷史保有一席之地，其實已經毫無任何價值的稱謂。不過，這些豪宅裡面的古董家具與藝術作品，會讓所有的博物館與私人收藏家都心生嫉妒。如卡拉瓦喬、曼帖那、本威努托．切利尼等級的藝術家們願意出借他們的天賦，美化當時那些貴族的住所。現在，能夠欣賞到這些大師之作的人也只有他們的子孫，他們就像自己的祖先一樣，靠著過往特權得到的不義之財，過著揮霍遺產的日子。

馬庫斯問道，「克洛普怎麼能夠住得起這樣的地方？」

費南多面向他，露出微笑，「老弟，人生有很多事，你根本不知道狀況。」說完之後，他又加快了腳步。

他們穿越某道邊門，費南多按下某個電燈開關，照亮了一小段通往某間地下室套房的階梯。這是管家的住所，還有另外一道階梯通往上面的樓層。

「歡迎來到我家。」費南多指了一下幾乎佔滿全部空間的單人床與小廚房。衣服掛在開放式衣櫥，還有好幾櫃的食物，大多是罐頭，「在這裡等我。」

馬庫斯抓住他的手臂，「想都別想，我要跟你一起去。」

「我發誓絕對不會耍你，但如果你想跟就一起來吧。」

馬庫斯打開手電筒，兩人一起開始爬樓梯，走了無數級階梯之後，到達梯台，沒有門，已經無路可進。

「這是在開玩笑嗎？」

費南多被逗樂了，「相信我吧。」他伸出手掌，推了其中一堵牆，果然有道小門開了，「你先請。」

不過，馬庫斯推了一下那男人的背，逼他先進去，自己隨後跟上。

他們進入了某個大房間，裡面沒有家具，但風格十分富麗堂皇，除了老式金屬暖氣管與裝有百葉窗的大窗戶之外，唯一的設備就是牆上的大型鍍金框鏡子，映照出手電筒的光束與他們兩個人。

他們穿過的那道小門正好與壁畫融為一體，創造這種秘密通道系統的原意是讓僕人們方便進出豪宅，可以安靜現身與退下，絕對不會打擾到主人。

馬庫斯低聲問道，「有誰在家？」

「克洛普與歐加，」費南多回道，「只有他們兩個，他們住在東廂，如果要到那裡，我們得——」

他來不及講完，因為馬庫斯立刻朝費南多的臉揮拳，他立刻跪倒在地，伸手摀住大量出血的鼻子，馬庫斯又對他的腹部補了一腳。

馬庫斯又問了一次，「有誰在家？」

「我告訴過你了。」費南多發出哀號。

馬庫斯硬是把費南多扳過去，從對方的屁股口袋裡拿出手銬，剛才爬樓梯的時候，他早就注意到了。現在，他把手銬狠狠丟到費南多的臉上，「你對我撒了多少的謊？我一直相信你的話，但我覺得你對我不老實。」

「為什麼這麼說？」費南多對著大理石地板啐了一大口血。

「你真以為我這麼天真？相信你這麼輕易就出賣你的老闆？你為什麼要把我帶到這裡來？」

這一次馬庫斯狠狠踢他的側邊，費南多倒抽一口氣，在地上打滾，正當馬庫斯準備繼續踢他的時候，費南多趕緊伸手阻止他，「好……是克洛普要我把你帶來這裡。」

馬庫斯不知道該不該相信這種說法，費南多趁隙利用他的單臂爬到牆邊，躲在那面鍍金框巨鏡的下面。

「克洛普要找我做什麼？」

「他要見你，我發誓我真的不知道為什麼。」

馬庫斯又朝他走過去，費南多伸手阻擋，擔心自己又會被狠踢。不過，馬庫斯卻揪住他的衣領，拿起地板上的手銬，把他拖到暖氣管旁邊，銬住了他。然後他轉身，準備走向通往其他房間的那扇大門。

費南多在他後面哀號，「克洛普一定會很不高興的。」

馬庫斯真希望能讓他閉嘴。

「沒有家具的房間，所以你能夠把我上銬的唯一地方就是暖氣管，」費南多哈哈大笑，「真有創意！」

馬庫斯握住門把，往下一拉，門開了。

「我是隱形人，隱形人知道紀律就是他的力量。要是他保持紀律，大家都會發現到他有多麼強大。」然後他又開始哈哈大笑。

馬庫斯語帶威脅，「閉嘴！」他打開了門，在準備要離開之前，朝那面鍍金框大鏡瞄了一下。他覺得自己出現了幻覺，因為被銬在暖氣管的那個獨臂男多了一隻手。

他有兩隻手，而他的左手緊抓著某個東西。

鏡子裡有針筒在發光，過沒多久之後，馬庫斯發覺它進入了自己大腿裡面，也就是股動脈的高度。

費南多說道，「要讓每個人看不出你真正的面目。」現在，針筒裡的藥水慢慢滲入馬庫斯的血液之中，他必須抓住門把，不然馬上就要摔倒了，「每一天都要重複相同的練習，付出努力與用心，就連你也無法參透。不過，你現在正好可以看個清楚。」

馬庫斯現在才明白這個計畫有多麼縝密。費南多站在養老院外頭，馬庫斯以為自己意外看到對方屁股口袋露出手銬還有空無一物的房間，但暖氣管正好在門口旁邊：這是完美的陷阱。

馬庫斯知道自己就要暈厥過去，就在他失去意識之前，他又聽到費南多在講話。

「紀律，老弟，重點是紀律。」

第八章

一輪滿月，垂目凝望此一古蹟區的狹窄街道。

莫洛走到那座獨臂人管家的十七世紀別墅前面，他的住所在地下室。莫洛還不想直接過去，他寧可先耐心等待，打探四周狀況。他不確定那個男人是否在家，不過，至少他已經確定了目標的藏身地點。明天，他會發動奇襲搜索。

他轉身，回到自己的停車處，不過卻突然停下腳步，因為他發現別墅的側邊有動靜，有人打開了深木色的雙開門。過了一會兒之後，某輛旅行車從以往停放馬匹與馬車的馬廄裡開了出來。

那輛車經過莫洛的面前，看到有個獨臂男在開車：他鼻子腫脹，鼻孔塞滿了沾滿血跡的棉花球。旁邊坐了個五十多歲的女人，一頭桃花心木色的短髮。

他們在這麼晚的時候到底要去哪裡？莫洛並沒有多想，因為光是看到眼前的畫面，就已經讓他立刻拔腿，朝自己的停車處狂奔而去，他還抄小巷近路，希望可以在他們鑽入這座城市市中心的歷史迷宮之前趕緊追過去。

車子在石板路上面顛簸前行，對於被五花大綁又塞住嘴巴的馬庫斯來說，雖然只是輕微震晃，卻宛若重鎚朝他的太陽穴直接敲下去。他蜷曲成胚胎姿勢，雙手被反綁在後，小腿也被牢牢纏縛。他們在他的喉嚨裡塞入的那條手巾，讓他幾乎無法呼吸，這也可能是因為剛才費南多在歐加幫忙把他塞入車裡的時候，為了報復，先揍了他鼻子一拳。

讓馬庫斯倒地的迷藥依然讓他昏昏沉沉，不過，現在他的位置可以多少聽到那兩名哈默林精神病院前護士的對話。

費南多問道，「好，所以我表現還不錯吧？」

「當然，」那紅髮女子回他，「教授已經聽到了一切，他對你相當滿意。」

她說的是克洛普嗎？所以他的確在那間豪宅裡，也許費南多並沒有對他撒謊。

歐加說道，「但把他帶入房子裡太危險了。」

「我早已精心佈局設下陷阱，」費南多替自己辯護，「而且我別無選擇，要是我建議去其他的偏僻地方，他才不願意跟我來。」

「他一定問了你很多問題，你說了什麼？」

「只有他早就知道的那些部分。我一直隨口敷衍，他也信了，我想可能是因為他在找尋確證。妳也知道，這傢伙很聰明。」

「所以他什麼都不知道？」

「我覺得是毫不知情。」

「有沒有仔細搜身？確定他身上沒有任何證件？」

「沒錯。」

「沒有名片？也沒有哪個地方的收據？」

「沒有，」他向她保證，「他的口袋裡除了手電筒之外，就只有一雙乳膠手套、伸縮式螺絲起子，還有一點錢而已。」

馬庫斯心想，這個混蛋還漏了一個東西，就是掛在他脖子上的大天使米迦勒圓形垂飾。

「哦，他還有那位父親和雙胞胎的照片，一定是養老院的阿格波夫管家給了他這個東西。」

「銷毀了沒有？」

「我把它燒了。」

馬庫斯再也不需要了，他記得一清二楚。

「而且他也沒有武器。」費南多報告到此結束。

「奇怪，」那女子說道，「就我們所知，他並不是警察。從他身上的那些東西看來，他應該是私家偵探，但他到底是為誰工作？」

馬庫斯希望他們要追根究柢找出答案之後才會取他性命，如此一來，他就可以多爭取一點時間。但是藥物的強大作用害他無法構思計畫，他知道自己快完蛋了。

莫洛與那台旅行車保持約三百公尺左右的距離，只要他們依然還在市區，他就可以利用其他車輛作為屏障，他們也沒辦法從照後鏡瞄到他。現在他們走的是羅馬周邊的寬敞多線道環狀快速道路，他得要更加小心才是，但話說回來，跟丟的後果可能會更可怕。

換作是其他狀況，他一定早就以無線電呼叫支援。但現在並沒有任何罪證，而且他也不覺得跟蹤他們會發生什麼危險。其實，在被長官踢出殺人魔的案子之後，他更急著要證明自己的價值，尤其是要證明給自己看。

夥伴，我們看看你是不是寶刀未老。

要是有人打算要為非作歹的時候，他總是能夠嗅到犯罪氣息，這是他的專長。也不知道為什麼，他就是覺得自己面前的這兩個人正在密謀某項計畫。

應該是非法情事。

他發現他們速度明顯趨緩。奇怪，這段路看不到有任何的出口指示牌。他也放慢速度，禮讓某輛卡車超前，讓自己躲在後面。他等了幾秒鐘，轉動方向盤，察看貨車前頭的動靜。已經看不到那輛旅行車了。

他又多轉了兩次，還是沒看到。他們到底到哪裡去了？正當他滿腹狐疑的時候，那輛旅行車出現在他右側照後鏡，停在路邊，而他正好從一旁駛過。

「靠，你要不要給我停下來！」

費南多在大吼，但馬庫斯被綁住的雙腿依然猛踢車體。

「混帳，我已經停車了，你現在是想要我開回去嗎？這樣對你恐怕不好吧。」

歐加的大腿上放著黑色包包，「也許我們現在應該要給他第二劑。」

「他必須先回答才可以：我們必須問出他到底知道什麼，然後再把該給他的那一針打下去。」

該給他的那一針，馬庫斯心想，就是準備要讓他斷氣了。

「你要是不閉嘴的話，我就拿千斤頂打斷你的兩條腿。」

這樣的威脅果然發揮作用，馬庫斯又踢了兩腳之後，乖乖停下動作。

「很好，」費南多說道，「看來你已經慢慢了解狀況。要是我們能加快速度，對你也是好事一樁，相信我。」

他又繼續上路。

莫洛再次放慢速度，切入路肩，雙眼緊盯照後鏡。

跟上來啊，讓我看到你們，靠，快回到路上。

他發現遠方出現了兩個車頭燈，祈禱是那輛旅行車，果然沒錯。他精神大振，準備讓他們超過去，然後自己繼續尾隨。不過，就在他等待的時候，另一輛車頭燈大亮、猛按喇叭的貨車開入路肩，逼得他只好提前離開，要是不移動的話，鐵定會發生車禍。

結果，那輛旅行車又在他的後頭，媽的。

他只能再次冒險一賭，看看對方會不會超他的車，他也別無選擇了。他祈禱不要在這時候有出口，但他的願望卻得不到回應，因為那輛旅行車走的是開往薩拉里亞的方向，最後，真的消失不見了。

「不！幹！不可以！」

他猛踩油門，極速前進，找尋另外一個可以回頭的出口。

馬庫斯雖然處於很不舒服的位置，但也知道他們已經駛向另一條路。不只是因為車速減緩，而且現在的路面也似乎沒那麼平整。遇到了更多的顛簸與坑洞，害他頻頻撞到後車廂的壁面。然後，他聽到了開入泥巴路的聲響，錯不了。飛濺的小石頭不斷彈向車底，宛若爆米花在不斷劈啪作響。

前面那兩個人不再說話，害他再也無法得知寶貴的心理定位資訊，等到他們到達之後，打算做什麼？他盼望能夠提早知道，而不是被迫瞎猜。

車子急彎，停了下來。馬庫斯聽到歐加與費南多下車，關門。現在，他聽到車外傳來模糊的對話。

「幫我打開後車廂，把他帶進去。」

「你的另一隻手臂呢？偶爾用一下都不行？」

費南多擺出賣弄學問的模樣，「紀律啊，歐加，紀律。」

馬庫斯聽到履帶在移動的聲響，然後，費南多又回到車內，再次發動引擎。

開了三公里之後，莫洛總算能夠掉頭，往相反方向前進，他的目光不斷在擋風玻璃與左側來回梭巡，想要找到那輛旅行車的下落。

就在剛才跟丟的那個出口附近，他發現了對方的蹤跡，所幸正值滿月，讓他看到了車尾燈，那輛車在某座山丘的頂端，兩側似有道路圍繞。

從這麼遠的地方觀察，很難說那就是他在追的旅行車，但他已經看到那輛車開進了某間鐵皮屋。

莫洛加速，找尋出口，繼續跟追下去。

有人打開了汽車後車廂，拿著手電筒對準馬庫斯的臉。他基於本能，趕緊閉上雙眼，全身往後縮。

「歡迎，」費南多開口，「現在我們總算可以好好聊一聊，讓你作一下自我介紹。」

費南多抓住纏綁他腰際的繩子，準備要把他拖出後車廂，在這個時候，歐加開口，「不需要。」

費南多轉身，一臉詫異望著她，「妳這話什麼意思？」

「我們現在已經接近尾聲，教授說直接殺死他就是了。」

費南多一臉失落。馬庫斯覺得納悶，到底是什麼到了尾聲？

費南多開口，「我們還是得對付那名女警。」

什麼女警？馬庫斯不禁全身顫抖。

「那個就之後再說，」歐加回道，「我們還不知道她會不會惹麻煩。」

「妳也看到她在電視上劃出了那樣的十字聖號，她究竟是怎麼知道的？」

他們在說什麼？會不會講的是珊卓拉？

「我查過資料了，她不是警探，而是鑑識攝影人員。不過，我們要是有疑慮的話，我已經知道該怎麼對付她。」

現在馬庫斯十分確定他們說的就是她，但他現在想救人也無能為力。

歐加打開隨身的包包，拿出一把小型自動手槍，「費南多，你的旅程也在此結束。」然後，她把武器交給了他。

費南多又露出失落表情，「難道不是我們同歸於盡？」

歐加搖頭，「這是教授的決定。」

費南多接下手槍，雙手捧著它，站在那裡仔細端詳。許久之前，自殺的念頭早已深埋在他的心頭，他已經完成應盡的義務，他坦然接受，這也是服從紀律的表現。畢竟，他自我了斷的方式會比喬凡尼與阿斯托菲來得輕鬆多了。被活活燒死，或是從窗戶一躍而下，都是可怕的自盡方式。

「妳會告訴教授我的表現一直很好吧？」

那女子滿口答應，「一定轉達。」

「如果我請妳幫忙扣下扳機，妳也會這麼說嗎？」

歐加走到他面前，拿回手槍，「我會告訴克洛普，你十分勇敢。」

費南多微笑，看來是心滿意足。他們兩人都劃了顛倒的十字聖號，然後，歐加向後退了好幾步。

莫洛把車停在一百公尺遠的地方，開始爬坡。他已經快要到達丘頂，十分接近那間貌似廢棄倉庫的小屋，就在這時候，他看到有光線從某扇破窗透了出來。他拿出手槍，繼續往前。

旅行車的車燈以及手電筒的光照亮了倉庫內部。他發現屋內有三個人，其中一個在後車廂裡面被五花大綁，還被塞住了嘴。

靠，他在心裡咒罵，果然沒錯：那兩個人——獨臂男與紅髮女子——的確是打算幹壞事。他沒辦法聽清楚他們到底在講什麼，只看到那女子拿著槍，往後退，現在瞄準了那個獨臂男。他不能再等下去了，趕緊以手肘撞破玻璃，拿槍對著她，「住手！」

倉庫內的三個人同時轉身，望向他的方向。

「把手上東西丟掉！」

那女人猶豫不決。

「我說丟掉！」

她乖乖聽從，舉起雙手，費南多也一樣，高舉他的獨臂。

「我是警察！這裡是怎麼回事？」

「感謝老天！」費南多驚呼，「這個臭女人逼我，要我綁住我的朋友，」他指了指馬庫斯，「然後她命令我開車過來這裡，準備要殺死我們兩個人。」

馬庫斯盯著帶槍的那個男人，是副處長莫洛，他認得這位警官，但他不喜歡他聽到費南多謊言之後的遲疑眼神，他不會相信這種話吧？

莫洛態度堅決，「你根本在胡扯。」

那個假殘廢發現自己瞎編的故事唬不了人，他得要想出其他說法解套。「這附近還有一個她的同夥，他隨時可能會過來。」

馬庫斯現在明白了他的把戲：費南多希望莫洛去搜尋那名同夥，如此一來，就得請他拿歐加的手槍盯著她，幸好，莫洛沒那麼天真。

「我絕對不會讓你碰那把手槍，」莫洛繼續說道，「而且也沒有同夥：我盯著你們到達這個地方，除了那個在後車廂的男人之外，從頭到尾就只有你們兩個而已。」

但費南多依然不肯放棄，「你說你是警察，那你一定有手銬。我屁股口袋也有手銬：那女人可以把我銬在車上，我也可以把她銬在那裡。」

由於藥物作祟，馬庫斯實在猜不透費南多在打什麼主意，他開始猛踢後車廂。莫洛問道，「你朋友是怎麼回事？」

「沒事，都是因為那婊子給他下藥。」他指了指剛才歐加高舉雙手而滑落在地的黑色皮包，裡面正好有針頭露出來。「他先前也出現相同反應，逼得我們只好暫停路肩。我覺得應該是抽搐反應，他得要去看醫生。」

馬庫斯希望莫洛不會中計，只能拚命猛踢。

莫洛說道，「好，我們看一下你的手銬。」

費南多慢慢轉身，同時撩起外套，露出了屁股口袋裡的東西。

「好，現在把它拿出來，但是你必須要銬住你自己，你不准接近她。」

費南多拿出手銬，然後蹲在旅行車的擋泥板旁邊。把手銬的其中一邊扣住拖車架。然後，靠著膝蓋稍微出力，銬住自己的右腕。

不要！馬庫斯在心裡狂吼，千萬不要！

這時候，莫洛也把自己的手銬丟到窗戶的另一頭，對紅髮女子下令，「現在輪到妳了。」

她拿起手銬，走到某個車門旁邊，把自己銬在門把上。莫洛盯著她，確定她乖乖聽令照做，而馬庫斯看到費南多的左手從袖子裡伸出來，抓住地上的手槍。

這不過是一瞬間的事而已。莫洛正好及時發現費南多的動作，朝他的頸部開槍。但費南多沒有立刻斷氣，倒下的時候動作敏捷，還開了兩槍，一槍打中莫洛的側邊，逼他整個人向後旋身。

那紅髮女子依然行動自如，她繞到車子旁邊，蹲在一旁，潛入駕駛座，發動引擎，莫洛雖然受傷，還是對她開火，但是卻沒有辦法阻止她離開。

車子衝破了鐵皮大門，把馬庫斯從後車廂拋了出去。在他落地的那一瞬間，感受到一股劇痛，害他短暫失去了意識。等到他稍微恢復之後，看到費南多仰躺在一片深色血泊之中——死了。然而，莫洛卻還活著，他一手緊抓著槍，另一手拿了手機，正在撥號，不過，他持槍的那隻手臂卻緊挨著胸膛，馬庫斯發現莫洛的身體側邊正在大量出血。

子彈打中鎖骨下動脈，莫洛心想，自己馬上就要死了。

莫洛好不容易按下了緊急求援代碼，把手機拿到耳邊，「代號二七二四，」他開口說道，「我是副處長莫洛。發生槍戰，有人受傷，請追蹤來電……」他還來不及說完，手機已經滑落而下。

馬庫斯與莫洛都躺在地上，相隔了好幾公尺，彼此對望。就算馬庫斯沒有被捆綁，他也幫不了莫洛。

他們兩人互相凝視了好一段時間。這片鄉野又恢復了平靜，月光流瀉，宛若沉默的旁觀者。莫洛正在與死神拔河，馬庫斯想要以目光鼓勵他。他們並不認識彼此，也沒有說過話，但他們都是人，這一點已經足夠了。

馬庫斯看到了生命之光從對方眼眸消失的那一刻。十五分鐘之後，終於聽到山丘另一頭傳來鳴笛聲。

歐加成功逃逸。但馬庫斯心繫的是珊卓拉，還有，她恐怕已經陷入危境。

第九章

低垂在地平線的滿月，隨時可能會沒入競技場的環廓線之中。

凌晨四點鐘，珊卓拉走在帝國廣場大道上頭，走向那個世界公認象徵羅馬的歷史遺址。如果她在學時的課堂記憶沒錯的話，競技場是在西元八〇年的時候正式啟用，長度一百八十八公尺，寬度一百五十六公尺，高度為四十八公尺，而競技場面積為八十六乘以五十四公尺。有首兒歌方便記誦這些數字，不過，真正讓珊卓拉吃驚的是它可以容納的觀眾數高達七萬人。

其實，競技場是大家的暱稱，它原來叫作佛拉維恩環形劇場。這個建築物的大門口本矗立著尼祿君王的黃銅巨像（colosso），因而產生了現在的名稱（colosseo）。

在競技場裡面，人畜死亡之道並無二致。角鬥士（gladiatore）——這個名稱源於他們拿來戰鬥的利劍（gladio）——他們彼此殘殺，或是與來自羅馬帝國最偏遠角落的野生動物進行搏鬥。社會大眾喜愛暴力，某些角鬥士廣受歡迎的程度宛若現代的運動冠軍，當然，死後就沒有這等名聲了。

久而久之，競技場成為了基督信徒的象徵，這起源於某段完全沒有歷史根據的故事，異教徒曾經把基督徒送去餵獅子，這個傳說的功能，應該是強化了真正受到迫害者的那些記憶。每一年，在天主教復活節之前的那個週四與週五之間的夜晚，教宗會帶引眾人從競技場出發，舉行「拜苦路」儀式，紀念耶穌殉道。

不過，珊卓拉卻忍不住想到麥克斯在離開前告訴她的另一個傳說版本。問題是：「Colis eum？」而答案是：「我崇拜魔鬼。」寄送陌生簡訊給她的那個人，吩咐她在這種時候到這裡來，如果不是超有幽默感，那就是十分嚴肅。珊卓拉曾經在歐斯提亞松林裡看到阿斯托菲劃出那個顛倒十字聖號，她傾向認定是第二個假設。

競技場正對面的地鐵站出入口依然緊閉，前方的小型廣場空無一人，現在沒有觀光客，也沒有打扮成羅馬百夫長，與他們合照賺錢的那群人，只看得到遠方出現了好幾組的清道夫在打掃，準備迎接下一批的觀光客。

現場如此空荒，珊卓拉確定自己一定可以看到那個邀請她過來這裡的人。為了預防萬一，雖然她維持訓練的頻率只有一個月打靶一次，她還是帶了自己的公務配槍。

她等了快二十分鐘，但沒有人出現。正當她覺得自己被人愚弄打算離開的時候，她轉身，發現競技場的鐵欄杆出現了一個洞，難道有人提前為她做好了準備？

不可能，她告訴自己，我絕對不會進去。

她真希望馬庫斯能夠陪在她身邊，有他在，就能賜予她勇氣。她心想：妳可不能一路走到這裡，最後卻掉頭而去，好，那就繼續吧。

珊卓拉拿出手槍，緊握在身體側邊，鑽入那個洞裡。

她進入了觀光客路線的某段走廊，也就順著那些方向指示牌前進，同時豎耳傾聽，能夠讓她知道自己並非孤單一人的任何聲響都好。正當她準備要踏上通往座位區的石灰華階梯時，她聽到某個男人的聲音。

「維加警官，別怕。」

聲音來自底層，在競技場下方與周邊的交錯通道。珊卓拉陷入猶豫，她不太敢下去。

但那個人依然很堅持，「妳想想看：如果我要對妳設下陷阱，當然不會挑選這個地方。」

珊卓拉思索了一會兒，不無道理。她站在台階頂端發問，「所以為什麼要選在這裡？」

「妳還沒搞懂嗎？這是測試。」

她開始步下台階，速度緩慢。現在她是脆弱的目標，但她別無選擇。她的雙眼開始努力適應黑暗環境，到達底層之後，她四處張望。

對方開口，「站在那裡就好。」

珊卓拉轉向某個方向，看到了一團人影。那男人坐在某個數百年前從巨柱掉落的柱頂上面，她看不清楚他的臉，但她注意到他戴著帽子。

「那我通過了嗎？」

「我還不知道……我看到妳在電視裡劃了顛倒的十字聖號。告訴我，妳是他們當中的一份子嗎？」

他們。這個字詞讓她聯想到迪安娜·德爾高蒂歐在手寫板留下的字，不禁讓她忍不住全身顫抖。

「妳猜到了我的簡訊謎底，妳怎麼會知道答案？」

「都是靠我的男友，他是歷史老師。」

巴蒂斯塔・艾里阿加知道她所言不假。當他在搜尋她電話號碼的時候，也一併蒐集了她的背景資料。

「他們，指的是惡魔的崇拜者？」

「維加警官，妳相信有惡魔嗎？」

「不太相信，我為什麼要相信這種事？」

艾里阿加沒回答，又繼續丟問題，「妳到底知道什麼？」

「我知道有人在保護羅馬殺人魔，但我不知道原因。」

「妳有沒有報告上級？他們怎麼說？」

「他們不相信我。我們的法醫阿斯托菲博士破壞偵查，然後又自殺，但他們認定他只是發瘋了而已。」

艾里阿加發出輕笑，「我想妳的上級有事瞞著妳。」

珊卓拉老早就起疑了，但聽到有人就這麼大聲說出來，不禁讓她火冒三丈。「什麼？你指的是哪一件事？」

「狼頭人……我想妳從來沒聽過吧。它是一個會以各種不同形式出現的象徵符號，但一定與犯罪有關。二十多年來，警方一直在秘密累積這些案件，目前蒐集到了二十三起。不過，我可以向妳保證，其實還有更多未曝光的案件。其實，除了那個象徵物之外，這些案子毫無共通之處，而就在幾天前，他們也在阿斯托菲的公寓裡發現了這個東西。」

「為什麼要搞得這麼神秘？我不懂。」

「這樣的秘教活動究竟是為了什麼？幕後指使者又是誰？警方一直摸不清頭緒。而且，光是想到要面對完全無法以純理性觀點理解的事物，就迫使他們必須要保守秘密，不能透露更多案情。」

「但你知道原因吧？」

「親愛的珊卓拉，妳是警察，妳認為大家都站在好人那一邊是理所當然的事，要是有人告訴妳其實壞蛋也有支持者，妳一定會嚇一大跳。我不希望改變妳的想法，但某些人認為唯有強力捍衛人性的邪惡元素，才能延續我們的物種。」

「我真的還是聽不懂你在講什麼。」

「妳仔細看一下這個地方。競技場是殘虐死亡事件的集中地：遇到這種事，大家應該要逃之夭夭，但他們卻趨之若鶩，彷彿參加派對一樣。我們的祖先是不是禽獸？妳覺得經過了千百年之後，人類本性有任何改變嗎？現在，大家黏在電視機前面，充滿著同樣的病態好奇心，緊追羅馬殺人魔一案，簡直把它當成了馬戲團一樣。」

珊卓拉必須承認，這樣的類比不算失當。

「凱撒四處征戰，嗜血程度與希特勒並無二致。不過，現在的觀光客卻會購買印有他圖像的T恤，數千年之後，他們會不會也對希特勒做出一樣的事？其實，我們對於過去的罪行總是睜一隻眼閉一隻眼，現在妳可以看到許多家庭來到競技場，站在這個充滿死亡與暴行的地方，微笑拍照留念。」

「我同意你有關人類天性殘酷冷漠的觀點，但為什麼要保護惡人？」

「因為，這樣一來，我們就能永遠擁有進步的載體：事物必須被摧毀之後，才能得到更好的重建成果，而且大家總是希望十全十美，目的就是要征服別人，不會被別人踩在腳底下。」

「惡魔與這件事有什麼關係？」

「不是惡魔，而是宗教。這世界上的每一種宗教都認為自身掌握了絕對的真理，但它們通常會與其他宗教的真理有所衝突。沒有人想要找尋普世真理，但對於自己的教義總是深信不疑。上帝只有一個，妳不覺得這觀念很荒謬嗎？對於撒旦的信徒來說，上帝跟撒旦又有什麼不一樣呢？他們不覺得自己有錯：完全不認為自己的所作所為有哪裡出了問題。他們認定血腥殺戮具有正當性，就像是其他為了宗教理念而發動戰爭的信徒一樣。比方說，基督徒的十字軍東征，而穆斯林也依然在頌揚聖戰的理念。」

「所以他們是……撒旦的信徒？」

艾里阿加講出了第二層的秘密。不需要繼續畫蛇添足。那些在狼頭人符號中覺察自我的就是撒旦信徒，不過這種表達方式的意涵太廣深複雜，超出了一名年輕女警的理解範疇。

還有第三層秘密，依然是無解謎團。

所以巴蒂斯塔．艾里阿加只是簡單回道，「對，他們就是撒旦的信徒。」

珊卓拉好失望，因為副處長莫洛居然對她隱瞞了部分案情，搞不好警司克里斯匹也有份，他們輕忽了阿斯托菲的角色與她所揭露的真相。不過，她更失望的是，原來那些保護殺人魔的只是一般的邪魔崇拜者。要不是因為有人遇害死亡，她一定會因為這種荒謬的真相而哈哈大笑。

「你找我要做什麼？為什麼要把我拉來這個地方？」

現在，是他們這場相會的關鍵時刻。巴蒂斯塔．艾里阿加有任務交付給她，相當棘手的重責大任，他希望她千萬不要失手。「我想要助妳一臂之力，阻止鹽之童繼續為非作歹。」

第四部　光之童

第一章

他喝了兩杯伏特加，睡意濃重，但根本不想上床。

夜店裡擠滿了人，但他是唯一在桌前自己喝悶酒的客人。他一直在玩弄那棟濱海別墅的鑰匙。他找朋友幫忙的時候，只說不知道能不能借用個幾天，等到他找到別的棲身之所就會立刻歸還。他朋友把鑰匙交給他的時候，什麼都沒有多問，反正，他的表情已經說明了一切。

麥克斯很清楚，自己與珊卓拉之間已經就此劃下句點。

他的口袋裡還放著被她拒絕的那只戒指盒，其實，她根本沒打開，連裡面的戒指長怎樣都沒看到。

「幹！」他一口喝光了杯中剩下的伏特加。

他給了她所有的愛，奉獻了一切，所以他到底是哪裡出了錯？他原本以為一切都很順利，不過，靠，她前夫總是陰魂不散，橫亙在他們兩人之間。麥克斯不認識大衛，連對方的長相也不知道，但他卻永存於世。要是大衛沒死，要是他們就與這世界上的無數夫妻一樣，只是單純離異，也許她就能產生解脫感，能夠給予他所應得的愛。

對，這就是重點：他值得她寄託所愛，這一點他十分確定。

雖然正義站在他這一方，但也不知道為什麼，他想要懲罰自己。他的問題就是他太完美了，他自己很清楚這一點。他早就應該為自己而多提出一些要求，而不是一直像水蛭一樣緊黏著她。

也許要是不要對她那麼好，事情就會改觀了。畢竟，大衛一直很自私，不肯為了她而放棄那個必須進入全球艱險之地的記者工作。雖然珊卓拉不喜歡他長時間在外旅行，毫無音訊，也不知他是否安好，就連人是死是生都不知道，但大衛卻依然故我。

「幹！」這次他痛罵的對象是大衛的幽魂。他應該要多跟大衛學一學才是，那麼也許他就不會失去她了，想到這一點，就應該要再懲罰自己多喝點伏特加。

他明天一早還有課，但已經完全不放在心上，正當他打算要點一整瓶的時候，他發現吧檯有名女子正盯著他，她正在啜飲雞尾酒。是個美女，但不是浮誇型的那一種，他心想，這是某種不經意的性感。雖然酒杯空空如也，他還是舉杯向她致意，他不是會做那種事的人，但現在哪管那麼多？

她也舉起自己的雞尾酒杯回禮，然後，又走到了他的桌前。

「你在等人嗎？」她開口問道，「讓我陪你一會兒好嗎？」

麥克斯嚇了一跳，不知該如何應答才好，最後，他回道，「好，請坐。」

「我叫米娜，你呢？」

「麥克斯。」

「米娜與麥克斯：正好是雙M。」她自己覺得這句話很俏皮。

他聽出對方有東歐口音，「妳不是義大利人。」

「其實我是羅馬尼亞人。你的口音也不像是義大利人，我沒猜錯吧？」

「我是英國人，但我已經在這裡定居多年。」

「我整個晚上都在注意你。」

奇怪，他明明是在不久前才發現有這個人。

「我猜你應該是在生氣吧？」

麥克斯不想告訴她實話，「我今晚約的那個女人放我鴿子。」

「那麼，今晚就真的是屬於我的了。」她露出淘氣微笑。

現在，他才開始仔細端詳她：黑色深V的時髦洋裝，精緻的美甲，紅色指甲油搭配纖細雙手，左腕有只厚重的金色手環，脖子上的鑽石不知道究竟有幾克拉。他發現她的妝有點太濃了，不過她的氣味絕對是法國香水，他心想，好出眾的女子。他覺得自己並沒有性別歧視，但他必須承認有時候他覺得女人想要過好日子、一心依賴的就是他們的伴侶，也許是因為有太多女人一知道他只是個老師，立刻就掉頭閃人。所以他通常會精算一下，才會考慮要不要繼續深入了解對方，而且，如有必要，必須要避開這些女人，以免被她們甩掉。最好還是不要對眼前這一位抱持幻想；因為他負擔不起。他等一下會請她喝杯酒，但不會有任何期待，只要能夠短暫作伴就夠了。之後，兩人就會分道揚鑣。

他指了指那杯雞尾酒，「要不要我再請妳喝一杯？」

米娜再次微笑，「你口袋裡有多少錢？」

這麼直接的提問，他一時反應不過來，「我不知道，為什麼要問這個？」

她湊到他面前，兩人臉部的距離只不過相隔幾公分而已，他已經聞到了她的香甜氣息。「你是真的不知道我是做什麼的？或者你是打算和我玩遊戲？」

妓女？他無法置信，「不，抱歉……只是……」他想要為自己辯駁，但卻口拙難言。這反應引來那女子開心大笑。

然後，他又恢復鎮定，「我有五十歐，但我可以從提款機領錢。」麥克斯不敢相信自己居然說出這種話，某種越軌的慾望突然抓住他不放，他想要撕毀自己與珊卓拉之間的那份無意義合約，讓他總是一廂情願遵守約定，過著忠貞不二，甚至是有些無聊的生活。

米娜也在這時候評估這筆交易，她的雙眼緊盯著他，似乎比別人更能看透他的心思。「你知道嗎？你人不錯，」她開口說道，「我會給你折扣，反正我今天也沒做到生意。」

麥克斯興奮得跟小孩一樣，「我車停在外面，我們去找個安靜的地方吧。」

她搖搖頭，擺出臭臉，「你覺得我看起來像是會玩車震的人嗎？」

的確不像。

「而且，最近還有那個瘋子……」

她說得沒錯，他忘記有羅馬殺人魔。當局建議情侶們不要選擇偏僻地點、窩在車內做愛。不過，他還有薩包迪亞的別墅。是有點遠，但他可以多付她一點錢，勸她接下這筆生意。雖然是冬天，而且有點冷，但他可以生火。「我們走吧，我帶妳去海邊。」

❖

火光劈啪作響，臥室已經暖了，他完全沒有絲毫的良心不安。他打算要背叛珊卓拉，但他不確定這算不算是「真正的」背叛。她並沒有明講她不愛他了，但她那些話的含義就是如此。他也不想追問自己要是學生們看到他現在的模樣，會作何感想：躺在別人家的床上，等待高級伴遊女郎從浴室出來，準備與她上床。

不，就連他自己也看不下去，所以只要罪惡感開始喊話，他就立刻將它滅音。

驅車前往薩包迪亞的途中，米娜在座位上睡著了。他一直在偷瞄她，想要搞清楚這個年約三十五或三十六，戴著面具引誘男人的女子，到底是怎麼樣的人？很好奇她的生活與夢想，不知道她是否曾經與人談過戀愛，或者依然有男友？

到達之後，她立刻四處張望。這棟別墅位置優越，直接面海，左側是奇爾切奧峰與國家公園，今晚正好有映亮一切的明月，這是麥克斯永遠負擔不起的豪華全景，不過，這倒是立刻打動了米娜。

她詢問廁所的位置，然後脫掉了高跟鞋，爬上二樓，這景象讓他看得好陶醉，簡直像是天使登上天堂。

雙人床的床單很乾淨。麥克斯脫了衣服，把衣物收得整整齊齊，就像是在家裡一樣，但他卻沒有意識到這一點。這是他的習慣，良好教養的一部分，與他決定要做的事大相逕庭，這個舉動完全悖離了他一向謹慎小心的性格。

米娜已經事先講得很清楚：在一起的時間至多一小時，不能接吻，這是規矩。然後，她拿出包包裡的一盒保險套，確定他使用方式無誤。

麥克斯關燈，靜靜等待，心情緊張不安，因為她隨時可能會出現在門口，也許只穿著內衣而已。到處都聞得到她的香水味，讓他迷亂又興奮。他已經什麼都不管了，只要不會想到珊卓拉帶給他的痛苦就好。

當他看到黑漆漆的門口出現閃電的時候，原以為是自己的幻想在作祟。但過了一會兒之後，又出現了一道閃光。所以他不假思索，立刻望向窗外，天空清朗，地平線無風無雨，而且明月依然高掛天空。

第三道閃電出現的時候，他才發現那是相機閃光燈。

而且，朝他節節進逼。

第二章

他們把他關在某個無窗房間裡。

一開始的時候，警方派了醫生為他檢查健康狀況，之後，馬庫斯就被移到這裡，關上門之後，馬庫斯就什麼也不知道了，也沒辦法見到別人。

這裡幾乎沒有任何家具，只有他坐的那張椅子以及金屬桌。唯一的光源是天花板的日光燈管，牆上有台抽風電扇，吹送新鮮空氣進入房內，不斷發出惱人低鳴。

他已經完全喪失了時間感。當他們向他詢問基本資料的時候，他提供的是自己一貫使用的假身分。由於他身上沒有證件，所以他講了某支電話號碼，這是遇到類似緊急狀況時的專線。這通電話應該會通達阿根廷駐梵蒂岡大使館某名官員的語音信箱。其實，會聽到留言的將會是克里蒙提，過沒多久之後，他就會現身在警局，帶著偽造的外交護照，證明馬庫斯是阿方索・賈西亞，代表布宜諾斯艾利斯政府從事宗教活動的特使。就理論上來說，義大利警方應該會釋放他，因為他具有外交豁免權的掩護身分，但這次的事況相當嚴重。

事涉副處長之死，而馬庫斯是唯一的證人。

他不知道克里蒙提是否已經在想法子把他弄出去。警方可以把他一直關下去，但他們其實只需要花個二十四個小時就會發現，根本沒有什麼為阿根廷政府工作的艾方索・賈西亞，他的假身分就會因而穿幫。

不過，馬庫斯現在擔心的不是自己，而是珊卓拉。聽到費南多與歐加的對話內容之後，他知道她現在的處境也很危險。天知道她現在狀況如何，也不知道她是否安全，他絕對不能讓她出事。所以，他已經心一橫，不管克里蒙提了，只要警察再度出現，他就會供出所有的實情。換言之，就得說出自己也在調查羅馬殺人魔事件，而且有一群人正在保護這名兇手。而且，他會告訴他們要去哪裡找克洛普，如此一來，他應該有機會可以保護珊卓拉，他不知道他們是否會相信他的說法，但他會竭盡一切努力，絕對不能讓他們輕忽他的供詞。

對，珊卓拉的安危遠勝過一切。

自從接到半夜吵醒他的那通電話之後，警司克里斯匹一直忙得團團轉，不曾稍歇。他的身體需要咖啡因，太陽穴因為頭痛而不斷搏動，但他連吃顆阿斯匹靈的時間都沒有。

位於帕里歐利區艾由基德廣場的警局一片慌亂，大家在莫洛陳屍的倉庫與警局之間來回奔波。不過，克里斯匹發現目前還沒有人向媒體透露消息，大家都十分敬重莫洛，不想就此摧毀了過往記憶，所以大家對於他的死訊依然三緘其口。不過，能撐多久呢？到了中午時，警政署署長就會召開記者會宣布消息。

然而，有太多需要尋求解答的問題。莫洛跑去那個偏僻的地方做什麼？距離他幾公尺之外的地方還有另一具屍體，那又是誰？到底是發生了什麼事引發駁火？地上還有輪胎痕跡，也就是說，除了莫洛的車子之外，還有第二輛車：是不是有人開了那輛車逃逸？還有，那個遭人捆綁，被塞住嘴巴的神秘阿根廷外交官，又扮演了什麼角色？

他們把他帶到了這間位於艾由基德廣場的警局，除了最靠近事發現場的地利之便之外，也可以避免將消息走漏給一聽到風聲就會猛撲而來的那些記者。這裡成了他們的專案室，他們還不知道這是否與羅馬殺人魔一案有關，但絕對不會讓憲兵隊處理他們自己同仁的命案。

反正，憲兵隊專案小組也已經焦頭爛額了好幾個小時之久，因為他們正忙著處理另一個問題。

克里斯匹聽說昨晚並不平靜。凌晨四點鐘過後沒多久，緊急報案專線接到某通奇怪來電，某名女子，操持明顯的東歐口音，十分驚慌，她說薩包迪亞海邊城鎮的某間別墅發生凶案。

當憲兵隊到達那裡的時候，在臥室裡發現一名男性屍體。胸口直接中槍，行兇武器是魯格SP101手槍——那名殺人魔使用的就是這一款。

但憲兵隊不確定這純屬巧合？抑或是模仿犯作案？那名女子成功逃脫，不過，在報警之後卻人間蒸發。現在他們全力找尋她的下落，值此同時，也在別墅內搜尋可能留下的DNA，與目前他們掌握的兇手資料進行比對。

莫洛的案子還沒有曝光，但社會大眾卻已經知道薩包迪亞出了凶案，目前還沒有公布死者身分。克里斯匹知道這正是記者還沒有聽聞莫洛死訊的主因。

他們正忙著追查殺人魔最新犯案的受害者姓名。

所以，還有充分的時間可以好好詢問艾方索・賈西亞，許久之後才會看到某個大使館官員現身，要求以外交豁免權釋放他。那男人已經講出某支電話號碼，提供警方確認他提供的背景資料，但克里斯匹小心翼翼，不想打那通電話。

他要自己來，讓他供出一切。

不過，他得先趕緊來杯咖啡。所以他在冷冽的羅馬早晨，穿越艾由基德廣場，前往同名的咖啡店。

「警司！」他聽到有人在呼喊他。

克里斯匹正準備要進入咖啡店，立刻轉身。他看到某名男子揮舞手臂，朝他走來，看起來不像是記者，鐵定是菲律賓人，克里斯匹猜他應該是在帕里歐利區某間豪宅工作的傭人。

「早安，克里斯匹警司，」巴蒂斯塔．艾里阿加到了他面前，立刻開口。剛才他一路跑過來，所以有點上氣不接下氣，「能不能和你聊一下？」

克里斯匹不耐回道，「我在趕時間。」

「我不會耽誤你太久時間，真的，我請你喝杯咖啡吧。」

克里斯匹想要盡快擺脫這個討厭鬼，然後靜靜喝完他的義式咖啡，「喂，我不想沒禮貌，但因為我連你是誰、為什麼喊得出我名字我都不知道，我告訴過你了，我沒時間。」

「阿曼達。」

「抱歉？」

「你不認識她，但她是個聰明伶俐的女孩。她十四歲，還在念中學。她就與同齡女孩一樣，心中擁有無數的夢想與計畫。她非常喜歡動物，現在也開始喜歡男生。有一個男生很喜歡她，她也注意到他了，希望他可以趕快表白，也許明年她就有機會終於獻出自己的初吻。」

「你到底在說誰？我根本不認識什麼阿曼達。」

艾里阿加伸手扶額，「哦，對嘛，我怎麼這麼笨！你不認識她，因為，其實呢，根本沒有人認識她。阿曼達應該在十四年前出生才是，但她的母親走過郊區某條人行道的時候，被某個駕駛撞死，迄今依然找不出當年的肇事兇手。」

克里斯匹頓時陷入沉默。

艾里阿加瞪著他，目光嚴厲。「阿曼達是那女人為女兒所取的名字，難道你不知道嗎？顯然你是一無所知。」

克里斯匹的呼吸變得急促，他望著自己面前的這名男子，完全說不出話來。

「我知道你是十分虔誠的人，每個星期天都會去望彌撒，領聖體。但我到這裡來不是為了要對你做出宣判。其實，你每天晚上睡得好不好，或者是否每天都在反省自己的過錯，要向同仁自首，都不關我的事。警司，我需要你。」

「你要我做什麼？」

艾里阿加打開咖啡館的玻璃門，又擺出一貫的虛假仁善語氣，「就讓我請你喝杯咖啡吧，我會仔細解釋一切。」

❖

過沒多久之後，他們已經坐在咖啡館的上層空間。除了幾張桌子之外，還擺設了兩張絲絨沙發。室內主調是灰黑二色，唯一的色彩是覆蓋某片牆面的大型攝影海報：主角是電影院裡的觀眾們，應該是在一九五〇年代，全部的人都戴著立體眼鏡。

在這群動也不動的安靜觀眾前面，艾里阿加繼續說了下去。

「你昨天晚上找到的那個人，被五花大綁，還被堵住了嘴，出現在副處長莫洛的死亡地點……」

「嗯？」

克里斯匹嚇了一大跳，他覺得好離奇，對方怎麼會知道這件事。

「你得要放走這個人。」

「什麼？」

「你明明已經聽到我講的話了。現在，立刻給我回去警局，至於藉口我就讓你自己決定了，你就是得把人放走。」

「我……我沒辦法。」

「你當然辦得到。又不是要幫他越獄，只需要讓他知道出口在哪裡就是了。我向你保證，你絕對不會再見到他，就像是他從來不曾出現在那個犯罪現場一樣。」

「但跡證並非如此。」

艾里阿加老早就想到了這一點：當李歐波多．史特里尼一大早吵醒他，讓他第一個知道莫洛死訊的時候，他早就下令要銷毀現場有生還者的一切證據。「別擔心，我向你保證，絕對不會有任何問題。」

克里斯匹表情很難看。從他緊握雙拳不放的那種模樣看來，艾里阿加知道克里斯匹位階這麼高，自然無法接受這種勒索。

「如果我決定回警局，供出我十四年前所犯下的罪行呢？還有，因為你企圖勒索公職人員，立刻逮捕你呢？」

艾里阿加高舉雙手，「決定權當然在你。其實，我也不會攔阻你。」然後，他哈哈大笑，「你覺得我來到這裡，難道會沒有把這種風險納入考量嗎？我沒有這麼笨。而且，你仔細想想，我運用這種方法說服別人也不是第一次了吧？你一定覺得奇怪，我是怎麼發現了你以為只有自己知道的秘密……這個嘛，別人也有相同的疑問。還有，某些人並不像你這麼耿直，我告訴你：他們絕對會無所不用其極死守他們的秘密。還有，如果我開口要他們幫忙，他們才不敢隨便拒絕。」

「什麼樣的忙？」克里斯匹漸漸進入狀況，其實，已經開始猶豫不決。

「警司，你擁有美滿的家庭。要是你決定秉持良心行事，那麼必須付出代價的也不是只有你一個人而已。」

克里斯匹鬆開了拳頭，垂頭喪氣。「所以，從現在開始，我得一直回頭張望，擔心你會回來找我，因為你以後可能還是會要找我幫忙。」

「我知道這聽起來很可怕。不過，你不妨以另外一個角度思考：偶爾不安一次，總比整個餘生活在羞恥之中好多了，最重要的是，你還得因為過失殺人與見死不救而入獄。」

第三章

珊卓拉不在家。

馬庫斯原本以為她應該已經開始值班，所以曾經打電話到總部，但他們卻說她今天休假。馬庫斯急瘋了，他必須要找到她，確保她平安無事。

大約在十點多的時候，他聯絡了克里蒙提。他的朋友透過平常使用的語音信箱，將最新的案情發展告訴了他。昨天晚上殺人魔應該是在薩包迪亞犯案，某名身分尚未確認的男子遇害，但與他在一起的那名女子成功逃脫，報警，但隨後人間蒸發，現在沒有人知道她跑到哪裡去了。為了要釐清案情，他們決定要在普拉提區的某間「接力賽小屋」見面。

馬庫斯先到達約定地點，靜靜等待。他不知道警方為什麼這麼隨便就放走了他。警司克里斯匹帶著某些表格進來，要馬庫斯逐一簽名。當時的他有些恍神，似乎對於自己的行為有些心不在焉。然後，克里斯匹告訴馬庫斯，他現在是自由之身，可以走了，但如果他們需要再找他問話，一定要隨傳隨到。

馬庫斯先前已經給了他們假的電話號碼與住址，他覺得現在的程序也未免太不尋常了，而且怎麼如此草率？尤其他還親眼目睹了某位副處長死亡。沒有警車帶他前往他先前說出的地點，確認他說的到底是不是實話。沒有人建議他找律師，最重要的是，沒有任何檢方人員聆聽他的說法。

起初，他懷疑這是陷阱，但後來又推翻了這種想法。有人為他說情，而且不是克里蒙提。

馬庫斯已經對於聽到的種種託辭感到十分厭倦，必須時時監看後方也讓他疲累不堪，而且，最重要的是，一直不知道自己這些任務背後的真正動機為何。所以，當克里蒙提一進來，馬庫斯立刻就逼問他，「你到底隱瞞了我什麼？」

克里蒙提態度警覺，「你在說什麼？」

「這整起事件。」

「拜託，現在請你先冷靜下來。我們來仔細爬梳整個過程，我想你一定是弄錯了。」

「他們都自殺了，」馬庫斯怒嗆他，「你知道我在說什麼嗎？克洛普的那些門徒，也就是保護殺人魔的那些人，心意十分堅決，篤信教義，為了要達成目標而寧可自殺。起初我以為法醫跳樓或是老先生放火自焚都只是附帶的後果，純屬意外，但已經無法避免，我告訴自己：他們退無可退，情願一死。但我錯了，他們是真心想死，這等於是某種殉教。」

克里蒙提嚇到了，「你怎麼會這麼說？」

「我親眼看到了，」他想起費南多，還有歐加給了他手槍，講出克列普認為他自盡的時候也該到了，「我起初就起了疑心。你給我聽了聖阿波里納雷教堂告解室裡的殺人魔錄音帶，說服我要開始調查，你提到了『羅馬現在瀰漫著岌岌可危的氣氛』……到底是誰陷入危機？」

「你明明知道。」

「不，我現在已經什麼都不知道了。我覺得我打從一開始的任務就不是要阻止殺人魔。」

克里蒙提打算進廚房，藉機脫身，不想繼續討論這話題，「我去泡咖啡。」

馬庫斯抓住他的手臂，攔下了他，「答案就是狼頭人。他們是某一組織，算是一種秘教：真正目的其實是要阻止他們。」

克里蒙提望著緊掐他臂膀的那隻手，面色吃驚又失望，「你應該要控制一下自己。」

但馬庫斯堅決不讓，「過去三年來一直透過你對我下令、我從來沒有見過的那些長官，對於那些遭到殺害的情侶或是很可能即將遭遇不測的人，根本沒有興趣。他們認為唯一重要的是打擊這個邪教，然後，他們又再次利用我。」這就像是梵蒂岡花園被分屍修女的那起案件一樣，他辦案的時候遇到重重阻力，依然耿耿於懷。

「惡魔在此。」那名可憐修女的同修姐妹曾經說了這麼一句話，她說得對，惡魔的確入侵了梵蒂岡，不過，也許時間點發生在慘案之前。

「現在的狀況就與當初那個揹著灰色肩包的人一樣，你是他們的同夥。」

「你這樣說就太過分了。」

「是嗎？那就證明給我看：我要和長官講話。」

「你明明知道這是不可能的事。」

「對，沒錯，我們無權過問，無權知悉，只能遵守就是了，」他引用了克里蒙提最愛掛在嘴邊的話，「但這一次我一定要追根究柢，我要知道答案。」他揪住克里蒙提的衣領，他是馬庫斯一直當成朋友的人，當初他躺在某間醫院病床上面，什麼都不記得的時候，是克里蒙提幫他回復記憶，給了他名字，是他一直信賴的人，然後，馬庫斯把克里蒙提硬是推到牆邊。這個動作就連他自己也嚇了一大跳，他不敢相信自己居然會做出這種事，但他已經越界，無法回頭。「過去這幾年來，我詳讀聖赦神父的人類犯罪檔案，我已經學到辨識邪行，但我也發現我們都背負了某些罪責，光是知道事實，無法就此得到寬恕，遲早都得要付出代價，我不想因為別人的犯行而贖罪。到底是誰決定我的一切？那些掌控我生死的高階神父，所謂的『上層』究竟是哪些人？我要知道答案！」

「拜託放開我。」

「我把我的生命交付在他們的手中。我有權知道！」

「拜託……」

「我不存在，我同意當個隱形人，我放棄了一切，所以你必須要告訴我到底是誰……」

「我不知道！」

脫口而出的這幾個字，聽得出氣急敗壞，也有失望。馬庫斯盯著克里蒙提，眼睛有淚光：他說的是真話。他朋友痛苦承認真相，說出了「我不知道」，這是一種針對他殘酷逼問的宣洩式回應，也讓他們之間出現了某種鴻溝。他本來預期多少會聽到解答，就算是命令來自於教宗，他也早有了心理準備，但他萬萬沒想到會聽到這句話。

「我的指令來自於語音信箱，就像是我在找你的時候一樣。出現的總是同一個聲音，我只知道這麼多。」

馬庫斯驚駭萬分，放開了他，「怎麼可能？我所知的一切都是你教給我的：是你讓我知道了聖赦神父的秘密，你解開了我任務的謎團，我以為你經驗豐富……」

克里蒙提走到餐桌前坐下來，雙手掩面，「我原本是葡萄牙鄉下的神父。某一天，我收到一封信，上面有梵蒂岡封印：原來是某項我無法推辭的任務。裡面載明了指示，告訴我要如何追蹤到住在布拉格某間醫院裡的男人：他失去了記憶，我得要交給他兩個信封。其中之一是假的身分護照與一筆錢，可以展開新生；而另一個則是前往羅馬的火車票。要是他選擇後者的話，我就會接獲進一步的指示。」

「你每一次都會教我新的東西……」

「……都是我自學而來。」克里蒙提嘆道，「我一直不明白他們為什麼要挑我。我沒有特殊天賦，也從來不曾表現出任何的企圖心。我在自己的堂區過得很開心，與我的會眾相處融洽。我為老人辦踏青活動，教導小孩教義。我為大家舉行受洗、證婚、每天都會主持彌撒，而我卻得要放棄一切。」他抬頭望著馬庫斯，「我想念自己的過往，我就和你一樣孤單。」

馬庫斯不可置信，「原來從頭到尾……」

「我懂，你覺得自己遭到背叛，但我不能就這麼離開。遵守命令，保持沉默，那就是我們的義務，我們是教會的僕人，我們是神父。」

馬庫斯把脖子上的米迦勒圓形垂飾扯下來，丟到他面前，「你可以告訴他們，我不再盲從聽令，也不會繼續當他們的僕人，他們得另覓人選。」

克里蒙提的表情很受傷，但依然不發一語。他彎身，撿起那枚圓形垂飾，然後，他望著馬庫斯走出去，關門離開。

第四章

他打開賽彭提路閣樓房間的大門，她在裡面。

馬庫斯沒問她怎麼找到他住的地方，也不覺得她能夠進來有什麼好奇怪的。珊卓拉一直坐在行軍床上面等他，一看到他就立刻站了起來。他基於本能反應，立刻走到她面前，而她也基於本能反應，緊緊抱住了他。

他們一直維持這個姿勢，靜靜擁抱。馬庫斯看不見她的臉，但聞得到她的髮香，也感受到她的體熱。珊卓拉的頭緊貼他的胸前，聆聽他的神秘心跳。他心情十分平和，宛若在這世界上找到了自己的依歸。她發覺其實自己一開始就對他產生了情愫，但只是先前一直不願承認。

他們抱得更緊了，可能是因為兩人都知道，他們最多也只能到這個程度而已。

先掙脫的是珊卓拉，但只是因為他們得合力完成任務，「我有事要告訴你，現在時間不多了。」

馬庫斯也知道，但他一時之間還是無法看著她的雙眼。不過，他發現到她盯著牆壁上的那張照片，揹灰色肩包的那個男人，梵蒂岡花園修女謀殺案的兇手。她還沒開口問他，他已經先丟了問題，「妳怎麼找到我的？」

「我昨晚遇到了一個人，他知道你的一切，是他派我來找你。」珊卓拉不再盯著那張照片，開始把競技場發生的事告訴他。

馬庫斯實在很難相信她所說的話。有人知道一切，不只是他的地址，還包括了他的任務目標。

「他也知道我認識你，」珊卓拉說道，「將近三年前、你幫助我找尋我丈夫死因的真相，他也一清二楚。」

他怎麼會知道這麼多事？

那男子也向她證實，保護鹽之童的那群人是某一秘教，珊卓拉繼續詳細解釋細節，不過她認為那個陌生人還有事情瞞著她。

「他披露了一部分真相，目的似乎是為了要掩蓋整個秘密。彷彿是被情勢所逼一樣……反正我的感覺就是如此。」

其實，一切擺在眼前。無論這男人是誰，他知道許多內情，也知道該如何予以運用，馬庫斯甚至懷疑自己意外獲釋，都是因為此人在幕後操盤。

「最後，他告訴我，他要幫助我阻止殺人魔犯案。」

「要怎麼幫？」

「他派我來找你。」

我是解答？我就是破案的方法？馬庫斯不敢相信自己聽到的話。

「他說，只有你能搞清楚兇手的故事。」

「故事？他使用的是這樣的措辭？」

「對，為什麼這麼問？」

馬庫斯想到了，殘暴敘事者。所以果然沒錯：維克托想要講故事給他們聽。他想起阿格波夫管家給他的那張照片：父親與雙胞胎子女。亞納托利．阿格波夫握住的是兒子的手，而不是牽著漢娜。

珊卓拉繼續說道，「他還說，把莫洛追查到的線索與你挖出的事實拼湊在一起，就可以知道真相。」

真相，那個陌生人知道真相。為什麼不直接現身說出一切？對方怎麼知道警方發現了什麼？最重要的是，他自己又查出了哪些線索？

馬庫斯驚覺珊卓拉並不知道莫洛出了事，現在，他也只能被迫在她面前講出噩耗。

「不！」她不可置信，「不可能……」她跌坐在行軍床，目光空茫。她非常敬重副處長莫洛，這是警界的一大損失。像他這樣的警察，一定會令人緬懷不已，他是可以扭轉乾坤的那種人物。

馬庫斯不敢打擾她，只能等她自己平復，開口請他繼續說下去。

他只淡淡說了一句，「那我們就開始吧。」

現在輪到他說出最新進度，包括哈默林精神病院、克洛普及其黨羽、狼頭人、學者症候的精神變態。還有，殺人魔的姓名是維克托．阿格波夫，他在小時候殺死了自己的雙胞胎妹妹，漢娜。

「所以這並不是性犯罪，」馬庫斯說道，「他挑選情侶，因為這是他重現童年經驗的唯一方法。他認為害死漢娜的不是他，他想要對自己妹妹所做的事，全部發洩在那些女性身上。」

「他是憤怒行兇。」

「沒錯，他的男性受害人待遇就截然不同：沒有折磨煎熬，都是直接斃命。」

珊卓拉已經聽說昨晚薩包迪亞出了命案——現在羅馬的每一個人都在議論這件事。「提到男性被害人，」她說道，「我在等你的時候，趁空打給在憲兵隊工作的某位老友：因為現在完全沒有辦法從專案小組那裡探聽到任何消息。他們對於死者姓名保密到家，至於那名報警的女子，他們一無所知，只知道她操持東歐口音。反正，他們已經確定兇手就是殺人魔：屋內有他的DNA。」

馬庫斯思索了好一會兒，「那女孩逃跑了，所以殺人魔沒辦法完成他例常的表演，但他還是堅持要讓我們知道這是他下的毒手。」

「你認為這是故意的？」

「對，他不再小心翼翼：這是一種識別印記。」

對於珊卓拉來說，這種推論很合理。「早在數天前，我們就已經開始蒐集性侵嫌犯或前科犯取得的生物樣本：他可能猜到我們已經有了他的DNA，換言之，他什麼都不在乎了。」

「在競技場的時候，那個陌生人告訴妳要讓我知道莫洛掌握的所有線索。」

「對，」珊卓拉四處張望這間幾乎空蕩蕩的閣樓房間，「有沒有筆可以讓我寫下來？」

馬庫斯給了她墨水筆。他三年前也是用這一支筆，只要夢中浮現了片段記憶，他就會立刻把它們寫在行軍床旁邊的牆上。那些以顫抖之手寫下的殘缺記憶，他會保留在牆上好一陣子，然後，他會把它們全部擦掉，希望可以再次忘得一乾二淨，但從來沒有如願，那些記憶是他必須承擔的無期徒刑。

所以，當珊卓拉寫下專案室白板上的諸項證據時，馬庫斯感受到一股不安的既視感。

歐斯提亞松林兇殺案：

物品：背包、登山繩、獵刀、魯格 SP101 手槍。

登山繩以及插在年輕女子胸腔的刀，均有年輕男子的指紋，因為兇手下令他捆綁女友，拿刀殺她，唯有如此才能救他自己一命。

兇手朝男子頸後開槍。

在女孩臉上塗唇膏（拍下她的照片？）

在受害者身邊留下某個鹽製品（洋娃娃？）

行兇後更衣。

警員利蒙蒂與卡波尼兇殺案：

物品：獵刀、魯格 SP101 手槍。

兇手朝史蒂芬諾・卡波尼警員胸部開槍，一槍斃命。

對琵雅・利蒙蒂腹部開槍，然後脫掉她衣服，把她綁在樹幹上凌虐，最後以獵刀結束她性命，在她臉上化妝（拍下她的照片？）

便車背包客兇殺案：
物品：獵刀、魯格SP101手槍。
射殺伯恩哈德．耶加的太陽穴。
亂刀刺殺安娜貝爾．梅葉的腹部。
安娜貝爾．梅葉懷有身孕。
掩埋受害者的屍體與背包。

珊卓拉完成之後，又繼續寫下她對於最後一起攻擊案所知的少數線索。

薩包迪亞謀殺案：
物品：魯格SP101手槍。
持槍射殺某名男子（姓名？）的心臟。
與該名男子在一起的女子趁隙逃脫後報警，但警方卻找不到人，為什麼？（操持東歐口音）
兇手刻意在現場留下DNA：希望讓別人知道這是他的犯行。

馬庫斯走到清單前面，雙手扠腰，仔細端詳那些重點。其實，他清楚一切，大部分的資訊來自媒體，其餘的部分則是他自己的發現。「殺人魔發動了四次攻擊，但第一起凶案的元素比其他凶案來得更為重要，所以我們只需要利用這個案子來解密就夠了。」

這資料中，有些是馬庫斯之前並不知曉的。

「在歐斯提亞攻擊案當中，妳在最後面寫下『行兇後更衣』，那是什麼意思？」

「我們就是靠這個方法找到了他的DNA，」珊卓拉的語氣裡有一絲驕傲，這都得歸功於她。她把來龍去脈告訴了馬庫斯，第一名受害者喬奇歐．蒙特費奧里的母親，堅持要索回兒子的個人物品，然而，等到她拿到之後，卻又回到總部，她說那不是喬奇歐的襯衫，因為上面沒有他名字的字首字母。大家都沒理會她，只有珊卓拉出於憐憫而趨前詢問，但那位母親是對的。「所以很容易就推論出當場的狀況：兇手逼迫喬奇歐刺殺迪安娜．德爾高蒂歐，然後又對他的頸後開槍，更換衣服。所以他把自己的衣服留在後座，而那對情侶一開始為了做愛所脫去的衣服原本就擱在那裡。等到兇手離開的時候，不小心穿上受害人的襯衫，反而把自己的衣服留在那裡。」

馬庫斯思索了好一會兒，有哪裡不太對勁。「為什麼要這麼做？為什麼要換衣服？」

「也許是因為他擔心自己的身上沾到了那兩名年輕人的血跡，萬一被人攔下來的話，比方說路上臨檢的巡邏警車，就不會令人起疑。要是你才剛殺死了兩個人，最好還是不要冒險，你說是不是？」

其實他抱持懷疑態度，「兇手強迫那男孩殺死女友，然後又以行刑處決的方式殺死他，站在他後面，對他腦部開槍。整個過程都不會沾染到血跡……為什麼要大費周章換衣服？」

「你忘了他還進入車內，在迪安娜的臉上化妝？記得唇膏嗎？要在她臉上塗抹，就必須非常靠近她胸腔的傷口。」

也許珊卓拉是對的，更換衣服的這個舉動搞不好只是某種預防措施，但未免太過頭了。「不過，歐斯提亞那個案子還是有個不尋常的地方，」馬庫斯說道，「迪安娜·德爾高蒂歐曾經短暫脫離昏迷、在甦醒的狀態下寫出了『他們』。」

「醫生們說那只是某種無條件反射，書寫時隨機想起的過往記憶。而且我們確定只有維克托·阿格波夫涉案，你覺得在這種時候要把它當成重點嗎？」

一開始的時候，馬庫斯也不覺得有什麼重要性，但他現在有了其他想法。「我們知道有秘教參與這整起事件。會不會迪安娜也看到了其中某個成員？也許有人偷偷跟蹤那個殺人魔。」他依然不相信費南多所告訴她的話：自從維克托離開哈默林精神病院之後，他們就與他失去了聯絡。

「好，那阿斯托菲為什麼要在第二天從犯罪現場拿走那個鹽巴小雕像？要是真的有秘教成員在當晚現身，那時候就可以收拾殘局了。」

這個推論也沒錯。不過，無論是更衣或是他們一詞都兜不上案情的其他部分。

珊卓拉問道，「我們現在該怎麼辦？」

馬庫斯面向她，他依然聞得到她的髮香，不禁讓他全身一陣顫抖。但他並沒有外露情感，反而全心研究案情，「妳必須要搶在憲兵隊或是警方前面，先找到那個薩包迪亞女子，我們需要她。」

「要怎麼找？我沒有管道。」

「她有東歐口音，而且我們找不到她的下落……為什麼？」

「那個殺人魔可能已經找到她了，也在同一時間殺害了她，我們不確定。但她的口音有何關係？」

「我們先假設她還活著吧，可能純粹就是怕警察：也許有前科。」

「你認為她是罪犯？」

「其實，我覺得她是妓女，」馬庫斯停頓了一會兒，「妳設身處地想想看，她從殺人犯的魔掌中逃出來，又報了警，所以她覺得自己已經完成了應盡的責任。她有錢，又是外國人，只要想離開這裡，絕對不成問題，她沒有理由繼續待在義大利。」

珊卓拉也同意，「更可怕的是，要是她看過殺人魔的臉，他知道有人能夠認出他。」

「或者她一無所知，什麼都沒看到，純粹就是躲起來，等待一切風平浪靜。」

「這些推論都沒錯。不過，憲兵隊與警方也會做出相同結論。」

「沒錯，然後他們就會從外圍清查她的活動範圍，不過，我們有某個圈內人士……」

「誰？」

「寇斯莫．巴爾蒂提。」幫助他利用那本童話故事追查到鹽之童的人，不過，最重要的是，他生前經營某間提供虐戀表演的夜店：SX。

珊卓拉問道，「死人要怎麼幫我們？」

「他的太太，」馬庫斯先前曾經給了她一筆錢，希望她帶著她的兩歲女兒趕快離開羅馬，現在，他反倒盼望她並沒有聽從她的建議。「妳必須想辦法找到她，讓她知道是寇斯莫的朋友派妳過去的，也就是吩咐她要消失的那個人。這一段故事只有她知我知，所以她一定會相信妳。」

「為什麼你不跟我一起來？」

「我們現在有兩個問題要處理，其中一個是競技場的神秘男子：我們必須要知道他是誰，為什麼要幫助我們，我擔心這與他的個人私利多少有些關聯。」

「另一個問題是什麼？」

「我得前往某個地方，卻一直拖到現在都還沒去。為了要解決第一個問題，也該動身了。」

第五章

那棟十七世紀別墅的主門露出了些許隙縫。

馬庫斯推開之後，進入擁有秘密花園的巨大中庭。裡面有樹木與石材噴泉，擺設了女神採花的雕像。這棟雄偉的宅邸就矗立於此一空曠之地，還有一個多利克柱式的觀景樓。

這裡的美景馬上令人聯想到其他更加輝煌奢華的羅馬豪宅，就像是魯斯波利宅邸或是多利亞·潘菲利宅邸。

左側是通往樓上的大理石巨型階梯，馬庫斯開始拾級而上。

他進入大門口，迎面而來的是繪有壁畫的空間，到處都看得見古董家具與織錦畫。屋內有一種淡淡的氣味，老房子的味道，聞得到木頭、油畫以及薰香。這是一種令人心情舒暢，蘊含歷史與過往的氣息。

馬庫斯繼續往前走，經過了一個又一個的房間，每間都與第一間十分相似，它們互相聯通，完全沒有靠走廊連結，所以他覺得自己彷彿一直走入同一個空間。

牆上肖像畫裡那些早已散失名號的人物——淑女、貴族、騎士——望著他的步履，彷彿那一雙雙凝定的眼眸也隨著他不斷前移。

馬庫斯不禁心想，這些人到哪裡去了？他們還剩下什麼？也許就是一張畫，乖順畫家所美化的某張臉孔，多少悖離了真實。他們誤以為這樣一來，後人對他們的記憶將會長長久久，但最後卻化成了家具，就像是一般的擺設品。

正當他陷入沉思之際，有個聲音正在呼喚他，持續不斷的低沉聲響，無限重複的單音節。像是某種加密訊息，某種邀請，自告奮勇充當他的嚮導。

馬庫斯跟了過去。

他繼續前行，聲音也變得越來越清晰，看來他已經越來越接近音源。他站在某扇半掩的房門前面，聲音就在另一頭，他跨步進去。

寬敞的房間，有一張四柱床。四周的絲絨布簾全部闔起，所以無法探知究竟是誰躺在那裡。不過，從旁邊的那些現代電子設備看來，可以猜測到許多線索。

心跳監測器——這就是引他過來的音源。此外，還有另一個生命徵候的監測器：氧氣瓶，管線藏在布簾的下方。

馬庫斯慢慢走過去，這時候才發現房間角落的扶手椅躺了一個人。他停下腳步端詳了一會兒，認出是歐加，也就是那個紅髮女子，不過，她動也不動，雙眼緊閉。

他趨前一看，才發現她不是在睡覺。她的雙手置於大腿上面，依然拿著針管，很可能是自行注射，針頭位置剛好就在頸靜脈。

馬庫斯撥開她的眼瞼，確定她的確已經斷氣之後，才回到床邊。

他伸手推開其中一道絲絨布簾，心想馬上就要看到第二具屍體。

床上躺著一名面色蒼白的男子，凌亂的稀疏金髮，眼睛睜得好大，氧氣罩蓋住了部分的臉龐，沒死。毯子下方的胸膛還有緩慢起伏。他的身體皺縮——宛若被魔鬼下咒，就像是童話故事裡的情節。

克洛普教授揚起疲憊的雙眸，微笑望著馬庫斯。然後，他把瘦骨嶙峋的手從毯子裡伸出來，拿掉嘴上的氧氣罩面具，整個動作看起來頗為吃力。他低聲說道，「正好趕上了。」

馬庫斯對於這個垂死之人毫無憐憫之心，立刻厲聲問道，「維克托在哪裡？」

克洛普輕輕搖頭，「你找不到他的，就連我也不知道他人在哪裡。如果你不相信我的話，我想你也很清楚，任何的折磨與威脅，對於我這種狀況的人來說，早就沒有任何差別了。」

馬庫斯發覺自己遇到了瓶頸。

「你不了解維克托，沒有人了解他，」克洛普的講話速度極其緩慢，「通常，我們要吃的肉食，不會自己宰殺對吧？但如果我們餓得受不了，會做出什麼舉動？還有，如果得靠吃人體屍肉才能活下去，我們是不是也願意默默接受？在極端的狀況下，我們會做出平常做不出的事。所以，某些人殺人並非是某種自我選擇，而是被迫如此。他們性格中有某些因子逼使他們殺人，想要從那股難以承受的壓迫之中解放出來，唯一的方式就是乖乖順從。」

「你在為殺人魔開罪。」

「開罪？什麼意思？一出生就眼盲的人不懂什麼是觀看，其實，他根本不知道自己眼盲。同理可證，不知道良善為何物的人，自然也不知道自己是壞人。」

馬庫斯彎身，在他耳畔講話，「省省力氣，別對我訓話了，過沒多久之後，你的那些妖魔鬼怪就會在地獄裡迎接你了。」

克洛普緊貼枕面的頭轉了過去，盯著馬庫斯，「你雖然講出了這種話，但其實你心裡根本不是這麼想。」

馬庫斯大驚，整個人往後一退。

「你不相信妖魔或是地獄，被我說中了吧？是不是？」

馬庫斯雖然不情願，但還是必須承認對方說的一點沒錯。「你哪來的錢能在這種地方等死？在如此奢華的豪宅？」

「你就跟外頭的那些笨蛋一樣，一輩子都在自尋錯誤的疑問，等待永遠不會出現的答案。」

「講清楚，我很好奇……」

「你以為這只是少數幾個人的舉動，我、阿斯托菲、躺在那張扶手椅的歐加、費南多，以及喬凡尼。不過，我們只是團體的一部分，我們純粹就是提供榜樣而已。還有其他人也站在我們這一邊，他們依然躲在暗處，因為沒有人了解他們，不過，他們受到我們的鼓舞而活力十足，他們支持我們，也會為我們祈禱。」

聽到有這種瀆神的祈禱者，讓馬庫斯不寒而慄。

「以前住在這間豪宅的貴族，是我們的支持者。」

「多久以前？」

「你覺得這一切都是到現在才一口氣爆發出來？在過去這數十年當中，我們已經在諸多殘虐命案之中留下了我們的符號，讓眾人能夠得到體悟，從懈懈狀態中甦醒過來。」

「你說的是那個狼頭人。」馬庫斯想到了那名競技場陌生男子告訴珊卓拉的話：保姆、戀童癖、殺死摯愛的父親……

「不過，洗腦改宗是不夠的，一定得要傳達出某種人人皆懂的訊號，這就像是童話故事一樣：永遠需要一個壞蛋。」

「所以這正是成立哈默林精神病院的幕後原因：培養長大後會成為殺人魔的小孩。」

「然後，維克托出現了，我想他就是不二人選。我信任他，他也沒有讓我失望。等到他說完他的故事之後，你將會恍然大悟，而且也會驚愕萬分。」

聽到這些胡言亂語，馬庫斯突然心中一沉。你將會恍然大悟，而且也會驚愕萬分，儼然是某種預言。

克洛普問道，「你是誰？」

他的回答很誠實，「我以前是神父，但現在我不確定了。」

克洛普哈哈大笑，但笑聲立刻轉為一陣急咳，他恢復正常之後，開口說道，「我想要送你個東西……」

「我不想拿你的東西。」

但克洛普沒理他，以近乎無力可撐的姿態，將手臂伸向床邊桌，拿出一張摺好的紙卡，交給了馬庫斯。

馬庫斯心不甘情不願收下克洛普的禮物，將它打開。

是一份地圖。

羅馬的街道圖，以紅線標示出某條路線，起點是芒奇諾路，終點是西班牙廣場，就在著名西班牙階梯的下方。

「這是什麼？」

「你的故事最後篇章，無名童……」克洛普把氧氣面罩蓋回去，閉上雙眼。馬庫斯站在原地，盯著他的胸膛隨著呼吸起起伏伏，過了好一會兒之後，他覺得自己的忍耐已經到達限度。

這個老人將不久於人世。孤單死去，這是他應得的報應。沒有人救得了他，就算克洛普在最後一刻幡然悔悟也沒有用。馬庫斯當然不願為他做出最後的賜福手勢，寬恕他的罪行。

所以，他離開了那張臨終床，打算就此離開這裡，再也不回頭。此時，他的心中浮現了那張泛黃老照片。

父親與雙胞胎子女。亞納托利・阿格波夫握住的是兒子的手，而不是牽著漢娜。

管家說男主人偏愛女兒，而不是兒子，如果這是真的，為什麼會這樣？

現在，該去拜訪這一切事件的起始點，阿格波夫的別墅正在等著他。

第六章

她盯著桌上的電話，至少已經有兩小時之久。

她在十幾歲的時候經常做這種事，祈禱自己喜歡的男孩會打電話找她。她會運用心念，寄託目光發揮神力，盼望心電感應的動能會驅使她仰慕的對象拿起話筒，撥打她的電話號碼。從來沒有成功過。但她還是深信不疑，不過，現在等電話的理由已經大不相同。

打電話給我，拜託，快打給我……

珊卓拉坐在寇斯莫．巴爾蒂提的SX夜店辦公室裡面。先前她遵照馬庫斯的指示，到了寇斯莫的家，他太太正打算帶著他們的兩歲女兒前往機場，幸好及時找到了她。

珊卓拉沒有表明自己的警察身分，她依照馬庫斯的指示說明了來意。一開始的時候，寇斯莫的太太不太搭理珊卓拉，她不想碰這檔子事，而且，她也擔心女兒，這一點自是情有可原。不過，當珊卓拉說出另一名女性可能是妓女，生命有危險之後，她就展現出充分合作的態度。

珊卓拉體悟到馬庫斯恐怕沒有察覺到的細節：想必寇斯莫的太太也曾經有過艱難人生，也許過往不是很光彩，決定要拋下一切。不過，她並沒有忘記亟待援助、卻無人伸出援手的慘況，所以她拿出寇斯莫的記事本，開始逐一撥打聯絡人的電話，她告訴每一個人的話都一樣：要是有人認識薩包迪亞謀殺案的那名外國女子，一定要傳話給她，內容很簡單。

有人在找她，想要幫她忙，而且絕對不會有警方涉入。

寇斯莫太太也只能幫到這個地步了。過沒多久之後，她們到了SX夜店，因為她們先前為了安全考量，留的是夜店的電話號碼，因為地方好找又安全，是完美的會面地點。

之後，就是珊卓拉坐在沉默電話旁的漫長等待過程。

當然，寇斯莫的太太堅持要與珊卓拉一起過來，先把女兒交給了鄰居照顧。自從寇斯莫死後，這間夜店就一直關閉，她還沒有機會進去過。

所以，當她們一進到寇斯莫辦公室的時候，臭氣就馬上撲鼻而來，而且一看到桌面與地板還看得見深色的乾涸污漬，寇斯莫太太臉色驚恐：那是寇斯莫頭部中槍之後所流出的血液與其他的殘屍。警方立刻判定這是自殺事件，所以鑑識人員也只有執行一般檢驗流程，現場依然可以看到化學試紙。他們早已移走屍體，但卻沒有人清理現場。其實，有專門處理那種業務的公司：靠著特殊產品，可以徹底抹消慘案現場的各種跡痕。不過，珊卓拉發現死者的親屬們總是需要別人提醒，才會想到可以委託第三方來清理現場，他們當然不會想要自己動手，也許是因為悲傷莫名，或者，因為大家總覺得理應會有別人處理這種吃力不討好的工作。

所以，當珊卓拉在盯著電話的時候，那女子拿了一桶水、抹布、地板清潔劑，忙著四處清理。珊卓拉已經告訴她了，單靠這種方法無法去除這種污漬，必須找更強效的清潔劑才行。但她卻說還是想試試看。現在的她震驚不已，一直來回擦洗，完全停不下來。

珊卓拉心想，她太年輕了，不該就這麼成為寡婦。她不禁想到自己當初不過才二十六歲，卻得面對大衛死亡的殘酷現實。每一個人都有權以自身的獨特瘋狂行為面對喪親之痛，比方說，她當時就決定要讓時間完全停擺。她不肯移動家中的任何東西，就連她最痛恨的某些老公生前私人用品也堆得到處都是，大茴香口味的香菸、廉價鬍後水，她擔心會忘記他的氣味。她不能忍受自己的摯愛離世之後、他的其他部分也會從她的生活中消逝不見，就算是最微不足道或是最令人憎惡的習慣也不能放過。

現在，珊卓拉覺得這女子好可憐。要是她沒有依照馬庫斯信中的指令，要是沒有及時找到她的話，她們也不會進入這間辦公室。這女子此刻應該已經到了機場，準備離開，就此展開新生，而不是彎身趴在地上，清理深愛男人的殘屍。

就在這時候，電話響了。

那女子立刻停下動作，仰頭望著珊卓拉，她立刻拿起話筒。

「妳到底是誰？」打電話來的是某名女子。

是她，她一直在追查下落的妓女。聽到對方的口音，珊卓拉就猜到了，「我想要幫妳。」

「妳想要幫我，賤貨，卻拚命在找我？妳知道我在躲誰嗎？」

珊卓拉發現這女子佯裝強悍，但其實怕得要死。「冷靜一下。好，現在聽我說，」她必須表現出更強硬的姿態，這是唯一能夠說服對方的方法，「我只花了兩個小時，打了幾通電話，就追查到妳的下落，妳覺得殺人魔找到妳又需要多久呢？有件事妳可能沒想到，我現在就告訴妳吧：他是殺人犯，很可能與黑社會有淵源，所以我們也不能排除他已經找到不知情的人幫忙找人。」

那女子沉默了好一會兒。珊卓拉心想，好預兆。「妳是女人，我想我可以相信妳的話……」

這是觀察心得，也是請求。

珊卓拉現在知道馬庫斯為什麼會將這個任務交付給她，因為殺人魔是男性，會犯下兇殘惡行的多是男性，所以女人畢竟還是比較可信。珊卓拉開口保證，「對，妳可以相信我。」

電話另一頭又是一陣沉默，這一次拖得更久，「好吧，」那女子說道，「我們在哪裡碰面？」

一個小時之後，她到達夜店。她揹了個小背包，裡面放有她的私人物品，紅色球鞋，寬鬆運動褲，藍色兜帽上衣，外加男款的飛行皮衣，珊卓拉發現對方並非是隨便穿搭。這女子長得很漂亮，年約三十五歲，也許其實更老一點，是那種會令人回頭多看兩眼的美女。但是她不想引人注目，所以才穿得這麼邋遢。話說回來，她還是化了妝，彷彿最嬌柔的那一部分曾經極力抵抗，最後還是贏得上風。

她們坐在SX夜店大廳後面的其中一間小房間裡面。寇斯莫的太太已經走了，留下她們兩個人：她希望與這件事徹底劃清界線，珊卓拉也不能怪她。

「太可怕了，」那女子開始說起前晚的事，而且一直在啃指甲，紅色指甲油被咬得亂七八糟也不管了，「我甚至不知道自己怎麼能逃過這一劫。」

珊卓拉問道，「和妳在一起的那男人是誰？」因為男性受害者身分依然成謎，根本沒有任何媒體提到他的姓名。

那女子怒氣沖沖看著她，「這很重要嗎？我早就不記得他的名字了，就算我記得吧，我怎麼知道那是不是真名？妳覺得男人會對我這樣的女人講真話嗎？尤其是那些有老婆有女友的傢伙？我覺得他就是那種人。」

她說得沒錯，不重要。「好，繼續說下去吧。」

「他帶我去了那棟豪宅，我說我得先去洗手間準備一下。這是我的老習慣，但我想這次因而救了我一命。我待在裡面的時候，出了怪事……我從下方門縫看到了閃光。我覺得是相機，但我猜是因為客人想要玩遊戲。有時候我會遇到這種事，但拍照這種怪癖我還是應付得來。」

珊卓拉想到了羅馬殺人魔，而且她早就發現他會拍下受害者的照片。

「當然，我會多收錢，反正我沒問題。正當我要離開廁所的時候，我聽到了槍響。」

她講不下去了，那段記憶依然讓她餘悸猶存。珊卓拉只能開口鼓勵她繼續說下去，「然後呢？」

「我關了燈，蹲在門口旁邊，希望他千萬不要發現我在那裡。我聽到他在屋內走來走去：因為他在找我。他馬上就會看到我了，所以我必須當機立斷。浴室裡有一扇窗戶，但太小了，我根本鑽不過去，而且我也不想往下跳，搞不好會摔斷腿，卡在那裡動彈不得，而且，萬一他找到我的話……」她低垂目光，「我也不知道我哪來的勇氣，拿起了衣服，因為我要是光著身子逃走，一定是跑不遠的，畢竟外頭天氣那麼冷。」然後，她繼續說道，「遇到危險的時候，腦袋居然會變得這麼靈光，真的十分不可思議。」

她開始岔題了，但珊卓拉不想打斷她。

「我打開浴室的門，裡面一片漆黑。我開始在屋內亂走，努力回想這裡的空間位置。我看到走道底端的某個房間裡有手電筒的光在晃動，他在那裡。要是他立刻出來的話，一定會看到我。我只有幾秒鐘的時間衝到樓梯口：就在我和他的正中間。但我沒辦法橫下心跑過去，我覺得我的每一個動作都會發出吵鬧聲響，一定會被他聽見。」她停頓了一會兒，「我走過去，慢慢下樓，樓上頻頻發出劇烈聲響，他找不到我，一定相當暴怒。」

「他有沒有說什麼？在找妳的時候是否尖叫或破口大罵？」

那女子搖搖頭，「他從頭到尾都沒講話，更讓我覺得毛骨悚然。然後，我看到了大門，從裡面鎖住了，而且沒有鑰匙。我快哭出來了，差點就要放棄。所幸我打起精神，找尋其他的出口……就在這時候，他也走下樓梯，我聽到了他的腳步聲。我趕緊打開窗戶，根本沒看外頭是什麼地方就跳了出去，最後掉在軟趴趴的東西上面，是沙地。我開始往下坡跑，一直衝到海邊才停下來。我躺在地上，痛得要死。當我睜開雙眼的時候，看到了滿月。我早就忘記了月光，在它的照耀之下，我成了脆弱的目標。我抬頭望向剛才跳出的那扇窗口，出現了人影……」她雙肩陡然一沉，「我看不見他的臉，但他看得到我，他站在那裡，動也不動，然後對我開槍。」

珊卓拉問道，「對妳開槍？」

「對，但沒瞄準，差了一公尺，也許其實更接近。然後，我站起來繼續跑，沙地拖慢了我的速度，我越來越慌張，我覺得他一定是打中了我，一直覺得背後一陣熱辣——我也說不上來為什麼，但就是覺得有痛感。」

「他有沒有繼續開槍？」

「又開了三槍，之後就沒有了。我想他一定是下山來找我，但我卻往上逃，找到了大馬路。我躲在垃圾桶後面，等待天亮，那幾個小時是我一生中最難熬的時候了。」

珊卓拉懂得她的心情，「之後呢？」

「我攔了一輛卡車搭便車，在休息站打緊急專線報警。然後，我回家，希望那個人渣不會知道我住在哪裡。我的證件放在隨身包包裡，我和那個想跟我打砲的男人是第一次見面，而且我從來沒去過那間別墅。」

珊卓拉仔細爬梳來龍去脈，心想這女子真幸運。「妳還沒說出妳的名字。」

「我不想說。這有差嗎？」

「給我個名字，至少可以讓我知道該怎麼稱呼妳。」

「米娜，叫我米娜就是了。」

也許這是她平常工作時的化名。「不過，我想要向妳表示我的真實身分：我叫珊卓拉・維加，我是警察。」

聽到這段話，那女子立刻跳起來，「幹！妳在電話裡告訴我沒有警察！」

「我知道，但請妳冷靜一下：我來到這裡並非執行公務。」

她抓起背包，決定要離開，「妳在耍我啊？誰管妳到底是不是在執勤？妳是警察，沒什麼好說的了。」

「對，但我現在已經老實告訴妳了，其實我根本不需要向妳透露身分。我現在與某人一起查案，他不是警察，妳必須要見他一面。」

「他誰啊？」她怒氣沖沖，而且開始起了疑心。

「他與梵蒂岡關係深厚，我們可以幫妳避一下風頭，但妳得要幫助我們。」

那女子停下腳步。她終究沒有其他選擇：她好害怕，不知何去何從。她又坐了下來，就在這時候，她皮衣與上衣的袖口往上一縮，露出了她的左臂。珊卓拉發現她的左腕有疤，就像是那些自殺未遂者留下的印記。那女子發現珊卓拉盯著那裡不放，又趕緊以衣服掩藏，「我通常會戴手鐲遮蓋它，以免被客戶看到。」現在，她的聲音多了一股哀淒，「我這一生已經過得夠苦了……妳說妳可以幫我，所以我求求妳，帶我遠離這場惡夢。」

「我會的，」珊卓拉開口保證，「我們走吧。我帶妳去我家，那裡比較安全。」說完之後，又主動幫米娜拿她的私人用品背包。

第七章

阿格波夫的宅邸位於某個與世隔絕，完全看不到時光跡痕的地方。周邊的鄉村景色，看來依然與十八世紀末期一樣——也就是這棟別墅興築完成的年代，森林與山丘之中隱藏了各式各樣的危險。埋伏的匪徒可能會攔截沒有提防的旅人，行搶之後殘忍割斷他們的喉嚨，以免日後遭人指證。這些屍體都被埋在無名氏墓地，從此再也無人聞問。在古早歲月的月圓之夜，可以看到巫師們在遠方點燃的火光，根據民間傳說，羅馬與其郊區總是到處可見巫人。在黑暗時代，巫師以火頌揚自己的魔神，而他們的下場也是被火給活活燒死。

馬庫斯花了一個多小時才到達那裡。今晚的月亮顯然不如昨晚那麼圓，剛過傍晚七點而已，已經爬到了清冷星夜的最高點。

從外觀看來，這間宅邸相當雄偉，與那位在此工作六年的管家所描述的一模一樣。不過，那位住在養老院的老太太卻沒有講出最令人稱奇的那一面。

從遠處觀望，它宛若一座教堂。

馬庫斯心想，在這段悠悠歲月之中，不知道究竟有多少人誤把這裡當成秘教的祈禱之地。也許這是當初委託興建的屋主刻意選擇，或是負責設計的建築師怪誕之作，哥德風格的立面，卻有好幾座彷彿能夠登上天堂的小型尖塔。建物灰石面反射月光，在屋簷下方營造出瘦長幽影，仿造教堂風格的窗玻璃也發出淡藍清光。大門口有房屋仲介公司的招牌，以大寫字母標示「待售」，不過，下面可以看到先前的那些招牌所留下的痕跡，一直賣不出去。

豪宅大門緊閉。

房子四周的花園種滿了棕櫚樹——這個地方的奢華再次可見一斑。不過，這些樹的外層都是硬厚的樹皮，顯見已經太久沒有專人養護。

馬庫斯爬越欄杆，走過車道，登上通往遊廊的階梯，然後，站在大門口前面。他想起了那位老太太告訴他的事，當阿格波夫一家人住在這裡的時候，她負責掌管八名傭人，但只要一天黑，他們就得走人，等到第二天再過來。馬庫斯心想，要是亞納托利・阿格波夫還活著的話，絕對不會允許他在這種時候出現於此。

那一晚，在這間屋子裡到底出了什麼事？

馬庫斯帶了手電筒，還有從車子裡取出的千斤頂，他利用它打開了淺木色的大門，另一頭可能蘊藏了問題的答案。

月光宛若貓咪一樣，早已先他一步鑽進了大門後方。迎接他的是宛若鬼故事一樣可怕的吱嘎聲響。其實，這也的確是馬庫斯此行的目的：喚醒某個小孩的幽魂，漢娜。

他想到克洛普生前使出的最後一招，想要轉移他的辦案焦點，也就是他送出的那份地圖，想必又是另一種欺敵術。

「你的故事最後篇章，無名童……」但是他沒有上當。

現在，他已經來到了這裡，他希望也能在此發現自己正在找尋的故事。

他再次借用管家的敘述當作指引，當他詢問亞納托利・阿格波夫是什麼樣的人時，她做出了這樣的回答，「他個性嚴厲，非常苛刻，我覺得他不喜歡住在羅馬。他為俄羅斯大使館工作，但幾乎都待在家中，關在書房裡不出來。」

書房，第一個要好好研究的地方。

他在屋內四處摸索了好一會兒之後、才終於找到書房。要辨別各個房間的差異其實並不容易，部分原因是因為裡面的家具都鋪上了避免沾塵的白色床單。馬庫斯掀開了某些布罩，找尋線索，看到了日常用品、家具、設備都放置在原位，未來購買這間豪宅的屋主——如果真有那麼一天的話——將會繼承阿格波夫家族的一切，但壓根不會知道這一家人的過往，或是曾在這些物品之間發生的悲劇。

書房裡有座大書櫃，前方放置了一張橡木書桌，馬庫斯立刻掀開了所有的防塵布。他坐在書桌後方的扶手椅——想必這裡就是亞納托利・阿格波夫發號施令的地方——然後，他開始搜抽屜，但右側的第二個抽屜卡住了。馬庫斯靠雙手使勁猛拉，終於突然開了，落地的聲響在屋內發出了回音。

在抽屜裡的那一堆東西當中有個相框，正面朝下，馬庫斯把它翻過來，他早就看過那照片了：管家給了他，後來被費南多燒毀的那一張。

一模一樣。

因為時光久遠而褪色的照片，拍攝日期在一九八〇年代，看起來應該是靠著自拍定時器留下的影像。在正中央的是亞納托利．阿格波夫，年約五十多歲，頭髮後梳，留有黑色的山羊鬍。他右邊是漢娜，身穿紅色絲絨小洋裝，頭髮不算長，但也不是短髮，以緞帶將瀏海梳高，照片中唯一微笑的人就是她。左側是維克托，西裝領帶打扮，瀏海遮住了雙眼，神情憂鬱。

父親與小孩，兩個長得幾乎一模一樣的雙胞胎。

馬庫斯再次注意到他當初皺眉的細節，亞納托利．阿格波夫握住的是兒子的手，而不是牽著漢娜。

他對此一直不得其解，根據管家的說法，那小女孩是父親的心頭肉，「我只看過他笑過一次而已，那次就是和漢娜在一起。」

他又想到了當初自己的疑問，這是一種示愛的姿態？或是某種彰顯權威的方式？那隻人父之手其實是狗鍊？現在，他找不到任何解釋，所以他把照片放入口袋，決定要繼續檢查屋內的其他區域。

在巡視房間的時候，馬庫斯想起了女管家跟他提起有關雙胞胎的事。

「大部分的時候，我們看到的都是漢娜。有時候她會偷偷從父親身邊逃開，溜進廚房找我們，或是看著我們做家事，她是光之童。」

光之童。馬庫斯當時喜歡這樣的形容詞。不過，從父親身邊逃開？這又是什麼意思？先前的疑問再次浮現心頭。

「那兩個小孩沒上學，也沒有請家教，阿格波夫先生親自當他們的老師，而且他們也沒有朋友。」

當馬庫斯向管家詢問維克托的事，她是這麼說的，「說出來你也許不信吧？在這六年當中，我只看過他八次，至多九次吧。」後來，她還說道，「維克托不說話，他總是很安靜，只是默默觀察一切。有兩次我看到他躲在房間裡，不說話，只是盯著我不放。」

馬庫斯拿著手電筒巡照各個房間，依然覺得維克托無處不在，可能是躲在沙發或是窗簾後面。現在，他只是某道倏忽幽影，可能是馬庫斯的想像，也可能是這棟屋子的產物，因為悲傷小男孩的童年依然在此死纏不休。

他在樓上找到了那兩個小孩的房間。

相鄰的兩個房間，而且十分相像。小小的床，搭配彩色鑲木的床頭板，小小的書桌椅。漢娜的房間主色是粉紅色，而維克托的則是咖啡色。漢娜房間裡有個扮家家酒娃娃屋，裡面的家具一應俱全，而維克托的房間裡則有一架小型直立式鋼琴。

「他總是把自己關在房間裡，偶爾我們會聽到他在彈鋼琴。他彈得很好，而且還是數學天才。有個女傭曾經整理過他的東西，發現了一疊又一疊的計算紙。」

果然，都堆在那裡。馬庫斯在書櫃裡看到那一疊疊的紙張，一旁還有代數、幾何學的書籍，以及一個老舊的算盤。不過，在漢娜的房間，卻有一座裝滿洋娃娃衣服的大衣櫃。架子上擺滿了五彩繽紛的蝴蝶結、閃亮的鞋子、小帽子，全都是爸爸寵溺心愛小孩所送出的禮物。

維克托痛恨自己與妹妹之間的競爭關係，這是殺害妹妹的完美動機。

「我們偶爾會聽到那兩個小孩在吵架，但他們也會玩在一起，他們最喜歡的遊戲就是捉迷藏。」

馬庫斯心想，捉迷藏，鬼魂最愛的遊戲。他曾經詢問過那位老太太，「漢娜是怎麼死的？」

「啊，神父，某天早晨，我與其他僕人一到達那間別墅，就發現阿格波夫先生坐在外頭的階梯，雙手搗住臉，哭得哀痛欲絕。他說他的漢娜死了，突如其來的高燒奪走了她的生命。」

「妳相信他的話嗎？」

她臉色一沉，「本來是信的，但我們後來看到女孩的床上有血，還有那把刀。」

馬庫斯心想，刀子：殺人魔最愛的武器，後來加上了魯格手槍。也許，真的只是也許，那時候就有機會阻止維克托犯案，但當時沒有人報警。

「阿格波夫先生是位高權重的人，我們能怎麼辦？他立刻將棺木運回俄羅斯，所以漢娜可以埋在她母親的身邊。然後，他辭退了所有的人。」

阿格波夫想必是運用自身的外交豁免權粉飾一切。他把維克托送入哈默林精神病院，自此之後，一個人住在那間屋子，終老至死。這男人早已成了鰥夫，不過，馬庫斯現在才發覺自己檢查了這麼久，居然完全找不到任何能夠喚起對妻子與早逝母親記憶的物品。

沒有照片，沒有遺物，什麼都沒有。

他這一趟豪宅之旅的終點是閣樓，裡面堆滿了老舊家具，不過，不僅如此而已。

還有一道上鎖的門。

除了主要的門鎖之外，還外加了三個尺寸不一的掛鎖。這麼多道的防護措施，馬庫斯一點也不意外：他毫不遲疑，拿起一張老舊的椅子，狠敲那道門，一次、兩次，又多加了好幾次，那道門終於不敵猛力，破了。

他拿起手電筒一照，立刻就明白為什麼這棟豪宅內完全看不到阿格波夫太太的過往痕跡。

第八章

她回到了特拉斯特維雷的公寓，在沙發上弄好了床被。

趁著米娜在洗澡的時候，珊卓拉開始為她煮東西。她實在很想要動手翻這名女子的背包，也許可以找出她真實身分的文件，不過，她還是忍住了。對方開始信任她，珊卓拉相信自己能夠讓她講出更多的心事。

雖然她們相差了好幾歲，而且珊卓拉還比較年輕，但她卻立刻覺得自己像是大姊姊。她很同情米娜，覺得她處境堪憐，也許是因為悲情痛苦過往所留下的後遺症。她不禁心想，自己在面對諸多人生選擇的某些時刻，是否真的選擇了正確的續行道路。

珊卓拉擺好餐桌，打開電視，出現了新聞。當然，主題全圍繞在殺人魔在薩包迪亞的最新犯行。記者們指出這次女性生還者成功逃脫，所以兇手算是失敗了一半，而警方依然還沒有追查到遇害男子的身分。

她心想，顯然憲兵隊保密的能力比我們技高一籌。然後，她又想到剛才米娜所說的話，不知道那個男人是否有妻子或老婆，也不知道是否已經接到了噩耗，珊卓拉真心覺得對方好可憐。就在這時候，她發現米娜站在廚房門口，穿的是麥克斯的睡袍，珊卓拉先前好意借給她的衣物。她盯著電視，全身顫抖，珊卓拉拿起遙控器，關掉電視，不想害她情緒更加不安。

「妳餓了嗎？」她問道，「坐吧，已經煮好了。」

她們用餐的時候幾乎都沒說話，因為米娜突然陷入沉默。也許是昨晚令人激動難平的回憶，最重要的是，發覺自己逃過死劫的強烈意識感，開始在她的心頭一一浮現。腎上腺素造成她情緒反應鈍化，一直到剛剛才恢復正常，所以她處於驚嚇狀態也很正常。

珊卓拉發現米娜用餐時一直把左臂放在餐桌下面，也許她不希望SX夜店時的事件重演，不小心露出手腕的疤，她深以為恥的那道痕跡。

「我結過一次婚，」珊卓拉想要引發對方的好奇心，「我先生很好。他名叫大衛，已經死了。」

米娜不再死盯著盤子，揚起目光，面色詫異。

珊卓拉回道，「說來話長。」

「要是妳不想說的話，幹嘛跟我提這件事？」

珊卓拉把叉子放在桌上，望著米娜，「因為做出激烈傻事，想要消抹傷痛的人不是只有妳一個而已。」

米娜用右手抓住左腕，「大家說要是第一次失敗的話，第二次會容易一點。才不是這樣，但我一直不放棄，希望總有一天能夠達成心願。」

「不過，昨晚兇手對妳開槍的時候，妳並沒有等在那裡吃子彈。」

這番話逼得米娜必須深思其中的意涵，然後，她爆出大笑，「妳說得沒錯。」

珊卓拉也跟著她一起哈哈大笑。

不過，米娜又轉趨嚴肅，「妳為什麼要為我做這麼多事？」

「因為幫助別人讓我過得更開心。拜託，現在先讓我們吃完晚餐吧，因為妳得好好睡一覺。」

米娜不發一語，身體僵直。

珊卓拉發現不太對勁，「怎麼了？」

「我沒對妳說實話。」

珊卓拉雖然不知道謊言的內容，但倒也不覺得驚訝，「無論妳撒了什麼謊，都一定有補救的機會。」

米娜咬住下唇，「其實我有看到他的臉。」

這句話把珊卓拉嚇得當場愣住不動，「妳的意思是妳有辦法指認他？」

米娜回道，「是的。」

珊卓拉立刻起身，「那我們立刻去找警察。」

「不行！」米娜尖叫，伸手阻擋珊卓拉，又柔聲哀求，「拜託妳別這樣。」

「我們必須在妳記憶尚未消退之前立刻做出模擬繪像。」

「相信我，只要我還有一口氣，我絕對忘不了他的臉。」

「才不是這樣，過了幾個小時之後，記憶就會開始失真。」

「要是我去找警察的話，我就完蛋了。」

這話是什麼意思？她為什麼這麼怕警察？珊卓拉百思不解，但她還是得有所作為才行。「妳的描述能力還可以吧？」

「嗯。問這個幹什麼？」

「因為我很會畫畫。」

豪宅閣樓裡的密室有個腳架，上頭放了專業相機。鏡頭前方的擺設類似攝影棚，還有可以變換顏色的背景。此外，還有各種可以放在舞台上的家具——小凳、沙發、貴妃椅，甚至還有一套化妝台，桌面上的美妝工具一應俱全，各色腮紅、粉餅、刷具、唇膏。

但立刻吸引馬庫斯目光的其實是某根橫桿所懸掛的那些女裝。他拿手電筒照過去，一件件撥翻，各種顏色的高雅洋裝，某些是晚禮服，有的是真絲，有的是緞料……馬庫斯立刻發現到讓他驚駭的細節。

這些華服不是成年女人的衣裝，而是小女孩的尺寸。

不過，一股恐懼感油然而生，他知道真正令人驚恐的真相恐怕是在牆角的幕簾之後。果然，當他推開之後，證實了他心中的懷疑，這裡是亞納托利．阿格波夫沖洗照片的暗房。好幾個水盆、酸劑與化學藥水、沖片罐、底片放大機、紅光燈泡。

書桌一角堆了一大疊照片，也許是廢棄的垃圾。馬庫斯走過去，把手電筒放在地上，所以才能靠雙手逐一檢視。

全是模糊、刺目、令人不舒服的照片，裡面的主角只有一個人：漢娜，她穿的都是橫桿上的那些衣服。

小女孩在微笑，她對鏡頭眨眼時的表情似乎很開心，但馬庫斯依然可以感受到她深層的不安。

表面上看起來沒什麼，當然沒有任何與性有關的成分，似乎只是個遊戲。不過，仔細觀看，的確可以看出變態之處，這是某名喪妻男子把女兒當成替代品的病態行為，以某種猥褻的展示方式滿足自己的瘋狂。

難怪他一天黑就要趕走傭人，他想要一個人偷偷搞這種事。

維克托是不是也遺傳了父親的變態性格？所以才會在女性受害人的臉上化妝？拍下她們的照片？

馬庫斯像機器人一樣翻照片，心中開始冒出怒火，他找到了另外一張家庭照，和養老院老太太給他的那一張非常相像，也就是他在亞納托利·阿格波夫書房抽屜裡找到的那一個相框。父親與雙胞胎子女，靠定時器拍攝，漢娜在微笑，而阿格波夫卻只牽著維克托的手。

但在這張照片裡，卻看不到那個小女孩。

只看到父親與兒子，同樣的構圖，同樣的姿勢。怎麼可能？馬庫斯決定要比對口袋裡的那張照片。

除了那個明顯的差異之處之外，一切都一模一樣。比較這兩張照片，可以看出正版是亞納托利只與維克托在一起的父子照。

「上帝啊。」馬庫斯聽到自己喃喃地說。

另外一張是拼貼圖。

沒有漢娜這個人。

第九章

光之童只存在照片之中。

她是視覺幻象，是詐術的產物，其實並沒有這個人。

在哈默林精神病院的那卷錄影帶當中，九歲的維克托所說的都是實話：他並沒有殺害他妹妹，原因很簡單，漢娜並不存在。但克洛普與他的手下並不相信他的話，一直沒有人信。

漢娜是亞納托利．阿格波夫病態幻想的成果。

「那兩個小孩之間的關係如何？」

「我們偶爾會聽到那兩個小孩在吵架，但他們也會玩在一起，他們最喜歡的遊戲就是捉迷藏。」

捉迷藏。馬庫斯心想，那是管家的措辭。

其實從來沒有人看過這對雙胞胎一起出現。

亞納托利．阿格波夫為了滿足某種變態心理，自己編出了這個女孩，或者，他純粹就是瘋了，而他強迫兒子穿上女孩的衣服，迎合自己的瘋狂行徑。

維克托慢慢發現他父親偏愛的是幻想妹妹，所以他開始說服自己是那個女孩，才能贏得爸爸的歡心。

也就是在那個時候，他出現了人格分裂。

不過，他的男性心理特質並沒有完全屈從，偶爾他會回復成維克托，然後又開始飽受煎熬，因為他覺得自己完全得不到父親關注。

這種狀況持續了多久？男孩又是從什麼時候開始抵抗？完全無法得知。不過，某一天，他的忍耐已經到了極限，決定要殺死「漢娜」，懲罰他的父親。

馬庫斯還記得管家的說詞：亞納托利．阿格波夫十分哀傷，將女兒的屍首送回母國，靠著自己享有的外交豁免權掩蓋一切。

但馬庫斯現在明白了，棺材裡沒有人。

殺害漢娜之後，維克托達到目的：他解脫了。但他卻沒猜到瘋狂的父親決定要把他送入哈默林精神病院，讓他與其他真正犯下可怕罪行的小孩在一起，由克洛普與他的人馬撫養長大。

馬庫斯不知道，還有沒有比這更悲慘的命運。維克托明明沒有犯下任何錯誤，但所受的虐待卻接踵而來。

多年之後，這些傷痕讓他就此成魔。

他專挑情侶下手，因為他在他們身上看到他自己與妹妹的影子。馬庫斯心想，他的行兇動機來自於過往受到的不平等待遇。

不過，不只如此。

但他必須先找珊卓拉談一談。他把車開入休息區，準備打電話給她。

鑑識拍照的訓練課程，也包括了模擬繪像。

學員們必須輪流扮演目擊者與畫家的角色。原因很簡單：他們必須要學習觀察、描述，並且重新繪製。不然的話，他們只會永遠靠相機完成所有的工作。其實，未來任務應該是由他們自己主導鏡頭，宛若以相機進行「繪圖」。

靠著米娜提供的細節，珊卓拉重建了殺人魔的面孔，一點都不困難。畫完之後，她把成果拿給米娜看，「像嗎？」

米娜凝神觀看，回得斬釘截鐵，「對，沒錯。」

這時候，珊卓拉也看得更加仔細，果然，他的平凡樣貌讓她嚇了一跳。

這個殺人魔看起來就像是個普通人。

小小的棕色眼眸，寬額，略大的鼻子，薄唇，沒有留鬍鬚。這些模擬繪像的面孔總是平淡無奇，看不出仇恨或憤慨，他們筆下那些嫌犯的邪惡心理狀態，完全不外顯，所以他們看起來一點都不嚇人。

珊卓拉對米娜微笑致謝，「很好，妳幫了大忙。」

「謝謝，」米娜回道，「我已經很久沒聽到別人稱讚我了。」終於，她也露出微笑，現在她心情平靜多了。

「快去睡吧，妳一定很累了。」珊卓拉繼續扮演大姊姊的角色，然後，她進入隔壁房間掃描畫像，準備寄給克里斯匹警司還有憲兵隊。

她告訴自己，這是為了悼念莫洛副處長。

不過，她還沒來得及完成掃描，手機卻在此時響起。未知號碼，但她還是立刻應答。

「是我。」開口的是馬庫斯，語氣很亢奮。

「我們有了殺人魔的模擬繪像，」珊卓拉頗為自豪，「我遵照你的指示，找到了薩包迪亞的那名妓女：她把嫌犯的長相細節都告訴我了。現在她在我家，我正準備要送出……」

「別管那個了，」馬庫斯有些焦急，「她看到的是維克托，但我們必須找尋漢娜。」

「什麼意思？」

馬庫斯立刻將那棟豪宅裡的線索、光之童的事全告訴了她，「我的判斷沒錯，全部的答案都在第一次的犯罪現場之中：歐斯提亞的松林。殘暴敘事者：故事的終曲剛好與開端一致。不過最重要的線索反而是那些看起來最微不足道的部分：迪安娜・德爾高蒂歐所寫下的『他們』，還有兇手更換了衣服。」

「再講清楚一點……」

「昏迷的迪安娜在短暫甦醒的時候想要告訴我們一件事：漢娜與維克托同時出現在犯罪現場，他們。」

「怎麼可能？從頭到尾就沒有漢娜這個人啊。」

「兇手換了衣服，這就是關鍵！久而久之，維克托終於成了漢娜。其實，在他童年時代化身成為他妹妹的時候，他不再是畏縮羞怯的男孩，反而變成了人見人愛的小女孩。在成長的過程中，他做出決定，為了要得到別人的接納，他要當漢娜。」

「不過，為了要殺人，他又變回維克托，所以他必須要更換衣服。」

「就是如此。殺人之後，他又變回漢娜。在歐斯提亞的凶案現場，警方在車內找到男人的襯衫，那是他不小心留下的證物，他誤把喬奇歐．蒙特費奧里的衣服給拿走了。」

珊卓拉做出結論，「所以我們必須要找的是女人。」

「記得DNA嗎？他根本不在乎警方與憲兵隊已經掌握了那條線索，他知道自己有了安全的性別偽裝，因為他們在找尋的對象是男人。」

珊卓拉說道，「不過，他殺人的時候是男人。」

「薩包迪亞現場留下的DNA不是識別印記，而是挑戰。他彷彿要告訴我們：你們永遠也找不到我。」

「為什麼？」

「我猜他對於自己的偽裝充滿信心，因為在過去這幾年當中，他動了變性手術，」馬庫斯很篤定，「漢娜想要消抹維克托，但他偶爾還是會再次現身。漢娜知道維克托會傷害她：就像是他在小時候想要殺死她一樣。所以，她讓他殺害情侶，重現他當初戰勝她的情景：這是能夠讓他乖乖不搗蛋的方法。他並沒有把受害人當成情侶，而是哥哥與妹妹，記得嗎？」

「你在說什麼？我聽不太懂。你的意思是維克托小時候想要殺死漢娜？」

「對，我想維克托小時候曾經有過自殘行為，比方說割腕。」

夕陽西下，僕人們就離開了那間屋子。

維克托從自己臥室的窗戶望出去，看著他們走過長長的車道直到大門口，他總是流露出相同的渴望：與他們一起離開。

但他走不了，他一直沒有離開過這間豪宅。

就連太陽也背棄了他，立刻消失在地平線的後方。恐懼出現了，每個晚上都是如此。他真希望有人會過來，把他帶離這個地方，電影與小說裡都有這樣的情節，不是嗎？只要主角遇到危險，總會有人前來拯救。維克托閉上雙眼，全心祈禱願望實現。有時候，他會告訴自己美夢即將成真，但從來沒有人來救他。

不過，倒不是每個夜晚都一樣。有時候，時光會以另外一種方式慢慢流逝，他就可以全心投入在數字裡面——那是他最後的避風港。至於其他時候，屋內的沉靜卻總是被父親的頻頻呼喚所打斷。

「妳在哪裡？」他會以柔聲不斷呼喚，「我的小美女在哪裡？我的可愛洋娃娃呢？」

這種溫柔態度的目的就是要引他出來。維克托曾經躲父親躲了好一陣子。有些地方，大家就是找不到——他與漢娜在這間大房子裡玩捉迷藏的時候，他會仔細找尋這些角落，但是你畢竟沒有辦法一輩子躲下去。

所以，時間一久，維克托學到了不要抵抗。他會進入他妹妹的房間，從衣櫥裡挑選衣服，穿上之後，扮成漢娜。然後，他會坐在床上，靜靜等待。

「我的可愛小美女！」他父親會露出笑容，伸出雙臂迎接他。

然後，父親會牽著他的手，一起上閣樓。

「漂亮的洋娃娃必須要展現出美麗的那一面。」

維克托會站在小椅凳上面，看著父親架好相機與燈光。他父親是完美主義者，會逐一檢視藏在秘密房間裡的擺飾品，挑出想要的那一個交給維克托，然後向他解釋等一下應該要做出什麼樣的動作。不過，他父親會自己先幫他化妝，他特別喜歡用唇膏。

有時候，漢娜想拒絕，父親就會立刻發脾氣。

「是妳哥哥給妳洗腦的，對不對？每次都是他給我出亂子，這個沒有用的小畜生。」

漢娜知道他可能會遷怒在維克托身上——他曾經在她面前刻意拿出自己藏在抽屜裡的左輪手槍。

他還威脅放話，「我會處罰維克托，就像是我當初懲罰他那沒用的媽媽一樣。」

所以她就乖乖聽話了——她一向如此。

「我的乖巧小美女，這一次我們不需要繩索。」

維克托一直覺得，要是他母親還在的話，狀況應該就不一樣了。其實他記得她的部分並不多，比方說，她雙手的氣味，還有她把他拉到懷中，唱歌哄他入睡時的溫暖胸脯，除此之外，就沒有別的了。畢竟她只出現在他生命中的前五年而已。不過，他知道她長得很漂亮，「豔冠群芳的絕色美女。」爸爸不對亡妻動怒的時候，依然會說出這樣的話，他現在已經再也無法對她生氣，再也無法對她不屑吼叫。

維克托很清楚，她已經不在人世，他自己也就自然成為亞納托利．阿格波夫發洩仇恨的對象。

在莫斯科的時候，他媽媽過世，他爸爸立刻把她抹消得乾乾淨淨，只要能夠想起她的所有物品，他全都扔了。讓她自己更加美麗的化妝品、衣櫥裡的衣服、日常用品、擺設家中多年的裝飾品。

還有那些照片。

他把它們全扔進壁爐裡。他們的住所只剩下一大堆的空白。父子兩人想要裝作視而不見，但實在很難辦得到。有時候，他們坐在餐桌前，兩人的雙眼都會同時盯著屋內某個空蕩蕩的角落。

維克托還是努力過著這樣的日子，但是對他的父親來說，這樣的空白成了某種糾纏。

然後，某一天，他帶著某件掛在衣架上的女裝進入維克托的房間，黃底紅花。他不發一語，叫他穿上那件衣服。

維克托依然記得很清楚當下的感受，他站在房間正中央，赤腳站在冰冷的地板上，亞納托利．阿格波夫神色嚴肅盯著他，這衣服是他身材的兩倍大，維克托覺得自己好滑稽，但他的父親卻根本不在意這一點。

他爸爸一直沉浸在自己的思緒裡，最後終於開口，「你的頭髮必須再留長一點才行。」

然後，他父親買了相機，之後一切的必需品也都陸續到位，他漸漸成了專家。而且，他再也不會弄錯衣服尺寸——就連這一點也變得十分在行。

所以阿格波夫開始為他拍照，起初他以為這是某種遊戲。即便後來發現狀況怪怪的，他還是乖乖遵從父親的指示。他從來不問這種事究竟是對還是錯，因為小孩子非常清楚，他們的父母親永遠是對的。

所以，他也不覺得有什麼不好，而且，他一直很害怕對父親說不——他隱約覺得這樣不好。但過了一陣子之後，他告訴自己，要是有哪個遊戲會讓你感到懼怕，也許那就不只是個遊戲而已了。

當他父親不再喊他維克托，反而叫他另一個名字的那一天，他就知道自己的不祥預感果然成真。這件事發生得相當自然，那名字參雜在某個句子之間，就像是平常講的話一樣。

「漢娜，現在請妳轉側面好嗎？」

這名字到底從哪裡冒出來的？而且他的語氣怎麼如此溫柔？起初，維克托以為是哪裡搞錯了。但後來這怪事不斷發生，最後就成了慣例，當他詢問父親漢娜是誰的時候，他的回答簡單明瞭，「漢娜是你妹妹。」

當亞納托利拍完照片之後，就會把自己關在暗房裡沖洗照片。到了這時候，漢娜就會知道自己的任務結束，她可以回到樓下，再次變回維克托。

不過，有時候雖然父親沒有主動要求，維克托也會自願穿上漢娜的衣服，去找那些僕人。他發現他們對他妹妹態度友善，會對她微笑，和她講話，對她充滿興趣。維克托發現當自己穿著那些衣服的時候，與陌生人的互動就輕鬆多了。他們再也不是充滿敵意的冷淡之人，再也不會露出他憎恨至極的那種神情，他稱之為憐憫。他在母親死掉的那一天，曾經在她臉上看到那樣的情態，那具死屍的目光盯著他，彷彿在對他說話，「可憐的維克托」。

不過，他的父親也偶爾會對他好聲好氣。有的時候，氣氛變得不一樣，維克托總是希望那樣的時刻可以天長地久。比方說，父親曾經希望兩人為了畫像而一起拍照，那一次沒有漢娜，只有爸爸與兒子，而維克托當時好不容易才鼓起勇氣，真正握住父親的手。他爸爸居然沒有推開他的手，真是太不可思議了，那感覺真的好幸福。

但改變都不會恆久。後來，一切又恢復到原始樣貌。漢娜又成了寵兒。不過，自從與父親拍下那張照片之後，維克托的心中有某個部分碎裂了，他的失望，成了他再也無法忽視的傷口。

而且，一直當個懼怕的小孩，已經讓他十分厭倦。

有一天，他把自己關在房間裡——是個雨天，他討厭雨水。他趴在地板上，專心在解算式——這是讓他自己放空的方法，什麼都不必想，眼前出現的是某個初二的等式：

$$ax^2+bx=c=0$$

為了要解決未知的x，等式的其他代數必須歸零，所以得要被消滅。他的腦袋對於數學很在行，馬上就想到了解答。等式左邊就是他與漢娜，如果要得到零的結果，他們就必須消滅彼此。

所以，他靈機一動。

零是一個美妙的數字。它是某種寧和狀態，完全不會受到侵擾。大家並不了解零的真正價值。對他們來說，零是死亡，但對他而言，它也可能是自由。在那一刻，維克托已經有所體悟，不會有人來解救他，繼續奢望也沒有用，不過，也許數學能夠救他一命。

所以他進入漢娜的房間，穿上她最美麗的衣裳，呈大字形躺在床上。沒多久之前，他偷了父親的舊獵刀。起初，他只是把刀口擱在皮膚上面，享受快感，好冰涼。然後，他閉上雙眼，咬緊牙關，妹妹在他的內心世界裡呼喊，求他不要這樣，但他完全置之不理。他反而拿起刀子，朝自己的左腕劃下去，任由刀口陷入肉內，那股疼痛讓人受不了，一股溫暖黏稠的物質從他的指間滑落，然後，他漸漸失去了意識。

再也沒有維克托，再也沒有漢娜。

歸零。

等到他再次睜開雙眼的時候，發現他的父親抱著他，拿了毛巾為他止血。他爸爸哭得歇斯底里，輕輕搖晃他。維克托發現父親在講話，一開始的時候，他完全聽不懂。

「我的漢娜不見了，」然後，「你做了什麼？維克托？你做了什麼？」

後來，維克托才明白，在亞納托利．尼可萊耶維奇．阿格波夫的眼中，這個手腕上的小疤是他所無法忍受的缺陷。他的小美女的雪白肌膚怎麼可以出現這種東西？從那天開始，他就再也不幫她拍照，自此之後，漢娜已死。

不過，死的只有漢娜，這是驚天動地的大消息。維克托雖然覺得自己不舒服，但卻享受到前所未有的快樂。

他的父親卻依然在僕人面前哭泣，某些人也一起感傷落淚。後來，亞納托利辭退了他們，永不再見。

這種新生活，沒有恐懼的新生活，也只持續了一個月而已。但對於把棺木送到莫斯科，等待傷疤痊癒這兩件事來說，已經綽綽有餘。某個晚上，在維克托還沒睡著之前，房門開了，走廊上的光線流瀉進來，宛若銀色刀鋒一樣。他認出站在房門口的剪影是父親，臉龐正好落於幽暗地帶，維克托看不見他的表情，乍看之下，他還以為父親在微笑。

他動也不動。不過，後來還是開口講話了，語氣淡漠冷酷。

「你不能繼續待下去了。」

這時候，維克托的心陡然一沉。

「有個地方專門收容你這種壞孩子，你必須過去。從明天開始，你就會住在那裡，它將成為你的新家，你再也不能回來這裡。」

第十章

「……我猜維克托在小時候曾經出現過自殘行為，比方說割腕……」

馬庫斯的最後幾句話讓珊卓拉嚇得氣都沒了。

「我的天，他在這裡。」

「妳在說什麼？」

她好不容易才嚥下口水，「是她，那個妓女就是漢娜，趕快報警。」然後，她立刻掛了電話，因為她時間不多了。她在回想自己把手槍放在哪裡，臥室。太遠了，她鐵定來不及，但還是得要試試看。

她往門口走了一步，正打算要繼續朝走廊前進的時候，卻愣住不動。那女人在那裡，背對著珊卓拉，而且已經換裝。

她改穿男人的衣服，深色長褲，白色襯衫。

維克托轉身，他手裡拿著珊卓拉的相機，「妳知道嗎？我也會拍照？」

珊卓拉不敢動，但她注意到他打開了背包，早已拿出相機還有一把舊獵刀，整整齊齊放在沙發上面。

維克托發現她正盯著那些東西，「哦，對啊，」他說道，「昨晚我已經用過那把左輪手槍，現在它已經派不上用場了。」

珊卓拉不斷往後退，發現自己的背已經貼住了牆面。

「我剛聽到妳在講電話，」維克托再次拿起珊卓拉的相機，「但妳覺得我會沒猜到嗎？這一切都經過精算：因為我是數學高手。」

無論對精神變態說什麼，都可能會引發難以預料的反應，所以珊卓拉早就決定要保持沉默。

「為什麼不跟我說話了？」維克托嘟嘴，「妳生氣嘍？昨晚我在薩包迪亞並沒有犯下任何錯誤，我只是分開解題而已。」

他在說什麼？到底是什麼意思？

「消滅彼此，數值得零。」

珊卓拉全身起了一陣冷顫，她輕聲說道，「麥克斯……」

維克托點點頭。

珊卓拉雙眼盈滿淚水，「為什麼要挑我們？」

「那天晚上，警察在講話的時候，我看到妳劃了一個顛倒的十字聖號。那個手勢是什麼意思？我小時候被關在精神病院的時候，經常看到他們做出那個動作，但我一直不明白那代表什麼。」

珊卓拉依然沉默。

維克托聳肩，彷彿他其實完全不在意。「報紙與電視只要出現有關我的報導，我一定緊盯不放。不過，妳還有一點讓我印象深刻，我看到妳的時候，妳正忙著把相機放回包包裡。我也告訴過妳了，我喜歡相機，妳是我玩遊戲的完美目標，」他的臉色一沉，「這就像是我爸爸每次為了要說服漢娜擺姿勢拍照，對她所說出的話，『這只是遊戲而已，不需要害怕。』」

珊卓拉的腳跟已經蹭到踢腳板了。她靠著觸覺摸索，緩緩向右側移動，緊貼著牆。

「妳有沒有注意到？人們垂死之前的行為態度很奇怪？歐斯提亞的那個女孩一直尖叫，請她男友不要拿刀刺她。但我對他下令，他乖乖照做，我不覺得他愛她……那個女警，琵雅・利蒙蒂，卻又是另一個模樣。到了最後很感謝我。沒錯，我一直折磨她，後來連我自己都嫌累了，我說要殺她滅口的時候，她真的向我道謝。」

珊卓拉怒火中燒，因為她可以想像當時的情景。

「那個德國女孩，搭便車的背包客，我根本不記得細節了。她一直在求我，但我聽不懂她講的話。我後來才弄懂她想要講的是她懷了小孩，至於麥克斯……」

珊卓拉不確定自己是不是想要知道他是怎麼死的，一滴淚水滑落臉頰，維克托也看到了。

「妳怎麼會為他掉淚？他背著妳偷偷嫖妓。」

他說話的語氣讓珊卓拉氣得怒火中燒。

「我編的那段從薩包迪亞別墅的逃脫故事，妳還喜歡嗎？漢娜的想像力非常豐富。過去這些年當中，她化身成許多不同的女性，欺瞞了她遇到的每一個男人，米娜是她最成功的角色。她喜歡和男人出去，要是我沒有在她身上還魂，她就會繼續與男人交往。」

珊卓拉已經移動了一公尺左右的距離。

「等到她變性之後，她以為可以就此甩掉我，但我偶爾會回來。起初那幾次，我只是一閃而過的念頭，她腦海裡的某個聲音。某個晚上，她和一名客戶在一起，我出現了，目睹一切。我開始尖叫，對著他的大老二大吐特吐。」他哈哈大笑，「妳應該要見識一下那男人的嫌惡表情。他想要揍我，但如果他敢動手的話，我光靠赤手空拳就能殺死他，他都不知道自己有多好運。」

珊卓拉不確定維克托還會講多久，她必須要有所行動，時間迅速流逝，不會有人來救她。現在，她距離大門口只有幾步而已。要是她打算衝到樓下，他一定抓得到她，但她也可以開始尖叫，引來別人的注意力。

「老實說，我真的無意殺妳，但我不得不如此。因為，每當我殺人之後，漢娜就會變得好害怕，就會讓給我更多的空間。我相信隨著時間慢慢過去，最後一定又只會剩下我而已，維克托……我知道大家都比較喜歡我妹妹，但我也發現還有別的方法可以吸引眾人的目光……就是恐懼，那也算是一種感情，妳說是不是？」

珊卓拉衝向門口，維克托嚇了一大跳，但還是跟了過去。珊卓拉把他推開，但他卻死抓住她的手臂，她只能拖著他進入玄關，他不斷揮拳攻擊她的背部，「妳逃不了的，小美女，沒有人能夠離開這裡！」

珊卓拉開門，已經逃出了家門口。她想要大叫，但卻喊不出聲音，想必是因為驚慌失措，而不是因為奔逃。

維克托抓住珊卓拉的頭猛撞地板，她的後腦勺不斷受到重擊，差點昏過去。雖然她眼前一片模糊，但依然看到他走回屋內。他去哪裡？珊卓拉想要靠手臂支撐起身，但卻又再次倒地，撞到了太陽穴。她的眼眶盈滿淚水，透過那層流動霧幕，她看到他又朝她走來，整張臉因憤怒而扭曲。

他拿了刀子。

珊卓拉閉上雙眼，準備迎接第一刀。但她並沒有感受到疼痛，反而聽到女人的尖叫聲。她睜開雙眼，看到維克托躺在地上，有個男人背對著她，壓制了維克托，他拚命掙扎，淒慘尖叫，但對方不肯放手。

那女人的尖叫聲突然變得雄壯，然後又轉為嬌柔，令人毛骨悚然。

那男子面向珊卓拉，「妳沒事吧？」她想要點頭，但不知道自己能不能做出這個動作。

克里蒙提想要讓她安心，開口說道，「我是聖赦神父。」

珊卓拉從來沒看過他的臉孔，也沒聽過他的名字，但她信任他。對方又給了維克托一拳，他終於安靜下來。「快離開，」她聲音微弱，還是勉力說出口，「警察……你的秘密……」

克里蒙提只是微笑。

珊卓拉這時才驚覺那把刀早已穿出了他的腹部。

第十一章

馬庫斯到達了特拉斯特維雷，但沒有辦法穿越警方封鎖線。

他站在邊線，混在人群之中，身旁有許多圍觀者，還有早已衝到現場的攝影記者們。

沒有人知道出了什麼事，但是謠言滿天飛。

有人說稍早之前有名男子被上銬帶走，憲兵隊專案小組人員欣喜若狂把他押上車，然後急速離去，前後還有車隊閃著警示燈，警笛大作。

然後他看到兩名急救人員把珊卓拉送上了救護車，顯然她是出事了，但基本上不會有大礙。

他鬆了一口氣，但好心情卻持續不了多久。

他看到有人抬擔架從大門口的階梯下來。上頭躺著一個男人，面戴呼吸器，是克里蒙提。他找到了珊卓拉？馬庫斯從來沒有在他面前提過她……他看著他們把他送入第二輛救護車，不過，那輛車卻停在原地。

為什麼不走？還要待多久？

救護車車門緊閉，依然沒有動靜，但可以看出裡面有動靜。終於，引擎發動，但卻沒有開警笛。

馬庫斯猜他朋友終究是沒辦法撐下去。

他好想哭，不斷痛責自己，他們的最後一次會面，他居然把離開的場面弄得那麼難堪。然後，他嚇了一大跳，發現自己正在低聲祈禱。

他在人群中開始唸禱詞，完全沒有人注意到他。其他人都在忙自己的事，其實，這一直就是他的生活常態。

我是隱形人，他告訴自己，我不存在。

為了第五堂訓練課，克里蒙提在深夜時分，突然來到他的公寓。

他只丟了這句話，「我們必須要去某個地方。」

馬庫斯匆匆著衣，兩人一起離開了賽彭提路的閣樓房間。他們在空寂的羅馬市中心徒步漫行，到達某棟豪宅的大門口。

克里蒙提從口袋裡拿出一把老舊沉重的金屬鑰匙，表面被磨得十分光亮。他開了大門，讓馬庫斯先進去。

這地方寬敞安靜，就像是大教堂一樣，一長排蠟燭照映著粉紅色的大理石階梯。

「過來吧，」克里蒙提低聲說道，「其他人已經到了。」

馬庫斯很疑惑，其他人？到底是哪些人？

他們步上巨大的階梯，走過兩旁有濕壁畫的寬敞走廊，一開始的時候，他看不出畫作的主題，後來，他才發現它們重現了福音書的著名段落，耶穌讓拉撒路復活、加納婚宴、耶穌受洗……

克里蒙提發現馬庫斯看到這些畫作之後，流露出懷疑神情，「這就像是在西斯汀教堂一樣，」他語氣急促，「米開朗基羅在那裡畫出了《最後的審判》的濕壁畫，用以提醒與訓誡參加秘密會議，準備選出新教宗的那些紅衣主教，接下來的任務十分重大。而這裡的福音畫也背負了相同的目的：提醒那些即將執行任務的人，僅能遵從聖靈的旨意。」

「什麼任務？」

「你等一下就知道了。」

過沒多久之後，他們走到有廊柱的大理石矮牆旁邊，此處可以俯瞰下方的巨大圓形空間。馬庫斯正打算挨過去，克里蒙提卻立刻把馬庫斯拉到身邊。「我們必須要待在暗處。」

他們躲在其中一根廊柱的後頭，馬庫斯終於能夠好好往下張望。

底下的大廳一共有十二間以圓形排列的告解室，正中央有個台座，上面放置了一個大型的金色分枝燭台，一共有十二根已經點燃的蠟燭。

馬庫斯立刻就注意到了，十二這個數字正好呼應了十二宗徒。

過了一會兒之後，有一群人陸續入場，他們的頭上全都戴著深色斗篷，幾乎沒辦法看到他們的臉。每個人經過燭台前面的時候，就會以兩根手指捻熄其中一根蠟燭，然後，他們各自進入告解室。

最後，只剩下一根蠟燭還亮著，某間告解室是空的。馬庫斯心想，沒有人會熄滅猶大的蠟燭，不會有人接下他的位置。

那根蠟燭是屋內的唯一光源。

「你正在觀看的儀式，」克里蒙提低聲解釋，「名為『黑色祭儀』。」

等到大家都入座之後，另一名與會者入場，他戴的是紅緞斗篷。

他手執發出燦光的大型蠟燭，照亮了整個空間，然後，又把它放在燭台頂端。這根蠟燭象徵了耶穌，就在這個時候，馬庫斯終於恍然大悟他們身在何處。

靈魂法庭。

克里蒙提之前曾經告訴他有關聖赦神父所保存的罪行檔案，此外，他也向馬庫斯解釋有關重罪的部分——大罪——必須要召開特殊法庭，成員可能是高階神父或是一般神父，全部都是隨機抽選，他們將會聚在一起討論是否要原諒那名悔罪者。

現在他親眼目睹一切。

身著紅色斗篷的男子首先唸出了罪行的細節，然後嚴厲斥責犯罪者，他們永遠不會報出這些罪犯的姓名。被找來參與這種吃力不討好的重要神職團的高階神父，就是大家所熟知的「魔鬼辯護者」。

他平常還有另一項任務，對於那些終其一生都展現聖性的人物，教廷會討論是否要予以宣福與聖化，而他們在這樣的過程中必須要舉出反證。不過，在「靈魂法庭」的儀式之中，魔鬼辯護者的確扮演的是魔鬼的角色。因為，根據聖經，犯罪者要是得到赦免，魔鬼一定會很不高興，因為地獄就此少了一名鬼魂。

靈魂法庭除了具有古老意涵或是中世紀的象徵性之外，也保留了老式懾人的空間，讓它彷彿成了命運的利器。

審判的重點不在於罪行本身，而是犯罪者的靈魂，彷彿要定奪的是這個人是否依然還有資格與人類為伍。

等到魔鬼辯護者講完之後，告解室的成員就會開始互相激辯。到了最後，就會以某種明確方式進行宣判。每個人都會起身，在離開房間的路途中，將會決定是否要再次點燃剛才熄滅的那根蠟燭。如果願意的話，他們會拿起某個小碗裡的細枝，向代表耶穌的蠟燭焰光借火。

最後，分枝燭台的燃亮蠟燭數目，將會決定這名悔罪者到底得到的是赦免或是懲罰。當然，這是多數決。要是正反數字相同，那麼就算是赦免其罪。

他們馬上就要開始進行審判了。

身著紅色斗篷的那個男人拿出一張紙，開始以宏亮的聲音唸出內容，整個空間都迴盪著他的回音：今晚的罪行——大罪——是關於某名殺害自己兩歲親生兒子的女人，根據她的說法，她罹患了某種嚴重憂鬱症，害她深受其苦。

那個身著紅色斗篷的男子唸完之後，準備要展開對罪犯的控訴。不過，他在開口之前，拉開了帽兜，因為現場只有他可以露出自己的面孔。

魔鬼辯護者是東方人。

第十二章

紅衣主教巴蒂斯塔．艾里阿加終於又把他的權戒戴了回去。

他的右手無名指與那塊珍稀寶石相別的時間，也未免太久了一點。現在他終於可以離開這間待了好幾晚的小旅館房間，回到自己的頂樓豪宅，它的位置距離競技場並不遠，還可以俯瞰帝國議事廣場。

既然已經抓到了鹽之童，那麼他的任務也幾乎算是大功告成，現在，讓整個羅馬知道魔鬼辯護者已經回到這座城市，自然也不成問題。

在過去這幾天當中，一直死纏他不放的亡友米恩，到現在依然陰魂不散，但已經又恢復到噤聲不語的狀態。現在，這早就不是艾里阿加的困擾了，因為他早已爬到了教廷的上層階級。

艾里阿加在年輕時犯下了殺人罪，以殘暴手法將米恩打死，他朋友是無辜的，也只不過嘲弄他而已，而他也因此入獄。他一直很抗拒服刑，覺得這對他並不公平，其間不斷反抗各種威權。不過，這種言行只是青少年的躁動本質。其實，由於自己犯下的罪行，讓他的內心深處飽受煎熬。

有一天，他遇到了某位神父，一切就此翻轉。

那位神父向他講述有關福音與聖經的故事，對方循序漸進，充滿耐心，終於說服巴蒂斯塔放下心中的重擔。不過，當他向神父告解己罪的時候，卻沒有立刻得到赦免。神父反而開始向他解釋，必須要把他犯下的大罪抄錄下來，送交羅馬的某個特殊法庭。他完成了，但多日沒有回音，巴蒂斯塔擔心自己永遠無法得到寬恕或救贖，然而，宣判結果終於出現了。

他的靈魂受到了赦免。

在那個當下，艾里阿加看到了修補人生的可能性。靈魂法庭是一項獨特的利器，能夠讓他擺脫悲慘生活，逃離貧窮與卑微的宿命。那些針對人類靈魂的判決所隱含的力量何其強大！他再也不是某個酒鬼的猥瑣廢物後代——已經不是馬戲團小猴之子了。

他說服那位神父帶引他進入神職之路。他從來不曾因為哪個職業而產生這麼強烈的動力，現在的衝勁全是因為良善的企圖心。

在接下來的歲月當中，他全心追求目標，也不斷地自我否定。首先，他拚命抹去了過往的所有痕跡：沒有人會把他與菲律賓小鎮的某起凶案聯想在一起。然後，他開始逐步往上爬，贏得了該有的位置。從小神父成了主教，又從蒙席當上了紅衣主教。最後，他終於爭取到他花了一生努力準備的高位。其實，衡諸他的專業能力，他們會挑中他也是理所當然的選擇。

二十多年來，他一直負責執行法庭內的黑色祭儀。他負責撰寫指控悔罪者的諸項罪行，所以他會知道他們最不可告人的秘密。他們全都被隱名保密，不過，巴蒂斯塔．艾里阿加卻能夠從他們的告解內容細節當中辨識出他們的身分。

到了現在，他已經駕輕就熟。

久而久之，他也學到要如何利用自己知道的一切換取好處。雖然表面上看起來是勒索，但他不喜歡這種稱呼。每當他開始使用自己強大權力的時候，都是以教廷的利益為出發點，這種行為也可能會為他個人帶來某些好處，但這一點就無關緊要了。

他根本不覺得那些悔罪者有哪裡可憐。他們之所以會願意告解，純粹就是想要日後過著平靜無波的生活而已。他們是懦夫，因為不敢坦然面對法律。而且，許多人得到赦免之後，依然會故態復萌。

就艾里阿加的個人觀點而言，告解聖事正是天主教的敗象之一。偶爾來一次良心淨化，就能夠解決一切！

所以他剝削那些犯罪者，運用他們的惡行為自己謀利，完全不會有任何內疚感。每當他與這些人交手的時候，他們一聽到他複述這些秘密就會無比驚駭。他們不知道他到底怎麼得知這些真相，因為他們根本忘了自己曾經向神父告解一切，可以看出寬恕對他們根本發揮不了什麼作用。

他穿上日常的高級訂製深色西裝，配上的是神父白領而不是領帶，最後戴上黃金與紅寶石的十字架項鍊，然後，他望著鏡中的自己，開始為米恩的靈魂低聲唸誦禱詞。

他年少時曾經犯下重罪。但至少他並沒有厚顏無恥到那種地步，想要寬恕自己。

等到他唸完之後，他決定要到外面走一走，因為，距離圓滿達成任務，還差最後一個步驟。

這個秘密包含了三個層次。第一個是鹽之童，第二個是狼頭人，這兩個都已經曝光。

但第三個必須要保持滴水不漏，否則教廷將付出慘痛代價，他也一樣。

第十三章

馬庫斯已經思量了許久。

她早已入院接受檢查，站在醫院外頭空等是沒有用的。有一大群攝影師與文字記者守在外頭堵她，希望能偷拍到照片或是發表簡單談話。

珊卓拉是現在的焦點人物，當然，維克托・阿格波夫也是。

殺人魔已經被送入大牢，根據媒體獲知的那一點消息，對於檢方的訊問，嫌犯堅持不肯開口。所以大家才會聚焦在這名既是受害人也是女英雄的年輕女警。

他好想見她，與她講話，但他不能就這麼衝進去。克里蒙提死亡所帶來的悲戚，一直纏繞不去。現在，他唯一的朋友死了，想要對抗孤獨，只能靠珊卓拉了。

馬庫斯原本一直以為自己形單影隻，但其實並非如此。也許是因為他先前誤會克里蒙提除了他們兩人之間的關係之外，另有其他的交際圈：可以與其他人互動溝通，甚至一起開懷大笑或是吐露秘密。克里蒙提認識他們的上級，似乎是一大優勢。不過，克里蒙提就和他一模一樣，無依無靠。但他們之間有個明顯差異，克里蒙提從來不曾有過任何抱怨，他不像馬庫斯一樣，認定這是生活負擔。

馬庫斯真希望當初能夠體悟到克里蒙提的孤寂感，承擔他的苦楚，那麼他也可以向克里蒙提分享自己的心情，他們就能成為真正的朋友。

「我原本是葡萄牙鄉下的神父。某一天，我收到一封信，上面有梵蒂岡封印：原來是某項我無法推辭的任務。裡面載明了指示，告訴我要如何追蹤到住在布拉格某間醫院裡的男人……我一直不明白他們為什麼要挑我。我沒有特殊天賦，也從來不曾表現出任何的企圖心。我在自己的堂區過得很開心，與我的會眾相處融洽……我們無權過問，無權知悉，只能遵守就是了。」

克里蒙提在前一晚犧牲了自己的生命，救了珊卓拉。這就是馬庫斯想要見她一面的主因，他要把自己朋友的事告訴她。

他正在等她，這個地方可以避開群眾與湊熱鬧的人，遠離所有人的目光。他不知道珊卓拉會不會猜到他在這裡守候，但現在也只能衷心盼望。因為這是三年前他們初次見面的地方：聖路易教堂的聖器室。

「我來了。」他還沒說話，她已經先開了口，彷彿他們先前早已相約，而她因為遲到而深感抱歉。

馬庫斯正準備朝她走過去，但卻突然停下腳步。上一次他們曾經互相擁抱，但現在這個舉措不太合適。珊卓拉一臉空茫，雙眼早已哭腫。

「我是笨蛋。都是因為我犯了錯，才會害麥克斯喪命。」

「我覺得這不該怪到妳頭上。」

「啊，但明明就是。要不是因為我在電視台錄影的時候劃出反十字聖號，那個禽獸也不會挑中我們。」

馬庫斯對於這個部分並不知情。其實，他之前也不斷自問，為什麼他會挑選珊卓拉，為什麼要挑麥克斯？但他一直想不出答案。現在他明白了事發經過，決定還是保持沉默。

「他的學生們非常哀傷，心情很難平復。他們籌備了一場小型追思會，準備要在學校體育館辦個簡單的紀念儀式。」她稍作停頓，看了一下手錶，「檢方已經同意交還遺體，今天晚上，會有飛機帶他回去英國，」然後，她又繼續說道，「我會和他一起飛過去。」

馬庫斯看著她，現在的他完全無法言語。他們兩人之間只隔了幾公尺而已，但彼此都不敢繼續向前，彷彿之間隔了一道鴻溝。

「我必須和他一起過去。我得要和他父母、他的兄弟說說話，與他還來不及介紹認識的那些好友們見面。這也是我第一次去探訪他的出生地，大家都會看到我，以為我一直愛著他，但其實不是這樣，我……」

她最後丟下的那句話，依然懸宕在兩人之間的絕崖。

馬庫斯問道，「妳什麼？」

這次輪到珊卓拉沉默不語。

「妳為什麼會來這裡？」

「因為我承諾別人要見你一面。」

馬庫斯聽到這個答案，大失所望，要是她說出自己前來的目的是為了他，那該有多好。

「你的朋友名叫克里蒙提，對不對？他是聖赦神父。」

所以珊卓拉知道是誰救了她……克里蒙提違反了聖赦神父的規定……「不能讓任何人知道你

的存在，絕對不行。只有在閃電與雷聲的交接時刻，才能夠說出自己的身分。」

珊卓拉從口袋裡拿出了某個東西，伸手交給他，但卻沒有挪移半步，「他斷氣之前，請我把這個交給你。」

馬庫斯趨前一步，看到她掌心裡的東西，大天使米迦勒狂怒揮劍的圓形垂飾。

「他說這是很重要的東西，你一定明瞭。」

馬庫斯想起自己把它扔到克里蒙提面前時的那股暴怒，難道那次相見就是永別了嗎？這個念頭讓他陷入更悲絕的深淵。

珊卓拉開口，「我得走了。」

她走到他面前，將克里蒙提的圓形垂飾交到他手中，然後，她踮起腳尖，親吻他的雙唇，一個綿長無盡的吻。然後，她說道，「願有緣來生再見。」

馬庫斯也做出同樣的應諾，「有緣來生再見。」

那天晚上，他回到賽彭提路的閣樓小房間，他關上了門，不急著開燈，屋內有羅馬市區屋頂從窗戶透入的微光。

現在他真的是孤絕一人，漫無止境的孤單。

他心情悲涼。要是珊卓拉繼續吻下去，將那一場告別轉換為別的故事，也許，索求他的愛，那他又該作何反應？他多年前已立誓投入神職，必須要保持堅貞，他真的準備要違背誓言？之後又要做什麼？

他是追黑獵人，這不是某種職業，而是一種天性。

邪惡不僅僅是從負面效應與情緒衍生而出的行為模式，它是一種具體的面向。他能夠辨識得出來，看到別人察覺不到的細節。

他眼前依然有好幾道未解的謎團。

與珊卓拉在競技場見面的那個男人是誰？他怎麼會對警方的辦案過程如此熟稔？最關鍵的問題是：他怎麼可能知道馬庫斯與聖赦神父的事？

他還是得找出這些問題的答案，追黑獵人沒有其他選擇。不過，他會等到明天再開始，現在，他已經累過頭了。

他打開行軍床旁邊的小燈，第一個映入眼簾的是那個揹著灰色背包男子的照片，殺害修女的兇手。他不禁開始回憶過往，當初自己就是因為那起梵蒂岡花園分屍案而與克里蒙提起了齟齬，最讓馬庫斯難受的是，他堅持要見上級，他對待克里蒙提實在太不厚道了，他朋友喊出「我不知道」的絕望之聲依然在他心底迴盪不已。

他想到了克里蒙提死前想要還給他的圓形垂飾——大天使米迦勒，聖赦神父的守護神。現在，也該把它戴回去了。他把手伸進口袋摸了一下，拿出來的除了垂飾之外，還有一張摺好的紙卡。他愣了一會兒才想起來那是什麼東西，原來是克洛普交給他的地圖。這兩項物品都是來自垂死之人，馬庫斯打算丟掉那張紙，因為一想到要將這兩者相提並論，就讓他受不了。不過，在動手撕毀之前，他還是強逼自己再看最後一眼。

羅馬市中心的路線圖，從芒奇諾路到西班牙廣場，拾階而上，就能到達山上天主聖三堂，這條路線的總長度只有一點多公里。

克洛普曾經對他說過：你將會恍然大悟，而且也會驚愕萬分。

不過，這是全羅馬最負盛名，觀光客最多的地方之一，到底會有什麼故事？眾目睽睽之下，究竟隱藏了什麼秘密？

先前馬庫斯以為那是陷阱，是某種障眼法，為了要轉移他的真正目標：找出維克托。不過，他現在卻以另一個截然不同的角度看待這份地圖：要是克洛普只是想要欺騙他的話，大可以把他送到這座城市最偏遠的角落。不過，他的這個行為根本不合常理。

「你的故事最後篇章，無名童……」

馬庫斯仔細端詳地圖之後，才發現到了某個細節，或者，應該說是違常之處。紅線標示的路線並非全部位於市區街道，有好幾段直接劃過建物區。

馬庫斯心想，不是在建物的上方。

地下。

路線在地底下。

第十四章

整個羅馬出現了某種奇怪的現象。

大家都湧入街頭，不願入眠，這座城市正在歡慶惡夢終於結束。最特殊的現象是到處都看得到的自發式守夜祝禱，有人隨便挑了個地方放置鮮花或點蠟燭悼念受害者，過了一會兒之後，那地方就會塞滿了其他的紀念物——絨毛玩具、照片以及小字條。大家停下腳步，手牽著手，還有許多人在祈禱。

所有的教堂都敞開了大門。平常是觀光客專攻的那些知名地點，現在全部擠滿了做禮拜的民眾，再也沒有人因為在眾目睽睽之下感謝上帝而感到尷尬。

在馬庫斯的眼中，這是一種放肆歡樂的信仰，但是他沒辦法加入狂歡的行列，還不行。

芒奇諾路靠近威尼斯廣場。

他等到了街道無人的短暫空檔，準備鑽進卡匹多利諾水道的某個人孔洞裡面，也就是克洛普地圖路線的起點。他移開鑄鐵蓋，發現有個可以通往深達數公尺之處的小梯。他到達底部之後，才打開手電筒。

燈光照亮了水道的狹窄通渠，渠道壁面累積了不同時期的沉澱物。一層又一層的強化水泥或黴菌，也有凝灰岩與石灰華，某層的材質是陶罐碎片。在古羅馬時代，老舊無用的容器經常會被拿來當作建材。

馬庫斯繼續前行，手電筒的燈光來回探照凹凸不平地面與手中的地圖。他多次遇到岔路，好幾次差點迷了路。不過，當他到達某個定點之後，卻發現自己站在某個隧道的入口，這應該是千百年前的開挖成果，與水道毫無關係。

他轉入隧道，走了好幾公尺之後，發現牆上刻滿了古希臘文、拉丁文以及亞拉姆文，時間與濕氣已經磨蝕了某些字跡。

他心想，這是地下墓穴。

這些是天主教徒或是希伯來人的墳地，羅馬許多地方都有它的蹤影。最早的地下墓穴可追溯自西元二世紀，因為當局自當時開始頒布禁令，不准再把屍體埋在市區裡面。

居然有個地下墓穴如此接近西班牙廣場，太詭異了。

天主教的地下墓穴通常都是聖者的專屬之地。最有名的就是聖彼得的墓穴，就在天主教象徵的大教堂下面數公尺之深的地方。他曾經與克里蒙提造訪過那個地方，他朋友甚至還娓娓道出在一九三九年的時候，當局發現這位宗徒殘骸的來龍去脈。

馬庫斯繼續前進，手電筒更加貼近牆面，希望能夠找出這個地點的線索。

他在牆底看到了它，距離地面大概只有幾公分而已。他並沒有馬上認出來，因為乍看之下只是個小人的側面輪廓，雙腿大開，狀似在走路。

然後，他看到了那顆狼頭。

那個圖案顯示的姿態是請跟我來，馬庫斯也繼續往前走，他發現那個符號又重複出現了好幾次，而且位置越來越高，體積也越來越大。當初繪製這個古老壁畫的人，想必是打算在這條路線的終點揭露某個重大秘密。

狼頭人的尺寸開始變得跟他一樣大，馬庫斯覺得彷彿他在自己的身邊同行，那感覺令人渾身不自在。距離頭頂上方數公尺高的地面上，人們懷著重新恢復的滿心信仰四處歡喜遊街，而底下的他卻與魔鬼並肩前進。

他走到了某個環狀空間，貌似某種泉井的地方，但沒有噴出口。天花板很低，但馬庫斯發現其實整個人依然可以站得直挺挺的，完全不費吹灰之力，連彎腰都不需要。狼頭人依然在周邊的牆面不斷瘋狂出現，馬庫斯拿起手電筒，逐一檢視這些一模一樣的圖像，看到最後一個的時候，嚇了一大跳。

這個人形不一樣，狼頭被取下來，放在旁邊，宛若面具一樣，而那個人像依然擁有人臉，馬庫斯十分熟悉的面孔，他看過的次數早已超過了上萬次。

沒有戴面具的那張人臉是耶穌基督。

他的後方有某個男子在講話，「對，他們是天主教徒。」

馬庫斯立刻轉頭，手電筒的光也照了過去。對方立刻以手遮臉，但純粹是因為光線讓他睜不開眼。

「可不可以請你把手電筒放下來？」

馬庫斯乖乖照做，那男人也放下了手臂。馬庫斯發現自己曾經與他有過一面之緣，召開靈魂法庭的那一個夜晚。

魔鬼辯護者。

不過，巴蒂斯塔．艾里阿加卻是第一次見到馬庫斯，「我一直希望你不要走到這一步。」他心繫的是秘密的第三層次，如今卻也曝了光。

「你說『他們是天主教徒』，那句話是什麼意思？」馬庫斯開口詢問對方，此人雖然一身黑衣打扮，但是卻戴有紅衣主教的十字架與權戒。

「馬庫斯，他們相信耶穌上帝，就與你我一樣，其實他們可能比我們都更堅貞更狂熱。」

那男人居然知道他叫什麼名字。「那為什麼要保護惡魔？」

「為了行善。」艾里阿加知道這種概念對於圈外人來說，一定覺得十分怪異，「馬庫斯，你也知道在世間所有主要一神論宗教的概念當中，神都有好壞兩面，有慈悲之心也有復仇意志，充滿悲憫也冷酷無情，猶太教與穆斯林的神祇都是如此。然而天主教徒卻不一樣，在過往歷史的某一個階段，他們將上帝與魔鬼分隔開來……上帝只能是好人，被迫當好人。直到今天，我們依然必須為當初的那個決定，那個重大失誤而繼續付出代價。我們隱藏人性裡的邪惡面，就像是把塵土藏在地毯下方一樣。這到底為了什麼？我們赦免上帝的罪，只是為了要赦免自己犯下的惡行，這是一種極度自私的行為，你不覺得嗎？」

「所以克洛普與他的那些門徒只是在假裝崇拜撒旦。」

「如果真正的上帝有善惡兩面，那麼反過來看，撒旦不也值得崇拜嗎？，就在西元一千年之前——也就是西元九九九年的時候——某些天主教徒成立了『猶大協會』。他們秉持的是聖經裡已經寫得十分清楚的事理——要是沒有猶大的話，也不會發生基督殉教。猶大——邪魔——有其必要。他們很清楚，必須要靠邪魔，才能夠壯大眾人心中所懷抱的信仰。所以，他們創造了讓大家大受震撼的符號。如果我告訴你六六六不是魔鬼數字，而是顛倒的天使數字九九九呢？顛倒的十字聖號依然是十字聖號！大家都看不到這一點，也不明白箇中道理。」

「猶大協會……」馬庫斯重複了一次，想到了克洛普的秘教，「邪魔可以壯大信仰。」他自己做出了結論，驚駭莫名。

「你自己也看到了今夜外頭的景象。你有沒有仔細觀看那些祈禱眾生的臉龐？有沒有注意他們的眼神？他們好開心。有多少靈魂因為維克托的關係而得到拯救？你去向他們勸善吧，大家根本不會理你，只有彰顯惡行才能喚起他們的注意力。」

「而那些死者呢？」

「如果上帝依照自己的形象創造了人類，那麼想必他自己也有邪惡之處。軍隊為了存續，一定需要戰爭。要是沒有邪魔，人們也不需要上帝了，而每一場戰役都會有無辜受難者。」

「所以迪安娜與喬奇歐、那兩名警察、搭便車的背包客、麥克斯、寇斯莫・巴爾蒂提……都只是倒楣受害？」

「你這麼說就欠公道了。說出來也許你不相信，但我也和你一樣，想要阻止殺戮。只不過我依照自己的方式行事，因為我必須注意更重要的利益。」

馬庫斯質疑他，「什麼是更重要的利益？」

艾里阿加瞇起雙眼，他不喜歡被人挑釁，「你覺得我們發現了聖阿波里納雷教堂告解室的錄音帶之後，是誰對克里蒙提下令，請他交代你偵辦這起案件？」

馬庫斯愣住了。

「你一直想要知道上級是誰，」巴蒂斯塔張開雙臂，然後又指了指自己的胸膛，「就是我，紅衣主教巴蒂斯塔．艾里阿加，這段時間你一直在為我工作。」

馬庫斯不知該如何回答是好，他的理智已經無法控制憤怒與不滿，「你一開始就知道鹽之童是誰，為什麼不給我機會立刻阻止他？」

「沒那麼簡單：我們必須先阻擋克洛普和他的人馬。」

馬庫斯現在已經完全懂了。「當然，因為你擔心有人發現教廷知道『猶大協會』這個組織，這群人和我們信仰同一個上帝：這是絕對不能外洩的醜聞。」

艾里阿加冷眼觀察面前的這個人——當初是他親自追蹤到馬庫斯的下落，躺在布拉格某間醫院的病床，失去了所有記憶，額頭吃了顆子彈，也是由他親自交代克里蒙提要好好調教——此人個性十分倔強，這一點讓他很欣賞，他果然挑人挑得夠精準，「自伊諾增爵三世之後，教宗的定義就成為『馴魔者』。這是很清楚的訊息，教廷不怕面對自己的過往或是人性中最下流齷齪的那一個部分：罪行。當我們的敵人想要對我們發動攻擊的時候，總是批評我們的鋪張浪費，悖離了上帝的清貧規範，也忘了要對他人大方樂施。然後，他們又說惡魔已經進入了梵蒂岡……」

馬庫斯想起了那句拉丁文：惡魔在此。

「他們說得沒錯，」艾里阿加的這句話讓馬庫斯大吃一驚，「因為唯有如此，我們才能防範邪行，你一定要記得這一點。」

「我現在懂了，我不確定自己還要不要待在這個圈子……」馬庫斯轉身，走向通往出口的地道。

「你這傢伙真是忘恩負義。當我的線人告訴我薩包迪亞的受害者是珊卓拉男友的時候，是我派克里蒙提到她家救人。是我知道她身處危險，而且立刻採取行動，你的女人還能夠活到現在，都是因為我的緣故！」

馬庫斯對於艾里阿加的挑釁置之不理，直接從他身邊走過去。然後，他停下腳步，最後一次轉身看他，「良善是例外，邪惡是王道，這是你教導我的道理。」

巴蒂斯塔．艾里阿加發出悶哼冷笑，聲響迴盪在岩壁空間之中，「你永遠不可能過著正常人的生活，你沒辦法勉強自己，這是你的天性。」

後來，他講了一句話，讓馬庫斯不禁全身起了寒顫。

「你會回來的。」

終曲

馴魔者

「你已經準備得差不多了，」三月的某個早晨，克里蒙提曾經這麼告訴他，「再上一次課，你的訓練就結束了。」

「我不確定自己是否準備好了，」馬庫斯當時給了他這樣的答案，因為他心中依然充滿疑惑，「偏頭痛還是讓我深受其苦，而且會不斷夢到同一個惡夢場景。」

克里蒙提在口袋裡摸弄了一會兒，掏出某個金屬垂飾，就像是為了換零錢，在聖彼得廣場附近的紀念品商店所購買的那種小東西。他把它拿給馬庫斯看，宛若把它當成了無價之寶一樣慎重。

「這是大天使米迦勒，」他指著那個揮舞光劍的天使，「祂把路西法從天堂逐入地獄，」然後，他握住馬庫斯的手，將那個垂飾交過去，「祂是聖赦神父的守護神。把它掛在脖子上面，永遠不要離身，祂會助你一臂之力。」

馬庫斯歡喜收下這份禮物，期盼它真的能夠發揮守護的力量。「我什麼時候才會上到最後一課？」

克里蒙提微笑，「等到時機成熟的時候吧。」

馬庫斯當時並不明瞭他朋友這句話的真義，但他知道總有一天會豁然開朗。

拉哥斯的二月底，氣溫高達攝氏四十度，濕度也有百分之八十五。這是僅次於開羅的非洲第二大城，人口超過了兩千一百萬人，而且以每日增加兩千人的速度在不斷成長。這個現象讓他十分有感：自從他住在這裡之後，親眼目睹窗外的貧民窟不斷向外大幅擴張。

他挑選邊郊的某棟公寓作為落腳處，樓下是整理老舊卡車的修車廠。房子面積不大，雖然他很習慣生活在嘈雜的大都市，但夜晚的熱氣總是讓他很難睡得好。他的東西全塞在內嵌式衣櫥裡，有個從七〇年代一直用到現在的冰箱，屋內只有個可以烹煮三餐的小廚房，天花板電扇會發出規律的嗡嗡聲，宛若大黃蜂在屋內繞飛一樣。

雖然生活中有種種不適，但他卻覺得十分自在。

他待在奈及利亞已經將近八個月的時間，但在過去這兩年中一直以四海為家，住過巴拉圭、玻利維亞、巴基斯坦以及柬埔寨。他一直在追查「違常之處」，破獲了某個戀童癖網絡；也在古吉蘭瓦拉成功某阻卻了某個瑞典人繼續犯案，此人挑選待在最窮困的國家之一殺人逞慾，誤以為自己可以高枕無憂逍遙法外；在金邊的時候，他發現某家醫院裡有許多被錢所困的當地民眾，為了數百美元而甘願販賣器官給西方人。現在他正在追查某個販賣人口集團，在過去這幾年當中，將近有百名左右的男女與孩童人間蒸發。

他也開始與別人互動溝通。這是他許久以來的渴望，他一直不曾忘記自己在羅馬時所承受的孤絕煎熬。不過，即使到了現在，他的孤獨個性依然會突然發作，還沒有來得及建立任何穩定關係，他就已經拿起行囊走人。

他害怕承諾，因為在他恢復記憶之後好不容易發展的那一段感情關係，最後卻是悲苦收場。他依然會思念珊卓拉，不過頻率越來越低。他也不免偶爾感到十分好奇，不知道她現在人在何方，到底過得開不開心。但他永遠不敢多想她是否身邊已經有人相伴，或者她也同樣思念著他，那樣的問題只會增添不必要的痛苦。

不過，他倒是經常對著克里蒙提講話，都是出現在心中的對話，熱情澎湃，充滿建設性。在克里蒙提生前，他所說不出口或是沒想到的那些事，現在他都會一股腦說出來。但一想到他們永遠無法完成的最後一堂課，總是會讓他內心一陣揪痛。

兩年前，他曾經想要告別神職工作。但過了一陣子之後，他發覺這樣是不行的，你可以放棄一切，但無法棄絕自我。艾里阿加說得沒錯：你永遠不可能過著正常人的生活，你沒辦法勉強自己，這是你的天性。雖然各種疑念讓他飽受折磨，但他卻無能為力，所以，三不五時，只要他找到廢棄的教堂，他一定會進去舉行彌撒。有時候會發生他無法解釋的現象。在舉行彌撒的時候，總是會有突然到來的會眾，聆聽他講道。他不確定上帝是否存在，但對祂的需求卻是眾人有志一同。

那個高大的黑人男子跟蹤他已經將近有一個禮拜。

馬庫斯在嘈雜俗麗的巴洛根市場裡閒晃的時候，又看到了那名男子，他總是刻意保持十公尺左右的距離。這地方簡直就跟迷宮一樣，想買什麼東西都應有盡有，而且一不小心就會在人群裡迷路。不過，馬庫斯過沒多久之後就注意到此人，從對方的跟蹤方式看來，顯然並不是深諳此道的老手，但這種事也很難說。也許他正在調查的幫派方發現了他，差遣某人緊盯他的一舉一動。

馬庫斯站在某個賣水小販的攤子前面，解開白色亞麻襯衫的領口鈕釦，買了一杯水。在喝水的時候，他拿手帕抹去脖子上的汗水，趁機張望四周。那男人也在某個小攤前停下腳步，假裝盯著眼前色彩繽紛的布料，他身穿淺色罩衫，隨身帶了個帆布包。

馬庫斯決定該採取行動了。

他等待宣禮員喚拜信眾祈禱，市場有許多人停下動作，因為拉哥斯有半數人口是穆斯林。馬庫斯趁機快步鑽入迷宮陣之中，那名男子也跟著追過去，對方的體型是他的兩倍，要是真的打起來，馬庫斯也不覺得自己能佔上風。而且，他根本不知道對方是否有帶武器，但他的直覺是有，所以他得要放聰明一點才是。馬庫斯進入無人小巷，躲在某個簾幕後面，等到對方走過去之後，突然跳到他的後面，撲過去，逼他趴在地上。然後，馬庫斯坐在他身上，雙手掐住他的脖子。

「為什麼要跟蹤我？」

「等等，讓我說話吧。」那個大塊頭沒有要反擊的意思，只是拉開馬庫斯的手指頭，以免自己被掐死。

「是他們派你來的嗎？」

對方用殘破的法語抱怨，「我不知道你在說什麼。」

馬庫斯掐得更緊了，「你是怎麼找到我的？」

「你是神父吧？」

聽到對方說出這句話，馬庫斯也稍微鬆開了手指。

「他們告訴我，有人正在調查失蹤人口案件……」然後，他伸出兩根手指，從罩衫領口掏出了皮繩項圈，下面掛著木質十字架，「你可以相信我，我是傳教士。」

馬庫斯不知道對方說的是不是實話，但還是放了手。對方花了一點氣力才轉身坐好，然後，一手摸著喉嚨猛咳嗽，想要恢復順暢呼吸。

「你是誰？」

「艾密列神父。」

馬庫斯伸手，幫忙拉他站起來，「你為什麼要跟蹤我？為什麼不直接找我講話？」

「因為我想要先確定他們對你的評語是不是真的。」

馬庫斯聽到這句話，嚇了一大跳，「他們怎麼說？」

「他們說你是神父，換言之，你就是適當人選。」

什麼事情的適當人選？他不知道這到底是什麼意思。

「你怎麼知道？」

「他們看到你在某間廢棄教堂舉行彌撒……所以，是真的嗎？你是神父？」

「對，我是神父。」馬庫斯回答完之後，讓對方繼續說下去。

「我的村莊名叫奇烏里。那裡的戰事已經持續了數十年之久，那是一場大家都佯裝不知道的戰爭。我們三不五時就會出現水源問題，而且霍亂頻傳。由於衝突不斷，所以醫生們不願到奇烏里看病，而且人道工作者經常遇害，他們被交戰份子當成了敵方間諜。所以我才會到拉哥斯尋找防治傳染病的藥品……也就是在這裡的時候，聽說了你的事，所以我特地來找你。」

馬庫斯萬萬沒想到自己居然這麼容易被人發現行蹤，也許他最近的防備心太鬆懈了，「我不知道是誰告訴了你什麼事，但我沒辦法幫你，很抱歉。」他立刻轉身，準備離開。

「我答應別人一定要辦到。」

那男子的語氣聽得出哀求之意，馬庫斯卻置之不理。

艾密列神父依然不肯放棄，「我有個神父好友羅患霍亂，他在離世前向我提出了這個請求。他教導我一切，他是我的導師。」

最後一句話讓馬庫斯想到了克里蒙提，馬庫斯立刻停下腳步。

「阿伯爾神父在奇烏里宣教長達四十五年之久……」那個人開始滔滔不絕，因為他知道自己已經打動了馬庫斯。

馬庫斯轉身過去。

「他的臨終遺言是這麼說的：『不要忘了那些死者們的花園。』」

馬庫斯心頭一驚，聽到「死者」是複數，更讓他覺得不對勁。

「大約在二十年之前，村內發生了多起凶案。那時候我還沒到奇烏里，我知道他們在森林裡發現了屍體。阿伯爾神父忘不了當時的情景，能夠懲罰兇手，是他一生的願望。」

馬庫斯抱持懷疑態度，「過了二十年，太久了，這樣子無法查案。所有的線索早就消失不見。而且搞不好兇手已經死了，尤其要是之後沒有其他凶案的話，可能性更高。」

但對方還是不肯放棄，「阿伯爾神父甚至寫信到梵蒂岡，向他們詳述案情，他一直沒有接到回覆。」

馬庫斯嚇了一跳，「為什麼要寫信給梵蒂岡？」

「因為根據阿伯爾神父的說法，兇手是名神父。」

這的確讓他大驚，「你知道他的名字嗎？」

「寇尼尤斯．凡．布倫，是個荷蘭人。」

「但阿伯爾神父也不確定吧？」

「的確，但他認為可能性很高。可能是因為凡．布倫神父突然消失之後，就此再也沒有發生任何凶案。」

馬庫斯心想：失蹤案。在這起陳年舊案當中，有某個元素逼迫他必須挺身而出。也許是因為兇手是神父，也許是因為梵蒂岡，就連接獲消息之後卻依然置之不理。「你的村落在哪裡？」

「路途遙遠，」艾密列神父回道，「奇烏里在剛果。」

他們花了將近三週的時間、才終於到達目的地。其中有兩個禮拜都窩在距離戈馬市三百公里的某座小鎮。奇烏里周邊區域發生浴血戰爭已經將近有一個月之久，其中一方是叛軍「人民防衛國家會議」，艾密列神父向馬庫斯解釋，「他們是支持盧安達人的圖西族，這名稱把他們包裝得像是為自由奮戰的勇士，但其實他們是嗜血的強暴犯。」另一邊是剛果共和國的正規軍，漸次奪回了先前遭叛軍佔領的土地。

他們黏在收音機前面長達十八天之久，等待戰火稍歇，讓他們能夠繼續走最後一趟旅程。馬庫斯甚至還買通了某名直升機駕駛，載他們前往奇烏里。第十九天的午夜，終於傳出暫時休戰的消息。

現在出現了好幾個小時的空窗期，他們立刻把握時機。

雖然天色昏黑，但直升機還是關了燈，飛得很低，以免被交戰其中一方的砲隊射下來。現在還有狂風暴雨，這算是好處，因為雨聲可以掩蓋槳葉的噪音，但從另一方面看來也很危險，因為天空每一次放出的閃電都可能會讓地面上的人看到他們。

他們飛往目的地的途中，馬庫斯低頭張望，心想不知道那片叢林裡會有什麼狀況，而且這有點算是賭博，因為命案畢竟已經是多年前的事了。不過，他現在沒有辦法回頭，他已經向艾密列神父做出承諾，對方似乎覺得一定得要讓他看到自己所發現的線索，這一點至關重要。

他握緊大天使米迦勒的圓形垂飾，祈禱自己千辛萬苦來到這裡，一切都是值得的。

他們降落在某片泥濘空地，周邊全是植被。

飛行員用破爛的法語在對他們說話，聲量已經大過引擎的噪音，他們不太清楚他在講什麼，但大意是他們得加快速度，因為他沒辦法等太久。

他們跑向灌木叢，鑽入一片亂林。自此之後，艾密列神父一直走在馬庫斯前面，領先他好幾步的距離，馬庫斯很好奇他到底是怎麼知道正確的方向。天色一片漆黑，強猛的雨滴直接打在他們的頭頂，不斷痛擊這片蓊鬱之地的枝葉，發出了震耳欲聾的鼓響。就在這個時候，艾密列神父撥開最後一根樹枝，突然進入了水泥鐵皮小屋村落的中央地帶。

映入眼簾的景象，一片混亂。

眾人在滂沱大雨中四處奔跑，他們拿著藍色塑膠袋，裡面是他們寥寥無幾的家產，男人帶著自家幼牛準備要一起避難，緊抓母親大腿的小孩們在哇哇大哭，而她們的背後還有以彩巾揹著的小嬰兒，馬庫斯注意到這些人其實不知該去哪裡是好。

艾密列神父猜到了他的心事，開始放慢腳步，向他解釋，「叛軍一直待到昨天才離開，明天早上政府軍會進入村落，接管這個地方。但他們並不是解放者，他們將會燒毀屋子與存糧，所以要是敵軍回來的話，也無法找到任何資源。而且，他們會殺光所有的人，假稱他們通敵，可以對鄰近村莊造成殺雞儆猴的效果。」

馬庫斯四處張望，側著頭，彷彿聽到了什麼特殊的聲響，果然，在大雨之中傳來了激昂的人語與歌聲，音源來自某間大木屋，裡面流瀉出微黃光暈。

教堂。

「今晚也不是大家都走得了，」艾密列神父繼續說道，「老人與病患會留在這裡。」

沒辦法逃離的人，只能留在這裡。馬庫斯心想，他們只能任由無法想像的恐懼任意宰割。

艾密列神父抓住他的手臂，搖了他好幾下，「你剛才有聽到飛行員講的話吧？他馬上就要離開了，我們得加快腳步。」

他們又到了村莊外頭，不過，是降落地點的另外一側。這次艾密列神父還多帶了兩個幫手，他們帶了鏟子與簡單的燈籠。

他們到達了以往可能是河岸之地的某個小山谷，在制高點有幾座墳塚。

那是個小型墓園，插了三座十字架。

艾密列神父開始對幫手們講類似斯瓦希里語的方言，他們立刻動手挖掘。然後，他把其中一把鏟子交給馬庫斯，他們自己也開始一起出力。

「在我們的語言當中，奇烏里代表了陰影，」艾密列神父說道，「這個村落之所以會有這個名稱，都是因為這座小山谷裡偶爾出現的那條小河。在春天的時候，河水會在太陽下山後出現，然後，第二天早上又消失不見，就像是陰影一樣。」

馬庫斯猜測這種現象應該與土壤的性質有關。

「二十年前，阿伯爾神父要求把這三具屍體葬在這裡，而不是村落的公墓，雖然這裡在夏天完全長不出任何植物，但他還是把它稱之為『死者花園』。」

石灰岩土壤最適合埋屍，它可以避免屍體受到時光的摧殘，是天然的防腐劑。

「這三名女孩慘遭殺害的時候，完全沒有辦法進行任何形式的調查。不過，阿伯爾神父知道某天一定會有人過來查案驗屍。」

當然，這個時刻已然到來。

第一具屍體已經出現，馬庫斯放下鏟子，走近墓穴。落雨不斷滴落洞內，但遺體有塑膠紙裹身。馬庫斯跪在泥地裡，以雙手撕開保護套，艾密列神父給了他一個燈籠。

馬庫斯拿著它往前探照，發現掩埋在石灰岩土壤中的屍體保存得相當完好，已經出現了些許木乃伊化的徵狀，所以，即便是在二十年之後，骸骨依然完整，而且還看得到上頭的衣服碎片，宛若黑色羊皮紙。

「她們分別是十六歲、十八歲以及二十二歲，」艾密列神父指著那些屍體，「這是第一個受害人，年紀最小。」

但馬庫斯實在看不出來她的死因。所以他湊前凝視，想要找尋遺骨是否有傷口或是刮擦的痕跡。他看到了令他心驚的線索，但就在這個時候，大雨澆熄了燈籠。

他心想，不可能。他立刻請他們遞來另一個燈籠，然後，他看到了，立刻後退而踉蹌倒地。

他就這麼躺在原地，雙手與背部陷在泥地裡，一臉驚愕。

艾密列開始解釋，也證實馬庫斯的直覺無誤，「斬首的刀痕很整齊，四肢亦然，只有軀幹完整無缺。殘塊散落在屍身數公尺之外的地方，女孩被兇手剝了衣服，身上只剩下碎片。」

馬庫斯覺得自己快要喘不過氣來了，大雨持續落在他的身上，讓他無法靜心思考，他以前也看過那樣的屍體。

「惡魔在此。」

在梵蒂岡花園的樹林中，隱修院的年輕修女。

他想到了那句話：惡魔在此。監視器拍下的那個揹著灰色肩包的男人，這三年來他一直苦尋無果的兇手，原來早在那起梵蒂岡命案的十七年前就曾經出現在奇烏里。

「寇尼尤斯．凡．布倫，」馬庫斯想起了那名荷蘭傳教士的名字，此人很可能就是這三起謀殺案的兇手。他詢問艾密列神父，「村子裡有沒有人認識他？」

「已經事隔多年了，而且這裡的人均壽命都很短，」不過，他又仔細想了一會兒，「裡面有位老太太，其中一名受害者是她的孫女。」

「我必須找她談一談。」

艾密列神父有些為難，他好心提醒馬庫斯，「直升機怎麼辦？」

「我願意承擔風險，帶我去找她。」

他們來到了教堂，率先進去的是艾密列神父。霍亂病人全部躺在牆邊，他們的親戚早已拋下他們逃走了，現在照顧他們的全是老人家。滿是燭光的祭壇，上方的大型木質十字架俯望著裡面的每一個人。

老人們正在為小輩們歌唱，溫馨又哀傷的歌曲，大家似乎都已經坦然認命了。

艾密列神父四處找尋那名女子，終於在中殿的後面找到了她。她正在照顧某個高燒不退的小男孩，以濕布放在他額頭上降溫。艾密列神父向馬庫斯揮揮手，示意請他過去，兩人都蹲在那名女子的身旁。艾密列神父以當地語言對她說了幾句話，她的目光飄向那名陌生人，以清透湛藍的雙眼端詳著他。

「她願意和你聊一聊，」艾密列神父繼續說道，「你想要問她什麼？」

「問她是否記得有關凡．布倫的事。」

艾密列神父幫忙居中翻譯，那女子思索了一會兒，開始回答，態度十分堅定，馬庫斯靜靜等待，希望能夠從她說出的這些話當中挖出重要線索。

「她說這神父跟別人不一樣，看起來比較和善，但實則不然。還有，他看人的眼神怪怪的，她不喜歡。」

那女子又開始說話。

「她說在過去這些年當中，她拚命想要忘記那張臉，終於成功了。她要向你道歉，但她不願意繼續回想下去。她很確定他就是殺害她孫女的兇手，不過，她現在心情很平和，過沒多久之後，她們就能在另外一個世界再次相見。」

但這樣對馬庫斯來說是不夠的。他繼續說道，「請她說一下寇尼尤斯・凡・布倫神父失蹤那天的情形。」

艾密列神父繼續翻譯。

「她說，某個夜晚，叢林鬼魂把他帶入了地獄。」

叢林鬼魂……馬庫斯期待的是不一樣的答案。

艾密列神父看出他的失望之情，「你必須要知道，這裡是迷信與宗教共存的地方。他們是天主教徒，但與過往邪教有關的信念依然深植人心，長久以來都是這樣。」

馬庫斯向那位老太太頷首致意，表達感謝，正當他要準備起身的時候，她伸手指了指某個東西。起初他完全摸不著頭緒，後來他總算明白了，原來是他脖子上戴的那個小東西。

大天使米迦勒，聖赦神父的守護神。

馬庫斯把它從脖子上取下來，握住她的手，將那圓形垂飾放在她粗糙的掌心。然後，他闔上她的手，宛若把它當成了小盒子一樣。「願這位天使能保護妳安度今晚。」

老太太露出淺笑，開心收下贈禮，兩人又互相凝視了好一會兒，宛若在道別，然後，馬庫斯終於起身。

❖

他們循原路回去，又登上直升機，飛行員已經再次發動引擎，槳葉在空中發出旋攪聲響。馬庫斯抓住機門，但又轉過頭去：艾密列神父不在身邊，早已停下了腳步，站住不動。所以馬庫斯也顧不得飛行員的難聽叫罵，又回頭去找人。

「快過來，你在等什麼？」

但艾密列神父搖搖頭，不發一語，馬庫斯懂了，他根本不會像其他村民一樣在叢林裡找尋避難所，他反而會回到教堂，與那些無法逃走的會眾一起等死。

「教廷與傳教團已經在奇烏里與類似的地方做出了許多重大貢獻，」艾密列神父說道，「不要讓殺人魔摧毀了這一切。」

馬庫斯點點頭，擁抱艾密列神父。然後，他上了直升機，過了幾秒鐘之後，飛機已經進入灰濛濛的雨幕之中。站在地面上的艾密列神父舉手揮別，馬庫斯也回禮告別，但卻無法釋然，他真希望自己能夠擁有那個男人的勇氣。他告訴自己，也許，真的有那麼一天吧。

此夜充滿了驚奇。身分未明的魔鬼，被他知道了名字，雖然已經過了二十年之久，但也許還是有機會可以讓真相大白。

不過，想要水落石出，馬庫斯必須要回到羅馬。

寇尼尤斯．凡．布倫也在其他地方行兇殺人。

馬庫斯在世界的其他角落發現了他的蹤跡。印尼、秘魯，然後又回到非洲。這個殺人魔運用自己的傳教士地位四處遊走，完全不會遇到任何問題。無論他到了哪裡，一定會留下犯案痕跡。最後，馬庫斯算出了總數，一共有四十六具女性屍體。

不過，那些案件都發生在奇烏里命案之前。

那個剛果小鎮是他的最後一個目的地，然後他就人間蒸發了。根據艾密列神父翻譯村中那位老太太的說法：「某個夜晚，叢林鬼魂把他帶入了地獄。」

當然，馬庫斯不能排除凡．布倫在其他地方繼續犯案的可能性，畢竟這些案子都發生在偏遠落後的地點，不過，他就是找不出任何的蛛絲馬跡。

反正，在奇烏里事件的十七年之後，凡．布倫再次出手，在梵蒂岡花園留下一具殘屍，然後又消失不見。

為什麼會突然現身？殺死修女之後，他這三年又去了哪裡？馬庫斯計算了一下，此人現在大約是六十五歲：他會不會已經在這段時間當中身亡？

他突然發現了某條線索，讓他一驚，凡．布倫總是仔細慎選下手的對象。

她們青春天真又美麗。

難道在這些年當中，他漸漸失去了原本的興趣？

紅衣主教艾里阿加曾經在他面前說出預言，「你會回來的。」當時他說完之後還哈哈大笑。果然，在某個星期二的下午，五點三十分，馬庫斯在西斯汀教堂來回走動，混在最後一批訪客之中，大家都在讚嘆壁畫，而他關注的卻是警衛的一舉一動。

當警衛宣布梵蒂岡博物館即將關門，眾人必須離開的那一刻，馬庫斯也跟著大家一起出去，趁隙躲入某個邊廊，然後又從那裡的樓梯走下去，進入松果廣場。在過去這幾天當中，他已經多次造訪這裡，不過真正的目的其實是要研究梵蒂岡境內的監視攝影機。

果然被他找出了漏洞，能夠讓他從容進入花園。

春日夕陽緩緩西下，但過沒多久之後就會天黑了。所以他躲在黃楊木樹籬之間，靜靜等待，他想起自己第一次與克里蒙提來到這裡的場景：這個區域算是半封鎖狀態，讓他們兩人可以在不受干擾的狀況下進入花園查案。

是誰一手安排了那不可能的任務？當然，是艾里阿加。但為什麼自此之後再也沒有高層伸手幫助馬庫斯調查修女的死因？

顯然有矛盾之處。

艾里阿加其實大可以掩蓋一切，不過，他卻希望馬庫斯目睹現場，而且，最重要的是，深入了解這起案件。

❖

夜幕低垂，馬庫斯離開他的藏身之地，前往植物可以恣意蔓生的那塊花園地帶。

園丁只會過去廣達兩公頃的那片樹林清理枯葉。

到達之後，他打開隨身的小手電筒，努力回憶當初發現修女屍體的所在地。他發現了三年前梵蒂岡警察以黃色封鎖帶圍起來的那個地方，他提醒自己，邪惡是一種具體的面相，他很清楚自己接下來該做什麼。

尋找違常之處。

所以，他必須要召喚那天與克里蒙提待在此地的記憶。

人類的軀體。

赤裸之身。他當時立刻想到了梵蒂岡博物館裡的典藏品《殘軀》，赫丘力士的破損巨型雕像。不過，那名修女受盡了殘虐，某人割下了她的頭部與四肢，切痕整齊，屍塊與碎爛的衣服散落在數公尺之外的地方。

不，不是「某人」。

是「寇尼尤斯·凡·布倫」。現在，他終於能夠講出在此犯案的兇手之名。

這起謀殺案相當殘暴，但犯案手法看得出自有邏輯，經過精心設計。殺人魔知道要怎麼在梵蒂岡境內行動自如，他早已先勘查過地點，控管程序，避開了安檢程序，正如同馬庫斯自己先前的那些舉動一樣。

「你怎麼知道？」

「我們知道他的長相。」

「這具屍體在這裡至少已經有八到九個小時的時間，」克里蒙提繼續說道，「今天早上，非常早的時候，監視攝影機錄到了某名男子在花園裡徘徊。他貌似梵蒂岡員工，但那套制服其實是偷來的。」

「何以見得是他？」

「你自己看吧。」

克里蒙提交給他一張印出的截圖。裡面有個園丁打扮的男子，小頂鴨舌帽的帽簷遮蓋了部分臉孔。白人，年紀不明，但絕對已經超過五十歲。他攜帶了灰色肩包，包底有明顯的深色污漬。

「梵蒂岡警方認為包包裡面放的應該是小斧或是類似的工具。他最近一定拿出來使用過，因為你看到的污漬應該是血。」

「為什麼是小斧？」

「因為，在這個地方，只能找到這種東西當武器。進來的時候必須接受安檢，以金屬探測器檢查，所以不可能攜帶任何東西進來。」

「不過，他還是隨身攜帶小斧，萬一梵蒂岡找了義大利警方進來查案，他可以掩蓋行跡。」

「其實出去就簡單多了，完全沒有設下任何檢查哨。而且只需要混入那一大群朝聖者與觀光客裡面，就可以成功避人耳目。」

馬庫斯再次回憶那段對話之後，立刻注意到有個地方不對勁。

凡・布倫在奇烏里犯案之後，收手了長達十七年之久，而且消失無蹤。馬庫斯心想，也許他依然在殺人，但只是變得更狡猾了，也學到要怎麼以更巧妙的方式掩飾行蹤。

不過，為什麼要冒這麼大的風險？在梵蒂岡裡面殺人？

馬庫斯認為凡・布倫逃避安檢的手法害他造成誤判，他必須承認：是自己誤會了。然而，此時此刻，他站在這座荒涼的樹林之中，開始重新省思兇手的思考角度，類似凡・布倫這樣的掠食者，絕對不會甘冒落網的風險。

但他太喜愛殺戮的快感了。

然後出了什麼事？

他與克里蒙提先前都認定兇手進入了梵蒂岡，隨後離開。

但如果他一直待在裡面呢？

如此一來，就能解釋兇手對於安檢系統為什麼能夠瞭如指掌。但馬庫斯還是排除了這種假設，因為，當初他在辦案的時候，已經清查過這座小國之內的平民與神職人員，是否與監視器畫面中的男人有共通特徵——白人男性，已經五十多歲。

他心想：鬼魂，能夠任意現身又消失的幽靈。

他把手電筒對準樹林。殺人魔挑選了完美地點犯案，不會有任何人看到，而且，他挑選的被害人也一樣完美。

「她的身分是秘密，」關於那名年輕修女，當初克里蒙提是這麼說的，「這是她所屬修會的規定之一。」

這些修女出現在公眾場所的時候，一定會以面罩蓋住自己的臉龐。當她們準備為可憐同修女孩收屍之際，他曾經看過她們蒙面的模樣。

「惡魔在此。」

克里蒙提拉開馬庫斯的時候，某位修女經過他身邊，說出了這句話。

惡魔在此。

馬庫斯心想：兇手為什麼要從她們之中挑人下手？

「修女們偶爾會在這座樹林裡散步，」克里蒙提繼續說道，「幾乎沒有人會過來，所以她們可以在不受到任何干擾的狀況下專心禱告。」

所以，兇手挑中她，純粹是隨機犯案，這種假設也很合理。某個女孩決定要斷絕俗世而且還待在梵蒂岡的偏僻樹林，人選與地點都配合得正好。不過，至於其他的受害者，卻都是經過他特意挑選，因為，她們青春天真又美麗。

馬庫斯想起自己彎身端詳她的情景，蒼白膚色、扁小乳房、暴露的性器官。被砍斷的頭，留著極短的金髮，藍色雙眸仰望向天。

所以，她也是青春天真又美麗。但要是她戴著面罩，兇手怎麼會知道？

「他認識她。」他不假思索，立刻脫口而出。突然之間，所有的拼圖碎片都兜起來了，在他眼前成了一張完整的圖像，宛若卡拉瓦喬的某張古畫，就像是聖路易教堂裡的那一幅作品，也是他第一堂訓練課開始的地方。

而他眼前的畫面之中，大家都出現了。寇尼尤斯·凡·布倫、在他身旁低語「惡魔在此」的修女、巴蒂斯塔·艾里阿加、大天使米迦勒、奇烏里的老太太，甚至是克里蒙提。

「馬庫斯，要找出違常之處。」這是他的導師耳提面命的一句話，馬庫斯終於找到了關鍵。

這次的違常之處是他。

克里蒙提曾經告訴他，「樹林的另外一頭，有間與世隔絕的小修道院。」現在，這正是他準備前往的目的地。

過了一會兒之後，樹木越來越稀少，出現了一棟樸素的低矮灰色建物。窗內露出淡黃光暈，似乎是點了蠟燭，此外，還有一群人影在緩慢移動，但井然有序。

馬庫斯走到小門前，敲了一下。過沒多久，有人轉動門鎖，為他開了門。修女的臉龐蒙了黑色面罩，她望向他，立刻退後讓他進來，彷彿把他當成了她們正在守候的客人。

馬庫斯走進去，修女們排成一列。他立刻注意到自己果然沒猜錯，是蠟燭。修女們選擇遺世而居，拒絕任何能夠帶來舒適的科技或是工具。而這個時光凝凍的沉靜之地，居然位於梵蒂岡的小小領地之內；而這座小國的位置，就在某個類似羅馬的混亂大都會的中心地帶。

「這些女子為什麼會做出這樣的決定，的確令人費解，」克里蒙提曾經這麼說過，「許多人認為她們應該要到外頭，在世間行善，而不是把自己關在修道院裡面。不過，誠如我祖母所言，我們並不清楚這些修女們靠著禱告，拯救了世界多少次。」

現在他知道了，這果然是真的。

沒有人告訴馬庫斯接下來該走向何處。不過，當他一移動腳步，修女們立刻一個接一個讓開，向他導引方向，他也順勢走到了某道階梯的下方。他仰頭一望，隨後開始拾級而上。

他的腦中滿載了各種心緒，如今他已經明白了這一切的道理。

艾里阿加的笑聲……「你永遠不可能過著正常人的生活，你沒辦法勉強自己，這是你的天性。」這位紅衣主教早就知道了：馬庫斯將會繼續發現違常之處，邪行的印記，這是他的天賦，也是詛咒。他永遠忘不了那具被斬首截肢的修女殘屍，凡・布倫的惡行遍布全球，到處都有他散留的屍體，馬庫斯絕對會再次遇到他所犯下的懸案。而且，這是他的天性，他不可能改弦易轍。「你會回來的。」果然，他回來了。

他曾經這麼問過克里蒙提：「我什麼時候才會上到最後一課？」

克里蒙提當時露出微笑，「等到時機成熟的時候吧。」

其實，那早就是最後一堂課了。難怪三年前艾里阿加希望他來到這座樹林，看到那具被分屍的屍體，其實這位紅衣主教對於一切都早已知情。

「某個夜晚，叢林鬼魂把他帶入了地獄。」這是艾密列神父為老太太所翻譯出來的話。然後，她指著馬庫斯脖子上配戴的圓形垂飾，他將它取下，送給了她。

大天使米迦勒，聖赦神父的保護者。

不過，那位老太太指著它，倒不是因為她想要這個東西。她只是想要告訴他，在凡・布倫從奇烏里消失的那個夜晚，她也看過那樣的圓形垂飾。

追黑獵人——叢林鬼魂——早就已經掌握了凡・布倫的行蹤，他們抓到他，把他帶走了。

馬庫斯到達梯頂，發現走廊左側最後方有一個小房間，露出些許微光。他緩步走過去，看到了一排光亮的鐵柱。

這是囚室的大門。

他終於知道寇尼尤斯．凡．布倫自奇烏里消失的那十七年之間，為什麼再也沒有出手犯案。那老人身穿破舊的黑色毛衣，坐在深色木椅上面，背脊佝僂。有張貼牆靠放的行軍床，還有一個書櫃。現在，凡．布倫正在看書。

馬庫斯心想：他一直在這裡，而邪魔從來沒有離開過梵蒂岡。

「惡魔在此。」當初他離開樹林的時候，修女曾對他說了這句話。要是那時候他能仔細想想就好了。她想要偷偷透露消息給他，也許是因為看到自己的同修遭遇這種苦難，決定要違背沉默一世的誓言。

惡魔在此。

某一天，寇尼尤斯意外看到看管他的某名修女的臉龐，青春天真又美麗。所以他想辦法逃出去，趁她一個人在樹林裡的時候攻擊她。不過，他逃脫不久之後就被抓回去了。馬庫斯看到房間角落的灰色肩包，底部的乾涸血跡依然清晰可見。

那老人的目光從書本飄移到他身上，消瘦臉龐長了稀疏雜亂的花白鬍鬚。他看人的模樣十分和善，但馬庫斯不會就此上當。

「他們告訴我，你會過來這裡。」

這些話嚇到了馬庫斯，但其實這也只是證實了他的猜測而已，「你想要對我做什麼？」

老神父對他微笑，他只剩下稀疏的黃板牙而已。「不要害怕，這只是在訓練過程中的全新課程而已。」

馬庫斯輕蔑問道，「所以你是我的新課程？」

「不，」老人回道，「我是你的導師。」

與作者對話

只要是看過您作品的讀者，尤其是《靈魂法庭》以及《追黑獵人》，他們想到的第一個問題就是：這裡面到底有多少的真實成分？能夠告訴我們答案嗎？

當《靈魂法庭》一出版，也就是這系列作的第一部問世之後，我的讀者都會追問我同一個問題，「真的有『犯罪檔案庫』嗎？」

我的答案始終如一，「對，的確存在。而且聖赦神父還有網站，www.penitenzieria.va。」

我想大家一定都沒猜到，其實這本小說討論的內容是根據真實故事。當然，我只是以其為基本素材，當然經過了精心改編才能寫出小說。不過，要是有人質疑書中情境與角色的真實性，我也不能責怪他們。要是從來沒有聽過「聖赦神父團」，也就是梵蒂岡最古老的神職團體，大家總是十分訝異，其實這就和我第一次聽說時的反應一模一樣。我永遠無法忘懷當下的衝擊，腦中立刻同時浮現了某個問題與構想。問題是「怎麼從來沒有人寫過這些聖赦神父的事？」而我的構想則是，「要是能把它當成小說的主題一定很棒！」

❖

你是怎麼想到這個不可思議又逼真的主題？

每一個作者都希望能夠寫出「充滿原創性」的小說，這是所有小說家的聖杯。所以，我必須說我欠了某人一輩子的恩情。

我第一次遇到強納森神父的時候，著實不敢相信自己面前站的是某個近似「條子」的傢伙，酷似我深愛的七〇年代驚悚犯罪小說警探，但他的真實身分卻是神父！而且，他的故事中具有某種相當強烈的「哥德」風格，彷彿他真的在某個暗黑世界的邊緣工作。時值今日，強納森神父依然在幫助執法單位處理某些可能有邪魔涉入的困難懸案。有時候，對於那些令人完全摸不著頭緒的案件，從「犯罪檔案庫」裡學習到的經驗反而是有助釐清的關鍵，至少，可以發揮部分的助力。

這樣的寫作之旅是否讓您更加了解人性？換言之，您對於「善」與「惡」的觀念得到了什麼樣的領悟？

隨著歷史不斷演進，良善也隨著人性一起進化，但邪惡卻幾乎保持原貌——這是大家都不想聽到的真相。

除了那些與高科技發展有關的案件之外，大部分的犯罪情節，尤其是那些最令人髮指的可怕案件，其實都與千百年前的案件極其相似。在古羅馬時代，也有和現代一樣的殺人魔（當然，只不過那時候並沒有這種封號）。雖然我們已經研究罪行超過千年之久，也了解得比較透徹，但我們依然無法解釋到底是什麼樣的力量驅使那些與我們一樣的人犯下重罪，而目的只是為了取樂。在「犯罪檔案庫」可供參閱的歷史資料當中，有許多事件可為明證。比方說，在一九九七年的時候，我的大學畢業論文主題是某個著名的義大利「殺人魔」，專挑小孩下手的兇手。他有嚴重的自戀人格違常問題，很樂意重述自己殺戮的可怕細節，對於自己的「豐功偉業」幾乎到了吹噓的地步。當警方仍然在找他的時候，他在某間公共電話亭裡面直接打電話給警察，還在裡面留下了「殺人魔」的署名。其實，在古老檔案的告解內容中，也有某個年輕人犯下了相同的罪，他描述自己殺害無辜小孩時的心情所使用的措辭，與我們的這個殺人魔極其類似。只不過，這名年輕的悔罪者是活在十六世紀前半葉！

你學的是法律與犯罪學，相當了解人性的最幽暗角落。在這個領域當中，是否還是會聽到讓你驚訝萬分或是猝不及防的故事？

強納森神父曾經警告我，他告訴我的某些內容，可能會讓我無法接受。某些惡行的表現形式的確是讓我毫無心理準備，有時候，我實在很難老實招認這一點。我看了許多案例，作為研究資料的一部分，而我在寫這本小說的時候，選擇的故事都很審慎，以免一不小心就落入過度暴露過多案情的誘惑之中。我們有某種詭異的天性，邪惡之事對我們有股危險的吸引力。舉例來說，正因為這種特性，會讓我們公開譴責殺童兇手的時候，卻也會在同時透過媒體追蹤他的一舉一動，滿足自己的可怖好奇心。其實，永遠被記掛在心的是兇手的名字，而慘遭他們毒手的受害人姓名，卻鮮少有人記得……

這本小說中的許多細節都有歷史根據，不只是聖赦神父團而已。能不能多跟我們說一些？比方說，猶大協會的事？

在中世紀的時候，某些天主教徒認為需要保存昔時的惡，因為只有惡行，人類才會一直需要上帝，而且，最重要的是需要教廷。

但要怎麼將惡行與信仰調和在一起？

解決之道就是要在作惡者毫不知情的狀況下，轉化他們的心念。他們必須繼續代表惡勢力胡作非為，但其實是為了良善。為了要達成這個目標，他們會在罪犯裡找尋新的信徒，欺騙他們，告訴他們崇拜的是魔鬼。他們的祭壇裡有一個仿人的雕像：狼頭人。不過，只有這個協會的真正成員才知道面具裡隱藏的是基督的臉。對這個怪物膜拜的其他信眾誤以為那是邪魔，但其實他們祈禱的對象是天父之子。

這種猶大協會的異端邪說，曾經遭到宗教法庭的嚴厲懲處。

從背景研究到書寫，你花了多少時間才完成這部小說？

我寫這部小說花了一年多的時間，但許久之前就有了這樣的創想。我所描述的這些地方的歷史，都是我研究與閱讀的成果，但最重要的是，它們是許多羅馬朋友多年來給予我的贈禮。多虧了他們，我才能挖掘出許多傳說與謎團，而且也因為拜他們所賜，我造訪了許多不為人知的神秘角落，比方說，當我知道梵蒂岡裡面有兩公頃樹林的時候，我當然是覺得如獲至寶！

你與羅馬的關係？

如果不是在羅馬出生或是曾經在羅馬長居的人，絕對不會知道這座全球最獨特的城市到底隱藏了什麼秘密。羅馬是我多年的家，所以我可以自豪地告訴大家，在我們這個世界當中，絕對找不到第二個像這樣的地方。只要是來到這裡的人，一定會產生歸屬感，而且他們立刻就能體會「永恆之城」這種說法的確恰如其分，這一切絕非出於偶然。

致謝

史蒂法諾・茂里，我的出版商；法比里奇歐・克可，我的編輯；吉賽佩・史塔拉切里，Longanesi的編輯主任。拉菲耶拉・羅納卡托、克里斯蒂娜・佛斯奇尼、愛蓮娜・帕瓦內托、吉賽佩・索曼茲、葛拉西耶拉・切魯提。

盧意基・伯爾納伯，我的經紀人。

米蓋爾、歐塔維歐還有維托，都是我的見證人，還有阿奇列。

安東尼歐與菲提娜，我的雙親。

琪雅拉，我的妹妹。

愛麗莎貝拉，此生難捨難離。

Storytella 90

精神病院

Il cacciatore del buio

精神病院 / 多那托.卡瑞西(Donato Carrisi)著；吳宗璘譯. -- 初版. -- 臺北市：春天出版國際, 2019.10
面； 公分. -- (Storytella)
譯自：Il cacciatore del buio
ISBN 978-957-741-236-2(平裝)

877.57

ISBN 978-957-741-236-2
Printed in Taiwan

作　者　多那托・卡瑞西
譯　者　吳宗璘
總編輯　莊宜勳
主　編　鍾靈

出版者　春天出版國際文化有限公司
地　址　台北市大安區忠孝東路4段303號4樓之1
電　話　02-7733-4070
傳　眞　02-7733-4069
E－mail　frank.spring@msa.hinet.net
網　址　http://www.bookspring.com.tw
部落格　http://blog.pixnet.net/bookspring
郵政帳號　19705538
戶　名　春天出版國際文化有限公司
法律顧問　蕭顯忠律師事務所
出版日期　二〇一九年十月初版
二〇二三年六月初版八刷

定　價　420元

總經銷　楨德圖書事業有限公司
地　址　新北市新店區中興路二段196號8樓
電　話　02-8919-3186
傳　眞　02-8914-5524
香港總代理　一代匯集
地　址　九龍旺角塘尾道64號 龍駒企業大廈10 B&D室
電　話　852-2783-8102
傳　眞　852-2396-0050